EXCALIBUR

Herausgegeben von
Melissa Andersson
und
Gerd Rottenecker

Jane Welchs *Runenzauber-Saga* im Droemer Knaur Verlag:

I. Die Drachenfestung (Band 70133)
II. Das Auge des Druiden (Band 70134)
III. Die Nebel von Farona (Band 70135)
IV. Der Drachenstein (Band 70136)
V. Das Schwert der Morrigwen (Band 70137)
VI. Der See der Tränen (Band 70138)

Weitere Bände in Vorbereitung

Jane Welch

RUNENZAUBER IV

Der Drachenstein

Ins Deutsche übertragen von
Jörn Ingwersen

Knaur

Die englische Originalausgabe erschien 1996 unter dem Titel
»The Lost Runes, Chapters 19–37« bei Harper Collins, London

Besuchen Sie uns im Internet:
www.droemer-knaur.de

Deutsche Erstveröffentlichung 6/99

Umschlagkonzept: Melissa Andersson
Umschlaggestaltung: Agentur Zero, München
Umschlagillustration: Keith Parkinson, »Valley of the Dragon«
Karten: Dieter Jüdt, Trier
Lektorat: Ralf Reiter
Satz: Ventura Publisher im Verlag
Druck und Bindung: Clausen & Bosse, Leck
Printed in Germany
ISBN 3-426-70136-7

2 4 5 3 1

Für Harriet, in grenzenloser Liebe.
Danke, daß du so perfekt bist.

Und für meinen Mann Richard,
dessen liebende Hand mir geholfen hat,
diese Seiten zu gestalten.
Danke, daß du da bist –
auf jedem Schritt unseres Weges.

KARTEN

NAHENDE EISDECKE
VAALAKA
DIE NOMADENSTEPPE
DAS HORN VON VAAL-PEOR
SOMMER FLÜSSE
DRACHEN WÜSTE
DIE DREI SCHWARZEN TEUFEL
LANDES-GRENZEN
GRENZEN DER BARONIEN
STRASSEN, WEGE UND PÄSSE
BARONIE VON TORRA ALTA
KEILER WALD
TORRA ALTA
BARONIE VON JOTUNN
GUT JOTUNN
SILBERFLUSS
BARONIE VON NATTARDA
BARONIE VON OVISSIA
HIRSCH WALD
WIGLAFS LANDSITZ
BLENHAM
FARONA
GRANHAM
DER DORS
BELBIDIA
BARONIE VON FARONSHIRE
BARONIE VON PISCERA
BARONIE VON QUERTOS
ISTHMUS
BARONIE VON CALDEA
GORTA
NEBELKÜSTE
ILDROS
TARTRA
HESPERA
DER HAKEN
CABALLISCHES
DIE FERNE INSEL
VON OPHIDIA
DER SPIESS
OPHIDIA
DAS
TOTE GÖTTER

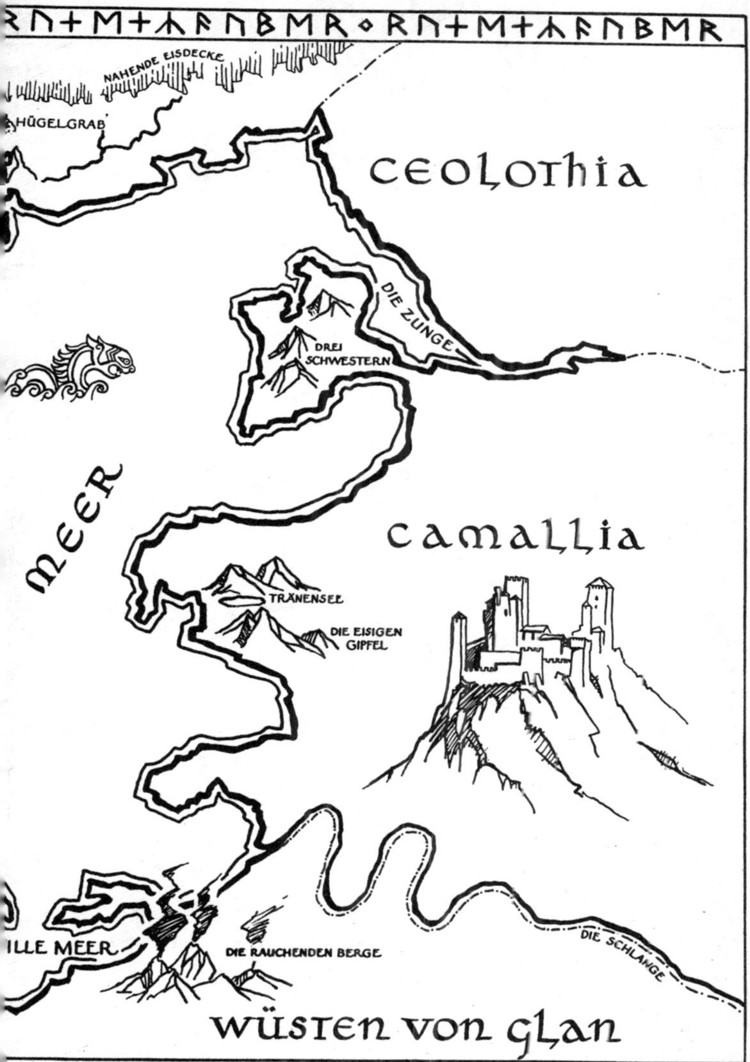
NAHENDE EISDECKE
HÜGELGRAB
Ceolothia
DIE ZUNGE
DREI SCHWESTERN
Meer
Camallia
TRÄNENSEE
DIE EISIGEN GIPFEL
ILLE MEER
DIE RAUCHENDEN BERGE
DIE SCHLANGE
Wüsten von Glan

DIE
DAS HORN VON
VAAL-PEOR
WOLFS
RACHEN
LANDESGRENZEN
GRENZEN DER BARONIEN
STRASSEN, WEGE, PÄSSE
BARONIE VON
JOTUNN
HÜGEL
LAND
BARONIE VON
OVISSIA
BARONIE
VON
PISCERA
DER DORS
BELBID

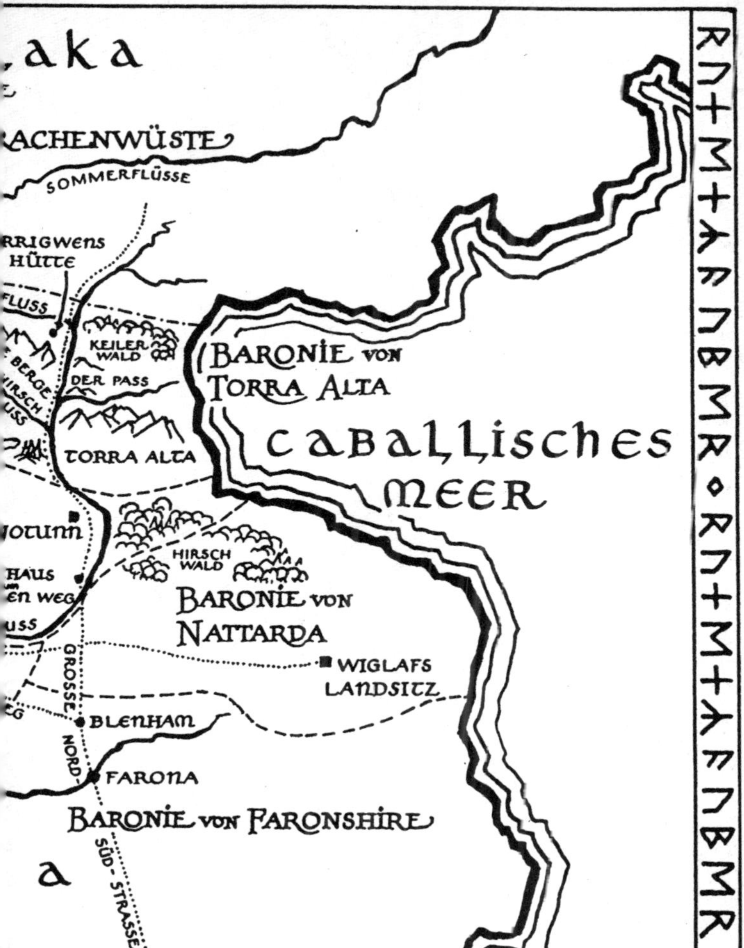

aka
ACHENWÜSTE
SOMMERFLÜSSE
RRIGWENS HÜTTE
FLUSS
KEILER WALD
DER PASS
BERGE
HIRSCH
USS
TORRA ALTA
BARONIE VON TORRA ALTA
CABALLISCHES MEER
JOTUNN
HIRSCH WALD
HAUS
EN WEG
USS
BARONIE VON NATTARDA
WIGLAFS LANDSITZ
GROSSE
NORD
BLENHAM
EG
FARONA
BARONIE VON FARONSHIRE
SÜD-STRASSE
a

KAPITEL 1

Gatto ist hier. Ich habe ihn in einer Seitengasse gesehen«, brach es aus Caspar hervor.

»Was!?« Einen Moment lang sah Hal ihn ungläubig an. »Hier in Farona? Wir müssen auf direktem Wege zum Palast und Ceowulf warnen … Er kann den König informieren, während wir uns vorerst etwas bedeckt halten. Gatto hat Nerven, hier mitten in die Hauptstadt zu kommen.«

Brid drehte ihr nasses Haar zusammen und wrang es aus. Wasser plätscherte auf den Boden, und angewidert wischte sie ihre Hände am Kleid ab. Stolz ragte ihre Nase zum Himmel auf, als sie in würdiger Haltung auf Caspars Hengst saß, doch waren ihre Augen von Trauer getrübt.

Nur ein kurzhaariger Hund, der ans Geländer vor einem ernst wirkenden Haus gekettet war, schenkte ihnen Beachtung, als sie wieder zum Palast kamen. Knurrend eilte der Wachhund auf sie zu, bis seine Kette und das beschlagene Halsband ihn bremsten. Alle neugierigen Gesichter waren verschwunden. Niemand interessierte sich mehr für die Dame auf dem schreitenden roten Hengst. Niemand machte sich die Mühe, den Schmerz hinter ihren feuchten Augen zu ergründen. Caspar fühlte ihren Schmerz, doch er hatte keine Ahnung, wie er sie trösten konnte. Er verstand, daß sie um ihre verlorene Seele trauerte, und innerlich weinte er um ihren verletzten Glauben, doch alles, was er sagte, würde nur leer und unangemessen klingen.

»Ich verstehe noch immer nicht, wo du warst oder was du vorhattest«, tadelte Hal seinen Neffen.

»Ich wollte Brid nur vor diesem … diesem Schmerz bewahren«, versuchte er sich zu verteidigen.

»Aber was um alles in der Welt wolltest du tun?« Hal staunte.

»Laß ihn in Ruhe, Hal«, ging Brid mit unerwarteter Schärfe dazwischen. »Laß ihn einfach in Ruhe. Er hat nur versucht, das Richtige zu tun, und wenn es nicht um unsere Aufgabe ginge, hätte er auch recht gehabt.« Sie sprach mit sanfterer Stimme und richtete sich auf, als verweigerte sie sich selbst das Privileg, im Selbstmitleid zu suhlen. »Jedenfalls haben wir genügend Sorgen, als daß wir uns um Vergangenes Gedanken machen müßten.«

»Ach ja, ich vergaß«, höhnte Hal mit seiner bissigsten Stimme. »Ich vergaß, daß ihr zwei eine *besondere* Beziehung pflegt.«

Caspar errötete. »So ist es nicht, und das weißt du … und du bist verdammt gefühllos.«

Ceowulf stand bei den Falltoren Wache, wartete offenbar auf ihre Rückkehr. Höflich streckte er Brid eine Hand entgegen, um ihr von dem stolzen Hengst zu helfen. Anmutig glitt sie zu Boden, hielt den Blick gesenkt, wich den suchenden Augen des Ritters aus. Mit höfischem Taktgefühl vermied der große Söldner jegliche Erwähnung ihres Prozesses, sondern widmete seine Aufmerksamkeit Hal, der ihn dringend von der Anwesenheit Gattos in der Stadt in Kenntnis setzen wollte.

»Ich weiß«, sagte der Mann überraschenderweise. »Ich habe ihn in der Menge gesehen. Ich stehe hier, um euch zu warnen.«

Während der Söldner und der junge Torra Altaner aufgebracht die Neuigkeit besprachen, starrte Brid in die dunklen Fluten des Burggrabens. Sie sah zu müde und sorgenbeladen aus, um sich mit diesen neuen Ereignissen befassen zu können. Ihr Martyrium war beendet, ihr konnte nichts Schlimmeres geschehen, und Caspar hätte sie gern getröstet. Er wollte der Jungfrau folgen, aber Ceowulf hielt ihn beim Arm und schüttelte den Kopf.

»Ich würde sie in Ruhe lassen. Sie braucht Zeit für sich allein.

Frauen reißen sich schneller zusammen, wenn man sie in Frieden läßt«, riet er ihm.

»Aber wo habt ihr Gatto gesehen, und wer war bei ihm?«

Caspar schüttelte den Kopf. »Ich weiß es nicht. Ich habe ihn nur ganz kurz im Dunkel der Seitengassen nahe der Kathedrale stehen sehen.«

»Ich habe sein Gesicht in der Menge gesehen … kaum eine Sekunde lang. Er hatte sich mit einem Bauernkittel verkleidet, aber von den anderen habe ich niemanden gesehen. Die werden sich in der Stadt natürlich schön bedeckt halten. Er hat mit einem Fremden gesprochen, den ich nicht kannte«, fügte Ceowulf hinzu. »Ein großer, sich langsam bewegender Mann mit einem braunen Umhang.«

»Nun, das könnte praktisch jeder gewesen sein«, winkte Hal ab.

Ceowulf zuckte mit den Schultern. »Jedenfalls will ich dem König gleich Bescheid geben. Aber ich warne euch: Ihr solltet das, was ihr hier vorhabt, hinter euch bringen und aus Farona verschwinden, bevor Gatto euch findet … oder der König wieder mißtrauisch wird.« Er wollte schon gehen, doch er hielt inne und streckte erst Hal und dann Caspar seine Hand entgegen. »Viel Glück. Ihr werdet es brauchen. Gatto ist ein alter Söldner, und kein Söldner wird alt, wenn er nicht hinterlistiger als die anderen ist. Ich werde dem König meine Dienste anbieten und versuchen, ob ich den Mann finden kann.«

Caspar nickte dankbar. Ceowulf war ein willkommener Verbündeter.

»Danke«, sagte Hal nur, aber er ergriff die Hand des Ritters wild und freundschaftlich. Dann sprach er mit leiser Stimme. »Und würdest du Cybillia von mir Lebewohl sagen? Unter diesen Umständen möchte ich nicht gern in den Palast zurück.«

Ceowulf nickte verständnisvoll, doch dann schoben sich

seine braunen Augen unter den sauberen, geraden Brauen zu einem ernsten Stirnrunzeln zusammen, als er zur Jungfrau hinüber nickte, die dort wehmütig in die Fluten des Burggrabens starrte. »Sie ist was ganz Besonderes. Paß auf sie auf.« Seine Stiefel knallten auf dem Pflaster, als er über den Palasthof marschierte und die Schwalbenschwänze seines schwarzen Wappenrocks im Wind flatterten.

»Ich hole Elster und Brids Stute«, bot Caspar an. »Zu Pferd sind wir vor Gatto sicherer. Wir haben keine Zeit zu vergeuden. Wir müssen zurück und die Kathedrale durchsuchen ... inzwischen müßte sich die Lage dort beruhigt haben.« Er trat gegen einen losen Stein und ließ ihn über das Pflaster klappern, ließ seine Wut heraus. Er wollte sich auf den Weg machen. Er mußte den Kessel mit seinen Runen finden, damit sie das Druiden-Ei ausfindig machen und triumphierend heimkehren konnten, um seine Mutter zu retten und die Vaalaker zurückzuwerfen. Er dachte an seinen Vater, der verzweifelt versuchte, seine Burg zu verteidigen. Bevor sie losgeritten waren, hatte Branwolf die Garnison und die anderen Burgbewohner auf Belagerungsration gesetzt. Inzwischen würden die ersten Mägen vor Hunger kneifen.

Brid schien teilweise wiederhergestellt, wenn auch noch etwas blaß und still. Als Caspar ihre braune Stute heranführte, stolperte sie voran und hielt sich an der Satteltasche am Rumpf ihres Pferdes fest.

»Das Auge«, murmelte sie. »Ich muß nach ihm sehen. Spar, bring die Pferde herum und gib mir Deckung.«

Gehorsam fügte sich der Junge, wendete Elster, so daß die große, gescheckte Stute Brid vor den Blicken anderer verbarg. Sie lugte in die Satteltasche, sah den Salamander, der zufrieden um den Mondstein gerollt lag. Bei seinem Blick über ihre Schulter wurde Caspar gleich von der magnetischen Anziehungskraft dieser Kugel gebannt, die von ihm forderte, er solle in ihr geheimnisvolles Herz eintauchen. Unwiderstehlich hob sich seine Hand, um über die glatte Kugel aus kühlem Licht zu streichen.

»Nicht anfassen«, fuhr Brid ihn warnend an. »Sieh doch, sie ist wieder klar. Der verhüllende Rauch der Vogelbeere wurde vom Taufwasser fortgewaschen. Die Göttin hat mich für meine Treulosigkeit gestraft und den Bann gebrochen.«

»Was hat das alles zu bedeuten?« fragte Hal. »Paßt auf.« Er sah sich nach dem Palast um. »Man könnte euch sehen.«

»Jemand kann uns sehen. Wer die Kraft besessen hat, uns durch das Druidenauge zu erreichen, kann es immer wieder tun.« Brid sah sich beunruhigt um, raffte schließlich ihre Röcke und riß einen Streifen von ihrem Unterrock. »Hier, Spar, geh und tauche das in den Burggraben. Das beste wäre, wenn wir das Auge feucht halten können, um seine Kraft zu trüben.« Sie wickelte den Mondstein in das feuchte Tuch und schnallte resigniert den Sattel fest. »Wir können uns unmöglich wieder mit Rauch verhüllen, nicht hier in Farona .. selbst wenn ich die Kraft, einen solchen Bann zu sprechen, noch besitze.« Sie zuckte mit den Achseln. »Nun, hoffen wir, daß kein Schaden entstanden ist. Wenigstens sind wir nicht weit vom Kessel. Wir sollten uns lieber auf den Weg machen und ihn suchen. Je eher wir die Runen finden, desto eher ist unser Problem gelöst.«

Sie stieg auf und ritt den anderen voraus, übernahm zielstrebig die Initiative. Caspar hielt seinen Blick auf ihren Rücken gerichtet, wünschte sich, ihr Schmerz möge vergehen. Hal warf Blicke in jede dunkle Gasse, die von der Hauptstraße abzweigte.

Sie drückten sich an den Straßenrand, als galoppierende Hufe zu hören waren. Ceowulf führte zwanzig Mann der Garde an, um die Stadt zu durchkämmen und die Eindringlinge zu jagen. Die drei Gefährten hielten sich strikt an die breiten Straßen voller Menschen, wo sie in Sicherheit waren.

Die Kathedrale stand allein und majestätisch da, durch Rasenflächen abgeteilt und vom Rest der Stadt durch ein Bollwerk von Grabsteinen getrennt. Das hoch aufragende Gebäude bot keinen Hinweis auf seine inneren Geheimnisse. Sie banden die Pferde an den Stamm einer Weißbirke, hielten sie von den giftigen Eiben fern, von denen es um die Kathedrale viele gab, und beschlossen, ihre Suche zu beginnen, indem sie erst das Äußere der Kathedrale begutachteten. Kleine Bogentüren führten aus verschiedenen Richtungen hinein, doch es war nichts Geheimnisvolles an deren Lage oder den Pfaden im Gras, welche zu den Eingängen führten.

»Wir sehen nicht genau genug hin«, meinte Hal. »Diese Türen sind zu offensichtlich. Es muß einen Tunnel oder so etwas geben, der vom Friedhof hereinführt.«

»Du meinst unter einem dieser hohen Grabsteine?« fragte Caspar.

»Mmmh, ja, so etwas in der Art.« Hal nickte.

Brid schüttelte den Kopf. »Nein, das würde ihnen nicht gefallen. Eher würden sie sich unter die Wurzeln der Bäume graben. Man kann auf einem Friedhof nicht so gut herumschleichen, weil er einsehbar ist. Die Eiben würden zumindest etwas Schutz bieten, und sie würden sich der Kathedrale nicht so weit nähern müssen.«

Das Argument klang plausibel, und so machten sie sich unter den hängenden Zweigen der Eiben wieder auf die Suche. Sie harkten durch die feine Schicht aus Nadeln und Borkenstücken, die sich von den Bäumen gelöst hatten, suchten die dunkle Erde nach Spuren ab. Der Boden war vollkommen unberührt. Hal trat gegen einen zerbrochenen Ast, machte seinem Ärger Luft.

»Wir übersehen irgendwas Wichtiges. Wir müssen unter die Kathedrale gelangen.« Er packte einen Ast, bog ihn hin und her, bis sich die Borke löste.

»Laß den Baum in Ruhe«, fuhr Brid ihn an, ehe sie trübe über seine Worte nachdachte. »Unter die Kathedrale. Was ist unter der Kathedrale?«

»Der alte Tempel natürlich«, antwortete der Junge mit dem rabenschwarzen Haar ärgerlich. »Was glaubst du, weshalb wir hier sind?«

»Mmmmh, und was noch? Abwasserleitungen, Abflüsse, Keller?«

Caspar schüttelte den Kopf. »Nein, Kirchen haben so was nicht. Die Kapelle zu Hause jedenfalls nicht, aber wir hatten auch keine Gruft.«

Im selben Augenblick, als er das Wort geäußert hatte, wußte er, wo sie suchen mußten. »In den Plänen aus der Bibliothek war zu sehen, daß die Gruft unter dem nördlichen Querschiff liegt«, sagte Caspar, nachdem er sich das Pergament in Erinnerung gerufen hatte. Sie schlenderten zum nördlichen Ende des Gebäudes und gaben sich Mühe, dabei so unauffällig wie möglich auszusehen.

An der Nordseite gab es drei Türen, doch nur eine, die ins Querschiff führte. Sie ließ sich ziemlich einfach öffnen, und sie stahlen sich hinein, blinzelten im trüben Licht, versuchten, ihre Augen ans Dunkel zu gewöhnen. Diesmal war das Glück auf ihrer Seite: Die Kathedrale schien menschenleer zu sein. Caspar betete, daß alle Küster und auch der Dekan den Bischof zum Palast begleitet hatten. Ein Seitenaltar beherrschte die Ostmauer hinter einer mächtigen Säule, die vom Umfang her den Eiben auf dem Friedhof glich. Die Säule stützte vier Bögen, die sich von ihrem Kapitell verzweigten. Ein fratzengesichtiger Dämon aus Stein stierte auf sie herab, und Caspar schreckte vor der trollgleichen Miene zurück, dann suchte er die Wände nach einem Eingang ab, der hinunter in die Krypta führte. In beiden Ecken des Querschiffs drückten sich zwei kleine Nischen in den Schatten. Bei näherer Betrachtung führten sie nur zu schmalen, aufwärts führenden Wendeltreppen. Die steinernen Stufen waren in die Mauern gehauen, um den Menschen einen Zugang zu den Korridoren des Triforiums zu ermöglichen, wo sich die Bogenerker jeweils in Dreiergruppen der Länge nach durch die Kathedrale zogen.

»Ich habe es gefunden«, flüsterte Brid, doch die Akustik des Gebäudes fing ihre Stimme ein und ließ die Worte nachhallen. Sie standen einen Moment stocksteif da, fürchteten, jemand könne auf ihr Eindringen reagieren, doch gewann die Stille bald wieder die Oberhand. Brid hob die Ecke eines schweren Wandteppichs an, welcher die Wand hinter dem Seitenaltar bedeckte und einen niedrigen Gang preisgab. Auf Zehenspitzen schlichen sie hinein und folgten Brid in den dunklen Schacht. Die glatten, gleichmäßigen Steinplatten der Kathedrale wichen grob gehauenen Kalksteinstufen, die sehr alt wirkten. Augenblicklich machte sich das Gefühl breit, eine graue Vorzeit zu betreten. Caspar spürte die Gegenwart manch anderer Seele, welche dieselbe Reise in die Finsternis antrat. Selbst die Luft roch anders, zu alt, zu muffig, als wäre sie seit hundert Jahren hier unten gefangen.

Vor ihm verschwamm Brid in ihrem fliegenden Kleid zu einem Gespenst, als die Dunkelheit sie verschluckte. Ein flüsterndes Seufzen war zu hören, als Hal sein Schwert aus der Scheide zog. Das unangenehme Gefühl anderer Menschen um sie herum schien selbst durch Hals dickes Fell gedrungen zu sein, dachte Caspar. Das Schwert schimmerte hell, als sich die letzten Sonnenstrahlen, die durch die Kirchenfenster fielen, darin fingen. Als Hals Gestalt so dunkel wie die Schatten wurde und sie die Wendeltreppe hinunterstiegen, nahm das Leuchten des Schwertes keineswegs ab, sondern wurde heller und durchdringender. Sein silbriger Glanz fiel auf Brids Gesicht, als sie sich nach den beiden Jungen umwandte, die ihr folgten.

»Ist es nicht wunderbar? Wir nähern uns einem Tempel der

Göttin.« Ihr Gesicht strahlte vor Leben. »Das Schwert singt Ihr Loblied.«

Die Luft verdichtete sich zu dickem, beißendem Gestank, und Caspar hustete, um etwas von der übelriechenden Luft loszuwerden. Er streckte eine Hand aus, um nach den Mauern zu tasten, für den Fall, daß er über unebene Stufen stolperte, die sie tiefer in den Schoß der Mutter Erde führten. Schließlich kamen sie in die Krypta, eine niedrige Kammer, welche direkt aus dem Felsen gehauen zu sein schien. Mauerwerk war nicht zu sehen, nur die abgewetzten, löchrigen Kalksteinmauern, deren Kanten von der Zeit abgerundet worden waren. Langsam schritt Hal herum, ließ das Licht von seinem Schwert nach und nach in alle Spalten scheinen. Ein Schauer durchfuhr Caspar, als ihm plötzlich bewußt wurde, daß sie von Leichen im Zustand unterschiedlichster Verwesung umgeben waren, die dort auf den Simsen an der Wand ruhten. Er fragte sich, ob es die Gegenwart ihrer Seelen war, die er auf dem Weg die Treppe hinunter gespürt hatte.

»Ich hoffe, von denen ist keiner an Krankheiten gestorben.« Hal schaffte es, mit sachlicher Stimme zu sprechen. »Das ist nicht die gesündeste Art und Weise, die Toten zu bestatten.«

Das Licht vom Runenschwert brachte Caspar aus der Ruhe. Jedesmal, wenn sich Hal bewegte, drang das Licht tiefer in den hohlen Brustkorb eines Skelettes oder warf neue Schatten über einen Schädel. Als das silbrige Licht ein noch nicht verwestes Auge in der Höhle blitzen ließ, faßte sich Caspar an die Brust, denn er war sicher, daß die Leiche ihm zugezwinkert hatte. Nervös trat er zurück, doch stieß er dort nur gegen eine vermoderte, geschrumpfte Hand, die aus einer Leiche hinter ihm ragte.

»Bleib stehen, Spar. Ich versuche mich zu konzentrieren.« Brid sprach mit fester Stimme, als schalt sie ein Kind. Caspar trat in die Mitte der Kammer und stand gänzlich reglos da, versuchte Trost bei seinem Mandala zu finden, das an seiner Brust pulsierte. So nah waren sie nun daran, das Druiden-Ei aufzuspüren und dessen Geheimnis zu ergründen. So nah.

»Ist es das?« fragte Hal ungläubig. »Ist das der Ort, den wir gesucht haben?«

»Natürlich nicht«, erwiderte Brid ärgerlich. »Sieht es wie ein Tempel aus? Hier sind nur Leichen, aber irgendwo muß es eine Tür geben. Der Tempel ist da drüben in östlicher Richtung.« Das Mädchen suchte die Wand vor sich ab, von oben nach unten, versuchte, deren Geheimnis zu ergründen. Brids übliche Entschlossenheit war wieder da. Sie war in ihrem Element, wenn sie ihre Pflichten gegenüber der Göttin ausüben konnte. Caspar vermutete, daß ihre geweiteten Pupillen es ihr in der Dunkelheit ermöglichten, weit besser zu sehen als draußen im Sonnenlicht. In den letzten beiden Tagen hatte sie sich bewegt, als wäre sie ständig umnebelt.

Caspar konnte nichts erkennen, nur die Knochen von Skeletten, die in ihren Löchern ruhten. Zumindest waren die Knochen auf dieser Seite der Krypta trocken, und es fehlte ihnen an gräßlich anmutendem, verwesendem Fleisch. Manche hatten noch strohiges Haar, das langsamer als die Haut verfiel, doch besaß es nicht den gleichen ekelerregenden Geruch wie das schwarze Fleisch der Toten in den anderen Wänden.

»Hier sind nur Leichen«, protestierte Caspar.

»Ah, aber wir müssen den Tod durchleben, um auf der anderen Seite wiedergeboren zu werden«, sagte die Priesterin geheimnisvoll. »Alle Knochen auf dieser Seite sind sehr viel älter als die anderen, älter als die Kathedrale. Sie sind von irgendwo anders hierhergebracht worden, vielleicht von den alten Hünengräbern.«

»Was meinst du damit?« fragte Hal, während er mit dem Schwert systematisch auf jedes einzelne Skelett deutete und nach Anzeichen eines versteckten Eingangs suchte.

»Die alten Stämme lassen ihre Toten in Steinkreisen unter freiem Himmel zurück, und erst, wenn sie von Aasfressern abgenagt sind, bestatten die Angehörigen die Knochen. Wenn sie so behandelt werden, bleiben die Knochen weiß und werden nicht alt und brüchig. Sieh doch, so wie diese.« Sie strich mit der Hand über die Rundung eines Schädels, zeigte nicht die geringste Abscheu, ein totes Ding zu berühren. »Das Fleisch wurde sauber abgenagt, nicht zum Verwesen darin gelassen, wie bei den anderen, und das Haar ist viel älter. Diese Leichen stammen aus den Hünengräbern.«

Die Toten wachten über den Eingang zum Tempel ihrer Göttin, und unversöhnliche Seelen beschützten den heiligen Schrein. Caspar konnte es jetzt fühlen. Sie waren überall um ihn herum, paßten auf, fragten. Er zog seinen Umhang um den Hals, versuchte, sich vor der eindringlichen Gegenwart zu schützen.

»Wir müssen den Tod durchleben, um auf der anderen Seite wiedergeboren zu werden«, murmelte Brid erneut. »Es ist hier irgendwo. Wieso kann ich es nicht sehen?«

»Es ist ziemlich schauerlich, zwischen den Skeletten toter Männer herumzuwühlen«, sagte Hal.

»Wer sagt, daß es Männer waren?« widersprach ihm Brid.

»Nun, das ist doch offensichtlich, oder? Nur die herausragendsten Menschen werden in einer Krypta bestattet: Könige, Bischöfe, Ritter, tapfere Krieger.«

»Und Priesterinnen«, fügte Brid hinzu. »Die da!« Triumphierend deutete sie auf ein kleines Skelett, das weit unten in der rechten Mauer lag. Der Unterkiefer hatte sich vom Schädel gelöst und lag nun neben dem Halswirbelknochen. »Dort ist der Eingang.«

»Woher weißt du das?« Nun sah sich Hal dieses Skelett näher an, untersuchte den Sims und die dahinter liegende Wand. »Ich kann nichts sehen.«

»Sie ist die einzige Frau hier. Seht euch die Hüftknochen an.«

Caspar sah keinen Unterschied in der Form der Skelette, aber Brid wußte stets viel über die Anatomie von Lebewesen, so daß er ihre Worte nicht anzweifelte. Das junge Mädchen hatte ihre Ärmel hochgeschoben und tastete zwischen den trockenen Knochen herum, doch die Wand dahinter war unbearbeitet, und weder lose Steine noch Falltüren waren zu finden. »Das ist alles fest. Die Wand ist fest, der Sockel ist fest.«

»Fest, aber aus einem Stück«, korrigierte Hal und fuhr mit der Spitze seines Schwertes am Rand des sechs Fuß breiten Felsbrockens entlang.

Augenblicklich wußten sie, was zu tun war. Caspar ächzte, als er den Sockel verschob. Der Stein knirschte auf dem darunter liegenden Felsen, als sie den Sockel langsam von der Wand bewegten. Die Muskeln an seinem Rücken knarrten, als er den Stein mit dem darauf liegenden Skelett auf den Boden legte. Ein Schauer durchfuhr ihn, als er mit der Hand versehentlich die Fußknochen berührte. Er riß seine Hand zurück, und Brid lächelte ihn an.

»Du mußt keine Angst vor ihr haben. Wahrscheinlich ist sie eine deiner Vorfahren.«

Wo eben noch der Sockel gewesen war, führte nun eine dunkle Grube in die Tiefe. Hal senkte die Spitze des leuchtenden Runenschwerts in das pechschwarze Loch, doch er zuckte zurück, als ihn etwas aus der Dunkelheit ansprang und über seine Hand lief.

»Da ist irgendwas!« schrie er.

»Was denn?« Brids Stimme war ganz ruhig und gelassen. »Ihr zwei seid wirklich kleine Jungen, wenn ihr euch von ein paar Knochen erschrecken laßt.«

»Ich weiß nicht. Irgendwas, so was wie ein Dämon.«

Das kleine Mädchen riß dem Jungen mit dem schwarzen

Haar das Schwert aus der Hand und trat entschlossen vor. »Hier ist nichts Böses: Sieh doch.« Sie hielt das Schwert in die Grube. Caspar spähte über ihre Schulter, und sein Herz blieb stehen, als ihn ein gehörntes Gesicht aus dem Dunkel anknurrte. »Es ist nur eine Steinfigur, die Ungläubige wie dich abschrecken sollen. Komm schon.«

Sie kroch in das Loch, stützte sich an einem der steinernen Hörner ab und nahm das Runenschwert mit. Es war nicht so sehr der Drang danach, ihre Suche zum Ende zu bringen, die Hal und Caspar dazu bewegte, ihr eilig nachzuklettern, sondern die Angst, in der Finsternis mit den schlaflosen Toten allein zu bleiben. Der Tunnel war eng, und Caspar nahm seine Ellenbogen zu Hilfe, um sich durch den Gang zu zwängen. Zu seiner Erleichterung sah er vor sich ein Licht, nicht offene, grelle Sonnenstrahlen, sondern das weiche Licht, das durch die Gitter im Boden der Kathedrale drang. Hier roch die Luft frischer. Als er zum Tunnelausgang kam, stand Brid schon aufrecht mitten in der Kammer.

Bevor er noch einen Blick auf seine Umgebung werfen konnte, flüsterte Brid schon voller Verzweiflung im trüben Licht. »Hier ist nichts. Es ist alles weg. Sie sind nicht mehr da.«

Im matten Licht sah Caspar, daß die Kammer rund war. Nach Westen hin fügten sich zwei schlichte Säulen an die Wand. Sie markierten den alten Eingang in die Kammer, doch war dieser inzwischen mit mächtigen Steinblöcken zugemauert. Der glatte Fußboden schmiegte sich an die kalten, nackten Wände, und in der Mitte der Kammer bildete ein massiver, eckiger Stein einen Altar. Es war ein fast perfektes Gegenstück zu dem über ihren Köpfen – bis auf die Aushöhlung an der Oberfläche, einer Art tassenförmiger Senke. Einige Sekunden lang fragte er sich, welchen Zweck diese wohl haben mochte, dann wurde ihm widerstrebend klar, daß darin sicher Blut gesammelt wurde. Es gab so einiges an der Religion seiner Mutter, das er nicht recht begreifen konnte.

»Hier ist nichts.« Hals Stimme klang verärgert. »Kommt schon, verschwinden wir, bevor uns jemand findet.«

»Schscht! Man könnte uns durch die Gitter hören.« Brids Flüstern überschlug sich in der Kehle, und zum ersten Mal schien es ihm, als wäre sie den Tränen nah. »Die Hüterinnen müssen erwartet haben, daß sie entdeckt werden. Sie haben alles mitgenommen und sind weg. Es müßten Sakramente der Verehrung, Dolche, Kelche, Kerzen hier sein, und alles ist fort. Der Kessel muß entfernt worden sein, bevor der Eingang dort vermauert wurde, und dem Mauerwerk nach zu beurteilen, muß das schon Jahre her sein.« Sie nickte zu den beiden Säulen hinüber. »Anscheinend war es zu gefährlich, ihn hier unter der Kathedrale aufzubewahren.« Langsam schritt sie im Raum herum, versuchte, das Geheimnis vergangener Vorkommnisse zu ergründen. »Nur scheinen sie diese Kammer noch bis vor kurzem als Ort des Gebetes genutzt zu haben. Man sieht kaum Staub.« Sie nahm einen Kerzenstummel auf und Reste eines Kelches, der zerbrochen am Boden lag. »Ich vermute, daß die Hüterinnen hier noch gebetet haben, als der Kessel schon vor Jahren an einen sichereren Ort verbracht worden war. Aber jetzt sind sie weg. Einfach weg!«

»Weg. Das war es dann, ja?« fragte Hal abschätzig. »Sind wir gescheitert?«

»Nein, sind wir nicht!« Brid hatte nichts von ihrer Entschlossenheit eingebüßt. »Sie können nicht untertauchen, ohne eine Art verschlüsselter Botschaft für die nach wie vor treuen Anhänger der Mutter zu hinterlassen. Sie müßten uns ein Zeichen hinterlassen, aus dem wir ersehen können, wohin sie geflohen sind. Irgendwo muß eine Botschaft sein.« Sie griff nach dem Altar, wobei ihre Finger vor Spannung ganz weiß wurden. »O Mutter, hilf mir. Strafe mich nicht, weil ich zugelassen habe, daß das geweihte Wasser des Manngottes meine Haut berührt. Strafe mich nicht. Du weißt, daß mein Herz rein ist.« Es lag kein Schluchzen in ihrer Stimme, und doch konnte Caspar die Tränen sehen, die lautlos über ihre Wangen rannen. Langsam hob sie die Arme himmelwärts, und die weichen Falten ihres blauen Kleides glitten herab und gaben ihre schlanken Glieder preis. Beschwörungen formten sich auf ihren Lippen, und bald schon schien sie den ganzen Raum auszufüllen. Ihr Wille wollte die Mauern sprengen. Caspar spürte, wie sie seine gesamte Energie in sich aufsog, durch ihren Körper konzentrierte. »Mutter, nimm mein Blut als Wiedergutmachung.«

Bevor Caspar sie aufhalten konnte, ließ sie das Schwert seitwärts blitzen und fügte sich einen tiefen Schnitt an der Innenseite ihres Armes zu. Das Blut war dunkel und dick, die Haut teilte sich zu beiden Seiten des Schnittes wie Lippen, und ihr Lebenssaft floß ungehindert auf die kühle Oberfläche des Altars. Hal trat eilig vor, riß ein Stück Tuch von seinem Hemd, um das Blut aufzuhalten, aber sie stieß ihn mit erstaunlicher Kraft zurück. Hal taumelte rückwärts und blickte bestürzt.

»Brid, hör auf. Du hast dir eine Arterie aufgeschnitten: Du wirst sterben.«

»Die Mutter wird sich soviel nehmen, wie sie will.« Das Blut spritzte mit dem Herzschlag hervor.

Caspar konnte es nicht länger ertragen. »Nun, die Mutter handelt durch mich!« Zielstrebig trat er auf sie zu, doch er spürte ihren Willen, ihn zurückzustoßen. Er biß die Zähne zusammen und senkte seinen Kopf, um die Willenskraft, die ihn bedrängte, zu durchdringen. Sie hielt ihn mit ihrer freien Hand von sich, und Caspar dachte schon, ihr Griff würde seinen Unterarm zerquetschen und die Knochen splittern lassen. Die Konzentration von Energie und ihr geballter Wille hatten ihre Kraft nur noch verstärkt.

Er versuchte nicht, sich zu wehren. »Brid, ich bin mir sicher, die Mutter möchte, daß du aufhörst. Sie muß doch wissen, daß du ihr treu bist. Immer sagst du uns, daß das Gebet im Herzen stattfindet, nicht mit Worten. Wenn schon nicht meinetwegen, dann mußt du um Keridwens und Morrigwens willen aufhören.«

Ihre glasigen, ziellos blickenden Augen brannten sich durch ihn, doch kehrte der menschliche Blick zurück, und einsichtig starrte sie ihn an. Plötzlich spürte Caspar, daß die Energie in ihr nachließ. Es war, als hätte er sich gegen eine Stahltür geworfen, die nun plötzlich nachgab. Sie sank in seinen Armen zusammen, und Sekunden später hatten die Jungen die Wunde fest verbunden, wobei Hal seinen Handballen gegen die Wunde preßte, um die Blutung aufzuhalten.

»Ihr hättet nicht versuchen sollen, mich aufzuhalten.« Brids Stimme klang schwach. »Ihr habt meinen Willen geschwächt. Die Mutter hätte mich nicht sterben lassen, und wenn doch, so hätte sie es so gewollt.«

»Aber Brid, sie hat mir erlaubt, dich aufzuhalten«, versicherte ihr Caspar. »Dein Wille ist weit stärker als meiner, und sie hat dir erlaubt, Schwäche zu zeigen und auf mich zu hören.«

»Das Blut reicht nicht«, flüsterte sie verzweifelt.

Sie alle betrachteten die hellrote Blutlache, die über den Altar kroch. Die Oberflächenspannung hielt es zusammen, doch allmählich rann es zu der Höhlung auf der einen Seite des Altars. Während der Überfluß fortschwamm, bedeckte nur noch eine dünne Schicht sirupartiger Flüssigkeit den Tisch, und Caspar bemerkte, wie sich das Blut an manchen Stellen teilte, als würde irgendeine Kraft es vom Stein stoßen. Allmählich bildete sich ein Muster aus ineinander verschlungenen Linien: ᛚᛊᚠᚢᚦ Sofort war sich Caspar darüber im klaren, daß es sich um Runen handelte, nur hatte er keine Ahnung, was sie bedeuteten.

Brid seufzte erleichtert. »Wirklich simpel, was? Sie haben eine Nachricht in Wachs zurückgelassen. Die Runen werden nur für jemanden sichtbar, der eine farbige Flüssigkeit auf den Stein gießt.«

»Was bedeutet: jemand wie du, denn niemand sonst wäre so verrückt, überall Blut zu verteilen«, bemerkte Hal. Tiefe Falten zogen sich über seine Stirn, und sorgenvoll sah er Brid an, doch er sprach voller Gleichmut. »Nun, was sagen sie? Du solltest es uns besser schnell erzählen, falls du in Ohnmacht fällst oder so was in der Art. Sagen sie uns, wo das Druiden-Ei ist?«

Das Mädchen schüttelte den Kopf. Langsam sah sie etwas grün aus, und Caspar wurde klar, daß sie schreckliche Qualen durchlebt hatte und sie eben erst von ihren früheren Verletzungen genesen war. »Nein, das ist Lagu, was ›heilige Flüssigkeit im Schoß der Mutter‹ bedeutet. Der Kessel stellt den Schoß der Mutter dar, und somit ist Lagu die Rune, welche die Hüterinnen angenommen haben. Und die anderen Runen besagen schlicht ›südwärts‹. Sie sind gen Süden gezogen.« Ihre Stimme versagte, und Caspar dachte, sie würde ohnmächtig werden.

»Kommt schon, verschwinden wir hier.« Hal stieg als erster in den verschlungenen Tunnel, diesmal selbst mit dem Runenschwert in der Hand, und er murmelte vor sich hin, daß keine Frau je wieder Hand an seine kostbare Waffe legen würde. »Man weiß nie, was sie tun. Frauen sind vollkommen unberechenbar.«

Brid riß einen Streifen Tuch aus ihren Unterröcken und reichte ihn Caspar. »Wisch den Altar sauber. Wir wollen nicht, daß uns jemand folgt.«

Ihm wurde beinahe übel, als die warme Flüssigkeit durch das Tuch sickerte und seine Haut befeuchtete. Er schrubbte fest auf den gewachsten Bereichen herum, bis sie verschwammen und verschmierten, dann drückte er sich nach den anderen in den Tunnel. Brid hatte zu kämpfen. Ihr Atem ging schwer, als sie sich auf den Ellenbogen durch den Tunnel zwängte und sich wie ein Wurm am Boden wand.

Es dauerte einen Moment, bis Hal und Caspar den Sockel und das darauf wachende Skelett wieder in die Aushöhlung geschoben hatten, um so den Tunnel zu verdecken, während sich Brid gegen die zentrale Säule der Krypta lehnte. Ohne auf ihre Erlaubnis zu warten, hob Hal sie an und trug sie die Treppe hinauf, nahm jeweils zwei Stufen auf einmal und blieb nur kurz am Vorhang stehen, der den Ausgang zum nördlichen Querschiff verhüllte. Noch immer gab es keine Spur von Leben in der Kathedrale. Eilig und unbemerkt schlichen sie dort hinaus, wo sie hereingekommen waren. Die Pferde waren nach wie vor an die Weißbirke gebunden, und Feuerschweif begrüßte sie mit einem leisen Wiehern, das seine Nüstern flattern ließ.

»Kannst du reiten?« fragt der ältere Junge das Mädchen mit sanftester Stimme. »Oder muß ich dich wieder tragen?«

»Ich kann reiten«, gab sie lächelnd zurück.

»Hier.« Er wischte ihr den Staub der Krypta aus dem Gesicht und schob die losen Haarsträhnen zurück. »So ist es besser. Jetzt siehst du wieder wie eine Dame aus.«

Caspar bürstete sich ab, und obwohl er sich dafür haßte, daß er sich um irgend etwas anderes als Brids Kräfte und die Suche nach dem Kessel sorgte, wuchs in ihm vor allem ein Zorn auf Hal. Wie konnte er es wagen, so mit ihren Gefühlen zu spielen? Nur weil er Lady Cybillia nicht mehr umschwärmen kann, muß er jetzt Brid schöne Augen machen und sie wieder verwirren. Sie hatte gesagt, daß sie ihn ignorieren wollte, und nun sieh sie sich einer an: Die Augen schmelzen wie Butter, wenn sie ihm nur ins Gesicht sieht. Mit Gewalt schob er seine Eifersucht beiseite, denn er machte sich Sorgen um Brid, deren Kopf nach vorn sank.

»Wir können nicht wieder zum Palast zurück, nicht wenn Brid in diesem Zustand ist. Wir müssen einen Gasthof finden, damit sie sich ausruhen kann.«

Hal schüttelte den Kopf. »Zu gefährlich. Wir können es uns nicht leisten, daß Brid noch mehr Aufmerksamkeit erregt, nicht nach heute morgen. Und es gehört nicht viel dazu, neuerlichen Argwohn zu schüren. Sieh doch: Diese Kräuter, die sie ständig nimmt, lassen in der Wirkung nach. Ihre Augen sind wieder grün, und in dem Zustand, in dem sie sich befindet, möchte ich bezweifeln, daß sie noch mehr Gift vertragen würde.«

»Ich brauche nur etwas zu essen, etwas warme Milch, und dann bin ich in einer Stunde wieder auf dem Damm. Soviel Blut habe ich nicht verloren.« Ihre Zähne klapperten.

»Wir reiten zu deiner Mutter, Hal«, entschied Caspar kurz und bündig.

»Ich glaube nicht, daß das eine gute Idee ist.« Hal schien von der Vorstellung peinlich berührt. »Sie wird Brid nicht sonderlich mögen.«

»Ich hätte gar nicht gedacht, daß du eine Mutter hast«, murmelte Brid kraftlos.

»Jeder hat eine Mutter«, fuhr Hal sie an, als könnte er dieses Gespräch damit beenden.

»Was macht sie hier?« nuschelte Brid, während sie sich von den beiden Jungen führen ließ.

Caspar erklärte. »Als wir erstmals Nachricht über die Vaalaker bekamen, ließ Branwolf seine Stiefmutter in Belbidia in Sicherheit bringen. Elizabetta gefiel es ohnehin nicht auf Torra Alta, jedenfalls nicht als Witwe. Ich glaube, sie fühlte sich zu jung, um Witwe zu sein.«

Hal warf Brid einen Umhang um die Schultern, um ihre Wunde zu verbergen, bevor sie sich langsam durch die Straßen auf den Weg in die südlichen Außenbezirke der Stadt machten. Etwas abseits der Straße bot ein Herrenhaus mit Innenhof und

Ställen eine Heimstatt für Lady Elizabetta. Mit der Flagge Torra Altas und dem Wappen über dem Tor war es leicht zu erkennen. Sie hatte ihre eigenen Diener mitgenommen, und daher wurden die beiden Jungen, als sie näher kamen, gleich erkannt.

»Es sind Master Hall und Master Spar!« Großes Freudengeschrei wurde laut.

»Seht doch, wie der wilde Junghengst sich gemacht hat.« Stolz nahm der Stallbursche Feuerschweifs Zügel. »Welch ein Tier.«

Elizabetta erschien mit ausgebreiteten Armen in der Tür. »Hal, mein Süßer, mein kleiner Junge.«

Hal lief hellrot an, und Caspar wußte, wieso er seiner Mutter nicht in Brids Gegenwart begegnen wollte. Sie war eine stattliche Frau mit schwerem, gesundem Knochenbau, der sie eher kräftig als plump wirken ließ. Das Seidenkleid mit grellen Schleifen und Schärpen wirkte an ihrer aufrechten Haltung gänzlich fehl am Platze. Gesunde Rundungen prägten ihre Wangen, was sie nicht dick erscheinen ließ, sondern nur ihre weichen, femininen Züge hervorhob.

»Hal!« Sie umarmte ihn. »Du bist gewachsen. Wie du gewachsen bist! Welch prächtiger junger Mann.« Sie stürzte sich auf ihn, trotz seiner Bemühungen, sie von sich zu stoßen. »Ach, und der kleine Spar. Du bist nicht ganz so sehr gewachsen, wie ich sehe … aber das kommt noch, keine Sorge«, fügte sie etwas zweifelnd hinzu.

Es war nicht gerade so, als würde Caspar Elizabetta nicht mögen. Sie wollte ihm nichts Böses, doch sie war sich sehr wohl des Umstandes bewußt, daß er ihren Ambitionen im Namen ihres Sohnes schadete.

»Mutter, das ist Brid. Es geht ihr nicht gut, und sie braucht etwas zu essen und Ruhe.« Hal wischte alle Formalitäten beiseite.

Argwöhnisch musterte Elizabetta das Mädchen von oben

bis unten. »Keridwen«, sagte sie nur, als wäre das eine ausreichende Erklärung. »Ich werde niemanden aus Keridwens Brut hier aufnehmen. Alle Schleifchen und Bänder und das gefärbte Haar können doch deine Augen nicht verbergen, Mädchen. Keine von Keridwens Art wird je bei mir willkommen sein.«

»Mutter!« brach es aus Hal heraus.

»Nun, abgesehen vom kleinen Spar natürlich«, fügte sie nachträglich hinzu. »Aber dieses Mädchen ist mir nicht willkommen.«

»Mutter, du wirst es für mich tun«, forderte Hal. »Es ist schrecklich wichtig. Du mußt uns helfen. Für mich und für Torra Alta.«

»Was kümmert *dich* Torra Alta?« stieß sie verächtlich aus. »Es ist nicht mein, und es wird nie dein sein. Wieso also interessiert es dich?«

»Mutter, es ist meine Heimat, und wenn Torra Alta fällt, so wird ganz Belbidia fallen. Tu es für mich, für mich allein.«

»Ich brauche die Hilfe dieser Frau nicht.« Brid saß hocherhoben auf ihrem Sattel, sah jedoch hinfällig aus.

»Ich weiß nicht, was du bist, Mädchen, aber glaube nicht, daß ich mich vor dir fürchte, ebenso wie ich mich vor diesem Bauernmädchen Keridwen niemals gefürchtet habe. Nicht wie all die anderen albernen, abergläubischen Leute hier, die meinen, ihr Heiden hättet so etwas wie übernatürliche Kräfte oder einen Pakt mit dem Teufel geschlossen. Ihr seid nur ein kleinwüchsiges Volk mit naiven, schlichten Vorstellungen.«

Caspar machte sich nicht die Mühe, hitzköpfig zur Verteidigung seiner Mutter einzuspringen oder mit Elizabetta zu streiten. Sie war stets scharfzüngig und arrogant, und sie hatte das Talent, ihn nur noch weiter herabzusetzen, wenn er versuchte, ihr etwas entgegenzuhalten. Hal tat ihm leid, weil er eine derart forsche Mutter hatte.

»Mutter!« Hal lief vor Verlegenheit und Zorn rot an. »Ich

brauche deine Hilfe. Willst du dich deinem einzigen Sohn verweigern?«

Sie seufzte schwer. »Nein, ich will mich meinem einzigen Sohn nicht verweigern«, erwiderte sie. »Ich werde dem Mädchen in meinem Haus Unterkunft gewähren.«

Hal führte Brid an der Hand herein und stand ihr schützend zur Seite, als die Diener warme Milch und etwas eingeweichtes Brot brachten. Elizabetta löcherte ihren Sohn mit Fragen, die er allesamt wahrheitsgemäß beantwortete und von Torra Alta, Keridwen und den Vaalakern berichtete.

»Großer Gott, sie lebt, das hätte ich niemals gedacht. Nun, ich denke, ich freue mich für dich, Spar, wenn ich auch sagen muß, daß ich mich in ihrer Nähe immer unwohl gefühlt habe.«

Brid drückte Caspars Arm. »Sollte Hal dieser Frau wirklich alles erzählen? Sie könnte uns verraten.«

Caspar schüttelte den Kopf. »Was Elizabetta über uns denkt, macht keinen Unterschied. Ihre Sorge gilt allein Hal, und sie würde niemals etwas tun, was ihn gefährden könnte.«

Die ältliche Frau lächelte Caspar an. »Wir haben uns in all den Jahren immer gut verstanden, nicht wahr, junger Herr?«

Der Junge mit dem kastanienbraunen Haar nickte die Frau an. Sie hatte ihn vom Augenblick seiner Geburt an verabscheut, weil er allein Hals Anspruch auf Torra Alta im Wege stand. Doch konnte sie ihn wegen des brüderlichen Bundes, der ihn mit ihrem Sohn verband, nicht vollends verachten. Sie war naßforsch und steif, doch hätte sie nie etwas getan, was ihm schaden konnte. Das hätte er ihr nie verziehen.

»Nun, das mit Keridwen hätte ich nicht gedacht, nach all den Jahren. Das ist eine unerwartete Wendung in der Geschichte.«

Brids Wangen nahmen wieder Farbe an, und sie rührte etwas zerriebene Weidenborke und die ovalen Blätter des gelben Pfennigkrautes in ihre Milch.

»Ich hoffe, du weißt, was du tust, junges Fräulein. Kräuter können sehr gefährlich sein. Ich rühre sie nie an.«

Irgendwie schien Brid nicht mit Hals Mutter streiten zu wollen. Caspar staunte, wie höflich sie mit der Dame sprach und deren Beleidigungen ertrug, ob diese nun verschleiert waren oder offen zutage traten. Dann wurde ihm bewußt, daß Elizabetta als Hals Mutter natürlich nichts falsch machen konnte. Solange Brid in Hal vernarrt war, blieb Elizabetta über jeden Vorwurf erhaben. Seine Gedanken riefen plötzlich Schuldgefühle wach: Seine Eifersucht schien ihn zu übermannen. Es war weitaus wahrscheinlicher, daß Brid bloß zu schwach war, sich auf die Witwe einzulassen.

»Ich bin mir sicher, daß Ihr sehr weise seid, und danke Euch für Eure Sorge, aber ich habe eine gute Ausbildung genossen. Die Weidenrinde lindert jeden Schmerz und hilft mir zu schlafen, und das Pfennigkraut sollte dabei helfen, Blutungen zu stillen. Und wenn Ihr es wirklich wissen wollt: Es ist auch gut bei Nasenbluten. In wenigen Stunden geht es mir wieder gut.«

Hal ging und hob Brid auf, nahm sie in seine Arme und trug sie in eine Kammer an der Rückseite des Herrenhauses. Barsch schickte ihnen Elizabetta eine Magd, die ihnen zu Diensten sein sollte. Hal war nur kurz fort, doch lange genug, daß Elizabetta Caspar ausfragen konnte. »Er ist doch in dieses Mädchen nicht verliebt, oder?«

Caspar zuckte mit den Achseln. »Nicht mehr als in alle anderen. Im Augenblick meint er wahrscheinlich, er wäre es, aber jetzt ist sie von den Schrecken des heutigen Tages geschwächt. Morgen ist sie wieder stark und trotzig und willensstark, was ihm nicht gefällt, und dann wird er sich wünschen, Cybillia wäre noch bei uns. Ihr wißt schon, Lady Cybillia, Baron Bullbacks Tochter. Wir haben sie nach Farona begleitet.«

Elizabetta strich ihre Röcke glatt, schüttelte die Rüschen aus. Stets saß sie mit stocksteifem Rücken da. Ihr dunkles Haar mit nur ein paar grauen Strähnen an den Schläfen war wohlgeordnet und von einem Haarnetz gebändigt, doch sie arrangierte es sorgsam neu, bevor sie zu ihrer Stickerei griff. »Selbstverständlich weiß ich, wer Cybillia ist, aber muß dieses Elfenmädchen wirklich mit euch ziehen?«

»Natürlich muß sie das.«

»Ich verstehe es nicht. Wohin genau wollt ihr? Wie weit geht die Reise?« drängte Elizabetta.

»Wir wissen es nicht. Wir ziehen gen Süden, mehr wissen wir nicht. Brid dürfte eher eine Ahnung haben als Hal oder ich.«

»Wie konntet ihr zwei euch von einem Mädchen anführen lassen, und dazu noch einer von Keridwens Sorte? Er ist genau so schlimm wie Branwolf. Er hat kein Recht, sich in sie zu verlieben. Das muß ein Ende haben.«

»Mylady, ich glaube nicht, daß Hals Zuneigung im Augenblick tatsächlich von Bedeutung ist. Er zieht gen Süden, um sich wer weiß welchen Gefahren auszusetzen. Ihr solltet Euch lieber Sorgen um seine Sicherheit machen.«

»Belehre mich nicht, Kind. Natürlich sorge ich mich um seine Sicherheit, aber er ist fast ein Mann, und Männer müssen sich Gefahren stellen. Sie müssen zum Kampf bereit sein – das ist eine ruhmreiche Sache. Sich aber in eine Hexe aus den Bergen zu verlieben kann nur zu Schmach und Schande führen.«

Elizabetta sprach mit den üblichen Empfindungen der Menschen von Torra Alta, äußerte alle Gefühle und Haltungen, die zu verehren und aufrechtzuerhalten man ihn erzogen hatte. Er vermutete, daß es nicht richtig wäre, wenn er erwartete, daß sie ihre Haltung änderte, nur weil er es getan hatte.

»Es ist Hals Stellung, Hals Aufgabe, tapfer für sein Land zu kämpfen, und ich bin sehr stolz auf ihn, aber diese … diese träumerische Romanze mit diesem Mädchen ist unerträglich. Ich werde sie beenden müssen.«

Innerlich lächelte der Junge, zerrissen zwischen der Loyalität zu seinem Onkel und seinem eigenen Wunsch nach Brid. Wenn Elizabetta ihren Willen bekäme, dann würde Brid ihre blinde Sehnsucht nach dem hübschen Hal aufgeben und ihm den Weg freimachen. Andererseits hatte Brid ihn schon als zu jung verstoßen, und es schien ihm ungerecht, daß sich Elizabetta derart in das Gefühlsleben ihres Sohnes einmischte. Es erschien ihm als seine Pflicht, seinen Gefährten zu verteidigen.

»Ist Hal nicht alt genug, seine Fehler selbst zu machen?«

»Das ist niemand«, sagte sie nur.

Hal kam zurück, gab seiner Mutter liebevoll einen Kuß auf die Stirn, dann setzte er sich ans Feuer. Er sah aus, als wäre er mit sich zufrieden.

»Hal!«

»Hm?«

»Ich verbiete es dir.« Elizabettas Stimme klang fest, doch sie sah nicht von ihrem Wandteppich auf.

Der Junge seufzte nur, war offensichtlich daran gewöhnt, sich Elizabetta zu widersetzen. »Was verbietest du, Mutter?«

»Ich verbiete dir den Umgang mit diesem Hexenmädchen.«

»Das tust du, ja?« Dieser Ausbruch schien ihn in keiner Weise zu berühren. »Ich vermute, daß Spar dir einiges erzählt hat. Du weißt, daß er eifersüchtig ist, oder?« Seine olivgrünen Augen bohrten sich durch seinen Neffen.

Caspar war sprachlos. Wie konnte Hal etwas derart Peinliches vor Elizabetta aussprechen? Außerdem wollte er nicht, daß sein Onkel glaubte, er hätte sich hinter seinem Rücken gegen ihn gewandt. Er konnte nichts mehr dazu sagen, nur noch die Anschuldigung mit einem Achselzucken abtun. »Elizabetta hat nur gefragt, ob du in Brid verliebt bist.«

»Ja, und du hast dich dazu verschworen, sie von mir fernzuhalten.«

Elizabetta ging dazwischen. »Du hättest Cybillia bei dir behalten sollen. Wenigstens besitzt ihr Vater Land. Sie ist seine einzige Tochter … soweit ich weiß. Die Mitgift wäre riesig …«

»Halt den Mund, Mutter. Das ist nicht deine Sache.«

»Wenn irgend etwas jemals meine Sache war, dann das«, fuhr Elizabetta ihn an und stieß die Nadel grob durch das Material. Die Stiche wurden groß und ungleichmäßig.

»Ich gehe zu Bett«, knurrte Hal sie an.

»Nun, vergiß nur nicht, daß ich im Zimmer neben Brid schlafe«, erwiderte die Witwe.

»Hast du tatsächlich eine derart schlechte Meinung von mir, daß du glaubst, ich würde die Lage einer leidgeprüften Jungfrau ausnutzen?« Hal war zornig.

»Nein, Liebes, ich habe eine sehr hohe Meinung von dir. Ich möchte nur das Beste für dich.«

Hal stürmte davon, wollte mit Lady Elizabetta nicht allein sein. Caspar folgte ihm. »Mütter!« rief Hal aus. »Sie sind unmöglich.«

Caspar verbrachte die Nacht damit, sich um seine eigene Mutter zu sorgen, die nach wie vor unter quälendem Schmerz im Fluß aus Eis gefangen war. Morgen würden sie nach Süden reiten. Je schneller sie unterwegs waren, desto besser.

Am Morgen schien Brid wieder ganz gesund. Sie trug ihre alten Hosen und die Hirschlederjacke, die sie getragen hatte, als sie Torra Alta hinter sich ließen. Caspar freute sich beim Anblick ihrer lebhaft grünen Augen, als diese ihn anfunkelten. Ihm war nicht bewußt gewesen, wie sehr ihm ihr wahres Ich gefehlt hatte, und es besserte seine Laune. Höflich nickte sie der Dame des Hauses einen Morgengruß zu und aß am Frühstückstisch wie ausgehungert. Es war das erste Mal, daß man sah, wie sie eine ganze Mahlzeit zu sich nahm. Sie sagte kaum etwas, und es war Hal, der sie als erster fragte, wohin die Reise gehen sollte. Die Antwort ›Süden‹ gab ihnen eine Richtung, aber sie deutete nicht unbedingt auf eine überschaubare Region hin.

»Seid ihr noch nicht darauf gekommen?« fragte Brid.

»Worauf gekommen?«

»Durch Rewiks Fanatismus ist Farona für die Hüterinnen offensichtlich zu gefährlich geworden, und daher sind sie geflohen und müssen den Kessel mitgenommen haben.«

»Ja, und nach Süden gezogen sein, wie die Nachricht besagt. Ja, das habe ich wohl verstanden.« Hal schien verärgert zu sein, daß man ihn vor seiner Mutter herabsetzte.

»Farona war sicher wegen der Inquisitoren zu gefährlich.«

Die Inquisitoren, natürlich, dachte Caspar und merkte, wie plötzlich alles einen Sinn ergab. Der König hatte Schwierigkeiten, Brid den Prozeß zu machen, weil die Inquisitoren im Süden waren, im Hafen von Ildros in Caldea.

»Aber Brid, wir können doch nicht den Inquisitoren nach Ildros folgen«, erklärte er entsetzt. »Es wäre zu gefährlich. Sie würden dich aufspüren«, flehte der kleinere Junge, doch als sein Blick die entschlossene Kälte in den grünen Augen der Jungfrau sah, wußte er, daß sein Protest hoffnungslos war. Persönliche Gefahren bedeuteten Brid nichts. Allein ihre Mission war von Bedeutung.

»Wir werden nur etwas einfallsreicher als in Farona sein müssen«, sagte sie ganz ruhig und nahm noch etwas von dem Kräuterbrot.

KAPITEL 2

Mußt du das tragen?« Caspar deutete auf den Gegenstand, der im kecken Winkel auf dem Kopf seines Onkels saß.

»Ich finde, ich sehe ganz schneidig damit aus. Was meinst du, Brid? Bin ich nicht hübsch damit?«

»Du siehst albern aus«, bemerkte Brid, ohne ihren Blick in seine Richtung zu wenden.

»Hmm, nun, da ihr beide keinen Geschmack habt, beweist es nur, daß ich recht habe.« Er nahm den Hut vom Kopf und betrachtete ihn kritisch, dann grinste er ihn an. »Ich finde ihn gut.« Nachdenklich strich er über die Fasanenschwänze und setzte ihn wieder fest auf den Kopf. »Wir machen bei dem ersten Händler halt, an dem wir vorüberkommen, und sehen, was der dazu sagt. Das dürfte euch beide kurieren.«

Einige dunkle, rötliche Blätter klammerten sich noch an die Rotbuchen, welche die Straße nach Quertos säumten, die sie südwestlich aus Farona hinausführte. Zu beiden Seiten hinter den Bäumen war der schwarze Torfboden von tief gefurchten Linien durchzogen. Möwen sammelten sich über einem Pflug, wo zwei Ochsen den Boden bestellten, die Erde umgruben und Würmer an die Oberfläche brachten. Die drei Gefährten reisten schnell, von Lastenponys und Cybillias Klagen unbehelligt. Es war ein mindestens achttägiger Ritt nach Nordland an der nördlichsten Spitze von Valdea und von dort nur noch drei bis Ildros, doch Hal beharrte darauf, daß sie die ganze Reise in einer Woche schaffen konnten, wenn sie das Tempo beibehielten.

Caspar hatte seine Zweifel. Feuerschweif konnte die Entfernung im stetigen Galopp locker schaffen, doch Elster und Brids

Stute wären einem derart strapaziösen Tempo nicht gewachsen.

Die Landschaft bot eine gnadenlose Weite von Äckern, einzig von kleinen Weilern aufgelockert, Pferchen für die Zugochsen und den surrenden Flügeln der Windmühlen. Riesige Kornspeicher, die auf steinernen Stelzen errichtet waren, um Ratten und Mäuse auszusperren, säumten die Straßen, und ein stetiger Verkehrsstrom reiste in beiden Richtungen auf der Straße. Alle schweren Getreidekarren rumpelten südwärts, während die grellbunten Wagen mit Stoffen und Gewürzen nordwärts rollten und ihre exotischen Waren in die Hauptstadt brachten. In jedem der sechsrädrigen Wagen konnten sich Gatto und seine Söldner verstecken, und die Vaalaker ebenso, doch konnte niemand die Geschwindigkeit der drei Reiter halten. Caspar wollte gern glauben, daß sie dem Feind endlich entkommen waren.

»Aha! Die nächste Händlerkarawane«, erklärte Hal hocherfreut. »Ich wette zehn Goldstücke, daß ihnen mein Hut gefällt.«

»Allen hat dein Hut gefallen, Hal. Sie sehen dich an, als hättest du komplett den Verstand verloren, aber allen gefällt dein Hut. Bisher hast du dreiundzwanzig Händler befragt. Glaubst du, irgendwer wird sagen, daß ihm dein Hut nicht gefällt?« sagte Brid. »Außerdem habe ich keine zehn Goldstücke. Ich bezweifle, daß die gesamte Bevölkerung des Keilerwaldes zehn Goldstücke besitzt.«

»Sir«, rief Hal einem nahenden Kaufmann zu. Heftig winkte der Junge mit seinem grünen Filzhut, während er sein schwarzes Haar nach hinten warf. »Sir, wir haben einen Disput und bitten Euch um Schlichtung.« Er schwenkte den Hut vor der erstaunten Miene des Händlers. »Wir brauchen Eure Meinung zu diesem grandiosen Kleidungsstück. Ist das nicht der hübscheste Hut, den Ihr je gesehen habt?«

Der Händler musterte den Jungen von oben bis unten und

achtete insbesondere auf das lange Schwert, das an Hals Sattel hing.

»Ein wirklich hübsches Exemplar, Sir.«

»Natürlich sagt er das, nachdem du ihn so gefragt hast«, hielt Caspar dagegen. Er riß seinem Onkel den Hut weg und schüttelte ihn dem Händler entgegen. »Ist das nicht der lächerlichste Hut auf der ganzen Welt?«

Der Händler betrachtete das edle Schlachtroß des Jungen und bemerkte sehr wohl die beiden Bögen und den Köcher.

»Ziemlich lächerlich.« Eilig gab er seiner Karawane das Zeichen weiterzuziehen und nickte freundlich, wenn auch hastig zum Abschied.

»Seine erste Antwort bleibt«, erklärte Hal. »Allein seine erste Antwort kann akzeptiert werden, da du, Neffe, ihn eingeschüchtert hast, so daß er lügen mußte. Jetzt schuldest du mir fünfhundert Goldstücke.«

Brid lachte über die absurde Situation. »Fünfhundert Goldstücke! Hal, du denkst dir die Regeln aus, wie du willst. Selbst bei zehn Goldstücken für jeden armen Händler, den du verschreckt hast, wird es nicht soviel, und Caspar hat sich nie auf eine Wette eingelassen. Ich kann diesen Hut nicht mehr sehen, aber wenn er dir wirklich so viel bedeutet, sage ich, daß er dir tadellos steht.«

Hal blitzte den sommersprossigen Jungen mit seinen weißen Zähnen an. »Siehst du, ich habe dir doch gesagt, daß es ein feiner Hut ist.«

Am Morgen des fünften Tages wandelte sich das Flachland zu einer welligen Hügellandschaft, und die ersten Obstgärten der Baronie von Quertos zeigten sich vereinzelt am Horizont. Caspar bekam das unangenehme Gefühl, daß sie beobachtet wurden, doch er beruhigte sich damit, daß nichts mit ihnen hätte Schritt halten können. Nach wie vor rumpelten die Wagen langsam voran, deren Speichenräder über die Schlaglöcher knarrten, von schwarzgesichtigen Ochsen gezogen, die zum gleichmäßigen, erbarmungslosen Rhythmus ihres sturen Schrittes schwankten. Nichtsdestoweniger konnte er das prickelnde Gefühl im Nacken nicht ignorieren, welches ihn warnte, daß irgend etwas ihn beobachtete. Da Ceowulf ihnen nun nicht länger mit seiner Waffenkraft schützend zur Seite stand, war Caspar weniger selbstsicher und Fremden gegenüber argwöhnischer.

Hoch am Himmel schwebte ein Geierfalke. Jeder Vogel konnte ohne weiteres mit ihnen Schritt halten, und er fragte sich, ob es möglich wäre, daß ein solches Tier im Dienst des Feindes stünde. Mehrere Stunden später war die Unruhe noch immer da, und unbewußt drängte er Feuerschweif zu einem schnelleren Schritt, bis die anderen weit zurückblieben. Da bereits Nachmittag war und die Pferde offenbar eine Pause brauchten, beschloß er, daß es höchste Zeit für eine Mahlzeit sei.

Er stieg neben einem kleinen Bewässerungsteich ab, der im Schatten eines Dickichts aus Ulmen lag, und ließ Feuerschweif aus den stillen Fluten trinken, während Brid ihre Satteltaschen nach den gemeinsamen Vorräten durchforstete. Sie schob ihre Ärmel hoch, um einige Scheiben Rehfleisch von einer gepökelten Keule zu schneiden, was den Schnitt an ihrem Arm freilegte. Er war zu einer häßlichen Narbe verheilt, die sich über die Innenseite ihres Armes zog. Hal verzog den Mund bei diesem Anblick. Brid saß zwischen den Jungen, doch ein kleines Stückchen näher an dem größeren der beiden. Sie wirkte glücklicher, seit Cybillia nicht mehr dabei war, und ganz sicher war sie abseits der Stadt entspannter, obwohl sie gelegentlich sorgenvoll westlich zu den Apfelgärten blickte.

»Wir werden verfolgt, habe ich recht?« fragte Caspar. »Den ganzen Morgen ist uns schon etwas auf den Fersen. Es fühlte sich an, als würden uns die Vögel beobachten. Könnten sie für den Feind arbeiten?«

Brid platzte vor Lachen laut heraus und schenkte dem Jungen dann ein sanftes, verzweifeltes Lächeln. »Vögel? Die sind nur dumm. Wahrscheinlich sind sie die dümmsten aller Tiere, von Fischen abgesehen. Nein, es sind keine Vögel.« Die Vorstellung schien sie in höchstem Maße zu amüsieren, während sie einen Apfel in zwei Hälften brach und das Muster der Kerne betrachtete.

»Ist *er* es also? Der Mann, der uns von der anderen Seite des Druidenauges aus sehen kann?« wollte der Junge ängstlich wissen.

Scharf blickte Brid auf, und plötzlich sprach Sorge aus ihren Augen. Sie sprang auf und schnallte die Satteltasche mit dem Mondstein ab. »Nein«, seufzte sie erleichtert. »Jedenfalls glaube ich es nicht. Ich werde ihn für alle Fälle dämpfen. Aber wer uns zu finden versucht, könnte das sehr viel leichter, indem er einfach Elizabetta fragte. Du hättest es ihr nicht sagen sollen.«

»Meine Mutter wird uns nicht verraten«, gab Hal scharf zurück. »Außerdem führt sie einen Haushalt von fünfzig Dienern. Niemand kann sie unter Druck setzen. Mehr Sorgen mache ich mir um Cybillia.«

»Wir haben sie beim König zurückgelassen«, beruhigte Caspar seinen Onkel.

»Ja, aber Gatto schleicht noch durch die Straßen.«

»Aber Hal, Ceowulf ist da. Er wird ein Auge auf sie haben«, bemerkte Brid steif, als ärgerte sie die bloße Erwähnung Cybillias. Sie beugte sich vor und stahl ein Stück Pökelfleisch von Hals Teller.

»Du ißt viel in letzter Zeit«, bemerkte er.

Sie zwinkerte ihm zu. »Das ist nicht für mich«, sagte sie, stand auf und ging zum Obstgarten hinüber.

Die Pferde waren unruhig. Feuerschweif riß hart an seinem

Zaumzeug, so daß der Ast, an welchen er gebunden war, wild hin und her schwankte.

Kurz darauf tauchte Brid wieder mit ihrer zottigen alten Wölfin auf. Das Tier lief liebevoll an ihrer Seite, drückte seinen Leib an ihre Hüfte und legte die Schnauze in die Rundung ihrer Taille. Brids Hand ruhte am Hals des Tieres und knetete die dicke Mähne. Aus dem Maul der Wölfin hingen die langen Beine eines toten Hasen, den das Tier der Priesterin zu Füßen legte.

Die graue Wölfin knurrte die Jungen an, warnte sie, respektvoll Abstand zu wahren, dann kauerte sie sich neben ihre Herrin. Sie hatte eine kahle Stelle unter ihrem Hals, wo die Mähne nicht mehr wachsen wollte, und ein Fleck von narbigem Gewebe rötete die graue Haut. Brid sah sich die Stelle an.

»Armes, altes Mädchen. Das war der Bulle, nicht? Die beiden Narren dort haben mir davon erzählt.« Die Wölfin schmiegte sich an die Jungfrau, drückte ihre lange Schnauze unter ihren Arm und beharrte darauf, daß das Mädchen ihr weiter den Kopf kraulte.

»Du hast mir gefehlt«, seufzte die Priesterin und zerzauste die Mähne hinter den Ohren der Wölfin.

»Mir nicht«, murmelte Hal zu leise, als daß Brid es hören konnte.

Das Mädchen plauderte weiter mit der Wölfin, als könnte diese jedes Wort verstehen. »Die Stadt hat dir nicht gefallen, hab' ich recht? Mir auch nicht. Ich kann dir keinen Vorwurf daraus machen, daß du dich ferngehalten hast.«

Brid warf Hal den Hasen zu. »Hier, häute ihn«, forderte sie. »Wir wickeln die Kugel darin ein. Das Fell des heiligen Hasen bietet uns weiteren Schutz vor jedem, der in das Auge eindringen will.«

Ärgerlich warf der Junge den Hasen seinem Neffen zu. »Das machst du. Ich lass' mich nicht herumkommandieren.«

Caspar seufzte und hob den Hasen langsam auf. Es war den Streit nicht wert.

Brids kastanienbraune Stute zeigte sich keineswegs beeindruckt, als die Wölfin an ihrer Seite lief. Das Pferd trat seitlich aus, schlug mit seinen Hufen, doch die Wölfin war zu schnell und wich ihr jedesmal aus. Als der Mond aufging, hatten sie den Isthmus erreicht, der Caldea vom Rest Belbidias trennte. Seit mehreren Meilen schon hatten sie gespürt, daß sie sich dem Meer näherten. Die Luft schmeckte nach Salz, die Brise, welche ihnen in die Gesichter wehte, frischte auf, und aus der Ferne hörte man den Donner der Brecher an den Klippen. Als sie dem schmalen Damm entgegenritten, der die untere Halbinsel von Quertos mit der inselgleichen Baronie von Caldea verband, wurde der Donner des Meeres von einer Landspitze verschluckt.

Dann war die Luft dick und schwer vom schalen Gestank modernden Seetangs, und das Wattenmeer gab seinen unverkennbar stechenden Geruch in die Luft ab, der sich mit dem stinkenden Brackwasser vom Meer her mischte. Diese Gegend hatte etwas ausgesprochen Totes an sich. Nichts wollte wachsen, rein gar nichts. Das Salz hatte den fruchtbaren Boden ausgesogen.

»Es herrscht Ebbe«, verkündete Brid gleichmütig, als die ersten Regentropfen ihre Wangen kühlten.

»Woher willst du das wissen?« fragte der ältere Junge.

»Das ist doch offensichtlich, oder? Die Flut wird vom Mond angezogen. Ich kann spüren, wie sie an mir genauso zerrt, wie sie Einfluß auf die Mutter Erde nimmt. Außerdem liegt das Watt frei, und ich habe von jeher über den Isthmus gehört, daß der Damm bei Flut so schmal ist, daß nicht mehr als zehn Mann nebeneinander reiten können.« Sie deutete auf den Damm. »*Das* ist etwa eine Meile breit.«

Caspar hatte stets geglaubt, daß dieser Streifen Land wie

eine Nabelschnur aussah, die Caldea mit dem Mutterland verband. Doch nun fiel ihm auf, wie sehr das Meer wie ein Raubtier an dieser Schnur genagt hatte, als wollte es den Bund für immer lösen.

»Wenn es nur so schmal ist, wie kommt es dann, daß es auf Karten immer um so vieles breiter aussieht? Aber wir nehmen dich beim Wort, Brid, und reiten hinüber, solange Ebbe ist«, beschloß Hal mit fester Stimme.

»Weißt du, wie weit sich der Damm erstreckt, bis man in Caldea ist?« fragte sie auf eine Art und Weise, die deutlich machte, daß sie selbst es wußte. Schon begann der Regen auf der Haut zu stechen, als der Wind die Tropfen vor sich hertrieb.

»Ja, es sind fünf Wegstunden. Ich weiß es aus einem Kinderreim«, erklärte Caspar fröhlich. »Ich erinnere mich nicht mehr an alles, aber die Verse enden jeweils mit:

›Der alte König Peppin führte seine Männer übers Meer,
Fünf volle Stunden über die Zunge nach Caldea.‹

Ich fand es immer so ärgerlich, weil sich Caldea nicht auf Meer reimt, auch wenn es das sollte.«

Hal bekam einen fürchterlichen Lachkrampf, hielt sich den Bauch, und der kleinere Junge rümpfte ärgerlich die Nase. »Was soll daran komisch sein?«

»Du. Nur du kannst dich an so was zutiefst Kindisches erinnern.«

»Nun, wenigstens weiß ich, wie weit der Weg hinüber ist. Aber wo ist das Problem? Wieso ist es wichtig, wie weit es nach Caldea ist?«

»Es gibt eine Springflut. Sonne und Mond wirken gemeinsam. Dieser Damm wird nicht so sicher sein, wenn die Wellen darüber hinweggehen«, sagte das Mädchen gegen den Wind.

»Dann sollten wir lieber reiten und unsere Zeit nicht mit

Kinderreimen vergeuden.« Langsam war Hal ärgerlich. »Hier gibt es keinen Unterschlupf, und jedesmal, wenn wir anhalten, verschafft das dem Feind mehr Zeit, uns einzuholen.«

»Wir werden es nicht schaffen.«

»Fünfzehn Meilen in sechs Stunden, natürlich schaffen wir es.«

»Uns bleiben keine sechs Stunden«, korrigierte ihn das Mädchen. »Ebbe war vor zwei Stunden. Es ist dunkel, der Weg ist rutschig. Es bleibt kein Spielraum für Fehler.«

»Hal, Brid hat recht«, versuchte Caspar zu vermitteln. »Es bedeutet vollen Galopp, und die Pferde sind jetzt schon müde.«

»Wir schaffen es. Wir haben keine Zeit zum Warten. Wie viele Soldaten sind in Torra Alta umgekommen, während wir hier um die Fluten streiten? Wir haben zuviel Zeit in Farona vertan. Schon haben wir den Monat des Nebelmondes. Wie lange wollt ihr Torra Alta noch auf Belagerungsration halten?« Hal wartete nicht auf Antwort. Er wandte Elsters Kopf der Landspitze zu und trat ihr fest in den Bauch. Murrend verfiel sie in schweren Galopp. Während das große Pferd Geschwindigkeit aufnahm, verschwand er in der Dunkelheit, und nur das Trommeln der Hufe war im Regen noch zu hören.

Es blieb ihnen nur, ihm zu folgen. Caspar gab Brids Stute einen kleinen Schlag an den Rumpf, um sie anzutreiben, während er Feuerschweif zurückhielt, damit er die Jungfrau nicht überholte. Die Wölfin, die in der Dunkelheit fast unsichtbar war, trabte mit lautlosen Schritten treu an ihrer Seite.

Der Wind schlug Caspar ins Gesicht. Er schmeckte nach Salz, das ihm das Haar verkrustete und sich wie Scheuerpolitur in seine Wangen grub. Der Wind warf den Sand auf und peitschte ihn in die Luft. Caspar verdrehte die Augen, um sie vor den Elementen zu schützen, und verfluchte Hal für sein rücksichtsloses Verhalten. Aber Brid hatte nicht immer recht, und da sie ein Mädchen war, war sie natürlich vorsichtiger als er oder Hal. Und sein Onkel hatte recht: Sie hatten keine Zeit. Er konnte nicht glauben, daß das Meer eine Bedrohung sein sollte. Er konnte es nur am Ufer murmeln hören, ein fremdes Tier, das dort im Mondlicht schlief. Die fernen Fluten glitzerten mit silbrigen Spiegelungen der schmalen Mondsichel, welche durch die Lücken in den dahinjagenden Wolken schien. Das Meer lockte wie eine schöne Frau, die nach ihm rief, er solle ihre verborgenen Früchte erkunden, die von warmen Wassern und fernen Ufern kündeten.

Hal war langsamer geworden, damit die beiden anderen ihn einholen konnten, und zu dritt nebeneinander galoppierten sie über den glatten Strand. In dessen Mitte verlief ein Damm aus Basaltplatten wie eine knochige Wirbelsäule durch das Wattenmeer, der bei Flut den Wagen festen Untergrund bieten sollte. Für die Pferdehufe war es besser, auf dem Sand zu galoppieren, und sie kamen gut voran.

Feuerschweif lief voran und achtete darauf, daß er den anderen Pferden stets eine Länge voraus war. Caspar spürte, daß er den Hengst immer weiter bremsen mußte, da die anderen Pferde allmählich langsamer wurden. Der Mond kroch höher an den Himmel, ein schmaler Schlitz von einer Sichel, die auf den Fluten tänzelte. Plötzlich fiel Caspar auf, daß das Meer sehr viel näher zu sein schien. Wie ferne Trommelwirbel gingen die Wogen über das Watt, galoppierten über die Ebene wie eine Herde heller Pferde, die dem Damm entgegenstürmten. Er wandte seinen Blick nach rechts, wo noch mehr Wellen heranspülten und die Landenge auf die Hälfte ihrer ursprünglichen Breite reduzierten. Ihnen voraus funkelten die Lichter von Nordland, das sich um Caldeas Eingang zum Isthmus schmiegte, und erfüllten den sommersprossigen Jungen mit einiger Erleichterung.

»Seht doch!« rief Hal gegen den Wind. »Dort ist Caldea. Ich habe euch doch gesagt, daß wir es schaffen.«

In derselben Sekunde, in der er es sagte, war von Brids brauner Stute ein Wiehern zu hören. Caspar riß seinen Kopf herum und sah, daß das Pferd auf den Knien taumelte und vor Entsetzen schrie. Brid wurde abgeworfen und rollte ein Stück, riß an den Zügeln, um das Pferd wieder auf die Beine zu bringen. Es dauerte einen Moment, bis Hal Elster gewendet hatte, doch Sekunden später eilten die beiden Jungen dem Mädchen zur Seite.

»Sandschlangen!« rief sie. »Sie haben sie am Hinterlauf.«

Es war im Dunkel nur schwer auszumachen, aber an den Hinterläufen des Pferdes drehten und wanden sich längliche Umrisse, tauchten in den Sand und schlängelten sich daraus hervor, legten sich um das Sprunggelenk der Stute. Hal stürmte mit seinem Schwert voran und hackte wahllos auf die unnatürlichen Viecher ein, die im Sand zappelten.

Das Pferd schrie und kreischte, ein entsetzliches Geräusch, fast wie der Schrei eines Menschen, der vom Wahn befallen ist. Die anderen Tiere flohen bebend ein Stück weiter.

»Tu was, Spar, tu irgendwas«, schrie Hal, der wütend mit dem Schwert draufloshieb.

Angst packte Caspars Magen. Schlangen – er geriet in Panik –, nicht Schlangen, alles, nur keine Schlangen. Der Anblick der glitschigen Arme, die lautlos aus dem Rauch in Cailleachs Wald nach ihm gegriffen hatten, kam ihm in Erinnerung. Der Schrecken der grünen Dämonin mit ihren dienstbaren, wurmgleichen Waldgeistern hatten ihm die Furcht vor diesen Wesen eingegeben. Der benommene Junge starrte die Stute an, die um ihr Leben kämpfte, und Hal, der alles tat, um sie zu retten.

»Spar, so tu doch was«, flehte Hal.

Endlich nahm der Junge seinen Mut zusammen und stürzte sich auf die sich windende Masse von Reptilien, um sie zusammen mit seinem Onkel zu bekämpfen.

Die Nase der letzten Schlange lugte aus dem Sand hervor, und während sein Onkel auf den Hals eindrosch, trampelte Caspar auf dem langen, schuppigen Rumpf herum. Der Magen wollte sich ihm umdrehen, als er spürte, wie das Fleisch unter dem Druck seiner Stiefel nachgab. Das befreite Bein der Stute trat wild nach hinten aus, als wäre sie ein Esel, und behinderte Hals Mühen, sie zu retten. Der Huf traf ihn am Schienbein, und er fluchte aus vollem Herzen. »Ich kann nicht richtig zielen.«

Gnadenlos trat Caspar mit dem Absatz zu, fühlte, wie die Schuppen des Reptils unter seinen Tritten brachen. Magensäure stieg seine Kehle hinauf. Unter allen Tieren dieser Welt mußten es ausgerechnet Schlangen sein. Er konnte Schlangen nicht ertragen. Das Pferd wurde schwächer, als seine Tritte nachließen und hoffnungsloser wurden. Endlich schaffte es Hal, einen ungehinderten Hieb mit dem Runenschwert auszuteilen, und hackte den Leib der Schlange mittendurch. Augenblicklich erstarrte der Leib des Untiers und sah nur noch wie ein toter Ast aus, den die Flut an Land getragen hatte. Dann verschwand der kopflose Teil der Schlange plötzlich mit gurgelndem Schmatzen wieder im Loch. Schlamm verschloß den Eingang, ließ eine dicke Blase zurück, wie köchelnder Haferbrei, und dann war nur noch eine glatte Fläche auszumachen, als wäre nichts vorgefallen. Der Kampfinstinkt des Pferdes trieb es auf die Beine, und einen Moment lang sahen die drei Gefährten das Tier erleichtert an.

»Es geht wieder. Seht doch, sie belastet es sogar.« Brid war froh, aber gleich darauf wurde offenbar, daß die Stute den Boden mit ihrem Hinterbein kaum berührte.

»Sie ist nicht schwer verletzt. Nichts, was kaltes Wasser und ein paar Tage Ruhe nicht heilen könnten«, urteilte Caspar, als er das Bein des Pferdes unterhalb des Sprunggelenks betastete. »Sie kann nur nicht galoppieren.«

»Ich glaube, die Sehne ist gezerrt«, gab Brid ihm recht. »Aber kaltes Wasser wird sie jeden Augenblick reichlich bekommen.«

»Gut, wir müssen hier weg«, beschloß Hal. »Brid, nimm ihr die Bündel ab und schnall sie Feuerschweif auf. Du kannst mit mir auf Elster reiten, dann kann das Pferd es ohne Reiter vielleicht schaffen.«

Sie fummelte an den Schnallen herum und befestigte die Bündel barsch an Caspars Sattel. Eilig durchsuchte sie ihre Satteltasche, um nach dem Mondstein zu sehen, dann nahm sie eine Wasserflasche. »Er ist etwas trocken«, erklärte sie und goß den Inhalt der Lederflasche über die schwach glühende Kugel, um deren Kräfte zu dämpfen, dann wickelte sie sie wieder in das Hasenfell. Sie hängte sie sich um den Hals und verbarg Kugel und Salamander unter ihrer Kleidung. Alle drei blickten der hungrigen See entgegen, deren Hauer sich dem Dammweg näherten. Wieder machten sie sich auf den Weg, kamen in Trab, doch die braune Stute stolperte und zerrte heftig an den Zügeln.

»Sie schafft es nicht«, rief Caspar gegen den Lärm der Wellen an. »Sie kann den Schritt nicht halten.«

»Nun, dann müssen wir sie zurücklassen. Wir können nicht riskieren, daß das Meer uns alle holt.« Hal klang mehr als entschlossen.

»Ich kann sie nicht ertrinken lassen, Hal. Reite weiter. Ich komme nach.«

Caspar brachte Feuerschweif zum Stehen, und die verletzte Stute hinter ihm tat es ihm unbeholfen nach. Sie zitterte und hielt ihr Hinterbein angewinkelt. Traurig sah Caspar ihr ins Gesicht. »Du bist ein gutes altes Mädchen, und du wirst bestimmt wieder gesund, aber du schaffst es nicht über den Damm, und ich will nicht, daß du ertrinken mußt.« Er zog den Dolch aus seinem Gürtel, und während er die Pferdeohren kraulte, tastete er nach der weichen Stelle an der Schädelbasis, wo die Wirbelsäule mit dem Kopf verbunden war. Sorgsam setzte er die Spitze der Klinge an und hob auch seine andere Hand ans Heft. »Tut mir leid, altes Mädchen, aber es ist besser so.« Hart riß er an dem Dolch, biß die Zähne zusammen, um den Stich so schnell und schmerzlos zu machen, wie er konnte. Das dicke Fell wehrte sich einen Moment, und das Pferd warf seinen Kopf mit wild rollenden Augen herum. Plötzlich spritzte Blut hervor, als sich der Dolch zwischen die Rückenwirbel schob und in das weiche Gewebe des Tierhirns drang. Schwer ging sie zu Boden, ohne Schreien oder Ächzen, und lag vollkommen reglos da.

Caspar wischte die Klinge am sauberen Fell ihrer Flanke ab. »Es tut mir leid«, flüsterte er, denn er wußte nicht, was er sonst sagen sollte.

Inzwischen war er vom Meer umgeben, blickte staunend über die weite Ebene, welche das Land unter dem Trommeln der Flügelschläge eines mächtigen Vogelschwarms begrub. Er sprang auf Feuerschweifs Rücken, und noch bevor seine Füße in den Steigbügeln steckten, wendete er das Pferd gen Süden, gab ihm die Sporen, damit es galoppierte, um der Flut zu entkommen.

Nie zuvor war ihm bewußt gewesen, wie schnell die Flut hereinkam. Er lebte in den Bergen, und auch wenn die Grenzen Torra Altas am Meer endeten, stattete man den öden, größtenteils unbewohnten Klippen an der Küste kaum jemals einen Besuch ab. Er konnte die anderen nicht sehen. Er hoffte, sie wären weit voraus, fast schon in Sicherheit.

Er schob seine Hand weiter an Feuerschweifs Hals hinauf und ließ dem Pferd seinen Willen. Da die Flut nun so nah war, konnte er im Mondlicht, das sich in schäumenden Fluten spiegelte, besser sehen, und damit war der schnelle Ritt nicht mehr so gefährlich. Die rote Mähne flog ihm ins Gesicht, mischte sich mit seinem Kastanienhaar, und wie ein Sturmwind aus rotem Sand fegten sie über das Watt.

Elster war nur noch ein kurzes Stück voraus. Der Donner der schweren Hufe des Streitrosses war beim Tosen der Brecher kaum noch zu hören. Als er die anderen einholte, waren die Lichter von Nordland deutlich zu Fenstern und Laternen geworden, aber das Wummern der Hufe war nun ein Platschen, da die Wellen die Fesseln der Pferde umspülten. Erschrocken sah Caspar ins Wasser hinab. Die Wölfin war nach rechts hin ausgewichen, zum höher gelegenen Damm, und die beiden Pferde folgen ihrem Beispiel.

Zweihundert Meter vom sicheren Strand entfernt schlugen die Wellen über eine Landbrücke. Ein Kamm aus weißem Wasser bildete eine Naht, wo die beiden Strömungen zusammentrafen. Die Wellen brachen, verkeilten sich ineinander wie die Rammschädel zweier Steinböcke, die ihre Hörner im Kampf kreuzten. Wasser sog und zerrte an den Pferdehufen, und sie sahen sich gezwungen, langsamer voranzudrängen, wobei sie Wasser in weißen Tropfen aufwarfen, die das Mondlicht einfingen und die Reiter durchnäßten. Die Brecher der tosenden Strömungen fuhren ineinander, die Wellen vergingen und ließen eine glatte Wasserfläche zurück.

Inzwischen mühten sich die Pferde. Wasser umspülte ihre Fesseln, und die Wölfin schwamm, streckte ihren langen Hals nach vorn, und ihre Mähne fächerte sich, wenn sie durch die Wellen trieb. Noch immer kam die Flut. Caspar schätzte, daß nun nicht mehr als fünfzig Schritte zurückzulegen waren, doch fünfzig Schritte an Land schienen im Wasser wie Meilen.

Feuerschweifs Hufe schleppten sich durchs Wasser, und einen Augenblick später schlugen die Wellen unter dem Bauch des Pferdes zusammen. Plötzlich wurden die ruckartigen Bewegungen zu langsamer, fließender Gangart. Caspar spürte, wie der Hengst vorwärtsdrängte, ohne daß die Hufe über

Felsen scharrten: Sie schwammen. Feuerschweifs Atem ging schwer, die Nüstern schnaubten Brackwasser aus. Das Ufer, das eben noch so nah erschienen war, schien nun außer Reichweite zu liegen. Vom Strand her war zu hören, wie jemand etwas rief.

»He, Ihr da! Ihr könnt es schaffen. Macht weiter. Ihr schafft es. Ist nicht mehr weit.«

Andere riefen etwas. Menschen versammelten sich. »Was tun die Narren da? Wissen sie nicht, daß wir eine Springflut haben? Festländer sind allesamt verrückt.«

»Macht weiter. Ist nicht mehr weit«, riefen die ermutigenderen Stimmen übers Wasser.

Brids Umhang breitete sich weit um Elsters Hinterläufe aus, die unter Wasser waren. Langsam trieb das Mädchen ab, glitt vom Pferderücken, wo sie doch hinter dem Sattel hätte sitzen sollen. Sie streckte sich, wobei ihre Füße wild austraten, um sie anzutreiben, während sich ihre Fäuste fest um den Sattel schlossen. Etwas Rotes blitzte in ihrem Haar auf, wo sich der Salamander an ihren Kopf klammerte, um dem Wasser fernzubleiben.

Inzwischen drängten sich die Menschen am Strand, und eine ganze Menge Stimmen riefen ihnen ermutigend zu. Caspar spürte, wie die Anfeuerungen ihn wärmten, ganz im Gegensatz zum kalten Wasser, das in seine Haut schnitt. Die Lederhosen schienen an seinen Oberschenkeln zu schrumpfen, und seine Hände waren erfroren; feste, weiße Bälle, die sich vergebens an die Zügel klammerten. Er wußte nicht, wie er Feuerschweif ermutigen sollte, doch er glaubte, daß Pferde – im Gegensatz zu Menschen – instinktiv wußten, wie man schwamm. Er mußte sich ganz ruhig verhalten und durfte sich nicht in die Bemühungen des Rotschimmels einmischen. Das war die beste Hilfe, die er ihm geben konnte.

Plötzlich erhob sich Feuerschweif mit mächtigem Tritt, und

der Junge spürte, daß sie auf festen Boden gestoßen waren. Ächzend warf sich der Hengst nach vorn, und mit großer Erleichterung spürte Caspar, wie das Wasser von ihm fiel. Das Gewicht seines nassen Umhangs zerrte an seinen Schultern, während der Saum nach wie vor im Wasser trieb, doch der Strand stieg nun zügig an, und sie waren fast da. Die Wölfin war zuerst am Strand, schüttelte sich heftig, duschte die Zuschauer in Meerwasser, dann verschwand sie eiligst im Dunkel der Nacht. Die Menge konzentrierte sich noch immer auf die beiden strampelnden Pferde und die drei Menschen, die sich ans Ufer kämpften. Im selben Augenblick, als Feuerschweifs vier Hufe festen Boden fanden, machte das Pferd eine Reihe von Bocksprüngen, stürmte den Strand hinauf, wo es von der freundlichen Versammlung gestreichelt und gestriegelt wurde.

»Du verdammter Narr«, rief jemand ohne Bosheit, eher mit ängstlicher Sorge. »Du hättest ertrinken können.«

»Als wenn ich das nicht wüßte«, erwiderte der Junge schlicht, als er zu Boden glitt. Er war klatschnaß und zitterte. Elster schleppte sich an den Strand, aber Brid watete noch immer durchs Wasser, und Caspar lief eilig, um ihr seine Hand zu reichen. Sie stieß ihn von sich und marschierte schnurstracks Hal entgegen, der abgestiegen war und heftig hustete, um das Wasser aus seinen Lungen zu bekommen.

Brid blieb direkt vor dem triefnassen Jungen stehen, dessen schwarzes Haar an seinen Wangen klebte. Sie hob eine Hand und schlug ihm böse schallend ins Gesicht. Hals überraschtes Stöhnen erstickte im allgemeinen Aufruhr der Menge.

Sprachlos gaffte er sie an.

»Du blöder, schweinsköpfiger Idiot.« Sie schrie nicht, sondern spuckte die Worte mit stiller Verachtung aus. »Du bist einfach in die Falle getappt. Wieso konntest du nicht auf mich hören?«

Die Menge schwieg. Alle Blicke waren auf Hal gerichtet, und gespannt warteten sie auf seine Antwort.

»Wir haben es geschafft, oder nicht? Wir sind da. Niemand hat behauptet, daß es einfach werden würde, aber wir sind da.«

»Mein Pferd nicht. Dein dämlicher Hut mag es vielleicht geschafft haben, aber mein Pferd nicht.«

»Nein«, gab Hal ihr recht, »du scheinst in letzter Zeit kein Glück mit Pferden zu haben. Nun, ich vermute, daß es einem Mädchen schwerer fällt, ein galoppierendes Pferd auf den Beinen zu halten.«

Wieder schlug Brid nach ihm, diesmal auf die andere Wange. Sie riß ihm seinen Hut vom Kopf und stampfte ihn in den Sand.

»Scharfe Braut«, murmelte jemand in der Menge.

Traurig sah Hal auf seinen zerknüllten Hut hinab. »Das Pferd kannst du mir nicht zur Last legen. Das waren die Schlangen.«

»Schlangen! Nicht schon wieder«, sagte einer der Männer. »Die scheinen sich zur Plage auszuweiten, seit das komische Wetter aus dem Norden sie nach Süden treibt. Natürlich haben wir sie immer schon gehabt, aber das und diese Springfluten immer kurz vor Neumond machen es schlimmer. Inzwischen sind die Sandbänke tödlich. Wie es wird, wenn in ein paar Tagen gar kein Mond mehr scheint, wage ich mir nicht vorzustellen.«

Caspar stand neben seinem Onkel. »Brid hat recht, du hättest auf sie hören sollen«, flüsterte er und ließ die Dörfler weiter das Problem der Schlangen diskutieren.

Hal nickte seinem Neffen zu, und das breite, entwaffnende Grinsen, das einem eine Abfuhr fast unmöglich machte, breitete sich auf seinem Gesicht aus. Seine weißen Zähne spiegelten das Licht der brennenden Fackeln. »Ich weiß. Ich hätte es nicht tun sollen, aber das werde ich vor ihr doch nicht zugeben, oder?«

Caspar zuckte mit den Achseln und ließ sich von den gastfreundlichen Dörflern in die Wärme und den willkommenen Trost des Dammgasthofes führen.

»Ihr Knaben seid ein paar echte Narren, daß ihr das Leben eines jungen Mädchens riskiert. Wozu die fürchterliche Eile herüberzukommen? Zu dieser Jahreszeit ist die Fähre, die bei Dorsmund die Küste entlangfährt, erheblich sicherer. Ich weiß, daß es etwas abseits der Route von Farona liegt, aber wenigstens muß man die Flut nicht fürchten. Wußtet ihr das mit der Flut nicht?«

»Uns war nicht klar, wie schnell …«, setzte Caspar an.

»Mir schon«, schnitt ihm Brid das Wort ab.

Eine ältliche Dame legte Brid einen Schal um die Schultern. »Ja, Liebes, die Frauen verstehen von jeher mehr von den Gezeiten. Trotz aller Fischerei und ihrer Liebe zu den Booten spüren Männer die Gezeiten doch nie so wie wir im Blut.«

»Ich kann nur hoffen, daß die Fischer nicht hören, was du da sagst.« Der Gastwirt zwinkerte den beiden Jungen zu. »Wir müssen den Frauen ihre Launen lassen, was?«

»Das habe ich gehört«, gab die geschäftige Frau zurück, als sie sie mit warmherziger Sorge und einer Gastfreundschaft in die Taverne trieb, die auf dem Festland Belbidias eher selten war. Diese Menschen lebten ein langsameres, sanfteres Leben, und es schien sie der Not eines Fremden gegenüber offener zu machen. Der alte Mann, der sie als erster am Strand bemerkt hatte, zog sie mit sich in den Gasthof. Caspar allerdings weigerte sich, die Pferde zurückzulassen, bevor sie mit einigen Handvoll Stroh abgerieben waren, um das Blut wieder in Wallung zu bringen und dafür zu sorgen, daß sie sich über Nacht nicht erkälteten. Sie konnten sich nicht erlauben, noch ein Pferd zu verlieren, sagte er sich, und noch immer war ihm übel, wenn er daran dachte, wie er die braune Stute getötet hatte. Armes, dummes Tier. Er tröstete sich mit dem Gedanken, daß es einen langsamen, panikerfüllten Tod gestorben wäre, wenn es in den Wellen zurückgeblieben wäre. Sie alle hätten sterben können, wenn noch etwas danebengegangen wäre. Manchmal war Hal unverzeihlich rücksichtslos.

Zum ersten Mal überhaupt sah Feuerschweif müde und erschöpft aus. Caspar klopfte dem Hengst an den Hals, während sich der Rotschimmel zu Boden reckte, um etwas Stroh aufzusammeln. »Morgen geht es dir wieder besser, Feuerschweif«, erklärte er dem Hengst mit fester Stimme. »Uns allen.«

Das gelbe Licht der Laterne am Gasthof machte deutlich, daß die Torra Altaner keine gewöhnlichen Reisenden waren, und die Stimmung der Menge änderte sich entsprechend. Noch immer herrschte warme Gastfreundschaft, durchmengt jedoch mit respektvoller Zurückhaltung, als ihr Status nun im Licht offenbar wurde. Die kleineren Dorfjungen wurden von ihren Müttern am Kragen zurückgehalten, damit sie Hals Schwert nicht neugierig begafften, doch sie starrten es dennoch mit großen Augen an.

»Nun, Sir, wir sollten Euch besser trockene Kleider beschaffen«, verkündete der alte Mann, welcher der Tavernenwirt zu sein schien. Jemand hatte das Feuer geschürt, das für die Nacht verglühte, und Brid saß bibbernd davor; ihr braunes Bärenfell, das für Torra Alta so typisch war, lag als nasser Haufen auf der Erde.

»Hinaus! Ihr alle!« Die alte Frau brachte die Menge unter Kontrolle, öffnete die Tür, um die kalte Meeresbrise durch den Raum wehen zu lassen, und deutete nach draußen. »Seid so gut, geht hinaus und laßt diese guten Leute in Frieden. Die haben schon genug durchgemacht, daß sie jetzt nicht noch von euch allen zu Tode befingert werden wollen. Raus jetzt!« Widerstrebend kehrten die neugierigen Dörfler in ihre Betten zurück und ließen die Torra Altaner mit dem Gastwirt und seiner Frau allein.

»Ich komme immer als letzter ins Bett«, erklärte der alte Mann, um das Schweigen auszufüllen. »Das kommt davon, wenn man eine Gastwirtschaft führt. Da gibt es immer den einen oder anderen, der eine helfende Hand braucht, die ihn nach Hause bringt.«

»Hier«, unterbrach die Frau ihren Mann. »Das hier könnt Ihr zum Schlafen nehmen, solange Eure eigenen Sachen naß sind.« Die Frau hatte Brid bereits mitgenommen und in warme Decken gehüllt. Als die Jungen schicklich bekleidet waren, kehrte die Jungfrau an das wärmende Feuer zurück. In Decken gewickelt, stolperte sie über den Saum ihres geliehenen Kleides, das über den Boden schleifte.

»Nun, du setzt dich dorthin, Liebes, bis dein Haar ganz trocken ist, und ich werde nachsehen, ob ich in der Küche etwas für dich finde, armer Wurm. Du siehst aus, als hättest du seit Tagen nichts gegessen.« Sie zwickte Brid in die hohlen Wangen.

»Sie ist immer so«, sagte Hal eher schroff und faßte sich an seine Wange, die von Brids überraschend scharfer Ohrfeige noch immer brannte.

»Nun, Ihr jungen Herren.« Der Wirt konnte seine Neugier nicht mehr beherrschen. »Euren Kleidern nach zu urteilen seid Ihr fern der Heimat. In dieser Gegend gibt es keine Bärenfelle. Was um alles in der Welt führt Edelleute wie Euch zu nachtschlafender Zeit über den Isthmus?«

Hal übernahm die Initiative, um eine vage Erklärung zu erfinden. »An der Nordgrenze braut sich ein Krieg zusammen, wie Ihr sicher wißt«, sagte er mit einem Blick in das nickende Gesicht des Wirts.

Der zog einen Hocker heran und setzte sich, um eifrig zu lauschen. »Wir sind nur durch den Isthmus mit Belbidia verbunden, aber wir sind nicht vollkommen abgeschnitten. Man gibt uns Nachricht, besonders die Fischer und die Weinhändler.« Er nickte Hal zu, drängte ihn fortzufahren.

»Wir kommen aus dem Norden, wo sich die vaalakische Armee versammelt.«

»Torra Alta«, sagte der Mann, entschlossen sein Wissen vorzuführen.

»Hm, Torra Alta.« Unsicher sah Hal seinen Neffen an, schob die Augenbrauen in die Höhe, als bitte er um Hilfe bei der Erklärung, doch er drehte sich dankbar zur Küchentür um, als diese aufging und die alte Frau mit einem schweren Tablett voller Schalen mit dampfender Brühe hereinkam.

»Da bin ich wieder. Seht, was ich für Euch gefunden habe.« Zuerst bot sie Brid die Brühe an. »Hier, Liebes, löffel das in dich hinein. Leider muß ich sagen, daß es wohl keine so feine Speise ist, wie du sie gewohnt sein wirst, aber sie ist heiß und gesund, und nichts vertreibt das grausame Meer besser. Ich habe sogar einen Schluck von meinem Ingwerwein hineingetan. Der dürfte dein Blut wieder in Wallung bringen.«

Brid dankte ihr mit einem Lächeln, doch bekam sie keine Gelegenheit, der Gastwirtsfrau zu versichern, daß ihre Verpflegung normalerweise nichts Besonderes sei. Die alte Dame hatte sich schon ihrem Gemahl zugewandt.

»Aber, Harran, was denkst du dir nur dabei, all diese Fragen zu stellen? Laß sie sich nur ausruhen, während ich ihnen Wärmepfannen in die Betten stelle. Was sie umtreibt, geht nur sie allein etwas an.«

»Sehr freundlich, Mylady, wir werden es Euch nicht vergessen«, sagte Caspar, was ein rotwangiges Lächeln ins Gesicht der Frau lockte.

»Er hat mich eine Lady genannt.« Sie zeigte ihm ein weiteres Lächeln, das voller Zahnlücken war.

Widerwillig stand Harran auf, sah schuldbewußt zu seiner

Frau hinüber. Er sah aus, als wollte er ihnen noch eine Frage stellen, aber sie warf ihm einen knappen, scharfen Blick zu, und er hielt den Mund. »Was ist mit Eurem Hund?« fragte er, als wäre ihm der Gedanke eben erst gekommen. »Ich habe ihn nicht mehr gesehen.«

»Keine Sorge«, sagte Brid über die dampfende Schale hinweg. »Sie ist eine Einzelgängerin und wird schon wiederkommen, wenn ihr danach ist.«

Der alte Mann schien sich erheben zu wollen, doch nach einem verstohlenen Blick über seine Schulter, mit dem er sehen wollte, ob ihm seine Frau noch immer im Nacken saß, stützte er sich auf seine Knie, beugte sich vor und flüsterte: »Ihr steckt doch nicht in Schwierigkeiten, oder?«

»Nicht mehr als der Rest Belbidias«, antwortete Brid geheimnisvoll, bevor Hal noch etwas sagen konnte.

Mit zweifelndem Blick zupfte der alte Mann an seinem Bart. »Nun, ich will nicht neugierig sein«, sagte er, was sicher nicht stimmte, »aber wenn wir auch von Caldea sein mögen, sind wir doch immer noch treue Belbidianer, und wenn Ihr Hilfe braucht, wollen wir sie Euch natürlich geben.«

»Ein Pferd?« fragte Hal voller Hoffnung.

»Mmh. Tut mir leid, mit Eurem Pferd, Fräulein. Ich würde sagen, wir suchen Euch morgen früh ein neues. Es liegt an der hohen Flut. Es ist unsere Pflicht, den Damm von Schlangen frei zu halten. Dafür haben wir besondere Terrier, nur ist es bei Springfluten hier nicht sicher. Es sind große Würmer, müßt Ihr wissen, mehrere Fuß lang. Wir verlieren dabei ein paar Hunde, aber jetzt haben wir neue Terrier, alle aus Ophidia importiert, und die werden ihre Sache sicher gut machen, sobald der Mond wechselt.«

Er sammelte die leeren Schalen ein und ließ sie gefährlich übereinandergestapelt stehen, damit seine Frau sie abräumen konnte. »Ich führe Euch auf Eure Zimmer. Wir haben hier viele

Reisende, viele Händler, aber nur selten Edelleute. Wäre es unverschämt, nach Euren Titeln zu fragen? Doch nein, es geht mich ja nichts an.«

»Stimmt genau, es geht dich nichts an, Harran.« Die alte Frau klang schockiert.

Hal lachte und versicherte der Gastwirtsfrau, daß sie nicht gekränkt seien. »Ich bin ein Bruder des Barons von Torra Alta. Spar hier wird, wenn er denn lange genug lebt, eines Tages selbst Baron sein. Aber uns im Norden sind die Titel nicht so wichtig.«

Fasziniert schob der alte Harran seine Augenbrauen in die Höhe, offenbar beeindruckt vom Rang seiner Besucher, doch nicht so seine Frau.

»Nun, junge Ritter des Reiches, Ihr solltet besser ins Bett gehen und Eure Kräfte schonen, nachdem Ihr Euch mitten in der Nacht klatschnaß herumgetrieben habt. Wenn Ihr so bedeutend seid, sollten wir dafür sorgen, daß Ihr gesund bleibt.«

Brid legte der alten Frau eine Hand auf den Arm und drückte fest. »Danke«, sagte sie schlicht und ehrlich. »Ihr habt ein gutes Herz.«

Caspar erinnerte die alte Frau an Morrigwen, wenn sie auch bei weitem nicht so schroff und arrogant war. Sie hatte das gleiche freundliche Selbstvertrauen, das mit der Selbstlosigkeit des Alters kam.

Caspar wachte erst auf, als sich das Licht des Morgens durch die Ritzen in den Fensterläden schob, die Lichtfinger über sein Bett gekrochen waren und ihn in die Augen gestochen hatten. Die Luft war vom Geschrei der Möwen erfüllt, die um die Fischreste stritten, welche die Seeleute ihnen hinwarfen. Brid und Hal waren schon aufgestanden, doch Caspar merkte sofort, daß das junge Mädchen seinen Onkel etwas steif auf Distanz hielt. Er lächelte innerlich, hoffte, daß Hals gedankenloses Benehmen endlich ihre Empfindungen für ihn versiegen lassen würde.

»Wollt Ihr denn kein Frühstück, Sir?« Die pummelige, alte Frau bot ihm eine Holzschale mit Haferschleim an.

»Einen Moment nur.« Er schnappte sich ein dampfendes, frisch gebackenes Brötchen vom Tisch und stopfte es sich in den Mund. »Muß nur kurz nach meinem Pferd sehen«, prustete es aus ihm hervor, als er zur Tür hinauslief.

Dankbar seufzte er, als Feuerschweifs klare Augen ihn begrüßten. Der junge Hengst warf seinen Kopf in die Höhe, und Caspar fiel auf, daß einem der Bretter bereits ein hufförmiges Stück fehlte, das nun lose an einem Nagel hing. Feuerschweif war wieder ganz der alte, daran gab es keinen Zweifel. Erheblich entspannter kehrte Caspar ins Gasthaus zurück, um den Rest seines Frühstücks einzunehmen.

»Haaran ist unterwegs, um ein Pferd für Euch zu finden.« Die alte Frau saß auf einem Hocker, wobei sich ihre runden Hüften auf dem Sitz ausbreiteten. »Wird nicht lange dauern. Sie haben den ersten Fang hereingebracht, also werden jetzt Makrelen gegrillt. Ihr werdet sicher welche wollen.« Die Frau schien großes Vergnügen darin zu finden, die Kinder zu beköstigen, und Caspar stellte sich vor, wie sie in jüngeren Jahren freigebig Unmengen von Nahrung an eine große Zahl von Sprößlingen verteilte. Er nickte dankbar und wurde damit belohnt, daß sie den größten Fisch auf seinen Teller legte und Hal einen etwas kleineren gab. Hal sah gekränkt aus.

»Nun, er braucht es mehr als Ihr.« Instinktiv schien die Frau die Rivalitäten zwischen den jungen Männern zu verstehen, als hätte sie von jeher die Familienzwistigkeiten ihrer eigenen heranwachsenden Söhne schlichten müssen. Brid lehnte den Fisch ab, was niemanden verwunderte.

Harran kam zurück, als sie noch aßen. »Es ist nichts Besonderes«, entschuldigte er sich, »nicht wenn man es mit Euren prächtigen Rössern vergleicht, aber ich denke, es hat vier Beine.«

Brid musterte das gescheckte Zugpferd von oben bis unten und untersuchte den groben, rauhen Sattel. Sie warf dem Mann ein Lächeln von derart weiblichem Charme und entwaffnender Schönheit zu, daß er errötete. »Er ist perfekt, Harran. Hal wird darauf sehr bequem sitzen.«

»Ich reite Elster!« erwiderte der dunkelhaarige Junge mit fester Stimme.

»Du bist schuld, daß wir die Stute verloren haben, also kannst du das Zugpferd nehmen.«

Caspar preßte seinen Mund in den Kragen seines Umhangs und versuchte, sein Lächeln zu verbergen.

Hal hatte zu viel Würde, um öffentlich mit einem Mädchen zu streiten, besonders da Brid im Streitgespräch ohnehin nicht umzustimmen war. Statt dessen wandte er sich ihren Gastgebern zu.

»Dann, bitte, laßt mich Euch bezahlen. Was fordert Ihr für Bett und Speisen, und was kostet uns das Pferd?«

»Nichts«, erwiderte der Gastwirt nur.

»Seid nicht stur«, beharrte Hal. »Wir haben Geld genug. Seid ein guter Mann, Harran, und sagt mir, wieviel.«

»Speisen und Unterkunft sind umsonst. Wir hätten jeden bei uns wohnen lassen, der auf dem Damm in Schwierigkeiten war, und das Pferd … Nun, sagen wir, wir tragen unser Teil zum Wohle Belbidias bei … und das mit Stolz. Bringt es nur auf dem Rückweg wieder.«

Die Straße, die sich südwärts zum Dorf hinausschlängelte, war von Flintsteinmauern gesäumt. Verschlafen und unbefestigt führte die Straße zwischen Hügeln durch flaches Land und brachte sie in die Täler von Caldea. »Ich habe ein schlechtes Gewissen, daß ich sie nicht bezahlen konnte«, erklärte Hal. »Ich habe kein gutes Gefühl dabei.«

»Sag nicht, daß du abergläubisch wirst, Hal«, lachte der kleinere Junge. »Und im übrigen paßt das Pferd zu dir. Es wäre dir sicher ein treues Schlachtroß.«

Das gescheckte Zugpferd wackelte mit seinen langen Ohren, um eine störende Fliege zu vertreiben, und Hal sank auf dem durchhängenden Pferderücken in sich zusammen.

KAPITEL 3

May wachte früh auf. Die Stille verstörte sie. Durch die Ruhe spürte sie die leise, hungrige Gier des Feindes, der unten in der Schlucht lagerte.

»Pip«, flüsterte sie.

Er stöhnte und rührte sich.

»Ich kann nicht schlafen.«

»Ich auch nicht. Bald geht die Sonne auf.«

Sie krochen in die Nische der Schießscharte und starrten in die dunkelblaue Nacht hinaus, bis der Morgen durch die klare Luft flüsterte und über die Gipfel der gezackten Berge strich. Langsam glitt das Sonnenlicht in die vom Winter verhüllten Täler, die Decke aus weißem Schnee ließ die Umrisse der Berge und der Burgmauern sanfter erscheinen. Seit Tagen hatten sie die Sonne nicht gesehen, doch nun kam der Morgen mit der Klarheit des Frostes: Der Sturm war abgeklungen.

Drei kurze Stöße aus dem Bügelhorn riefen die Männer an ihre Posten. May erschrak nicht mehr. Jeden Morgen verlief die immer gleiche Zeremonie auf undramatische Weise, wenn die Männer ihre Bögen spannten, ihre Pfeile sortierten und wachsam auf ihren Posten standen. Sie sahen zu und warteten, während die Vaalaker sich in großer Zahl sammelten und der Duft von bratendem Rentierfleisch den Felsenturm hinauftrieb. Der Feind hatte seine Herden durch die öde Drachenwüste getrieben, wie man ihr gesagt hatte. Der Duft von dünstendem Fleisch war im Hauptturm nun ein bleibendes Gesprächsthema, wobei der Hunger ihnen auf den Magen schlug und den Verstand schärfte. Die Vaalaker sammelten ihre Kraft, ließen sich Zeit, warteten auf die richtige Gelegenheit anzugreifen, während in der Burg stille Erwartungen in der Luft hingen.

May und Pip glitten aus der Nische und schlichen zu ihrer Mutter, die Familienrationen für den Tag ausgab. Einige Frauen und Kinder sammelten sich zu ihrem mageren Frühstück um den großen Tisch im unteren Turm. »Sie werden einfach nur dasitzen und warten, bis wir verhungert sind«, klagte Pip, während er auf einer Brotrinde kaute und sich hungrig nach mehr umsah. Elaine schob ihren Teller ihrem kleinen Jungen hin, und seine Augen wurden bei der Aussicht auf eine Extraportion Pökelfleisch ganz groß. Er aß lautstark, und die rothaarige Frau sah ihn mit mattem Lächeln an.

Mays Hunger nagte unablässig an ihrem Magen wie ein tollwütiger Wolf, der ihr Innerstes zerriß, doch sie wollte nicht klagen, sonst würde ihre Mutter noch das allerletzte ihrer eigenen Portion opfern, und diesen Gedanken konnte May nicht ertragen.

Elaine drückte ihr ein Stück Brot in die Hand. »Hier, mein Kind, nimm das. Dann geht es dir besser.«

Starrsinnig schüttelte das Mädchen den Kopf. »Nein, nimm du es. Es gehört dir.«

»O nein, ich habe vorhin schon gegessen. Ich habe überhaupt keinen Hunger. Du mußt es nehmen.«

May wußte, daß ihre Mutter log. »Nein, Ma, ich habe auch keinen Hunger. Du *mußt* es essen.« Ihre Mutter war klein, mit feinen Knochen, aber sie war niemals dürr gewesen. Nun war ihr Gesicht schmal und ausgemergelt, wo die gesunden Rundungen von ihr abfielen. »Kann der Rest Belbidias denn keinen Truppennachschub schicken?« fragte May.

Alle anderen Frauen, die um den Tisch kauerten, sahen sie stirnrunzelnd an, und sie fühlte sich schuldig, daß es ihr überhaupt in den Sinn gekommen war.

»Nein, meine Liebe«, sagte Maud, die ältere Frau, ohne von ihrem Webstuhl aufzublicken. »Erst wenn jemand Pferd und Wagen erfindet, die fliegen können. Die Straße befindet sich auf der Nordseite des Felsenturms. Sieh aus einem dieser Fenster und sag mir, was du siehst.«

May mußte nicht erst nachsehen. Sie wußte, daß sich der Feind auf der Straße drängte und Torra Altas einzige Rettungsleine, die sie mit Belbidia verband, im tödlichen Griff hielt. Beschämt ließ sie den Kopf hängen und betrachtete die kärgliche Rinde und den Streifen vertrocknet aussehenden Rindfleisches, das dort vor ihr lag.

Elaine sah ihre Kinder voller Sorge an, dann preßte sie die Lippen zusammen. »Langsam wird es Zeit. Mach dich auf den Weg, Pip.«

»Aber Ma!«

»Ich will nichts mehr davon hören, junger Freund.«

Die alte Frau blickte von ihrem Webstuhl auf und lächelte den Jungen an. »Aber jeder weiß doch, daß die besten Bogenschützen der Garnison ihre Lehrzeit unten im Brunnenraum verbringen.«

»Wirklich?!« Pips Augen wurden vor Aufregung ganz groß.

»Ja, wirklich.« Maud nickte den kleinen Jungen mit unergründlichem Lächeln an. Ohne ein weiteres Wort hastete er zur Tür hinaus, und die Frau lachte gutmütig. »Knaben leben nicht von Nahrung. Sie brauchen nur Träume.«

Dankbar strich Elaine über ihre Hand, dann wandte sie sich ihrer Tochter zu. »Ich mache mich auf den Weg, um in der Küche zu helfen. Du solltest lieber wieder zu Morrigwen gehen und sehen, ob du sie heute nicht zum Essen bringen kannst. Auf dich scheint sie besser zu reagieren als auf alle anderen, und wenn wir sie nicht dazu bewegen, daß sie etwas ißt ...« Elaines Sorgenfalten hatten sich in den letzten Tagen tiefer eingegraben. Traurig blickte sie zur Tür des Korridors, der vom unteren Hauptturm abging, und ließ die Worte in der Luft hängen.

Maud widmete sich wieder ihrem Webstuhl. »Fast ist es, als warteten die Vaalaker darauf, daß sie stirbt.«

Erschrocken sahen alle anderen Frauen sie an.

May schürte das Feuer in Morrigwens Kammer, dann blickte sie der Greisin in die matten Augen. Sie lag so still da, mit einem tödlich blaugrauen Schatten auf der Haut. Mays Herz pochte ohnehin, doch sie fuhr vor Schreck zusammen, als die Skeletthand der Alten plötzlich nach ihrem Handgelenk griff. »Brid, Brid, meine Liebste, du bist wieder da.«

May strich über ihre Stirn. »Nein, ich bin es noch immer nur, May.«

Morrigwen blinzelte und starrte das Kind an, das neben ihr kauerte. »Silbermond?« Sie klang überrascht, und dann herrschte sie das Mädchen böse an: »Aber wo ist Brid? Ich habe doch gesagt, du sollst sie holen. Ich brauche ihr Wissen um die Kräuter. Du mußt sie holen, jetzt gleich.« Die Alte packte fester zu, ließ an Mays Arm Abdrücke zurück.

»Ich kann nicht, sie ist auf dem Weg nach Farona«, tröstete May. Morrigwens Ausbrüche beunruhigten sie nicht mehr, doch fürchtete sie zunehmend um ihre Gesundheit. Ihre Mutter hatte gestern den Rest vom Fuchsblatt zermahlen, und nun war nichts mehr übrig, womit man die alte Frau gegen das langsam zehrende Gift behandeln konnte.

»Dann Keridwen. Ich habe sie gestern gesehen. Ich weiß, daß ich sie gesehen habe.«

»Nein, es war meine Mutter Elaine«, flüsterte das Kind traurig. Seit Morrigwen krank darniederlag, hatte Elaine beschlossen, sich fernzuhalten. Es schien, als würde sie die alte Frau in eine Art Hysterie versetzen, weil Morrigwen nicht glauben wollte, daß sie nicht Keridwen war.

»Streite nicht mit mir, Mädchen.«

May holte tief Luft und strich über die runzlige Stirn der

Greisin. Büschel von langem, silbrigem Haar fielen von ihrem Kopf und lagen wie ein wirres Netz auf ihrem Kissen. May tupfte ihre brennenden Augen und rang die Tränen nieder. Zwar mochte die alte Frau mürrisch und ruppig sein, doch inzwischen war sie ihnen wie eine Großmutter zugetan. Verzweifelt betrachtete sie die feuchte graue Haut und die ausgeprägten Wangenknochen, die ihre tiefliegenden Augen in den blauen Höhlen betonten. Von Tag zu Tag sah sie schlimmer aus. Die Kräfte verließen sie. May räusperte sich und tätschelte der Frau die Hände.

»Morrigwen, hör mich an. Ich weiß, das alles scheint so verwirrend …«

»Wage nicht, mich von oben herab zu behandeln, Kind.«

»Nein, Morrigwen, nein. Hör mich bitte an. Man hat dich vergiftet. Es ist das vaalakische Nesselkraut in deinen Adern«, versuchte das Mädchen zu erklären.

»Vaalakisches Nesselkraut! Nesselkraut! Du bist verrückt, Kind. Nirgendwo in dieser Gegend hier findet man Nesselkraut.«

Jeden Morgen phantasierte Morrigwen. Beim Aufwachen war sie am verwirrtesten, doch schien sie allmählich wieder zu Verstand zu kommen, wenn das Kind erneut erklärte, was mit ihr geschah.

»Nesselkraut? Man hat mich vergiftet?« Morrigwens Hände sanken herab, und mit leerem Blick starrte sie an die dunkle Decke. »Ich kann es nicht glauben. Das Kraut ist zu rar. Man müßte etwas von Kräutern verstehen.« Ihr Atem ging schnell. Langsam wurde er ruhiger, doch sie sprach keuchend und ruckartig. »Blasenampfer und Fuchsblatt. Ich brauche Blasenampfer und Fuchsblatt.«

May nickte. »Ich weiß. Du hast es mir gestern gesagt.«

»Habe ich?«

»Es ist reichlich Blasenampfer in der Brühe, aber wir konnten nur noch einen winzigen Zweig vom Fuchsblatt finden, und etwas davon haben wir natürlich auch Catrik gegeben. Er scheint die gleichen Symptome zu zeigen wie du. Wir haben die Küchen durchsucht und jeden auf der Burg gefragt, aber mehr haben wir nicht, und natürlich können wir jetzt davon auch nichts beschaffen.« Sie wandte ihren Kopf nordwärts, deutete vage zu den belagernden Vaalakern hin. »Aber ich habe die Brühe auf dem Feuer warm gehalten. Du mußt nehmen, was wir haben.« May setzte die Frau auf und fütterte sie geduldig mit kleinen Löffeln des Heilmittels.

Morrigwen hustete und prustete, und Flüssigkeit rann ihr aus den Mundwinkeln. Sie schluckte unter Schmerzen, und die Anstrengung des Essens erschöpfte sie, bevor sie noch vier oder fünf Mundvoll genommen hatte. Sie lehnte sich zurück, und ihre Augenlider sanken schwer auf die gerötete Haut unter ihren eingefallenen Augen.

»Du mußt die Runen der Heilung auf meine Brust schreiben. Ohne sie fehlt mir die Kraft zu essen.«

»Ja, Morrigwen, das hast du mir schon gesagt, aber ich kenne sie nicht. Du *mußt* versuchen zu essen.«

»Bring mir etwas Färberwaid und eine Feder. Das Gift sitzt für die Kräuter zu tief in meinen Adern. Wir brauchen stärkeren Zauber.«

May seufzte. Die Feder und die zerstampften Stämme von Waid mit ihrer dunkelblauen Färbung lagen schon neben dem Bett. Sie hatten es am Tag zuvor bereits versucht, doch waren Morrigwens Hände zu zittrig und ihr Augenlicht zu matt gewesen. Der mühsame Versuch, den Runenzauber zu sprechen, hatte sie nur noch mehr geschwächt.

Das junge Mädchen löste das Gewand der Greisin und schreckte beim Anblick ihres eingefallenen Brustkorbs zurück, der fast durch die dünne Haut stach. Die Hand der Greisin zitterte, als sie eine dünne Linie von blauer Farbe auf ihre Haut kritzelte. Angewidert ließ Morrigwen die Hand sinken. Einige Minuten lag sie brütend und schweigend da.

»Ich habe es schon einmal versucht, nicht wahr?« seufzte sie schließlich bitter. »Warum hast du mir das nicht gesagt?«

»Weil du mir nie glaubst«, erwiderte May ehrlich. »Du erinnerst dich erst, wenn du schon eine Weile wach bist. Nun lehn dich zurück, und in ein paar Minuten versuchen wir es noch einmal mit der Brühe. Mehr können wir nicht tun. Und du mußt es versuchen, Morrigwen.«

Resignierend sank die Greisin zurück, während May aufstand, um das Bett zu reinigen und es ihrer Patientin so bequem wie möglich zu machen. »Catrik. Warum bin ich nicht früher darauf gekommen?« ächzte Morrigwen. »Nicht einmal Brid hat es vermutet. Aber Vaalakisches Nesselkraut, das ist nicht weit verbreitet.«

»Ma sagte, anfangs habe ihr keiner geglaubt, da niemand je davon gehört hatte. Aber niemand versteht, wieso man dich vergiften will. Sie glauben, es hätte etwas mit dem Kuraten Dunnock zu tun.«

Morrigwens keuchender Atem ging durch die Kammer, während May die Kissen um sie stopfte. Plötzlich schnaufte und schniefte sie, zwinkerte mit den Augen. »Du kümmerst dich doch um Catrik, oder?«

»Pater Gwion sieht stündlich nach ihm«, versicherte ihr May. »Aber der alte Mann ist sehr schwach.«

»Alt und schwach, aber nicht so alt wie ich«, murmelte Morrigwen. »Gib mir die Suppe, Kind. Ich muß gesund werden.« Stoisch versuchte Morrigwen das heilende Gebräu zu schlucken, doch wiederum ließ es sie heftig husten. Blut rann aus ihrem Mundwinkel.

»Wir müssen es einfach immer weiter versuchen«, machte May ihr Mut. »Wenig und oft.«

»Gepriesen seist du, Silbermond«, murmelte die Greisin, als sie in ihre Kissen sank und die Augen gegen das schmerzende Licht schloß, welches durch die Fensterläden kroch. »Aber wir brauchen Brid. Sie muß zu mir zurück. Aber sie … sie will nicht mal …« Ihr Atem ging flach und schnell, und die Worte kamen kaum über ihre trockenen Lippen. »Sie sucht nicht mehr nach mir.« Ihr Leib erschlaffte, als der Schlaf sie in sein Reich der Träume zog.

May saß bei ihr, hielt ihre Hand und betete, daß sie leben sollte. Sie brachte die langen, traurigen Stunden damit zu, mit der Frau zu plaudern, die Geschichten zu wiederholen, die Morrigwen ihr erzählt hatte, in der Hoffnung, daß der Klang einer tröstenden Stimme ihr friedliche Träume bescheren und sie dem Leben nahe halten möge. May spürte, wie ihre eigenen Augenlider allmählich herabsanken, als die einschläfernde Hitze im Raum ihr das Denken vernebelte.

Ein durchdringender Ton aus einem Horn brach den Frieden, und sie eilte vom Bett der Greisin, den Fensterladen zu entriegeln und auf den Burghof hinauszublicken. Das aufgeblähte rote Gesicht des Hornisten auf dem Wachturm wirkte angestrengt, als seine Lungen dem Horn ein aufgeregtes Heulen entlockten. Langes, unheimliches Heulen, das an den Nerven zerrte.

Langsam stapften die Männer der Garnison durch den knietiefen Schnee zur Ostmauer, wo der Hauptmann auf einer Zinne stand. Mit gezücktem Schwert hieb er auf eine schwarze Gestalt ein, die versuchte, oben an der Mauer Halt zu finden. Unmengen von Unmöglichkeiten gingen May durch den Kopf. Die Mauer war glatt. Niemand konnte zu ihrem Fundament gelangen, da die schäumenden Winterfluten des Silberflusses um den Fuß des Felsenturmes brodelten, und erklimmen konnte man die Mauer ohnehin nicht. Dieser Zugang war unmöglich. Mit großen Schritten durchquerte der Baron den

Burghof, und ein dicker Umhang umwehte seine Schultern. Er sprang neben seinem Hauptmann auf die Mauer.

»Öl. Bringt die Ölfässer. Ihr dort!« Er deutete auf fünf Männer, die in seine Richtung liefen. »Dreht die Wurfmaschine dort hinten um und beladet sie mit Steinen. Holt die Ölfässer. Die Mauern sind voll von ihnen.«

May wich vor dem Pfeifen der Pfeile zurück, die auf den Feind herniederregneten. Gespenstisch unmenschliche Schreie schnitten durch die kühle Luft, und sie spürte, wie ihr das Herz im Halse schlug.

»Komm da weg, Kind«, flehte Morrigwens bebende Stimme. »Schließ den Fensterladen.«

May konnte sich von dem Schrecken dort unten nicht lösen. Ein dunkles, plattnasiges Gesicht kam knurrend über die Zinnen, und die langen, klauengleichen Arme schlugen nach den Bogenschützen. Gurgelndes Gebrüll drang aus der Kehle des Angreifers, als er seine Klauen einem Bogenschützen in den Hals schlug. Schließlich fiel er mit einem Dutzend Pfeilen, die in seinem lederigen, borstenhaarigen Rücken steckten. Fünf weitere Viecher sprangen über die Mauern, und von ihren gelben, aufragenden Hauern sabberten sie klebrigen Speichel.

»Silbermond, schließ die Läden«, befahl Morrigwen ihr krächzend.

Langsam wandte sich May um und blickte in das kalkweiße Gesicht ihrer Patientin, die sorgenvoll versuchte, ihren Kopf zu heben.

»Trolle, Morrigwen. Trolle.«

Die Greisin sank traurig zurück. »Anomalien. Unnatürliche Kreaturen. Der Runenzauber hat kaum Kraft gegen Wesen, die den Gesetzen der Natur nicht unterliegen.«

Ein menschlicher Schmerzensschrei ließ May herumfahren, und entsetzt starrte sie hinab und sah, wie ein kurzbeiniger Troll über einem Bogenschützen kauerte und dessen Brust mit seinen Klauen zerfetzte. Stränge von Sehnen und Gedärm hingen von seinen Hauern. Der Baron hob sein Schwert und schlug dem Vieh mit einem Hieb den Kopf ab. Das Blut, das dann aufspritzte, war schrecklich rot, als es in den jungfräulichen Schnee sickerte.

Als sich der Hauptmann für den nächsten Troll bereitmachte, der über die Ostmauer kletterte, sah sich Lord Branwolf um und bellte klare Befehle heraus. »Kommt an die Mauern!«

Instinktiv hatten die Männer begonnen, das halbe Dutzend Trolle anzugreifen, das sich bereits auf dem Burghof befand, doch Branwolfs bellender Ton ließ sie innehalten. Eilig teilte er zwanzig Mann mit Schwertern und kurzen Bögen ein, damit sie die Viecher zusammentrieben, während er den Rest an die Mauern rief. »Sorgt dafür, daß keine mehr über die Brüstung gelangen«, donnerte er. »Und bringt das Öl hierher. Warum ist es nicht bereit?«

Als die disziplinierten Männer an Ort und Stelle waren, legte der Baron beide Hände an das Heft seines Schwertes. Mordlust gurgelte in seiner Kehle, und er hackte auf den nächstbesten Troll ein, der sich über den Hauptmann hermachte.

Die Männer, die sich ehrenvollerweise um die Ölfässer kümmerten, erlitten die schlimmsten Verluste. Obwohl der Baron neben ihnen stand und wütend sein Schwert schwang, wurden drei weitere Männer durch den schweren Schlag einer Trollklaue niedergestreckt, die ihnen in die Hälse schlug. May hielt sich die Augen zu, doch sie konnte die grauenvollen Schmerzens- und Angstschreie nicht aussperren. Augenblicklich dachte sie an ihren Vater und fragte sich, ob auch er bei seinem Tod solche Qualen hatte erleiden müssen.

Die Schlacht war blutig. Acht Trolle lagen mitten auf dem Burghof, und ebenso viele Männer. Traurig sah der Baron in ihre Gesichter, als die letzten Schreie unten an der Ostmauer zu hören waren. Hitzedunst schimmerte über den Ölfässern, die ihr sengendes Gebräu über die grausamen Untiere ergossen hatten. Bogenschützen beugten sich über die Mauern, machten den letzten Trollen den Garaus, als diese mit großen Sätzen flohen, schwingend und springend wie große Affen von einem Felsen zum nächsten.

»Spart eure Pfeile, Männer. Sind sie erst außer Reichweite, spart eure Pfeile«, rief ihnen der Hauptmann in Erinnerung, während er sein blutiges Schwert am Rücken eines toten Trolls abwischte. »Sorgt für die Verwundeten. Bringt sie unten in den Huptturm. Werft diese Trolle über die Mauern. Ihr Fleisch ist zu verseucht, als daß man auch nur die Hunde damit füttern könnte. Machen wir uns an die Arbeit, Männer. Der Tag ist noch nicht zu Ende.«

Der sachliche Tonfall seiner Stimme schien die Männer zu verspotten. Nie zuvor hatten sie in ihren eigenen Mauern Verluste zu beklagen, und der Schock war ihren weißen Mienen anzusehen. Branwolf sprang auf die Brüstung.

»Wir sind im Krieg, Männer. Krieg bedeutet Tod, und davor können wir uns nicht verstecken. Aber wir dürfen auch nicht den kalten Frost der Furcht in unsere Herzen lassen. Diese Männer sind gestorben, um die Burg zu retten, und wir verraten sie, wenn wir mit ihnen auch den Mut verlieren. Nun ans Werk. Folgt eurem Hauptmann. Torra Alta wird nicht fallen. Wir haben Verluste zu beklagen, doch dieser Tag ist unser.«

»Der Tag ist unser!« Lahmer Jubel war aus den Reihen der bedrückten Bogenschützen zu hören.

»Sollen die vaalakischen Hundsfötter glauben, wir wären von ein paar dummen Tieren zu bezwingen?«

»Niemals!« Diesmal kam der Ruf schon deutlicher.

»Dann auf die Mauern, Männer, und zeigt den Hunden aus dem Norden, aus welchem Holz wir geschnitzt sind.«

Die Soldaten reihten sich auf den Mauern aneinander,

hoben ihre Bögen in die Luft und atmeten tief ein. Tausend Männer erhoben ihre Stimme dem Himmel entgegen. »Der Tag ist unser. Torra Alta wird bestehen. Torra Alta! Torra Alta!«

May taumelte vom Fenster zurück und spürte, wie die Beine unter ihr nachgaben, als sie zu Morrigwens Bettstatt stolperte. Schluchzer ließen sie erbeben, als sie gegen die alte Frau sank. »Der Tag ist unser«, weinte sie. »Der Tag ist unser, aber ich habe sie sterben sehen.« Sie war krank vor Angst und Trauer.

»Weine nur, Kind, weine nur.«

Leise hob May den Kopf, als sie die dünne, knarrende Stimme der Alten hörte, wie sie aus pfeifenden Lungen flüsterte. Sie wischte ihre Augen trocken und holte tief Luft, um sich zu beruhigen. »Lord Branwolf hat recht. Wir müssen stark sein. Du mußt Suppe essen, sonst verlieren wir auch dich.«

Morrigwen wich vor dem Löffel zurück, als das Kind ihn ihr an die Lippen drückte.

»Später, später, Silbermond, ich verspreche es. Doch geh zuerst zu Branwolf. Sag ihm, er muß den Schnee vom Herzstein fegen. Die Runen des Krieges werden von Vaal-Peors Schnee gedämpft.«

»Jetzt?« May fürchtete sich, den Baron zu einer solchen Zeit zu stören.

Morrigwen nickte schwach. Ihre Augen waren geschlossen, und sie flüsterte drängend: »Tu, was ich dir sage.«

Als der Abend dämmerte, schlugen die Flammen des Bestattungsfeuers zu den höchsten Türmen auf, und Branwolf trieb die ganze Burg zusammen, den Toten die letzte Ehre zu erweisen. May hing am Rock der Mutter und spürte eine seltsame Hoffnung, als die Hitze vom Scheiterhaufen den kalten Frost aus der Luft vertrieb. Es war, als kämpften die wackeren Männer von Torra Alta noch im Tod gegen den bösen Vaal-Peor. Der runde Stein mitten auf dem Burghof war nun freigefegt. Das Licht der Bestattungsflammen tanzte auf dem Edelstein in der Mitte und flackerte tief im Rot seines Herzens.

Stirnrunzelnd sah sich May die Runen an. Die langen Abendschatten, die über den Stein krochen, machten die gemeißelten Zeichen deutlich, hoben die eckigen Runen lebhaft hervor. Sie fühlte sich bei dem Anblick stärker und froh. Morrigwen hatte recht. Die Runen mußten vom Schnee freigehalten werden. Sie fühlte, wie die pulsierende Energie die Mauern stählte und ihr Herz stark machte.

Baron Branwolf murmelte einige Abschiedsworte für die toten Soldaten, dann wandte er sich seinen Männern zu.

»Krieg ist stets eine Zeit der Nöte: der Not des Hungers, der Not des Todes, der ständigen Bedrohung durch den Tod, die an unseren Herzen nagt. Obwohl die Lager voll sind, werdet ihr hungrig sein. Ihr könnt es ertragen, weil ihr wißt, daß es besser ist, jetzt auf kärglicher Ration zu sein, als in den kommenden Monaten nichts mehr zu haben, wovon wir leben könnten. Unsere Herzen bluten ob des schrecklichen Verlustes unserer Kameraden, die ihr Leben gelassen haben. Doch wissen wir, daß sie gefallen sind, um uns alle zu retten, und wir wollen unsere Herzen mit Balladen über ihre Tapferkeit erfreuen, und ihre Namen werden überleben. Doch muß ich euch heute mit einer weiteren schrecklichen Not belegen, und ich kann nur wenig Trost finden, der diesen harten Hieb mildern könnte.«

Erwartungsvolle Stille lastete wie drückender Nebel schwer auf der Menge.

»Mein Freund, mein ältester Freund, hat heute seine letzte Schlacht verloren. Catrik ist tot.«

Die Glocke zum Abendgebet klang durch die Schlucht. Eine Handvoll jüngerer Männer marschierte zur Kapelle, während sich der Rest nach Westen der untergehenden Sonne zuwandte, als die alte Göttin hinter die Gipfel der Gelben Berge sank. Die steilen und zerklüfteten Klippen verwandelten sich in Flüsse aus geschmolzenem Gold, die von den Gipfeln in die Täler stürzten, während das dunkle Rot der verglühenden Sonne über das Land blutete.

May rannte vom Burghof. Bebend schluckte sie ihr Schluchzen hinunter, warf die Tür zu Morrigwens Kammer auf und schlang ihre Arme der kranken Alten um den Hals. Catrik hatte den Kampf gegen das Gift verloren. Catrik war ein großer Mann und keineswegs so alt oder gebrechlich wie diese Frau. Das Kind zitterte vor Sorge um Morrigwens Leben.

»Morrigwen, wach auf. Du mußt deine Medizin einnehmen. Und wenn ich sie dir in den Hals zwingen muß: Du wirst sie nehmen. Catrik ist tot. Das Nesselkraut hat ihn innerlich aufgefressen. Morrigwen, wach auf.«

KAPITEL 4

Brid ritt ihnen voraus, mied die beiden Jungen. Sie sah sogar noch kleiner aus, dort oben auf dem gescheckten, siebzehn Handbreit hohen Streitroß, wie ein Kind, ein kleines Kind. Ihre Fersen reichten kaum bis unter den Sattel, und doch hielt sie das mächtige Roß mit derselben Leichtigkeit wie Hal unter Kontrolle, ließ Elster die Zügel lang und lenkte das Tier mit vorsichtigem Druck der Unterschenkel.

»Für wen hält sie sich eigentlich?«

»Sie ist eine Hohepriesterin«, erwiderte Caspar nur. »Es bedeutet mehr, als nur Land zu besitzen oder eine Prinzessin oder Baronin zu sein. Sie ist eine der Drei Ergebenen Dienerinnen, und das bedeutet mehr als alles andere.«

»Sie ist nur stur und verwöhnt. Sie hat mir mein Pferd weggenommen.«

»Na, du hast es zugelassen«, erwiderte Caspar, den Hals Notlage eher amüsierte.

»Es wäre albern gewesen, darum zu streiten«, sagte er achselzuckend. »Ach, komm schon, Pferd.« Das Tier hatte seinen Hals erneut zu Boden gestreckt und fraß gierig etwas von dem zweifelhaften, trockenen Gras, das mancherorts am Wegesrand wuchs. Das rundbäuchige Zugpferd ignorierte Hals Protest und zupfte und kaute die Triebe, während Hal am harten Maul des Pferdes riß. »Wie kriegt man mit solchen Tieren jemals irgendwas geschafft?« In seiner Verzweiflung zog er am Ende sein Schwert und schlug das Pferd mit der flachen Seite hart auf den Rumpf. Erschrocken riß es den Kopf hoch, und das Vieh kam in Bewegung, trottete mit schweren, plumpen Schritten neben Feuerschweif.

Als Brid den Kamm des nächsten, sanft gewellten Hügels

neben dem niedrigen Wall eines Obstgartens erreichte, stand sie aufrecht in ihrem Sattel und überschaute das Land, als suchte sie etwas. Sie stieß ein leises, melodiöses Pfeifen aus, und unerwarteterweise sprang die Wölfin über den Wall, wedelte mit dem Schwanz und neigte ihren Kopf zu einem unterwürfigen Gruß. Brid lachte und ritt mit der Wölfin an Elsters Seite weiter. Das massige Streitroß zeigte sich von der Wölfin gänzlich unbeeindruckt, als hätte man dem Tier bei der Ausbildung jedes normale Gefühl für Angst genommen.

Stetig stiegen sie durch kalkige Täler an. Die Krume war dünn, und die weißen Knochen der Mutter waren durch den spärlichen Grasbewuchs zu sehen. Auf den steileren Hängen rankten sich Reihe um Reihe ordentlicher Rebstöcke um Gitterwerk. Die Ernte war eingeholt, und die Pflanzen waren zu stummelig braunen Stämmen gestutzt. In den Tälern drängten sich die Brombeerbüsche, der einzige Weidegrund war Ziegen vorbehalten; auf den besseren Weiden fanden sich gelegentlich Schafherden. Caspar staunte über die erstaunlichen Gegensätze zwischen Caldea und dem Festland von Belbidia.

Die Straße führte geradewegs gen Süden nach Tartra, der Heimat des Baron Cadros. Der sommersprossige Junge dachte an Ceowolf und wie der dem Hause seines Vaters entflohen war, um sein Schwert in fremden Kriegen zu schwingen. Am zweiten Tag, nachdem sie Nordland hinter sich gelassen hatten, kamen sie an eine Weggabelung und wählten die rechte Abzweigung, welche sich durch die Hügel nach Ildros schlängelte. An der Stelle, wo sich die Straßen nach Tartra und Ildros kreuzten, war der Weg von einem Ring aus Eichen überschattet, gekrönt von einem ovalen Hügel.

»Ein altes Hügelgrab. Ich vermute, daß sich darin die Gebeine eines alten Königs von Caldea befinden, aus der Zeit, bevor Belbidia die Halbinsel erobert hat.« Hocherfreut deutete Brid auf die Bäume. »Und seht!« Sie glitt von ihrem Sattel, landete leichtfüßig und drückte einen Brombeerstrauch beiseite, um die haarigen, herzförmigen Blätter eines Krauts freizulegen, das im Schutz der Büsche wuchs. »Heckenwundkraut. Danach suche ich schon seit Ewigkeiten.« Brid brach mehrere Zweige von der Pflanze und stopfte sie in ihren Lederbeutel.

Gegen Mittag des folgenden Tages hatten sie die Hochebene des inneren Cladea durchquert und schlängelten sich zum Meer hinab. Es gab nur wenig Bäume auf der Halbinsel, und die dunklen Schatten eines voraus liegenden Eibenwaldes boten eine willkommene Abwechslung von den Hügeln voller Rebstöcke und Brombeeren.

»Wahrscheinlich hat man sie gepflanzt, um Holz für Bögen zu bekommen«, meinte Hal.

»Ich glaube, die sind älter«, widersprach die Jungfrau. »Ich glaube, sie sind hier, seit die Drachen die nördlichen Länder am Caballischen Meer verwüstet haben.«

»Immer mußt du alles besser wissen«, klagte Hal und sank auf dem Rücken des Zugpferdes in sich zusammen. Offenbar hatte er ihr das Ableben seines Hutes noch nicht verziehen.

»Ich kann nichts dafür, wenn deine Erziehung Mängel aufweist«, neckte sie.

Hal lachte gutmütig und tauschte seine Schnute augenblicklich gegen ein breites Grinsen. »Spar, was machen wir nur mit diesem Lästermaul?«

Erst als sie an dem Eibenwald vorüber und hinter einem Hügel voll verkümmerter Reben waren, die nach der Ernte ungetrimmt geblieben waren, sahen sie erstmals das westliche Meer. Der ferne Horizont war von den Zwillingsgipfeln der Hespera-Inseln gekrönt, die aus dem dunklen Meer aufragten, das sich unter drohend graue Wolken drückte. Caspar spürte die ersten kleinen Wassertropfen an seiner Wange. Brid zog die Kapuze ihres Umhangs tiefer, um ihr Gesicht zu schützen, und der Junge spürte, daß ihre gute Laune plötzlich eine

Dusche bekam. Im Norden erstreckten sich die Hügel der Landspitze entgegen, und unter ihnen schmiegte sich der Hafen von Ildros an die nördlichen Ufer einer Mündung.

»Denk daran, daß du deinen Blick gesenkt hältst, Brid. Es könnte sein, daß die Inquisitoren in Ildros überall sind«, warnte Hal.

»Ich hatte es nicht vergessen«, erwiderte sie ruhig. »Wir müssen weit mehr als in Farona tun. Nun, zwei gelehrte junge Edelmänner wie ihr, die mit der korrekten Lehre des Neuen Glaubens aufgewachsen sind, sollten mir sagen können, wer der Heilige dieser Stadt ist, oder?«

Caspar dachte einen Moment lang nach. »Was hat Ceowulf gesagt?«

»Der heilige Wulfstan?« meinte Hal.

Der Junge mit dem braunen Haar schüttelte den Kopf. »Nein. Oh, wer war es noch?« Ärgerlich schnippte er mit dem Finger und strahlte plötzlich. »Die heilige Anne, die Schutzheilige der Krüppel.«

»Perfekt!« erklärte Brid. »Ihr könntet eure junge Anverwandte zum Schrein der heiligen Anne begleiten, wo wir um Heilung bitten wollen.«

»Heilung wovon?«

»Von meiner Erblindung und meinen Verstümmelungen natürlich. Reiten wir ein Stück abseits der Straße zu den Gräbern. Es wird etwas dauern.«

Sie ließen die Pferde grasen, während Brid auf etwas Weidenborke kaute, um den Schmerz zu stillen, und gerollten Stückchen Krampfborke, um zu verhindern, daß ihre Muskeln Krämpfe bekamen. Während sie darauf wartete, daß die Medizin Wirkung zeigte, schickte sie die Jungen auf die Suche nach Spinnweben.

»Spinnweben scheinen überall zu sein, bis man sie braucht«, murmelte Hal. »Wieso kann sie nicht selbst danach suchen?«

Erst als sie bis zu einem Bach gewandert waren, der sich durch die gespaltenen Wurzeln eines Holunderbusches wand, fanden sie, was sie suchten.

Hal brachte die Spinnweben zu Brid, die an ein grasbewachsenes Hügelgrab gelehnt saß. »Und gerade dachte ich, du siehst eigentlich wieder ganz hübsch aus.«

Brid warf ihm einen kurzen Blick zu – von dem Caspar meinte, daß er ihren Schmerz verhüllen sollte – und sagte scharf: »Leider brauche ich deine Hilfe. Ich hoffe, du bist deiner Aufgabe gewachsen.«

Der dunkelhaarige Junge rümpfte überheblich die Nase. »Wir sind allem gewachsen.«

Herausfordernd schob sie eine Augenbraue in die Höhe, doch Hal ignorierte sie. »Also, der Stein da«, wies sie an. »Er muß innen gegen meinen Knöchel gedrückt werden. Spar, du solltest ihn gut festhalten. Laß ihn nicht verrutschen. Hal, du hältst meinen Knöchel fest. Du wirst ihn scharf nach unten biegen und den Stein dabei als Dreh- und Angelpunkt benutzen.«

Sie trat ihren Stiefel von sich und bereitete sich vor, hielt sich wild entschlossen zwischen den Grasbüscheln fest, die zwischen ihren Fingern aufragten.

»Nein, hör auf. Das kannst du nicht machen«, protestierte Caspar.

Hal ignorierte ihn, packte den zarten, schlanken Knöchel mit beiden Händen und holte tief Luft. Brid verdrehte ihre Augen in Erwartung des Schmerzes. »Ich kann nicht. Ich kann es einfach nicht tun, nicht bei einem Mädchen.«

»Du hast gesagt, du könntest alles.«

»Ja, aber Brid ...«

»Je besser die Verkleidung, desto geringer die Gefahr, verbrannt zu werden. Falls es dir egal sein sollte: Ich möchte wirklich nicht verbrannt werden, und da jeder weiß, daß Hexen angeblich hübsch sein sollen, werden wir etwas dagegen unternehmen und dafür sorgen müssen, daß ich es nicht bin. Jetzt werd mir nur nicht zimperlich. Du mußt es tun.«

»Ich bin nicht zimperlich. Es liegt nur daran, daß du ein Mädchen bist.«

»Du bist ein Feigling!«

Ein schreckliches Reißen war zu hören, dann ein Knacken, als der Knöchel plötzlich seitwärts wegbrach. Der schlanke Körper der Priesterin wurde ganz starr vor Schmerz. Die Farbe wich aus ihren Wangen, als wäre eine Wolke übers Antlitz der Sonne gestrichen, und sie warf die Hände vors Gesicht, verkrampfte die Finger vor Schmerz.

»Oh, Brid, es tut mir leid, tut mir ehrlich leid.« Entsetzt trat Hal zurück. »Ich wollte dir wirklich nicht weh tun.«

Es dauerte eine Weile, bis das Mädchen sprechen konnte. Sie keuchte scharf und streckte eine zitternde Hand aus. »Du hast getan, was du tun mußtest.« Sie nahm ihren Beutel und suchte darin noch etwas Weidenrinde. »O Mutter, ich hatte vergessen, wie weh es tut.«

»Wird es immer weiter weh tun?« fragte Caspar ängstlich. Er versuchte, den Anblick des verdrehten Beines zu meiden, doch hielt ihn die Haut – wellig und um den Knöchel verdreht – in ihrem Bann. Ihr Fuß baumelte in einem unmöglichen Winkel, deutete nach innen auf das andere Bein.

Sie nickte mit gefletschten Zähnen. »Bis wir es wieder begradigen können. Jetzt gib mir das Spinnennetz.« Sie flocht die Marienfäden zusammen, bis sie schließlich zwei flache Scheiben von der Größe einer Silbermünze geformt hatte. Dann wickelte sie eine Rinderhaxe aus dem Leinentuch und schnitt zwei sehr dünne Scheiben Fett ab. Sie preßte die durchscheinenden Fettstreifen in die Spinnweben, so daß beide Scheiben weiß und gallertartig aussahen. Dann zog sie ihr Augenlid zurück und drückte ihr Werk auf Pupille und Iris.

Augenblicklich kamen ihr die Tränen und liefen über ihr Gesicht, wobei sie schrecklich blinzeln mußte. »Und nun zum anderen«, murmelte sie, schluckte tapfer und schob sich das Spinngewebe ins andere Auge. Sie hielt ihren Kopf gesenkt, wiegte sich sanft vor und zurück, pflegte ihren Schmerz mehrere Minuten lang, dann sah sie zu den beiden Jungen auf. »So«, krächzte ihre Stimme, und sie mußte husten. »Was haltet ihr davon?«

Caspar blickte in die beiden weißen Augen, die von Spinngewebe und Fett nun matt waren. Sie waren in der Mitte leicht erhaben und klumpig und sahen zutiefst abstoßend aus. Er glaubte, er mußte würgen. Hal wich zurück und wandte sich ab.

»Kannst du sehen? Tut das auch weh?« Caspars unsichere Stimme klang dünn vor Sorge. Brid sah viel zu zart aus, um solchen Schmerz ertragen zu können.

»Fast und ja, absolut«, sagte sie bissig. »Es ist, als hätte man zwei Splitter und ein Bündel Nesseln gleichzeitig in den Augen. Aber ich denke, es lenkt mich von meinem Knöchel ab«, fügte sie sarkastisch hinzu. »Es ist, als würde ich durch Nebel blicken. Ich kann Licht und Umrisse erkennen, aber kaum Einzelheiten. Ihr werdet auf mich achten müssen. Einer von euch muß mein Kleid holen. Ich will es über meine Reitkleider ziehen, sobald ich diese albernen Unterröcke erst entfernt habe. Ein Kleid erregt weniger Aufmerksamkeit. Und ich werde barfuß gehen müssen. Ich kann jetzt weder diese hohen Absätze noch die Reitstiefel tragen.«

»Sei nicht albern. Du siehst furchterregend aus«, meinte Hal, schnitt die Absätze von ihren Sandalen und band sie um ihre Füße. Er verzog das Gesicht, als er ihren entstellten Knöchel berührte. »Und du wirst das Zugpferd reiten müssen. Eine angesehene belbidianische Dame würde niemals auf einem Schlachtroß wie Elster sitzen, noch würde sie zu Fuß gehen.«

Er warf sie auf das langohrige Tier und entschuldigte sich ausschweifend, als sie mit dem ausgerenkten Knöchel gegen das Eisen der Steigbügel schlug.

Schweiß stand auf Brids Stirn, als sie sich bemühte, den Schmerz niederzuringen. Caspars Herz blutete für sie. Er konnte nicht ertragen, sie in solchem Zustand zu sehen, nicht nur, weil sie mit ihren grotesken Augen und dem deformierten Knöchel häßlich aussah, sondern weil er es nicht ertragen konnte, ihr Leid mit anzusehen. Es schien ihm unfair, daß sie, das Mädchen, diese Torturen durchleiden mußte, während Hal und er frei herumreiten konnten. Sicher konnte ein Mann Schmerzen doch besser ertragen.

Vor ihnen lag Ildros. Verglichen mit dem düsteren Granit der steifen, herrschaftlichen Bauten Faronas leuchtete Ildros vor unbeschwerter Helligkeit. Alle Häuser waren weiß gestrichen, die geduckten Bauten von pfirsichfarbenen Dächern aus Terrakottaziegeln behütet. Die Straßen schienen weder Plan noch Zentrum zu besitzen. Die Häuser – manche terrassenförmig angeordnet, andere um die Mündung gedrängt – waren wie eine ungeordnete Menge auf einem Jahrmarkt. Sie bildeten einen Kontrast zu den ordentlichen Reihen Faronas und erinnerten Caspar an ein hochherrschaftliches Publikum, das sich für ein Historienspiel versammelt. Die warmen Farben und die sorglose Unordnung der Stadt halfen, ihre Laune erheblich zu verbessern, wenn sie auch ständig wachsam danach Ausschau hielten, ob sie Truppen sahen, die die Farben des Königs trugen.

Als sie die ersten Häuser am Rande der Siedlung erreichten, konnte der Mangel an Wachen Caspar nicht mehr überraschen, was er auf Belidias allgemeine Selbstgefälligkeit schob. Die Stadt wies weder eine schützende Mauer noch einen Graben auf, und die Stadtgrenze war einzig an der abnehmenden Zahl von Hühnern und kleinen, gescheckten Schweinen auszumachen, die auf den eingezäunten Höfen kleiner Bauernhäuser scharrten. Die Tiere schienen übermäßig aufgebracht, als sie sich ihnen näherten. Anfangs fragte sich Caspar, ob sie sich vor dem flatternden Saum von Feuerschweifs Pferdedecke fürchteten. Dann bemerkte er kurz die beiden grauen Ohren, die im Schatten des tiefen Grabens lauerten, welcher am Rand der Straße verlief. Die Wölfin schien Brids Schmerz gespürt und beschlossen zu haben, daß ihre Herrin Schutz brauchte.

Als er wieder hinsah, war die Wölfin fort. Doch schienen die Schweine in ihren klapprigen Ställen sie gewittert zu haben, denn noch immer trippelten die Ferkel wild quiekend herum und versteckten sich im Schutz der Tröge, als lauerte der Schatten des Todes unter ihnen. Ächzend kam eine alte Sau auf die Beine und scharrte drohend am Boden.

Das war die einzige unfreundliche Geste, die sich ihnen darbot. Ansonsten konnten sich ihre Pferde durch die planlosen Bauten schlängeln, sich vorsichtig einen Weg durch die gepflasterten Straßen bahnen, die steil zum Zentrum des verschlafenen Ortes führten. Die meisten Häuser waren niedrige, zweistöckige Bauten mit Bogentüren und rechteckigen Fensterläden, die so beschaffen waren, daß sie vor der sengenden, gnadenlosen Hitze in Caldeas Sommer schützen konnten. Selbst jetzt, im Nebelmond, lag angenehme Wärme in der Luft. Brids Zugpferd rutschte auf den regennassen Steinen und stolperte über die Terrassenstufen im Straßenpflaster, welche die Neigung der steileren Hänge mildern sollten. Hal knurrte und warf sein nasses Haar aus der Stirn, dann verfluchte er den Ort für die undisziplinierten Bauten, verärgert von ihrer Suche nach einem geraden Weg in die Stadtmitte. Jede vielversprechende Straße führte sie auf einen unerwarteten Nebenweg nach dem anderen, und sie fanden immer noch keine einzige, verschlafene Allee, die sie zu einer Hauptstraße hätte bringen können.

»Irgend etwas Seltsames geht hier vor sich«, sagte Caspar,

den das hallende Klappern der Pferdehufe in den verlassenen Straßen beunruhigte. »Es ist zu ruhig. Hier ist nirgendwo jemand.«

»Sie werden nach dem Essen ein Mittagsschläfchen halten.« Brid lachte ihn an, als könnte seine Ahnungslosigkeit sie nicht überraschen. »Es muß ja nicht die ganze Welt wie Torra Alta leben.«

Der Frohsinn in ihrer Stimme erleichterte Caspar, und er hoffte, die schmerzlindernde Weidenrinde zeige Wirkung. Die Straßen wurden immer schmaler und verschlungener, und er brachte Feuerschweif zum Stehen, als er auf die anderen wartete, damit sie sich in der labyrinthartigen Siedlung nicht verloren.

»Nun, da sind wir, Hohepriesterin. Mitten in Ildros«, sagte Hal spottend, jedoch verbarg er die Kränkung hinter einem breiten Grinsen. »Was sagt deine Kristallkugel, in welche Richtung wir reiten sollen? Wo sind diese geheimnisvollen Frauen, die angeblich alle Schlüssel des Mysteriums bei sich haben?« Zwar versuchte er, seinen Widerwillen mit Humor zu überspielen, doch er konnte seine Miene nicht verbergen, als er ihren verdrehten Knöchel betrachtete, der unter dem Saum ihres Kleides hervorbaumelte, und er mied den Anblick ihrer Augen.

»Du bist nur beleidigt, weil es dir nicht gefallen hat, als zimperlich dazustehen«, erwiderte sie steif und nahm seine Worte auf, ohne auf seinen Sarkasmus einzugehen. »Die Hüterinnen müssen hier irgendwo in Ildros sein. Die Mutter wird uns ein Zeichen geben.«

Eine Kirchenglocke schlug einen einzelnen, feierlichen Ton, verkündete die erste Stunde des Nachmittags. Hal grinste sie an. »Anscheinend spricht der falsche Gott zu uns.«

Brid starrte ihn mit leeren, entstellten Augen an, die ihr trotziges Selbstvertrauen irgendwie nicht verhehlen konnten.

Er versuchte, den Blick mit gleicher Haltung zu erwidern, doch er schreckte vor der weißen Wand zurück, die direkt durch seine Haut bis in seine Seele zu blicken schien. »Tu nicht so, als wärst du komisch. Du bist nur bedrückt, weil dein sogenannter männlicher Stolz nicht mit deinem Gefühl von Unzulänglichkeit zurechtkommt, eine Jungfrau nicht vor Schmerz bewahrt zu haben. Hör auf zu schmollen. Es macht alles nur noch schlimmer«, schalt sie ihn mit emotionsloser Stimme. Hals Kinn sank bei dieser Bemerkung vor Überraschung herab.

Die stille Spannung des Augenblicks wurde von Hundegebell zerrissen. Aber es war kein warnendes Bellen und auch kein hirnloses Kläffen eines Hundes, der mit seinem Echo stritt. Schmerz und Angst lagen in diesem Bellen. Plötzlich war die Wölfin neben ihnen, und ihre Nackenhaare ragten wie Stacheln auf.

Das Bellen ließ die Ruhe in den Straßen aufschrecken. Abrupt wurde es zu einem Jaulen, dann war Stille, eine unangenehme Stille, die beklommen auf dem Schweigen der schlafenden Stadt lastete. Ohne Absprache machten sich die drei Gefährten automatisch zur Quelle des Lärms auf, traten in den Schatten eines Treppengangs. Hal mußte sich an Elsters Hals ducken, als sie unter einem Bogen durchkamen, der zwei Gebäude überspannte. Wütend rief er Brid an, befahl ihr zu warten, als sie ungestüm weiterreiten wollte.

»Hör zu, bleib hinter mir. Du weißt nicht, wohin du reitest. Laß mich vor. Du kannst doch gar nicht gut genug sehen.«

»Ich kann gut genug hören. Das Tier hat Angst und Schmerzen.«

Der runenverzierte weiße Stahl des Breitschwertes blitzte im Sonnenlicht, als Hal seine Waffe zückte, was ihn wie einen erfahrenen Krieger aussehen ließ, mit stolzer Haltung unter der Lederjacke und dem graubraunen Umhang. Höhnisches, drängendes Rufen drang aus einer Seitenstraße. Sie folgten den

Stimmen eine schmale Gasse entlang, die gerade breit genug war, daß die Pferde hintereinandergehen konnten. Die Rückseiten der Häuser waren fensterlos, als mieden sie diesen Teil der Stadt. Wachsam übernahm Caspar die Nachhut der Gesellschaft, wobei er in sorgenvoller Erwartung mit der Handfläche über seinen Köcher voller Pfeile strich. Das böse Knurren von erschreckten Tieren führte sie auf einen abgeschlossenen Hinterhof. Das Knurren rief bei einer großen Bande düster wirkender Grobiane finsteren Jubel hervor.

Anfangs bemerkte man sie nicht. Die Männer hatten ihnen den Rücken zugewandt, blickten allesamt in eine Grube, schrien, johlten und stachelten die Tiere an.

»Komm schon, schnapp ihn dir, Würger! Schnapp ihn dir!«

»Ich erhöhe meine Wette auf fünf zu eins«, rief ein anderer über die wachsende Aufregung hinweg.

»Du hast recht. Scheißköter. Diese neue ophidianische Rasse mag ja wild aussehen, aber der ist nichts, hat nicht den Kampfgeist der alten caldeanischen Hunde. Er beißt hier alle Leute, will aber seine Zähne nicht in die anderen Hunde schlagen. Zwecklos.«

»Zwei von deinen wird er niederringen«, widersprach ein dunkelhäutiger Mann mit rauchigem Akzent.

»Ja, und wahrscheinlich wird er hinterher dann krähen wie ein Hahn.«

»Zwei! Er wird zwei von deinen caldeanischen Hunden den Garaus machen. Wenn er sich beweist, willst du ihn kaufen?«

»Soll sein, aber es sieht aus, als müßtest du diesem feigen Hund einen Tritt geben, um ihn anzutreiben.«

Abrupt brach das wütende Gebell mit einem Jaulen ab. Stille folgte, zum Bersten gespannte Stille. Plötzlich brachen die Grobiane in mächtigen Jubel aus, schwenkten die Fäuste und boxten in die Luft, als fürchterliches Knurren und Klappern von Zähnen aus der Grube zu hören war.

Brid legte eine Hand auf Hals Arm. »Halt sie auf.«

»Wieso ich?« fragte Hal, doch dann fügte er sich ihrem flehentlichen Blick und stürmte mit dem Schlachtruf Torra Altas voran. Das große Schwert pfiff durch die Luft, beschrieb einige wohlgeübte Schwünge und Bögen um seinen Kopf. Alle Männer drehten sich gleichzeitig um und traten nervös zurück, wenn auch der eine oder andere eine Heugabel schwang und jemand eine schwere Kette klirren ließ. Plötzlich dämmerte es Caspar, daß sein tollkühner Onkel mindestens einem Dutzend der häßlichsten Männer gegenüberstand, die er je gesehen hatte. Er brachte Feuerschweif neben seinem unbesonnenen Onkel zum Stehen. Noch immer drang das Schnappen, das bluthungrige Knurren und erbärmliche Jaulen aus der Grube heraus.

»Brecht den Kampf ab!« befahl Hal und deutete mit seinem Schwert auf den Mann, der ihm am nächsten stand.

»Das sollte man nicht tun, Sir.« Ein Mann mit dunklen Augen, dessen Vorderzähne fehlten und der sein Haar zu einem fettigen Pferdeschwanz gebunden hatte, trat herablassend vor. »Wieso müßt ihr Kinder eure Schnotternasen in Sachen stekken, die euch nichts angehen?«

»Wir tun hier nichts Ungesetzliches«, rief ein anderer Mann, der seine Kette zwischen den schwarzen Fäusten stramm gespannt hielt. Caspar fielen die Narben an seinen Unterarmen auf, alte, verheilte Narben, wo ihn wohl gerechterweise die Hunde verletzt hatten, die er so mißhandelte.

Finster sah sich Caspar den Kreis von Männern an. Er mochte sie nicht, verachtete die Bösartigkeit, die sie zu derart hirnloser Grausamkeit trieb, doch er zückte seinen Bogen nicht. Die Männer, die ihnen gegenüberstanden, waren größtenteils Belbidianer, und die Torra Altaner konnten es sich nicht erlauben, die Gesetzeshüter von Ildros auf sich aufmerksam zu machen, indem sie die eigenen Bewohner verstümmelten. Wenn ihnen das Gesetz auf den Fersen war, würden sie sicher die Inquisitioren anlocken.

»Wir kaufen die Hunde«, rief der kleinere Junge und versuchte dabei, mit tiefer Stimme zu sprechen, um sich mehr Autorität zu verschaffen. Er trieb Feuerschweif an, damit das Pferd die Männer einschüchterte.

»Aber was ist mit uns?« hielt einer der Männer in der Menge dagegen und schrie dabei über den Lärm der Hunde hinweg. »Dafür bekomme ich nichts, und ich habe hier eine gute Wette laufen.«

»Ich auch.«

In einer runden Grube, die etwa fünf Fuß tief ausgehoben war, wand sich ein knurrendes Gewirr aus Zähnen und Fell. Zwei große, gestreifte Hunde mit kupierten Schwänzen und gestutzten Ohren waren in ihrem verschlungenen Zorn kaum auseinanderzuhalten und drückten ein kleineres Tier an die Wand der Grube.

Der Mann mit dem Pferdeschwanz lachte. »Ich nehme dein Geld, aber den Kampf könnt ihr selbst beenden«, höhnte er. »Statt dessen schließen wir darauf eine Wette ab. Hundekämpfe mögen ihm nicht gefallen, aber mit dem weißen Hund wird niemand fertig. Er ist der Teufel höchstpersönlich.«

Blutüberströmt lag der weiße Hund dort auf dem Rücken und hatte seine Reißer in die weichen Hautfalten unter dem Hals der gestreiften Hündin geschlagen. Er riß seinen Kopf hin und her, als versuchte er, eine Ratte zu töten, bis er der Hündin ein Stück herausgerissen hatte, wobei er seinen Leib dem Zorn des anderen, schwarzohrigen Hundes ausliefern mußte, der doppelt so groß war wie er. Weiße Dolchzähne ragten aus dem Maul des gestreiften Hundes und gruben sich in die kräftige weiße Flanke des kleineren. Der weiße Terrier wandte ihm seinen Zorn zu, schlug mit der blitzartigen Geschwindigkeit einer Kobra dem anderen Hund links an den Kopf. Die kleinen

Knopfaugen des Terriers waren zugekniffen, während er seine krummen, mörderischen Zähne fletschte, lang wie die einer Bergkatze, und sein kräftiger Kiefer ging durch Knorpel und Knochen.

Plötzlich stoben die Hunde auseinander, und das linke Ohr und eine Handbreit Haut am linken Auge des gestreiften Hundes fehlten. Der kleine weiße Terrier machte sich wieder über die gestreifte Hündin her, brach ihr den Unterkiefer. Das Geräusch war grauenvoll.

Die Männer jubelten noch immer, vom blutigen Gemetzel des Kampfes mitgerissen. Der Terrier blieb mit wilder Entschlossenheit im Fleisch der Hündin festgebissen. Wiederum war er dadurch verletzlich, konnte sich der große, schwarzohrige Hund auf den Hals des Terriers werfen und am Fleisch reißen und zerren, bis der Hund vor frischem Blut ganz rot war. Doch der stämmige Weiße hielt stoisch an seinem Opfer fest, wobei ihm Blut aus dem Maul lief.

Das Kreischen und Heulen, das rollende Gewirr ineinander verbissener Hunde verwirrte Caspar. Verzweifelt suchte er nach einer Möglichkeit, sie zu trennen, aber das schien unmöglich. Hal stand am Rand der Grube und schrie die kämpfenden Hunde an, doch er trug nur seinen Teil zum Lärm bei.

Als Stille eintrat, kam sie plötzlich und abrupt. Selbst die Männer waren zu erstaunt, um auch nur aufzustöhnen. Brid sprang in die Grube. Sie zog ihren ausgerenkten Knöchel nach, humpelte unbeholfen mit ausgestreckten Armen vorwärts, tastete sich an der Grubenwand entlang dem Knurren und Schnappen entgegen.

»Es heißt, Krüppel stünden unter Gottes Schutz, aber vielleicht wissen die Hunde nichts davon, Mädchen. Komm lieber raus!« schrie eine Stimme aus der Menge. »Hol jemand das Kind aus der Grube.«

»Brid!« Caspar fing an zu schreien, lief hinüber, um sie herauszuziehen. Bevor er sie bei der Schulter packen konnte, war die Wölfin neben ihr und gab ihr tiefes, kehliges Knurren von sich. Die kämpfenden Hunde erstarrten. Die Hündin lag auf der Seite, mit stierem Blick. Sie atmete schnell und ruckartig, ihr Brustkorb zitterte vor Anstrengung, doch war ihr Atem feucht und vom Blut erschwert, das sich um ihre Schnauze klumpte. Ein Hautlappen baumelte von ihrem Maul, legte die gesplitterten Knochen ihres Unterkiefers frei, und Blut pumpte aus der verletzten Zunge. Der Terrier klemmte seinen Schwanz zwischen die Beine und wimmerte, während der große, gestreifte Hund knurrte, seine blutigen Lefzen spannte und die Schnauze zum Angriff vorstreckte.

Die Wölfin wartete nicht auf Anweisung, sondern sprang den Hund an, schloß ihr Maul um seinen Hals und warf ihn wie einen Welpen hin und her. Sie schleuderte ihn von sich, und der Hund sank zu einem Häuflein an der Grubenwand in sich zusammen. Als er sich wieder aufgerappelt hatte, erwiderte er den Angriff nicht, sondern sprang aus der Grube. Er schoß durch die Reihen der rauhen, knüppelschwingenden Männer und suchte das Weite. Sie waren zu verblüfft, um ihn aufzuhalten, obwohl der Besitzer dem Tier halbherzig nachlief. »He, Würger!« Doch dann blieb er stehen. »Bah! Wenn sie einmal verloren haben, sind sie nichts mehr wert. Sie kämpfen nie mehr wie vorher.«

Schützend stand die Wölfin bei ihrer Herrin, als Brid neben den verletzten Hunden kniete und sie mit sanften Händen untersuchte.

»Alles, was recht ist, ein verdammter Wolf! Ein Wolf, sag' ich euch. Das ist unnatürlich.«

»Ich habe auf den weißen Hund gewettet. Hier! Jemand schuldet mir Silber.«

Augenblicklich begannen die Männer um die Wettschulden

zu streiten, interessierten sich keinen Deut für das Schicksal der verletzten Hunde.

Brid streckte ihre schlanken Arme aus, um Caspar zu rufen. »Spar, komm mit deinem Messer hier herunter. Die Hündin ist nicht mehr zu retten, und sie leidet.«

Er schnitt dem Tier die Kehle durch, sah einen Moment, wie ihre Augen zuckten, bis sie dann langsam zur Ruhe kam. Das angestrengte Atmen endete in einem langen Seufzer. Schließlich lag die Hündin friedlich da. Sie war von frischen Wunden übersät, die tief ins Fleisch gingen; Bauch und Brust waren voll langer, weißer Narben, wo das Haar nur büschelweise wuchs. Angewidert dachte Caspar, daß das arme Tier die barbarische Hundegrube oft genug hatte erleiden müssen und dieser Tod wohl das Gnadenreichste war, was ihr je widerfahren war.

Der Terrier war nicht mehr weiß, sondern voll getrockneten Blutes an seiner Flanke. Ein dunkelrotes Joch lag um seinen dicken Hals. Aus einer häßlichen Bißwunde an der Schädelbasis pulsierte dickes Blut, doch seine Augen waren klar, und sein Atem ging tief und gleichmäßig. Es hatte nicht den Anschein, als stünde er unter Schock, so daß Caspar hoffte, seine Wunden wären nur oberflächlich. Als Eric eine Hand ausstreckte, sanft und zärtlich, dem Hund entgegen, rief Hal ihr eine Warnung zu.

»Paß auf, das sind keine Schoßhunde.«

Noch immer streichelte sie den Hund, sprach mit leiser, ruhiger Stimme. »Ich weiß, daß du kein Schoßhund bist, aber das ist meine Wölfin auch nicht. Nun laß mich sehen, wie schlimm deine Wunden sind.« Der Hund hatte ein häßlich wülstiges Gesicht, mit Hauern, die zu lang für seine Lefzen waren, fast wie bei einer Katze, so daß sie herausragten. Er hatte kleine Schlitzaugen, die tief in seinem Schädel saßen, und Caspar dachte noch, daß er der häßlichste, finsterste Hund war, den er je gesehen hatte. Doch besaß das Tier einen gewissen Charme. Als Brid sanft näher kam, schlug er seinen stockartigen Schwanz auf die Erde und hob ihr mitleidheischend eine Pfote entgegen. Sie lachte und näherte sich ihm weiterhin vorsichtig. Da sie kaum etwas sehen konnte, betastete sie den Hund mit ihren zarten Fingern, kehrte schließlich dazu zurück, die Wunde in seinem Nacken zu betrachten, strich das rauhe Haar von der Wunde zurück, die bereits dunkelte und verschorfte. Die ganze Zeit sah der Hund zu ihr auf, mit leicht geneigtem Kopf und ergebenem Blick.

»Du wirst es überleben«, erklärte sie dem Terrier fröhlich, und er schlug seinen Schwanz fester, als verstünde er ihre Worte. »Also, Hund«, sagte sie mit sachlicher Stimme, »du kommst mit uns.«

Der dunkeläugige Mann mit der platten Nase drängte sich durch die Menge. »Ihr werdet meinen Hund nicht mitnehmen.«

»Wieviel?« knurrte Hal. »Was meint dein eitriges kleines Hirn, wieviel der Hund noch wert ist?«

Der Mann wurde zornig, und Hal schloß seine Faust um den Griff seines Schwertes. Ein nervöses Zucken in den Augen des Mannes folgte Hals Bewegungen, und seine Lippen kräuselten sich zu einem Knurren, das so böse wie das seines Hundes war. »Bah! Du bist zu jung, um so ein Schwert führen zu können.«

Der meisterliche Schmied, der das Runenschwert geschaffen hatte, nutzte dieselbe hohe Handwerkskunst, um die Scheide zu erschaffen, welche die rauhe Kraft der Waffe verbarg. Die Scheide war mit Wolle ausgeschlagen, damit das Lanolin des Schafes die Klinge ölte und schützte. Als er das Schwert in die Luft hob, glitt es flüsternd über die Wolle, ohne das rauhe Scharren einer gewöhnlichen Klinge.

Er sprach leise und gelassen. »Wieviel für den Hund?«

Der Mann zögerte, betrachtete die Spitze der Klinge mit etwas mehr Respekt. »Zehn Kronen«, sagte er nur.

»Zehn Kronen für einen Hund? Eher wohl zehn Heller.«

»Nun, du willst ihn haben.«

Die Wölfin wandte sich den lauten Stimmen zu, spürte die wachsende Spannung, und es gurgelte aus ihrer Kehle. Vom Nacken ausgehend stellten sich ihr alle Haare am Rücken auf, bis selbst ihr Schwanz ein dicker Busch war. Der Mann sah zwischen der Spitze des Breitschwertes und der steifbeinigen Wölfin mit ihren begierigen Kiefern hin und her. »Zehn Heller«, sagte er zähneknirschend.

Hal langte in seine Jacke und warf ihm das Geld zu, so daß die Münzen über den Boden rollten.

»Verschwinden wir von hier«, drängte Caspar Brid, die versuchte, den Hund in ihre Arme zu nehmen. Zwar war der Hund klein, ging einem kaum mehr als bis zum Knie, doch er war untersetzt, mit schweren Knochen und Muskeln, die ihn so breit wie einen doppelt so großen Hund machten. Brid schob ihre Arme unter den Bauch des Hundes und hob ihn ein paar Daumenbreit vom Boden an, doch da sie mit ihrem Knöchel nicht stehen konnte, brachte sie ihn nicht höher. Caspar eilte ihr zu Hilfe, nahm die vordere Hälfte des Terriers in seine Arme und ächzte unter dem Gewicht. Friedfertig und vertrauensvoll hing der Hund in ihren Armen. Gemeinsam schwangen sie ihn über den Rand der Grube. Caspar sprang ihm nach, und Hal streckte einen Arm nach der verkrüppelten Jungfrau aus, zog sie mit Leichtigkeit heraus. Sie unterdrückte einen Aufschrei, als sie sich versehentlich auf ihre selbst beigefügte Verletzung stützte.

Der dunkelhaarige Junge hob sie auf das Zugpferd und rang dann mit Caspar darum, den ungewöhnlich schweren Hund vorn auf ihren Sattel zu hieven. Als sie von jenem Hinterhof ritten, bohrten sich ihnen zwanzig Augenpaare in den Rücken. Es war eine Erleichterung, als sie die breiten Straßen fanden, die freundlicheren, offeneren Häuser, in denen das nachmittägliche Leben gähnend begann. Kurz hielt sich die Wölfin an ihrer Seite, löste unruhige, ungläubige Blicke und aufgeregtes Geschrei von einer verdutzten Frau aus, die auf der Schwelle zu ihrem Haus stand. Als sie schließlich auf die breite Hauptstraße einbogen, war die Wölfin in die Schatten abgetaucht, und die drei Gefährten blieben von den Bewohnern unbehelligt.

Die Hauptstraße war von schwingenden Schildern gesäumt, auf denen meist Weinfässer abgebildet waren, was auf das Hauptgeschäft der Baronie hindeutete. Das quietschend baumelnde Schild mit einem Pferd samt Zaumzeug lockte sie zu einem Stall am Ende der Straße. Hal ging zuerst hinein und wies Brid und Caspar an, sich zurückzuhalten, bis er sicher war, daß dort keine Spur von Inquisitoren auszumachen wäre, bevor er die anderen hereinrief.

Der Stallknecht war freundlich und verlieh seiner Sorge über den Zustand des Hundes Ausdruck, zeigte ihnen bereitwillig den Weg zu den Ställen, wo sie sich um seine Wunden kümmern und ihn sich ausruhen lassen konnten.

»Wir sind hier, um dem Schrein der heiligen Anne einen Besuch abzustatten, denn wir brauchen dringend ein Wunder für meine Anverwandte«, teilte Hal dem Gastwirt mit, der sich Brids Verletzungen mitfühlend, wenn auch unverhohlen ansah, als er ihr Gesicht betrachtete.

Leeren Blickes stierte Brid ihn an und ließ sich nichts anmerken.

»Wie es aussieht, solltet Ihr den Hund auch gleich mitnehmen«, schlug der Ildrianer vor. »Ist gar nicht hübsch beim Hundekampf. Brutale, hirnlose Leute, die so was tun.«

Brid saß mit gekreuzten Beinen im Stroh des Stalles, wiegte den Hund auf ihrem Schoß und wischte ihm sorgsam das Blut von Nacken und Flanken. Sobald der Stallknecht sie verließ, hob sie ihre Augenlider mit einem Finger an und kratzte den starren Klumpen aus Spinnweben hervor, wobei sie wild zwinkerte, um ihre blutunterlaufenen Augen sauberer zu bekommen. Erleichtert seufzte sie. »Warnt mich nur, wenn ihr jemand hört, dann kann ich sie wieder einsetzen.« Sorgsam wickelte sie die kleinen Polster aus Spinnweben und Rindfleisch zwischen zwei feuchte Ampferblätter und steckte sie zur Aufbewahrung in ihren Lederbeutel. Sie suchte im Beutel herum, wählte ein Kraut, das sie mit etwas getrocknetem Pferdedung vermischte, den sie im Stall gesammelt hatte, und stillte damit die Wunden des Hundes.

»Gelbes Pfennigkraut und Braunwurz«, erklärte sie. »Beides stillt Blutungen.« Die Wunde an der Flanke des Terriers war nur oberflächlich. Als die Wunde im Nacken nicht mehr blutete, reinigte sie diese noch einmal, und die Haut schälte sich wie ein zahnloses Lächeln.

»Kannst du einen Faden aus deinem Hemd ziehen?« bat sie Caspar, während sie in ihrem Beutel wühlte und eine feine Knochennadel herausnahm. Nach mehreren Versuchen schaffte er es, ein ausgefranstes Stück vom Saum seiner Kleidung zu reißen und einen Faden herauszulocken, der lang genug war, daß er etwas nützte. Er zuckte zusammen, als sie die Nadel durch die dicke Haut im Nacken des Hundes stieß, um die Wunde zu vernähen. Der Hund hingegen rührte keinen Muskel.

»Die Haut ist hier sehr kräftig«, erklärte die Priesterin. »Er spürt es nicht. So.« Sie reinigte die Nadel und ließ sie wieder in ihren Beutel fallen. »Wir sorgen dafür, daß er Wasser bekommt, und wenn wir ihn mit einem Seil anbinden, können wir ihn hier im Stall lassen. Tu das, dann kümmere ich mich um das Druidenauge.«

Sie nahm den Mondstein unter ihrem Wams hervor, schälte das Hasenfell ab und betastete die feuchten Schichten des ehemaligen Unterrocks, in den die Kugel eingewickelt war. Sorgsam tröpfelte sie Wasser aus einem vollen Eimer und befeuchtete die Kugel von neuem, bevor sie das Hasenfell vorsichtig wieder darumlegte. Dann schob sie die Kugel mit einem zweifelnden Seufzer wieder unter ihre Kleidung. »Die ist wenigstens in Sicherheit.«

Caspar betrachtete die gerunzelte Stirn der Jungfrau. »Was ist los?«

Sie zuckte mit den Achseln. »Ich weiß nicht. Nur so ein Gefühl.«

»Wieder dieser böse Geist?«

»Nein, ich glaube nicht, daß er uns sehen kann – zumindest nicht deutlich. Das Wasser und die Haut des heiligen Hasen verzerren das Bild, aber das Auge vermittelt mir so ein Gefühl, was Morrigwen angeht.«

»Was für ein Gefühl?«

»Ich weiß es nicht, nicht sicher, ohne hineinzusehen. Aber ich wage es nicht, weil ich fürchte, daß ich die Aufmerksamkeit dieses bösen Geistes wecke. Ich möchte die Vaalaker nicht noch einmal anlocken.«

Hal nahm ein Seil von einem leeren Halfter, das dort in der Box hing, und band dem Hund eine Schlinge um den Hals, achtete darauf, daß sie nicht an der Wunde rieb. Er befestigte das andere Ende fest an einem Eisenring, der dazu gedacht war, Pferde anzubinden.

»So«, sagte er zufrieden. »Nun kommt, laßt uns gehen. Wir sollten unsere Suche in der Stadt aufnehmen. Wo fangen wir an, nach diesen Hüterinnen zu suchen? Am Schrein der heiligen Anne?«

»Ein Schrein für eine Heilige des Neuen Glaubens? Nein, das ist nicht sehr wahrscheinlich.« Brid war sicher, daß sie, wenn sie landeinwärts von der Mündung nach Osten ritten, bessere Chancen hätten, die Hüterinnen zu finden. »Die Inquisitoren sind hier, also müssen die Hüterinnen in der Stadt sein. Und wenn sie hier sind, brauchen sie eine Fassade, hinter der sie sich verbergen können. Wenn ich eine Fassade bräuchte, hinter der ich einen Tempel verstecken wollte«, sagte sie, »würde ich einen Kerzenladen oder einen Blumenstand eröffnen, nur würde ich mich vom Hafen fernhalten und eher den Inlandsteil der Stadt bevorzugen. Unten an der Mündung ist es zu geschäftig.« Sie konnte nicht genau sagen, wieso sie nach Osten tendierte. Es war nur so eine Ahnung. »Dort geht die Sonne auf und bringt die Hoffnung auf einen besseren Morgen.«

Hal zuckte mit den Schultern und verzweifelte schier an ihrer Logik.

Mit resigniertem Seufzen befeuchtete Brid die Polster aus Spinnweben und Fett und legte ihre Verkleidung wieder an. Als sie sich anschickten, den Stall zu verlassen, jaulte der Hund, weil man ihn zurückließ, riß am Ende seines Seiles und kippte den Wassereimer um. Er warf sich nach vorn, so daß sich das Tau spannte und den Hund mit einem Salto auf den Rücken warf. Er versuchte es noch einmal.

Brid humpelte zu dem Hund zurück und sagte ihm mit fester Stimme, er solle sitzen bleiben, während sie ihre Satteltaschen nach ein paar Haferkeksen durchsuchte. Diese verschlang der Hund, fast ohne sie zu bemerken, hustete wegen der trockenen Krumen und wedelte wild mit dem Schwanz. Er wollte sich setzen, doch er war zu aufgeregt, und sein Hintern schwebte über dem Boden. »Nun mach schön sitz«, sagte sie streng. »Du mußt dich ausruhen.« Wieder jaulte der Hund, stieß ein welpenhaftes Quieken aus, das aus seiner runden Brust und dem dicken Hals lächerlich klang.

Trübsinnig schweigend brachen sie gen Osten auf, wobei sich Brid auf einen Gehstock stützte und unter Schmerzen zwischen den beiden Jungen humpelte. Das entrüstete Jaulen des Hundes verfolgte sie noch die ganze Straße entlang, denn er beharrte darauf, mitgenommen zu werden.

Während sie wachsam nach den schwarzen Röcken mit dem rotgoldenen Königswappen Ausschau hielten, wandten sich die drei vom Hafen und den größeren Häusern der städtischen Würdenträger ab. Brid wies darauf hin, daß die Anwesenheit von Gesetzeshütern und strengen Verfechtern des Neuen Glaubens den Hüterinnen bestimmt keine sichere Umgebung bot. Ihrer Ansicht nach hätten sie mehr Erfolg, wenn sie im Marktviertel suchten, wo sich die Hüterinnen hinter unverdächtigen Ladenfronten verbergen konnten. Caspar drohte angesichts der endlos sich windenden Straßen, deren identische Häuser keinen Hinweis darauf boten, daß hinter ihren Fassaden irgend etwas Ungewöhnliches geschehen mochte, zu verzweifeln. Brid erklärte, daß, falls die Hüterinnen gar nicht in der Stadt sein sollten, sie doch vielleicht jemanden finden könnten, der sie zu ihnen führen würde.

»Morrigwen meint, es gäbe überall in Belbidia noch kleine Enklaven von Leuten, die heimlich die Mutter verehren. Falls es in Ildros welche gibt, könnte es sein, daß die Hüterinnen Kontakt zu ihnen aufgenommen haben. Natürlich haben sie nicht die Jahrhunderte überlebt, weil sie so leicht zu finden sind. Ohne unverdächtige Verkleidungen wären sie allesamt vor Jahren schon auf dem Scheiterhaufen verbrannt.«

Brid hielt das Ende ihres Zopfes in der Hand und wickelte ihn ständig um ihre Finger, während sie halb blind die Straße auf und ab sah. Ein fester Knoten der Konzentration zog ihre Augenbrauen zusammen. Sie sah verblüfft aus. »O Mutter, es ist um so vieles schwerer, nicht sehen zu können.«

»Nun?« drängte Hal. »Wie lautet Euer großer Plan, verehrte Lady Brid? Es gibt hier Tausende von Häusern, und sie sehen alle gleich aus.«

»Ach, halt den Mund«, fuhr sie ihn an. »Ich versuche nachzudenken, wohin ich gehen würde, wenn ich in diese Stadt käme.«

»Hm … sehr hoffnungsvoll, wir müssen nur der Logik eines Mädchens folgen. Die Runen des Krieges werden auf dem Herzstein Torra Altas verblichen und die Vaalaker längst in Farona sein, bis wir sie gefunden haben. Habt ihr nicht so etwas wie ein geheimes Netzwerk?«

»Hal, du bist keine Hilfe«, seufzte Caspar.

»Willst du mir auch erzählen, daß ich den Mund halten soll?« Der ältere Junge blies sich auf und hob drohend seine Nase an.

»Ja!«

Hal stieß seinen Neffen mit der flachen Hand von sich. Wutschnaubend hob Caspar seine Faust, bereit, sie Hal mitten auf die hübsche Nase zu dreschen.

»Versuch es nur, versuch du es nur«, höhnte Hal. »Komm schon. Mal sehen, ob du größer und stärker geworden bist. Wird ja langsam Zeit, meinst du nicht, kleiner Neffe? Also komm schon …«

Als hätte er nur darauf gewartet, brachte Caspar seinen Onkel mit einem kräftigen Hieb auf die weißen Zähne zum Schweigen. Es war ein wohlplazierter Schlag, obwohl er sich die Knöchel verletzte. Allerdings warf er Hal damit nicht lange aus dem Gleichgewicht. Plötzlich drehte sich Caspars Welt, als wäre er unter einer riesigen Kirchenglocke gefangen und würde von dem baumelnden Klöppel gegen die Wände geschleudert. Hal schlug ihm erst auf die eine Kopfseite, dann auf die andere. Er taumelte rückwärts, schüttelte den Kopf und machte sich bereit, sich auf das selbstgefällige Grinsen seines Onkels zu stürzen, das nach wie vor entnervend unbeschädigt aussah. Plötzlich stellte sich Brid dazwischen und vereitelte seinen Konter.

»Geht es euch beiden jetzt besser? Wahrscheinlich sollte ich von zwei kleinen Kindern nichts anderes erwarten, aber wir haben …« Ihre Stimme verklang, und den beiden Jungen blieb der Rest ihrer Schelte erspart, da das Geräusch von klirrendem Metall und aufgeregtes, hohes Bellen die Stadt aufschrecken ließ. Mit flatterndem Seil kam der weiße ophidianische Schlangenfänger die Straße herabgelaufen, ruderte wild mit seinen kurzen Beinen. Der Eisenring, den der Hund glatt aus der Stallwand herausgerissen hatte, klapperte übers Kopfsteinpflaster, hüpfte und tänzelte, wenn er an den Spalten zwischen den Steinen hängenblieb. Sein rundes Gesicht war rosig vor Aufregung; seine Zunge flog herum und hing ihm seitlich aus dem Maul.

»Er ist häßlich wie ein Schwein«, lachte Hal und vergaß den Streit.

»Häßlicher«, meinte Caspar.

»Mmmh, eher wie ein Troll.« Brids letzte Worte keuchten aus ihr hervor, als der Hund sie vor Begeisterung ansprang, um sie zu begrüßen. Seine Vorderbeine schlugen ihr in den Bauch, als er versuchte, ihr mit seiner speichelfeuchten Zunge einmal quer übers Gesicht zu lecken. Das Mädchen taumelte rückwärts gegen die Wand, überwältigt von der unerwarteten Kraft des Terriers, und sie lachte und schimpfte gleichzeitig. »Au! Paß auf meinen Knöchel auf«, weinte sie. Schließlich entließ er sie aus seiner Umarmung und sprang erst Hal und dann Caspar zu einem überschwenglichen Willkommensgruß an. Da seine Zunge ihr Ziel verfehlte, stieß er Caspars Nase mit dem kräftigen Knochen seiner Schnauze an.

»Autsch! Hör auf damit!«

»Runter!« befahl Brid und deutete auf den Boden. Der Hund wandte sich um, sah sie an und sank ganz langsam herab, bis sein Bauch fast den Boden berührte. Wild wedelte er mit dem Schwanz und gab vor Freude darüber, daß sie ihm ihre Aufmerksamkeit widmete, ein welpenhaftes Quieken von sich.

»Er gehört doch jemandem«, seufzte Hal. »Dieser Schuft muß ihn irgendwo gestohlen haben. Er ist so arglos.«

»Nun, Hund. Ich denke, dann solltest du wohl mitkommen.«

»Wir können ihn nicht ›Hund‹ nennen«, protestierte Caspar.

Überrascht sah Brid ihn an. »Wieso nicht? Ich nenne die Wölfin auch ›Wölfin‹. Und schließlich ist er doch ein Hund.«

»Das ist was anderes. Die Wölfin ist wild und kommuniziert nicht wie ein Hund«, hielt Caspar dagegen.

»Ich verstehe sie gut«, widersprach das Mädchen.

»Na, er ist immer noch der häßlichste Hund, den ich je gesehen habe ... ach, paß doch auf!« Hal mußte ausweichen, als der Hund zwischen seinen Beinen hindurchlief, angelockt vom unwiderstehlichen Duft einiger Treppenstufen.

Nach Brids Eingebung marschierten sie erst strikt ostwärts durch die schmalen Straßen, oft hintereinander, um der Prozession der Bewohner auszuweichen, die Schubkarren mit Gemüse schoben, und den Eselskarren, die mit Weinfässern beladen waren und zum Hafen fuhren oder von dort kamen. Brid hüpfte und humpelte zügig neben den beiden Jungen, kaute aber beständig auf der Weidenrinde, um den Schmerz zu lindern.

Irgendwann hörte Caspar auf, die Weinfässer zu zählen, die an ihnen vorüberkamen, und dachte bei sich, daß der leichte Zugang zu diesen Mengen schweren südlichen Weins für die allgemeine Verschlafenheit der Stadt verantwortlich sein könnte. Doch als der Tag voranschritt, machte sich so etwas Ähnliches wie träge Aktivität in Ildros breit. Als sie dann endlich in eine Straße einbogen, die von Läden gesäumt war, fanden sie sich von Geschäftigkeit umgeben. Händler schacherten um Waren, die sie erst durch endlose Wüsten, dann auf Segelschiffen gegen die Meeresströmungen hierhergebracht hatten. Schwankende Trupps von Seeleuten spähten umnebelt in die Läden, erkundeten das Angebot der Stadt. Tauschhandel an allen Ecken und der Chor der Straßenhändler erfüllten die Luft. Hal tat einen langen Schritt, um schützend neben das Mädchen zu treten, als sie an einer Gruppe sonnengebräunter Segler vorüberkamen. Einer mit schweren Ohrringen hob seinen Humpen dem Himmel entgegen, verschüttete rote Flüssigkeit auf die Straße und lallte: »Gott segne die Leidenden.«

»Ha, ihr zwei, konntet ihr keine bessere Braut für euch finden?« spottete ein anderer weniger mitfühlend. »Ihr solltet nach Lonis segeln. Die haben da drüben eine ganze Menge Weiber übrig.«

Caspar hatte einen Pfeil auf seinen Bogen gelegt, als er herumfuhr, um die Männer finster anzublicken, die daraufhin lachend ihre Hände hoben.

»Aber, aber, nichts gegen euere Schwester, Freund. War nur Spaß.« Einer der anderen Seeleute leerte einen Humpen Wein über seinem Gefährten, was einiges Gelächter bei den Zechern auslöste, und Brid zupfte an Caspars Arm.

»Komm schon. Gehen wir weiter.«

»Ich hätte sie allesamt abschießen sollen«, knurrte der kleine Junge.

»Sie haben es nicht böse gemeint. Die sind nur betrunken.« Brid schienen die Bemerkungen kaltzulassen. »Soldaten und Seeleute, sie alle betrinken sich gleichermaßen!«

Der Junge konnte nicht verstehen, warum sie von den Bemerkungen nicht zu Tode gekränkt war, doch er kam zu dem Schluß, daß Brid zu sehr auf ihre Aufgabe konzentriert war, um sich von Fremden aus dem Gleichgewicht bringen zu lassen. Der Terrier zog Brid die Straße entlang, begierig darauf, an der Jagd teilzunehmen. Dauernd sah er über seine Schulter, um sicherzugehen, daß er in die richtige Richtung lief, und blickte zur Bestätigung in Brids weiße Augen. Er marschierte voran, drückte seinen Kopf ins Halsband und schnüffelte am Boden herum. Bei jedem dritten Schritt mußte Brid unbeholfen rennen, um mit der Begeisterung des Hundes mithalten zu können.

Hal lachte. »Er glaubt, wir jagen Schlangen.«

Bei der Erwähnung des Wortes ›Schlange‹ erstarrte der Hund, warf seinen Kopf hin und her und stellte die Ohren auf.

»Schlangen!« wiederholte Hal mit aufgeregter, ermunternder Stimme, und wütend lief der Hund herum, schnüffelte überall auf der gepflasterten Straße.

»Ach, verwirr das arme Tier nicht«, lachte Brid. »Wir haben keine Zeit für Spiele.«

Am späten Nachmittag hatten sie den Großteil der östlichen Stadt durchquert, wenn sie sich auch gezwungen sahen, eine ganze Reihe von Läden auszulassen, zu denen eine Bäckerei, ein Silberschmied, ein Feinschmied und ein Kartenmacher gehörten, weil Brid der Straßenname nicht gefiel. Tauchstuhlgasse, so sagte sie, sei doch wirklich allzu geschmacklos.

Hal lief den anderen voraus, als sie sich der nächsten Biegung näherten. Abrupt wich er zurück und stieß Brid und Caspar an die Wand.

»Zwei Inquisitoren«, warnte er. »Zumindest vermute ich, daß es welche sind. Sie tragen Schwarz und haben Piken und Lanzen bei sich, reiten die gleichen Pferde. Das Königswappen flattert von der Spitze der einen Lanze.« Er schlich wieder nach vorn und spähte in die Seitenstraße. »Sie entfernen sich von uns. Jeden Augenblick ist die Luft rein.«

Caspar versuchte, seinen Herzschlag zu verlangsamen, der ihm in den Ohren pochte.

»Sie sind weg«, verkündete Hal schließlich. »Also, Brid, denk nach. Wir müssen diese Frauen bald finden. Wir können nicht das Risiko eingehen, noch viel länger in Ildros zu bleiben.«

»Solange wir die Augen nach den Inquisitoren offenhalten, sind wir sicher«, meinte die Jungfrau. »Sie suchen uns nicht. Aber du hast recht, wir haben keine Zeit zu vergeuden. Wir müssen etwas finden, irgendeine Botschaft am Gebäude oder in den ausgestellten Waren«, murmelte sie. Caspar sagte das alles nichts. Brid verwarf sämtliche Schlachter von vornherein, und dann ging sie etwas langsamer an den Fischhändlern vorüber, doch da sie drinnen nur Männer sah, beschloß sie, dem nicht weiter nachzugehen. Hal konnte den Unterschied zwischen Schlachtern und Fischhändlern nicht einsehen. Brid erklärte, daß die Verbindung von Fisch und Wasser, dem weiblichen Element, diese Händler für Anhänger des Alten Glaubens wahrscheinlicher machte. Sie besuchten insgesamt fünf Fischhändler. Vor jedem versteckte Brid ihr Gesicht unter der Kapuze ihres Umhangs und tupfte kurz an einem Auge herum, um das Spinngewebe zu verschieben. Enttäuscht humpelte sie von jeder Bude weiter, ohne sie sich länger als nur einen Augenblick angesehen zu haben.

»Wie kannst du es so schnell wissen?« Caspar war froh, daß er die stinkenden Fischstände hinter sich lassen konnte, doch er wurde nun zunehmend mutloser. Ihre Suche wuchs sich immer mehr zu einem fruchtlosen Unterfangen aus.

»Woher wußtest du vom anderen Ende der Straße her, daß hier ein Fischhändler war?« stellte sie die Gegenfrage.

»Der Geruch.«

»Sei nicht so oberschlau. Woher noch?«

»Na, wegen des Schildes. Da baumelt es im Tageslicht.«

»Natürlich. Und ich würde ebenfalls ein deutliches Zeichen geben, das man lesen kann. Es liegt an der Art und Weise, wie man einen Fisch auslegt. Ein Runenzeichen kann man mit fast allem machen.« Noch immer war Brid abgelenkt und blinzelte die Straße auf und ab. »Hier ist alles falsch.« Sie ließen die Läden hinter sich und gingen ins Handwerksviertel, kamen an einer Apotheke vorbei. Caspar meinte, dies sei doch eine Möglichkeit, doch Brid rümpfte nur die Nase, da die Arzneien in vorgemischten Flaschen verkauft wurden, nicht als frische

Kräuter und Wurzeln. Sie erklärte, daß es die Wirksamkeit der Kräuter schwäche, wenn man der Natur zu sehr ins Handwerk pfusche. Doch als sie bei einem Schuster abwinkte, ihn ohne weitere Überlegung ignorierte, nur weil sie nicht gern Schuhe trug, blickte Hal zum Himmel auf und stöhnte.

»Es ist hoffnungslos, wir folgen nur ihren Launen. Wie will sie mit einer derart unlogischen, unsystematischen Vorgehensweise irgend etwas finden?«

»Ich suche nach einer Priesterin, und man muß eine sein, um eine zu finden«, erwiderte Brid. »Wenn ich keine Schuhe mag, wird es ihr ebenso gehen.«

Der Hund umrundete seine neue Herrin, wickelte ihr die Leine um die Beine und verzögerte so Brids Antwort, während Caspar alle Schilder beschrieb, die er in der Meeresbrise baumeln sah.

»Da ist ein Kerzenmacher am Ende der Straße«, teilte er ihr mit, als sein Blick auf die Abbildung einer Kerze fiel, die von einer Eisenstange über einer Ladentür hing.

»Oh, Hund, hör auf damit«, klagte Brid. Der Hund sah auf und wedelte mit seinem dicken, kurzen Schwanz, der gegen Caspars Bein schlug. Doch der weiße Terrier verstand Brids Worte nicht, und sie mußte sich ein paarmal umdrehen, um sich zu befreien. Der Schlangenfänger hielt das für ein Spiel und lief selbst im Kreis herum. Schließlich schafften sie es alle, sich zu befreien, hauptsächlich mit Hals Hilfe, der den Hund fest bei seinem Halsband nahm.

»Vorsichtig mit seiner Wunde«, warnte Brid, aber der Hund schien seine Schmerzen vergessen zu haben. Caspar fand den Gleichmut des Tieres ausgesprochen edel.

»Hör zu, Trollhund, bleib stehen«, befahl der dunkelhaarige Junge wütend, doch der Hund ließ sich von der ernsten Stimme nicht beeindrucken und kochte noch immer vor Begeisterung über.

»Kerzen sind für unsere heiligen Riten unerläßlich. Der Kerzenrauch verstärkt und konzentriert Gebete an die Göttin. Wir sehen mal nach.«

»Wieder eine vergebliche Hatz«, grummelte Hal mutlos.

Fasziniert betrachtete Caspar durch die offene Tür einen alten Mann, der sorgsam Striche in eine Kerze ritzte und jeden Strich mit einer Ziffer versah. Das berichtete er Brid.

»Damit man die Zeit ablesen kann.« Sie sah enttäuscht aus.

»Nun, das wissen wir«, erwiderte Hal. »Das ist offensichtlich.«

»Ja, ich weiß, aber wer braucht das? Ich weiß genau, wie spät es ist, durch den Mond oder die Sterne.«

»Na, drinnen wüßtest du es nicht«, widersprach ihr Hal. »Ich finde es schlau.«

»Ich bin nicht gern drinnen.«

Hal stürzte sich auf ihre Worte. »Du bist nicht gern drinnen, und du bist auch nicht gern in Städten. Vielleicht sollten wir draußen auf den Hügeln suchen.«

»Aber die Inquisitoren sind hier in der Stadt«, entgegnete Brid.

»Wieso schließen wir nicht die Augen, drehen uns im Kreis, machen sie bei drei wieder auf und folgen der ersten Elster, die wir sehen. Das wäre wahrscheinlich ebenso wirkungsvoll.« Hals Mutlosigkeit wuchs von einer Minute zur nächsten. »Es ist absolut lächerlich. Ich bin müde und hungrig. Auf Torra Alta wäre ich auch müde und hungrig, aber ich könnte wenigstens was Gutes tun, indem ich Vaalaker töte. Jedenfalls bist du lächerlich unlogisch. Der Tempel in Farona ist nicht nur mitten in der Stadt, sondern direkt unter der Kathedrale. Und da gibt es wohl kaum frische Luft, oder? Also gibt es keinen Grund, wieso er es nicht auch in Ildros sein sollte. Frauen können nicht geradeaus denken.«

»Der Tempel in Farona wurde unter freiem Himmel errichtet«, korrigierte sie ihn. »Er ist sehr alt und wurde gebaut, lange bevor man die Kathedrale darauf errichtet hat.«

»Na, du kannst die ganze Nacht durch diese Hafenstadt pilgern. Ich gehe zum Stall zurück, um was zu essen.«

»Wir versuchen es nur noch unten am Anleger, dann kehren wir alle zum Stall zurück. Es wird besser sein, wenn wir zusammenbleiben«, beschwatzte Brid die anderen. »Wenn wir uns am Hafen umsehen, können wir den zumindest außer acht lassen, bevor wir morgen dann außerhalb weitermachen.«

Feiner Nieselregen trieb vom Meer herein. Sie machten sich westwärts auf den Weg, an der breiter werdenden Mündung entlang, und dann, als sich diese zum Hafen hin öffnete, gingen sie nordwärts am Pier entlang.

»Hör auf, Hund.« Brid riß an der Leine, da das Tier vorausstürmen wollte.

»Trund«, korrigierte Caspar. Er hatte Troll und Hund zu einem Spitznamen zusammengefügt. Das gefiel Brid nicht.

Entschlossen zog der Hund an seiner Leine, hielt seinen Blick starr auf den Strand gerichtet, und Brid fehlte einfach die Kraft, ihn zurückzuhalten. Anfangs weigerte sie sich, nachzugeben, wickelte die Leine fest um ihr Handgelenk und lehnte sich zurück, um der Kraft des Hundes ihr Gewicht entgegenzustemmen. Hal lachte über sie, als das Seil schließlich ihre Haut aufschürfte und sie vor Anstrengung, den Terrier zurückzuhalten, rot anlief.

»Also«, lachte er, »wenn du Männerkleider tragen kannst, lieber breitbeinig als im Damensitz reitest und dich für hartgesotten genug hältst, ohne Anstandsdame in die Welt hinauszureiten, wirst du doch wohl deinen Hund selbst halten können.«

»Hier«, sagte Caspar und legte eine Hand an die Leine. »Gib ihn mir.« Stirnrunzelnd sah er seinen Onkel an. »Das ist gemein, Hal. Denk an ihren Knöchel.« Caspar bereute sein ritterliches

Angebot bereits, als sie am Pier ankamen, wo eimerweise Aale von den Fischerbooten geladen und zur Versteigerung ausgebreitet wurden. Trund schien Aale gern zu mögen und sprang kopfüber in das erste Faß, riß Caspar mit sich, bevor der noch merkte, was da vor sich ging.

Schließlich schaffte es Caspar, ihn mit sich zu zerren, doch erst, nachdem Trund zwei lebende Aale verschlungen hatte. Er weigerte sich standhaft, den einen loszulassen, der noch immer zwischen seinen Zähnen klemmte und sich zappelnd befreien wollte. Eilig bezahlte Hal den Aalverkäufer, und beschämt zogen sich die drei ein Stück weit die Hafenmauer entlang zurück. Es war eine Obstbude, die Brid am meisten faszinierte. Überraschenderweise gab es in Caldea kaum Früchte oder Gemüse, da fast alles Ackerland den Reben vorbehalten blieb. Frischer Nachschub mußte hauptsächlich aus Quertos eingeführt werden, und der süße Duft von Äpfeln wehte durch den Fischgestank. Mit einigem Grunzen hatte Trund die Aale schließlich verschlungen, und sein Bauch sah noch runder aus als vorher. Er zerrte die anderen zum Obststand und wedelte das lächelnde Mädchen hinter dem Tresen an. Der Hund heulte sein eher peinliches Quieken, das er bei freundlicherer Konversation anwandte.

»Gnade, diese neuen Schlangenfänger«, rief das Mädchen aus. »Sie sind so häßlich.« Sie hatte eine kleine Knopfnase mit plattem Rücken und dicke Augenbrauen, die etwas unvorteilhaft den Blick auf sich zogen.

»Ich möchte ein paar Äpfel«, sagte Brid mit sachlicher Stimme.

»Ja, Herrin.« Das Mädchen musterte Brid von oben bis unten, wobei die schweren Brauen ihren Blick fast verbargen. Blinzelnd betrachtete sie Brids weiße Augen und verzog das Gesicht, auch wenn sie sich soweit beherrschte, daß sie freundlich fragen konnte: »Welche Sorte? Wir haben natürlich Quertos und dann noch einige Importe, nur sind die etwas holzig im Geschmack, und wir haben sogar ein paar Kochäpfel aus Caldea.«

»Die Äpfel aus Quertos wären gut. Ein Pfund.«

Während sich Caspar Gedanken um die Bedeutung der Äpfel machte, kam eine ältere Frau aus dem hinteren Teil des Ladens geschlurft. Sie trug einen Korb mit schimmernd roten Früchten.

Das junge Mädchen drehte sich um. »Nein, Ma, das sind die ausländischen. Die aus Quertos sind grün.« Die ältere Frau kehrte wieder in den hinteren Ladenteil zurück, stieß mit ihren breiten Hüften gegen eine Kiste voller Birnen. Diese purzelten zu Boden. Das Mädchen seufzte. »Oh, Ma, komm du her und bediene diese Edelleute, und ich kümmere mich darum.«

Die alte Frau strich ihre gebügelte Schürze glatt und rollte ihre Ärmel hoch. Sie hatte grobe, schwere Züge und spielte an einem Zahn herum, als störte er sie. Caspar fühlte sich in ihrer Gesellschaft unwohl, doch konnte kein Zweifel daran bestehen, daß sie Brid neugierig ansah, fast als würde sie die Jungfrau erkennen. Sie bot Brid einen Apfel aus dem Korb an, den sie bei sich trug. »Versucht einen von diesen, Fräulein, die könnten Euch gefallen. Hier, ich will nur eben ein Messer holen.«

Sie stellte den Korb ab und polierte den Apfel an ihrer Schürze, während sie herumwatschelte und sich seitwärts drehte, um die Lücken zwischen den Obsthaufen abzusuchen, denn sie wollte die Auslage von Winterpflaumen nicht mit ihrem dicken Bauch umwerfen. Plötzlich wurde Caspar klar, was das alles sollte. Er hatte gesehen, wie Brid Äpfel aß. Sie waren eines der wenigen Lebensmittel, die sie nie verweigerte. Stets schnitt die Jungfrau sie in zwei Hälften, nicht von Pol zu Pol, sondern durch die Mitte, teilte sie in eine obere und eine untere Hälfte. Es war ein simpler Test, um zu sehen, wie die Frau reagierte, wenn die Priesterin den Apfel aufschnitt.

Trund wählte ebenjenen Augenblick, um sich vorzustellen, sprang am Tresen auf und stieß ein schneidendes Jaulen aus.

Die Frau verzog ihr Gesicht vor Ekel. »Von diesem Hund bekomme ich Ausschlag. Sehen wie Schweine aus, würde ich sagen, aber wenn sie uns die Schlangen vom Leib halten, sind sie wohl nützlich. Um diese Jahreszeit kann man nicht mehr an den Strand gehen, seit diese Kälte das Schlangenvieh aus dem Nordmeer herantreibt. Und durch die Springfluten werden die Strände tödlich. Erst nach der nächsten Nippflut kann man wieder dorthin gehen. Und selbst dann muß man den rechten Zeitpunkt wählen, um über den Strand zu wandern. Aber nur die Einheimischen verstehen die Strände. Dauernd muß ich Fremde davor warnen. Sie scheinen sich nicht darüber im klaren zu sein, daß die Schlangen hier unten eine weit größere Plage als auf dem Damm sind.« Sie legte ihr Messer ab und trat nach vorn. »Hier, Ihr seht den Strand dort drüben. Nun, letzte Woche haben sie dreiunddreißig von diesen schwarzen Sandvipern allein an diesem Strandabschnitt gefunden, dreiunddreißig, sag' ich Euch. Aber, wo war ich eben? Ach ja, der Apfel.«

Sie nahm den Apfel und polierte ihn geistesabwesend zum zweiten Mal. Noch immer hielt Caspar seinen Blick auf den Apfel gerichtet und fragte sich, ob die Frau ihn Brid wohl jemals anbieten würde.

»Ich selbst bin keine große Apfelesserin, aber es heißt, wenn man Käse aus Nattarda oben auf einen Quertos-Apfelkuchen gibt, so wäre das ein selten gutes Rezept. Mabel – sie wohnt in meiner Straße – Mabel gibt noch Nüsse hinein. Das ist das Beste.« Endlich hob sie ihre Hand und bot Brid Apfel und Messer an. »Hier, schöne Frau, probiert nur.«

Bedächtig hielt Brid den Apfel und schnitt durchs knackende Fruchtfleisch, schnitt ihn auf ihre besondere Art und Weise auf. Mit dem Rücken ihrer Hand wischte sie sich die Saftspritzer von den Wagen, dann bot sie der Obstverkäuferin die obere Hälfte des Apfels. »Laßt ihn mich mit Euch teilen.«

Die Obstverkäuferin hob abwehrend eine Hand, ohne den leisesten Funken des Erkennens. »Nein, nein, danke. Ich selbst bin kein Freund von Äpfeln. Mag lieber Pflaumen. Möchtet Ihr von denen welche kosten?«

Brid machte sich nicht die Mühe, den Apfel zu probieren. Sie ließ ihre Hand sinken und sagte nur: »Ja, die sind gut, davon nehmen wir ein Pfund. Hal, hol sie mir.« Sie humpelte davon, zog an ihrem Zopf und sah wehmütig aufs Meer hinaus.

»Armes Kind, welch ein Gebrechen«, bemerkte die Frau mitfühlend Hal gegenüber. »Ich vermute, Ihr seid hier, um der heiligen Anne einen Besuch abzustatten. Alle möglichen Leute kommen hierher zu uns nach Ildros wegen des Schreins, und natürlich bringt auch der Hafen eine Menge Fremde hierher. Die Fähre von Dorsmund brachte heute morgen einen besonders seltsamen Haufen, aber es heißt, irgendwo im Norden gäbe es Ärger, und immer wenn es Ärger gibt ...«

Caspar hörte nicht mehr zu. Dorsmund, die Fähre von Dorsmund. Bei günstigem Wind konnte man die Reise von Farona nach Ildros in einer knappen Woche schaffen. Er verfluchte sein mangelndes Urteilsvermögen dafür, daß sie diese Route nicht gewählt hatten. Dann dachte er daran, daß sie an Bord des Schiffes mit dem Feind zusammen hätten eingesperrt sein können. Gatto und die Vaalaker konnten inzwischen durchaus hiersein. Er sah Hal an, dessen Miene nicht mehr mutlos, sondern nun voll Sorge war, als er die Frau bezahlte, ohne auf das Wechselgeld zu warten. Er ging zu Brid hinüber und warf ihr einen Apfel in die Hand.

»Hier, kau das und laß dir was einfallen. Uns läuft die Zeit weg.« In seiner Stimme lag kein Mitgefühl, auch wenn die junge Priesterin offensichtlich verletzt war und sich die Schuld gab. Sie seufzte. »Ich wünschte, Morrigwen wäre hier. Sie wüßte, was zu tun ist.«

»Nun, ist sie aber nicht«, fuhr Hal sie an. »Aber du. Also werden wir auf meine Weise vorgehen und uns diese Stadt systematisch ansehen. Morgen binden wir diesen häßlichen Hund an, nehmen die Pferde und sehen uns ordentlich um.«

»Vielleicht sollte ich dort oben auf diesem hölzernen Hügel ein Licht entfachen. Vielleicht kommen die Hüterinnen dann zu mir, da wir anscheinend nicht dazu in der Lage sind, uns zu finden.« Sie lächelte gequält und winkte vage zu dem Hügel jenseits der Weinreben hin. Er lag unter immergrünen Eiben verborgen.

»Und locke so alle Inquisitoren an, treib die ganze Stadt in eine Hexenjagd. Deine Ideen sind so gut wie Spars!« rief Hal.

»Es war ein Scherz, Hal. Du weißt doch noch, was Scherze sind, oder?«

Der Junge knurrte ärgerlich über ihren herablassenden Ton. Er marschierte am Pier entlang zurück, und die anderen beiden folgten ihm. Trund zog sie den ganzen Weg über zur Seite, versuchte, seine Nase in den Sand zu stecken.

»Und halt dieses Tier fest an der Leine, wenn wir an den Fischständen vorbeikommen«, brummte der ältere Junge bestimmend.

KAPITEL 5

Das Mädchen, vermutlich die Wirtstochter, war ohne Zweifel interessant. Hal beobachtete, wie sie sich zwischen zwei Tischen hindurchzwängte, als sie sich durch den vollen Schankraum fädelte, um ihnen ein Tablett mit Frühstück zu bringen. Sie lächelte süß und mit einer gesunden Rötung auf den Wangen, als er aufblickte und sein entwaffnendstes Lächeln zeigte. Sie richtete ihr Leibchen, das auf eine faszinierende Art und Weise ihre sahnigen Brüste wog, die oben aus dem engen Mieder quollen. Schamlos starrte er sie an, und das Mädchen kicherte.

Das würde sicherlich mehr Spaß machen, als seinen Neffen und dieses Mädchen zu hüten. Kurz spürte er ein leises Schuldgefühl. Ja, natürlich empfand er etwas für Brid, aber diese Augen waren so gräßlich, und dieser Knöchel! Er wußte, daß er unlogisch dachte, wußte, daß sie darunter hübsch war, wahrscheinlich sogar hübscher noch als Cybillia, trotz der Haarfarbe der Lady. Und dennoch fühlte er sich von ihrer entstellenden Verkleidung abgestoßen.

Aber was ihm nun an Brid überhaupt nicht gefiel, war die Art, wie sie ihn aufschäumen ließ … und er gab nur ungern zu, daß Mädchen ihn beunruhigen konnten. Bei Cybillia hatte er alles unter Kontrolle. Sie respektierte ihn und blickte zu ihm auf, sagte und tat, was er von ihr erwartete. Aber Brid! Sie war so starrsinnig und unberechenbar. Er wußte nicht, wie er auf sie reagieren sollte. Schließlich war sie nur ein Bauernmädchen, und doch mußte er andauernd befürchten, daß sie über ihn lachte oder auf irgendeine seiner Unzulänglichkeiten hinwies. Er fragte sich, ob Branwolf dasselbe für Keridwen empfunden hatte. Aber Keridwen konnte niemals so stur wie Brid gewesen sein. Schließlich war sie Caspars Mutter. Er fragte sich, was sein älterer Bruder dabei empfinden mochte, Wystans Witwe auf der Burg bei sich zu haben. Alle sagten, sie sähe genau wie Keridwen aus. Er verstand gut, was Branwolf in Versuchung führte.

Diese Magd … er fühlte sich in ihrer Nähe wohl. Sie war nur ein Mädchen, das niemals auch nur daran denken würde, ihm zu widersprechen. Wahrscheinlich war sie etwas älter als er und ein wenig pummelig, doch trug das nur zu ihrem Liebreiz bei. Außerdem könnte es sein, daß Brid ihren Hochmut etwas zügelte, wenn er Interesse an diesem Mädchen zeigte.

»Autsch!« Irgend etwas traf ihn hart am Schienbein. Es entpuppte sich als Caspars Stiefelspitze.

»Du hörst kein Wort von dem, was wir hier reden«, warf sein Neffe ihm wütend vor.

»Nun, dann kann es nicht sonderlich interessant gewesen sein.«

»Wir fangen auf der Südseite von Ildros an«, verkündete Brid mit dieser provozierenden Stimme, die deutlich machte, daß sie eine Entscheidung getroffen hatte, der nicht widersprochen werden durfte.

Wieder blickte Hal zur Magd hinüber, die sich vorbeugte, um einen Humpen aufzuheben, den ein schläfriger Zecher am Abend zuvor hatte fallen lassen. Nachdenklich kaute er auf seiner Unterlippe herum.

»Ihr könnt gern wieder ziellos in der Stadt herumwandern, aber ich werde mein Schuhleder schonen. Es wäre nur wieder die reine Zeitverschwendung. Du mußt wissen, wo diese Hüterinnen sind. Es macht keinen Sinn, daß wir dir alle nachlaufen, Brid. Ich werde hier warten, wo es zumindest bequem ist.« Er könnte in der Sonne sitzen, ein paar Biere trinken, warten, bis die Magd ihre Pflichten erledigt hatte … Der Tag machte einen vielversprechenden Eindruck. Er lehnte sich zurück und legte seine dreckigen Stiefel auf einen Stuhl.

»Hal!« protestierte Caspar ärgerlich.

Er schmollte und sah seinen Neffen beleidigt an. »Ach, geh mir nicht auf die Nerven, Spar. Du gehst mit ihr. Ich werde ein paar diskrete Fragen stellen. Ich wette, ich finde mehr heraus als ihr.«

»Wir gehen zum Schrein«, verkündete die kleine Jungfrau und starrte ihn mit einem bösen Blick aus ihren toten, weißen Augen an. Er konnte spürten, wie ihr wilder Blick ihn durchbohrte, obwohl er nicht durch die feuchten Polster aus Spinnweben sehen konnte.

»Gute Idee«, sagte er beiläufig. »Es wird sich gut machen, um den Anschein zu wahren. Ja, du solltest zum Schrein gehen. Es verleiht deiner Verkleidung größere Glaubwürdigkeit. Aber, wie du selbst gesagt hast, wäre es der letzte Ort, an dem sie sich verstecken würden, also wäre es die reine Zeitverschwendung, wenn wir alle hingingen. Da werdet ihr mich also gar nicht brauchen, stimmt's?«

»Ich weiß, daß ich das gesagt habe. Aber manchmal ist das, was man für den unwahrscheinlichsten Ort hält, der beste Ort. So ist es immer, wenn man etwas verliert. Wenn der Schrein ein unwahrscheinliches Versteck der Hüterinnen ist, könnte er ihnen den besten Schutz bieten. Dort wird niemand suchen.«

Hal wollte sein klar denkendes Gehirn nicht mit der wirren Logik der Jungfrau infizieren und versuchte, über ihr umständliches Argument nicht nachzusinnen. Mädchen, dachte er verzweifelt, die sind doch allesamt konfus. Er zuckte nur mit den Achseln und griff nach seinem Humpen. »Erzählt mir, was ihr gefunden habt, wenn ihr wiederkommt. Ich werde hiersein.«

Brid rümpfte die Nase. Er grinste sie an, und dann rief er

der Magd zu: »Hier, Fräulein, ich möchte noch etwas Brot und … nun, was sonst noch geboten wird.«

»Hast du noch nicht genug gehabt?« wollte Caspar wissen.

»Nein.« Sehnsüchtig sah Hal zu der jungen Frau hinüber, als diese sich seitwärts zwischen den Tischen hindurchzwängte und erneut ihr Kleid glattstrich. Sie hatte hübsche, dunkle Augen und volles, dunkelbraunes Haar. »Nein, ich hätte gern noch etwas mehr.«

Sein Neffe schob die zornigen Augenbrauen zusammen. »Ach, geh nur, Spar«, grinste er.

Als sie hinausgingen, zuckte er zusammen, als die Priesterin auf ihrem verkrüppelten Knöchel humpelte und sich auf Caspars Arm stützte. Wenigstens nahmen sie diesen Hund mit seinem stinkenden Atem mit, da Brid darauf beharrte, er sei so eine Art Zeichen der Mutter. Nein, er wollte keine Schuldgefühle haben. Warum sollte er?

Kaum fünf Minuten waren sie fort, als er die vollbusige Brünette überredet hatte, ihre Pflichten zu vernachlässigen. Kichernd saß sie neben ihm. Der Wirt warf ihm einen grimmigen Blick zu, doch was kümmerte es ihn? Der Mann mußte selbst einmal jung gewesen sein, und das Mädchen war offenbar nicht seine Tochter, sonst hätte er sich mit seinen Einwänden sicher lautstärker hervorgetan. Die Magd jedoch hatte selbst wenig zu erzählen, was enttäuschend war. Wenigstens schien sie Interesse an seiner Geschichte zu haben, wie er allein einen vaalakischen Krieger getötet hatte, doch nach einigen Minuten merkte er, daß sie ihm nicht recht glauben wollte. Das ärgerte ihn.

»Torra Alta«, seufzte sie. »Das ist sehr weit fort. Ist es dort kalt?«

Hal nickte. »Ja, im Winter ist es kalt, aber wir wissen, wie wir uns wärmen können. Aber du, arbeitest du den ganzen Tag, oder hast du auch etwas Zeit für dich? Vielleicht könntest du mir zeigen, wie man sich in Ildros amüsiert.« Die Lage schien hoffnungsfroh, dachte er bei sich. Was machte es schon, daß sie nur wenig von Interesse zu berichten hatte? Immer wieder errötete sie und drückte ihre verschränkten Arme zusammen, was ihre cremefarbenen Brüste anhob und noch fester aneinanderpreßte.

»Oh, Sir, wie man sich amüsiert … Was meint Ihr damit?«

Hal antwortete nicht, sondern rückte etwas näher an den warmen Körper des Mädchens, dessen Atem schnell und heftig ging. Es schien tatsächlich sehr hoffnungsfroh.

Doch dann flog die Tür auf. Hal wußte, daß diese spezielle Gelegenheit vertan war. Er war zutiefst verärgert. Die Umrisse dreier Soldaten standen in der Tür, und die Magd stand nervös auf. Es waren kantige Männer mit schwarzen Wappenröcken, auf die das rotgelbe Siegel des Königs mit der Weizengarbe gestickt war. Den Helm des Größten zierte eine gelbe Feder, und offensichtlich war er den anderen übergeordnet. Zu Hals Ärger beachtete seine neue Errungenschaft ihn nun nicht mehr. Abrupt eilte sie von dannen, um sich um die Soldaten zu kümmern.

Es waren steif wirkende Männer, glattrasiert und ohne auch nur den leisesten Hauch eines Lächelns. Hal fragte sich, ob sie sich mit diesen albernen Sandalen, deren Senkel den ganzen Unterschenkel hinauf geschnürt wurden, nicht lächerlich vorkamen. Die Sandalen waren der einzige Teil ihrer Uniform, der zum Gedenken an die fremden Soldaten beibehalten wurde, die das Wort des Einzig Wahren Gottes als erste übers Meer gebracht hatten. Ihr Schuhwerk wirkte in Belbidia eher albern.

Obwohl sein Puls raste, versuchte er doch, sich gleichgültig zu zeigen, und warf ihnen einen desinteressierten Blick zu, der nur von unschuldiger Neugier kündete. Caspar und Brid waren eben erst gegangen. Er fragte sich, ob sie die Männer auf der Straße passiert hatten. Doch Brids Verkleidung bot sicher ausreichend Schutz, solange sie den Mund hielt. Jeder wußte, daß Hexen hübsch waren. Es war Teil ihrer Sünde, Männer zu verführen, und somit konnten sie nicht häßlich sein. Und mit diesen toten weißen Augen und dem Klumpfuß sah Brid einfach gräßlich aus.

Der Inquisitor zog angewidert seine Oberlippe in die Höhe, während er das weite Dekolleté der Magd betrachtete. »Belbidia ist ein züchtiges, heiliges Land. Du solltest dich lieber etwas bedecken, Frau«, knurrte er mißmutig.

Die Magd verneigte sich, zupfte betreten ihr Mieder mit beiden Daumen hoch und versuchte, etwas tiefer in ihr Kleid zu schlüpfen, mit nur geringem Erfolg.

»Was darf ich Euch bringen, edle Herren?« fragte sie, ohne auch nur einem von ihnen ins Gesicht zu sehen.

»Ist schon gut, Meg.« Der Wirt ließ die Gäste, die er eben bediente, zurück und drängte zwischen den Tischen hindurch, um die drei schmucklos gekleideten Soldaten zu begrüßen. »Ich kümmere mich darum. Nun, junge Herren, ich weiß, daß es noch früh am Morgen ist, doch wie wäre es mit etwas Bier aufs Haus? Oder gibt es sonst irgend etwas, das wir an diesem schönen Morgen, mit dem uns Gott der Allmächtige heute gesegnet hat, für Euch tun können?«

»Gelobt sei sein Name«, entgegnete der größte der drei Soldaten. »Nein, guter Wirt, wir sind nicht um der Speisen willen hier.«

»Nein, Sir?« Der untersetzte Mann fummelte an seiner Schürze herum und wischte zum dritten Mal denselben Tisch ab, während sein Schnauzbart von einem nervösen Muskel an der Wange zuckte.

»Nein, allerdings nicht«, erwiderte der Soldat mit ernster Miene. Hal setzte sich auf und beugte sich verstohlen vor, um die Worte des Inquisitors zu verstehen, da dieser nun mit leiser Stimme sprach. »Es ist eine gesichtet worden.«

»Schon wieder?«

»Nicht wie beim letzten Mal, als die Zecher im Mondlicht getanzt haben, und auch nicht, als seltsame Brände bei Herbstbeginn oben auf dem Bogenberg loderten. Nein, davon haben wir dort oben nichts mehr gesehen, nur Nebel in den Senken. Nachdem wir die Tochter des Weinbauern verbrannt haben, scheint das alles aufgehört zu haben.«

Nervös strich der Wirt mit einem Finger um seinen Kragen. »Mh, ja, Herwalds Tochter.«

»Nun ist Schlimmeres gesehen worden. Eine Hexe mit der Macht, ihre Gestalt zu ändern, ist unterwegs. Es heißt, man sähe sie manchmal als entstellten Krüppel und dann wieder …«, er flüsterte nur noch, »dann wieder ist sie ein Wolf.«

»Ein Wolf! Gott beschütze uns, seit dreihundert Jahren hat es in Caldea keine Wölfe mehr gegeben.« Der Wirt schien aufgeregt.

»Es ist kein echter Wolf, nur ein Gestaltwandler. Manchmal eine kleine Frau, manchmal ein Wolf. Sie ist eine Hexe, ein Teufelsding, und Gott hat uns ein Zeichen gegeben, daß größeres Übel über die Stadt Ildros kommen wird.«

»Größeres Übel«, betonten die anderen beiden Inquisitoren. Während der größere Soldat mit dem Wirt gesprochen hatte, waren die anderen beiden im Raum herumgegangen und hatten sich abwechselnd die Gesichter jedes einzelnen Gastes angesehen.

»Es hat Stürme im flachen Meer gegeben, und ein großes Ungeheuer wurde in den Wellen gesichtet.«

Hal gab sich alle Mühe, seine Miene im Humpen zu verbergen, während seine Gedanken rasten. Diese Leute waren auf absurde Weise abergläubisch … nun sahen sie schon Ungeheuer. Es war doch lächerlich, doch bedeutete diese Phantasie auch, daß sie gesehen hatten, wie diese abgerissene Wölfin an

Brids Seite gelaufen war, und schon hatten sie dieses Märchen vom Gestaltwandler ersonnen. Verdammt!

»Ich will mich nur umsehen, wer bei Euch logiert«, murmelte einer der Inquisitoren, dann schlenderte er zum gegenüberliegenden Ende des Raumes und hob ein paar Hüte an, um sich die verschreckten Gesichter darunter anzusehen. Inquisitoren hatten so eine Art, selbst Unschuldigen Angst einzujagen. Sie brauchten kein Siegel eines Barons, weder Geschworene noch die Aussage eines Vogts, um eine Todesstrafe zu verhängen. Sie waren Gesetzeshüter, denen das kirchliche Gesetz mehr als jedes andere bedeutete.

»Habt Ihr jemanden gesehen, der verdächtig gewirkt hätte?« fragte der größte Inquisitor und starrte dabei an seiner Nase entlang auf den Wirt herab. »Sind Euch irgendwelche Fremde aufgefallen?«

»Nun«, der Wirt zupfte am Ende seines Schnauzbartes herum und machte sich wieder daran, die Tische zu wischen. »Wir hätten hier einen Händler aus Ceolothia, der ein paar von diesen Hunden verkaufen wollte. Der war etwas finster.«

Der große Inquisitor schlug mit der Faust auf den Tisch, und der kleine Wirt wich stotternd zurück.

»Hundekämpfe interessieren mich nicht. Ich interessiere mich nicht für die Nöte niederer Tiere. Ich bin hier, um das Volk dieses Landes vor der Infiltration des Teufels und seiner Anhänger zu schützen. Was kümmert es mich, ob ein paar Hunde das eine oder andere Ohr einbüßen? Sie haben keine Seele.«

»Nein, Sir. Nein, Sir, stimmt«, murmelte der Wirt.

»Noch jemand?«

»Nein, nur die üblichen Reisenden, die im Hafen kommen und gehen, und die Pilger, die zum Schrein der heiligen Anne wollen.« Die Inquisitoren gingen durch die Reihen in der Taverne, und einer sah arrogant auf Hal herab. Finster erwiderte der Torra Altaner den Blick, denn er verachtete diese Art von Autorität. »Weißt du, wer ich bin, Junge?« fragte der Inquisitor, da er Hals Blick offenbar als Beleidigung deutete.

Hal wollte schon seinen Rang kundtun und diesen Soldaten zusammenbrüllen, doch er überlegte es sich im letzten Moment anders. »Ja, Sir«, antwortete er etwas unterwürfiger. »Ihr seid Soldat des Königs.«

»Ich bin Inquisitor.« Er brüstete sich mit seinem Titel. »Hast du deinen Zehnten entrichtet?«

»Mein Bruder zahlt den Zehnten für unseren gesamten Haushalt«, erwiderte Hal.

»Dann bist du nicht dein eigener Herr. Wohnst noch unterm Dach eines anderen?« höhnte er.

Hal überlegte, ob er diesem arroganten Menschen sagen sollte, daß sein Bruder den Zehnten für über tausend Mann und deren Familien zahlte, sie vor der auslaugenden Kirchensteuer schützte und die Bürde auf sich lud. Branwolf meinte, die Steuer selbst zu bezahlen befreie ihn zumindest von der Sorge, sie einzutreiben. Der Zehnte, der von jedermann im Lande eingezogen wurde, um damit der Kirche Steuer zu entrichten, war für einen Mann wie Branwolf eine schwere Last gewesen. Von diesem Zehnten wurden natürlich alle Priester, Kirchen und Kathedralen bis hin zum Goldfaden im Altartuch bezahlt. Selbstverständlich bezahlte man von diesem Geld auch die Inquisitoren. Er biß sich auf die Zunge und versuchte, sich etwas Höfliches einfallen zu lassen. »Nun, womit kann ich Euch zu Diensten sein?«

»Du kannst mir sagen, was du hier in Ildros treibst, da du offensichtlich nichts zu verkaufen hast.«

»Ich bin hier, um meine junge Anverwandte zum Schrein der heiligen Anne zu begleiten, wo wir die Heilige um ein Wunder bitten wollen.« Hal war zutiefst erleichtert, daß Brid die Taverne bereits verlassen hatte.

»Und warum begleitest du sie dann nicht?«

»Mein Bruder bringt sie.« Hal sah keinen Grund, die Angelegenheit zu verkomplizieren, indem er versuchte, das genaue Verwandtschaftsverhältnis zwischen ihm und seinem Neffen zu erklären.

»Und wie lange bleibt ihr hier in Ildros?«

»Oh … oh, natürlich bis es ihr wieder bessergeht.«

Der Inquisitor schien sich mit seinen Antworten zufriedenzugeben. »Nun, dann haltet euch nur von dunklen Ecken und Gassen fern. Wir nehmen die Nachricht von diesem Gestaltwandler sehr ernst.«

Die Inquisitoren gingen, und mehrere Minuten lang herrschte Stille im Raum, als die Anwesenden sich sammelten.

Ich muß sie warnen, dachte Hal, dringend. Er schob sich an der Magd vorbei, ohne sie überhaupt zu bemerken, und hastete auf die grelle Straße hinaus.

KAPITEL 6

Wer war die heilige Anne eigentlich?« fragte Brid in ihrem Bemühen, über etwas anderes als Hal zu reden.

Bedauerlicherweise hatte Caspar keine Ahnung. »Hal könnte es vielleicht wissen.«

»Nun, Hal ist nicht bei uns, oder? Hal ist *beschäftigt*.« Sarkasmus quoll zwischen Brids spitzen Lippen hervor. »Dein hoher, edler Onkel hat Wichtigeres zu tun, als uns bei der Suche nach den Hüterinnen zu helfen. Ein Zwinkern dieser Magd, und er hat sämtliche Gefahren vergessen, denen sich dein Vater stellen muß.«

»Sie bedeutet ihm nichts.« Caspar versuchte, seinen Onkel zu verteidigen, auch wenn er selbst nicht sicher war, ob Hal seine Loyalität verdiente. Im stillen war er froh, daß Hal beschäftigt war, denn nun war er mit Brid allein. Sie drückte seinen Arm, als er sie durch die verschlungenen Straßen führte.

Der Hafen von Ildros war an einen Hang gebaut, der zum Meer hinunterführte. Im Gegensatz zum weitläufigen Inneren der Stadt hatte man nichts vom kostbaren Land entlang des Ufers vergeudet, und dort hatten die Bewohner von Ildros ihre Häuser eines auf dem anderen zu einem engen Labyrinth gestapelt. Immer wieder stolperte Brid, und Caspar streckte eine Hand aus, um sie zu stützen, während er nach wie vor unruhig über seine Schulter und in jede dunkle Gasse blickte.

»Hör auf, dich so verdächtig zu machen, Spar«, warnte sie. »Du ziehst Aufmerksamkeit auf dich.« Sie duckten sich unter niedrige Dachvorsprünge und durch schmale Gänge, klapperten die Straßen ab, nahmen die ständigen Biegungen und Wendungen, welche sie südwärts zur Mündung hinführten.

Hier fanden sie die geschäftigen Fähren, die von den gebrechlichen Pilgern profitierten, die sie übers Wasser zum heiligen Schrein brachten. Caspar zahlte das Entgelt für den engen Platz auf dem flachen Boot. Die Fährmänner zogen an Seilen, um sie ins Fahrwasser hinaus und über die brackigen Fluten auf die andere Seite zu ziehen. Am südlichen Ufer der Mündung schlossen sie sich einer ganzen Reihe weiterer Pilger an, die den Schrein besuchen wollten. Eifrig beharrte Trund darauf, jeden einzelnen Fremden mit einem sabbernden Zungenkuß zu begrüßen, während Caspar keuchend versuchte, ihn zurückzuhalten.

Die Stadt Ildros hatte sich auch auf dem anderen Ufer ausgebreitet, jedoch waren die Häuser dort ärmlicher und nicht so hell gestrichen. Der Schrein der heiligen Anne lag auf dem offenen Land, gleich vor dem südlichen Tor der Stadt. Ein Mann mit der Kutte eines Gütigen Mönches trug eine Tasche um den Hals, und ein Trupp von Pilgern drängte sich um ihn. Er stand an einer Mauer, an die eine Tafel an den Stein genagelt war.

»Was steht da?« fragte Brid. »Es ist so verschwommen, daß ich es nicht lesen kann.«

»Der Schrein der heiligen Anne. Hier nun stehst du an der Stelle, die den Hafen von Ildros überschaut. Hierher kamen heilige Männer mit Segelschiffen über die südlichen Meere gefahren, um die Botschaft des Einzig Wahren Gottes in das schöne Land Caldea zu bringen. Unter den ersten, die sie bekehrten, war die reine Jungfrau mit dem Namen Anne, die ihren Verlobten verließ, um sich im heiligen Gebet dem Allmächtigen anzudienen. Doch da sie in der ganzen Stadt das Loblied des Herrn sang, brachten ihre Verwandten sie hier an diesen Ort, um sie mit eigenen Händen zu erschlagen. Das Blut der heiligen Anne rann in die Fluten der Quelle, und seither ist dieses Wasser von ihrem gesegneten Blut rot gefärbt.«

»Eher hat die Große Mutter seither blutige Tränen um den Verlust des Alten Glaubens geweint«, bemerkte Brid bissig.

Caspar stieß sie kurz mit dem Ellenbogen an. »Brid, sei vorsichtig, man weiß nie, wer lauscht.«

»Nein, du hast recht«, flüsterte sie, als eifrige Pilger von hinten schoben, weil sie zu den heilenden Fluten humpeln oder kriechen wollten.

Heulen und Klagen drang an ihre Ohren, als stolpernde Krüppel, manche auf Krücken, manche von Freunden auf Bahren getragen, dem Schrein entgegenstrebten. Manche waren blind, andere taub, und wieder andere schüttelten die Köpfe von einer Pestilenz, die an ihren Hirnen fraß. Manche hielten sich die Bäuche, manche hatten verkümmerte Arme, andere waren von verkümmertem Wuchs. Sie alle schlurften unter Schmerzen zum Schrein.

Als sie über Trund stolperte, der sich ungeschickt um ihre Beine wickelte, stützte sich Brid schwer auf Caspars Arm. Der Gütige Mönch lächelte die beiden an.

»Junger Herr, es ist bewiesen, daß das Wunder der Heilung mit größerer Wahrscheinlichkeit denen gewährt wird, die eine Reliquie der geliebten Märtyrerin erworben haben. Eine Locke von ihrem Haar, einen Fingernagel, einen Knochen ihres rechten Armes. Und am wertvollsten das Messer, mit dem die Teufelsanbeter ihr die Kehle durchschnitten haben.« Der Mönch hielt abwechselnd ein paar verkohlte und übelriechende Gegenstände hoch.

Glücklicherweise blieb Caspar die Peinlichkeit erspart, einen dieser verschrumpelten Gegenstände käuflich erwerben zu müssen, da vorn in der Menge ein Aufschrei zu hören war.

»Ein Wunder, ein Wunder!« Hysterisches Kreischen kam aus der Mitte der dichtgedrängten Pilger, und eine Frau, die eine Stunde zuvor noch auf Krücken gehumpelt war, hüpfte und sprang nun mit ekstatischer Energie herum. »Gepriesen sei die heilige Anne. Zwölfmal habe ich den Schrein besucht, und ich war in Gottes Augen eine zu große Sünderin, als daß er mich heilen wollte. Doch heute habe ich eine Reliquie beim heiligen Mönch gekauft, eine Locke von ihrem Haar, und dieses Gebrechen, mit dem ich schon geboren wurde, ist nun nicht mehr da. Eine Locke von ihrem Haar.« Die schlanke Frau im langen schwarzen Kleid deutete begeistert auf den heiligen Mann.

Unter dem Druck der verzweifelten Pilger taumelte der Mönch zurück, da sie ihm alle Goldmünzen in die Hände drücken wollten, um eine Locke der heiligen Anne zu erwerben.

»Ihr Haar muß eine Meile lang gewesen sein«, sagte Brid nur.

»Selbst schon ein Wunder«, fügte Caspar bissig hinzu. »Und denk nur: so viele verschiedene Farben. Ich habe Leute gesehen, die schwarzes Haar in Händen hielten, braunes Haar, blondes Haar, und sogar graues Haar. Wie können sie sich so für dumm verkaufen lassen?«

Brid seufzte. »Weil es Hoffnung gibt, und Verzweifelte werden sich noch an die leiseste Hoffnung klammern, so lächerlich sie scheinen mag. Ich wette, daß der Mann kein echter Mönch ist. Es ist schrecklich niederträchtig, diese armen Menschen auszunutzen.«

Geduldig warteten sie, während die Schlange der Pilger am Schrein vorüberschlurfte. Wasser gurgelte aus einer Quelle, die in einen Tümpel plätscherte und dann lautlos dem Meer entgegenrann. Über diesem Tümpel ragte die steinerne Figur eines Mädchens in langer, fließender Robe auf, das seine Arme vor Verzweiflung in die Höhe reckte. Doch ein Ausdruck inneren Friedens glättete seine Miene, als es über die Hügel von Caldea blickte. Ein kleines Tier, das undeutlich gemeißelt war, hockte neben dem steinernen Kleid, flehte um die Berührung durch die heilige Hand. Caspar kam zu dem Schluß, daß es sich um einen Hasen handeln sollte.

Der Tümpel zeigte tatsächlich eine rote Färbung, und der Junge griff sich staunend an die Brust, als ihm plötzlich klar wurde, daß die Geschichten stimmen mußten.

Mit herablassender Stimme flüsterte die Jungfrau: »Nun, natürlich ist das Wasser rot. Die Hügel im Süden müssen voller Eisenerz sein. Das ist genauso traurig wie diese armen Bergarbeiter, die auf der Suche nach Gold in den Gelben Bergen schreckliche Not leiden und doch immer nur Schwefel finden.«

Caspar wurde etwas verlegen.

»Brid«, sagte er unsicher mit einem Blick in die Tiefen des Wassers. »Ich schätze, du kannst nicht genug sehen, aber ich bin mir sicher, daß da unten auf den Steinen am Grund des Tümpels Buchstaben sind. So ähnlich wie die seltsamen Kratzspuren, die wir im Feuer im Gasthaus zum Halben Weg gesehen haben.«

»Beug dich über mich«, befahl die Priesterin, während sie verstohlen ihre Kapuze aufsetzte, um ihr Gesicht zu verbergen. Sie neigte den Kopf und wischte ihre Hand über ein Auge, um die Spinnweben zu entfernen, und blinzelte in die Tiefen des Tümpels. Wieder tupfte sie an ihrem Auge herum, bevor sie aufsah, und zeigte das häßlich weiß verklebte Material, nicht das klare, lebendige Grün ihrer Iris.

»Anu«, flüsterte sie. »Dieser Schrein ist viel, viel älter, als sie meinen. Die Baumrunen, die in diese Steine geritzt sind, bedeuten einfach nur Anu. Sie ist eine unserer niederen Göttinnen, deren Tränen Heilung bringen. Ha!« Sie schnaubte abfällig. »Als man den Neuen Glauben hierherbrachte, konnte man offenbar die einfachen Leute nicht daran hindern, diese Quelle zu verehren. Und damit die Neue Kirche ihr Gesicht wahren konnte, haben sie den heidnischen Schrein geläutert, indem sie eine Märtyrerin ihres Neuen Glaubens erfunden und den Namen von Anu in Anne verändert haben. Das ist ein gutes Zeichen. Wir scheinen auf dem richtigen Weg zu sein.«

Die Menge, die sich um sie drängte, wich plötzlich zurück, als Trund ein aufgeregtes Jaulen ausstieß, in die Luft sprang und an seiner Leine zerrte. Caspar wurde buchstäblich mitgerissen. Die Leine riß, und jaulend wie ein Jagdhund auf der Fährte teilte Trund die Menge und lief südwärts, fort von der Stadt, die sandige Küste entlang zu den Dünen und dann weiter aufs Land.

Brid mühte sich, mit ihrem verkrüppelten Fuß dem Jungen hinterherzuhumpeln, doch gab sie den Versuch bald auf und ließ Caspar allein dem Hund nachlaufen. Trund jedoch hatte die Fährte verloren und rannte mit der Nase am Boden hin und her, schnüffelte die Erde ab. Als er sich auf den Hund stürzte, bekam der Junge nur den Schwanz zu fassen, der ihm durch die Finger glitt, während Trund weiter in kleinen Kreisen durch das lange Gras fegte. Humpelnd kam Brid in Sicht.

»Ein heiliger Hase«, murmelte sie nachdenklich. »Vielleicht ist das ein Zeichen. Vielleicht hat er die Fährte des heiligen Hasen aufgenommen, und wir werden zur Zuflucht der Hüterinnen geführt.«

»Es ist kein Hase«, teilte Caspar ihr mit, als er den Boden betrachtete. »Nach den Spuren zu urteilen, handelt es sich eher um eine gewöhnliche Katze … nur …«

»Nur was?« wollte das Mädchen wissen.

»Nur scheint sie sechs Zehen zu haben.«

»Zweifellos ein Zeichen. Nimm diesen Hund wieder an die Leine, zeig ihm die richtige Richtung, und wir folgen ihm.«

Caspar jedoch war nach wie vor nicht in der Lage, den Hund einzufangen, und es war ein leiser Pfiff der Jungfrau nötig, um den weißen Terrier zurückzuholen. Brid war vom Humpeln und Stolpern auf ihrem verdrehten Bein ganz außer Atem.

Regelmäßig mußte sie sich ausruhen, während Trund verzweifelt an der Leine riß.

»Ich *wußte,* daß Trund ein Teil des Zeichens war, als wir nach Ildros kamen. Ich *wußte,* daß er uns irgendwann zum Kessel führen würde. Der Plan der Mutter ist in allem«, sagte sie aufgeregt.

Wild mit dem Schwanz wedelnd zerrte Trund sie über die Kuppe eines Hügels und dann zu einem kleinen, reetgedeckten Häuschen, das von einem Palisadenzaun geschützt war, umgeben von Vogelbeerbäumen. Nun, im Spätherbst, trugen die Bäume pralle, dunkle Beeren, denen einer Stechpalme ganz ähnlich, nur größer. Der Vordereingang des Hauses war eine Stalltür, und der obere Teil schwang auf. Eben sahen sie noch den Schwanz einer schwarzen Katze, die durch die Öffnung huschte.

Das Häuschen und der Garten sahen heimelig und gemütlich aus, ein paar gescheckte Ferkel schnüffelten in ihrem Stall, und ein junger Hahn balancierte arrogant auf dem Zaun. Ein Schild hing schief von einem Nagel am niedrigen Tor.

»Witwenhaus«, las Caspar Brid laut vor.

»Das ist seltsam«, sinnierte Brid und zupfte nachdenklich an ihrem Zopf.

»Wieso?«

»Nun, wir würden auf den ersten Blick nicht viel auf ein Schild geben, oder? Ich meine, wir können beide lesen, und so scheint es absolut normal. Doch wie viele aus dem gewöhnlichen Volk können lesen, und weshalb sollte man also ein Schild aufstellen? Vielleicht ist es ein Hinweis darauf, daß dieser Ort nicht das ist, was er zu sein vorgibt.« Sie lächelte. »Beten wir, daß wir hier richtig sind. Achte nur auf deine Worte, Spar. Wir wollen nicht in die Falle eines Inquisitors tappen.« Höflich klopfte sie an die Tür, während sich Caspar mühte, Trund im Griff zu halten.

Sogleich schlurfte eine alte Frau, die sich auf einen Gehstock stützte, hinter dem Häuschen hervor, eine ganze Ladung Borretsch auf dem Arm. Sie war gänzlich in Schwarz gekleidet, mit einem gestrickten Schal um ihre gebückten Schultern. Sie hatte eine breite, fleischige Nase, stachlige Augenbrauen, doch gute, kräftige Zähne, mit denen sie die beiden anlächelte.

»Zwei junge Reisende«, erklärte sie. »Nun, was könnt Ihr feinen Leute auf der Schwelle meiner bescheidenen Heimstatt wollen?« Neugierig sah sie die beiden an und zupfte an ihrem Schal, was ihre Unruhe verriet.

Gehorsam schwieg Caspar und fragte sich, was Brid wohl sagen würde.

»Wir waren beim Schrein der heiligen Anne, der Märtyrerin, um dort um ein Wunder zu bitten. Als ich betete, hatte ich die Vision einer Katze, einer ungewöhnlichen Katze. Die Heilige sagte mir, ich solle dem Tier folgen, da ich hier Heilung von meinen Gebrechen finden könne.«

»Hier gibt es keine Wunder.« Die Frau lachte nervös. »Nur harte Arbeit und ein zugiges Häuschen findet Ihr hier.« Sie wollte sich abwenden. »Wenn Ihr Wunder sucht, geht und kauft eine Reliquie vom guten Mönch dort unten am Schrein.«

Mutlosigkeit machte sich in Caspar breit. Wenn diese alte Frau eine Verbindung zu den Hüterinnen darstellte, mußte sie die Jungfrau doch erkennen, doch Brid sah natürlich wie eine Adlige aus, die durch ihre Gebrechen zu einer Pilgerfahrt gezwungen war. Vom bloßen Ansehen her ließ sich nicht sagen, daß sie eine Hohepriesterin war. Wenn diese Frau etwas mit den Hüterinnen zu tun hatte, wäre sie ebensowenig wie Brid bereit, ihre wahre Identität preiszugeben.

»Oh, und wir hatten so gehofft.« Die Jungfrau trat in ihrem blauen Kleid vor und hakte sich bei der Witwe unter. »Wir sind so weit gereist, um jemanden zu finden, der mir Augenlicht geben könnte. Und meinen Fuß begradigt«, sagte sie verzweifelt. »Ich würde alles dafür geben.«

Sie hob ihren Rock und zeigte den häßlichen Knöchel vor, der geschwollen und rot war, nachdem sie so lange damit gerannt war, Sie drehte den Fuß, um die mangelnde Bewegungsfreiheit zu demonstrieren, dann zog sie den Zeh über den Boden. Als sie zurücktrat, ließ sie einen Kreis am Boden zurück. Caspar fürchtete, das Zeichen der Mutter darzustellen sei vielleicht etwas zu offensichtlich. Sie zwinkerte nervös.

Die alte Frau starrte zu Boden und biß sich auf die Unterlippe. Dann wandte sie sich um und schlurfte zur Tür des Häuschens. »Ihr solltet besser hereinkommen. Vielleicht finden wir hier tatsächlich so etwas wie ein Wunder. Wir sollten nicht draußen stehenbleiben. Diese Männer mit ihren schwarzen Kutten und den langen Speeren, die überall in der Baronie herumschleichen. Schimmernd und schwarz wie Käfer sind sie.«

Hier müssen wir richtig sein, dachte Caspar aufgeregt. Er spürte Brids Erregung, als sie der gebückten alten Frau eifrig in das bescheidene Häuschen nachhumpelte. So klein er auch sein mochte, mußte sich Caspar doch unter der Tür hindurch ducken, als sie der Witwe in ihre enge Behausung folgten. Brid stolperte über die Schwelle, und eilig fing er sie auf. Da sie nun aus dem Sonnenlicht in den trübe beleuchteten Raum traten, konnte die Jungfrau mit ihren blinden Augen offenbar nichts sehen.

»Hier, setzt Euch ans Feuer«, sagte die Witwe freundlich, doch lag ein leises Beben in ihrer Stimme. Sie spähte ins Sonnenlicht hinaus, sah sich sorgenvoll um, dann zog sie die Stalltür zu und verriegelte sie.

Caspar merkte, daß sie zitterte. Hier muß es sein. Letztendlich hatten sie den richtigen Ort gefunden. Der Kessel mit den Runen mußte ganz in der Nähe sein. Sobald sie ihn gefunden hatten, wären ihre Probleme vorüber. Sie konnten das Druiden-Ei holen und heimkehren, um seine Mutter zu retten und die Vaalaker zu vertreiben. Sein Mund war vor Aufregung ganz trocken. Er fragte sich, wie lange sie ihre Verstellung würden aufrechterhalten müssen. Brid war offenbar noch nicht überzeugt, sonst hätte sie die schmerzhaften Spinnweben auf ihren Augen längst entfernt.

Seltsamerweise ignorierte Trund die Katze. Vielleicht hatte sie, nachdem sie nun nicht länger fortlief, ihren Reiz für ihn verloren. Schützend drückte er sich an die Röcke der Priesterin und wandte seinen Rücken dem grazilen Luchs zu, der sich vor dem Feuer streckte. Nur das kaum erkennbare Zucken am Schwanz der schwarzen Katze zeigte, daß sie wach war. Trunds Schwanz klemmte zwischen seinen Beinen, und seine Nackenhaare standen ihm zu Berge. Brid kraulte ihn beruhigend.

Die Katze mit den sechs Zehen machte Caspar nervös. Er konnte in ihr kein Wesen einer wohlwollenden Göttin sehen, die ihnen Schutz gewährte. Sie war schwarz, mit Büschelohren und einer ungewöhnlichen Anzahl von Zehen. Er wurde das Gefühl nicht los, daß sie vom Teufel kam. Brid glaubte natürlich nicht an den Teufel, doch Caspar war dazu erzogen worden, ihn zu fürchten, und wenn irgend etwas jemals zum finsteren Gesellen paßte, dann war es diese Katze. Er wünschte, Hal wäre bei ihnen. Ohne seinen Onkel fühlte er sich unwohl.

»Nehmt etwas gewürzten Wein«, bat die bescheidene Witwe und ging zu einem Topf, der auf dem Steinherd warm gehalten wurde. »Nehmt etwas Wein, bevor wir uns unterhalten.« Ihre Stimme knisterte wie das Feuer.

»Ich hätte lieber etwas Milderes«, sagte Brid, die nach wie vor ihrer Rolle einer wohlerzogenen Dame aus Belbidia entsprach.

»Nun, das ist kein Problem, meine Liebe.« Herzliche Gastfreundschaft wärmte die Stimme der alten Frau. »Ich hänge nur eben den Kessel übers Feuer und braue Euch schneller einen Becher Kamillentee, als eine Katze zwinkern kann. Der wird Euch guttun, und dann können wir reden.« Sie betonte das letzte Wort, als deutete sie einen tieferen Sinn an.

Sie schwang den kleinen Topf über die Flammen und heizte das Feuer mit dem Schürhaken an. Als es kochte, schenkte sie zwei Becher mit Kamillentee ein, einen für sich und einen für Brid, dann gab sie dem braunhaarigen Jungen, der auf dem Rand seines Hockers saß, etwas Wein. Caspar drehte seine Füße fort von der Katze, um sicherzugehen, daß er sie nicht berührte.

Trotz des finsteren Tieres war er sicher, daß sie hier ganz richtig sein mußten. Jede normale alte Frau wäre bei dem bloßen Gedanken daran, Edelleute in ihrem bescheidenen Heim zu bewirten, außer sich gewesen. Er fragte sich, wieso Brid so vorsichtig war, doch er vermutete, daß es sich, nach den Erfahrungen in Farona zu urteilen, wohl nicht auszahlte, offen zu sein. Brid streckte ihre Hände aus und wartete darauf, daß die Frau ihr den Becher in die Hand drückte und die Finger um den Hornfuß legte. Sie roch an der Flüssigkeit und nahm einen zögerlichen Schluck.

Nach seinen Erlebnissen auf Bullbacks Gutshof war Caspar vorsichtig, was den kräftigen caldeanischen Wein anging, doch der hier roch süß und verlockend. Er nahm einen kleinen Schluck und war angenehm überrascht, wie leicht das kühle Naß seine Kehle hinablief und nicht über seine Zunge harkte und ihm den Gaumen austrocknete, wie es der Wein in Jotunn getan hatte. Einen Augenblick lang war er ungeduldig, als er sich fragte, wann sich diese Frau endlich als Heidin enttarnte. Doch die Dringlichkeit ließ bald nach. Entspannt lehnte er sich zurück, um sich den Tanz der Flammen anzusehen.

»Ich habe eben ein paar Haferkekse mit Honig gebacken. Sie sind mit Zimt gewürzt, der direkt aus der Südsee verschifft wurde. Wir können uns hier in Ildros glücklich schätzen, daß wir derart exotische Gewürze zu einem fairen Preis bekommen können. Manchmal sind die Seeleute etwas unachtsam, was das Gewicht ihrer Säcke angeht.«

Caspar hustete nur nervös in seine Hand. Es verblüffte ihn, daß sich die alte Frau, obwohl Brid das Zeichen der Mutter niedergeschrieben hatte, noch immer nicht bekannte. Vielleicht fürchtete sie ihre Entdeckung noch mehr als Brid. Um seine innere Unruhe zu verbergen, biß er in einen Haferkeks. Dieser war köstlich süß, mit ungewöhnlich strengem Geschmack und voll vom Aroma exotischer Früchte.

Brid knabberte zögerlich. Sie aß etwas davon, dann gab sie den Rest heimlich an den Hund weiter. Trund setzte sich auf, sabberte und bettelte um mehr.

»Bin gleich wieder da«, murmelte die alte Frau. »Ich lauf nur eben raus und hol ein Bündel Feuerholz. Da sind noch reichlich Kekse, also bedient Euch nur, und *dann* reden wir.«

Sie verschwand hinter einem schweren Vorhang, welcher die Tür an der Rückseite des Häuschens verhüllte, und Caspar lehnte sich auf seinem Stuhl zurück. Es war ein schlichter Raum. Der Tisch war an die Wand geschoben, um Platz für die flachen Hocker zu bekommen, die sich um das breite prasselnde Feuer drängten. Er kam zu dem Schluß, daß die alte Witwe die Kälte wahrscheinlich stärker empfand als er. Er überlegte, wo sie den Kessel wohl verwahrte. Trund streckte sich inzwischen vor dem Feuer aus, und durch das kurze Fell war sein rosiger Bauch zu sehen. Er schnarchte laut.

»Brid«, flüsterte er und nahm noch einen Schluck vom warmen Wein. »Sind wir hier richtig?«

Sie griff an ihr Gesicht, zog die Augenlider zurück und wischte die Spinnweben fort. »Ja, es hat den Anschein. Anfangs war ich beunruhigt, weil sie uns Tee angeboten hat. Ich dachte, sie wollte uns etwas hineingeben, aber er riecht und schmeckt zweifelsfrei nach Kamille. Ich glaube, sie ist nur vorsichtig, was natürlich ganz richtig ist.« Blinzelnd sah sie sich um, während sie noch einen Haferkeks knabberte.

Caspar überlegte kurz, warum ihm so warm und schläfrig zumute war, wenn man die Jahreszeit bedachte, doch allmählich kam er zu dem Schluß, daß es ihm egal war. Die Hitze vom Feuer, der Wein ... Er versuchte sich zu erinnern, was er hier machte, und plötzlich war er ganz verwirrt. Was war mit Hal geschehen? Dunkel erinnerte er sich daran, daß sie einen Schrein besucht hatten und sein Onkel nicht mitkommen wollte. Natürlich: die Magd. Er schüttelte sich, versuchte seine Gedanken zu ordnen, doch sie wanderten nur schemenhaft durch seinen Kopf, suchten Abstraktes und verloren Sinn und Verstand. Er fühlte sich taub, und ihm war etwas übel. Seine Hand schien sich von ihm auszustrecken, und die Decke schien auf ihn herabzufallen. Das Schnurren der Katze dröhnte in seinen Ohren, lauter und immer lauter, bis es wie das Keuchen eines Blasebalgs beim Schmied klang. Flammen sprangen mit grünen und blauen Funken auf, breiteten sich aus und tanzten im Raum herum. Sie verdichteten sich zu den gespenstischen Gestalten lachender Kinder, die sich um ihn scharten und ihn mit ihrem warmen, drückenden Atem erstickten.

Er hatte keine Kraft. Nur seine Augen konnte er bewegen, und sie folgten verschwommenen Umrissen, die sich am Rande des Raumes bewegten. Eine schwere Last drückte auf seine Brust, machte ihm das Atmen schwer, doch er konnte weder sehen noch verstehen, was er hervorgerufen hatte. Weder seine Beine noch die Arme folgten seinem Willen, sondern sie hingen nur wie feuchte Lumpen von seinem schlaffen Leib. Er konnte nicht einmal zwinkern. Geräusche klangen verzerrt, rauschten heran und davon wie das Meer. Brid war auf ihrem Stuhl in sich zusammengesunken, ihr Kopf war auf die Brust gefallen, und der Hornbecher mit dem Kamillentee lag ausgekippt am Boden.

Er versuchte, seinen Mund zu bewegen, um sie zu rufen, doch es kam nur ein leises Stöhnen über seine Lippen.

»Wozu hast du sie hier hereingebracht?« Eine wütende Stimme schwoll von irgendwo hinter ihm im dunklen Raum an. »Siehst du denn nicht, daß sie von blauem Blut sind? Sieh dir ihre Kleider an. Du wirst uns noch diesen Tattergreis Baron Cadros auf den Hals hetzen. Und hier drängeln sich schon die Soldaten des Königs. Was hast du dir dabei gedacht? Wir hatten doch vereinbart, daß wir nichts mehr tun wollten, bis die Inquisitoren nicht mehr in Ildros sind.«

»Sie sind ganz von selbst aufgetaucht«, entgegnete die alte Witwe. »Hab eine Weile gebraucht, bis ich wußte, was ich tun sollte, aber ich dachte mir, die sollten wir uns nicht entgehen lassen. Dieses junge Mädchen ist nicht das, was sie zu sein scheint. Und ganz sicher ist sie kein Edelfräulein aus Belbidia. Sie hat ein heidnisches Zeichen in den Staub gemalt. Wer sie also auch sein mögen, sicher wird niemand offizielle Bluthunde rufen, wenn sie mit denen zu tun haben. Ich schätze, sie haben uns mit jemandem verwechselt.«

»Es gefällt mir noch immer nicht«, knurrte der Mann.

»Nun, jetzt ist es zu spät.« Die Worte kamen von einer anderen Frau mit weicher, seidiger Stimme, tief und melodiös einschläfernd, als lullte sie ein Kind in den Schlaf. »Wir können nur das Beste daraus machen. Wir fesseln sie und bringen sie nach unten, bevor sie wieder zu sich kommen.«

Caspars Hände wurden hinter seinen Rücken gerissen und mit einem Seil verknotet. Er versuchte sich zu wehren, aber seine Glieder fühlten sich an, als wären sie flüssig, und sie hingen nur hilflos herab. Die alte Witwe beugte sich über Brid und wich plötzlich kreischend zurück.

»Satan, sei mir gnädig, hol der Teufel meine Seele!«

Der Mann ächzte, als er Caspars Fesseln fester zog. »Hör auf zu schreien, Agnes, sonst lockst du noch den Teufel höchstpersönlich an. Hast du den Verstand verloren, Hexe?«

»Das gefällt mir nicht. Gefällt mir überhaupt nicht. Das ist einfach nicht normal«, murmelte die Witwe immer weiter.

Die jüngere Frau, die ebenfalls schwarz gekleidet war, wenn auch mit einem enganliegenden, weichen Kleid, schwankte in Caspars Blickfeld und riß Brids Kopf mit einer scharfen Handbewegung hoch. Er erkannte in ihr die auf wundersame Weise geheilte Frau vom Schrein. »Du sagtest, sie sei blind«, warf sie der Witwe vor. »Dieses Mädchen ist nicht blind.«

»Nun, vielleicht hat sie am Schrein der heiligen Anne tatsächlich ein Wunder erfahren«, sagte der Mann barsch und lachte über seinen eigenen Scherz.

Die jüngere Frau schien ihn keineswegs amüsant zu finden. »Du weißt besser als jeder andere, daß es dort in deinem ganzen Leben kein Wunder gegeben hat, und höchstwahrscheinlich hat es auch vorher nie eines gegeben.« Die jüngere Frau riß ihren Kopf herum, um ihrem männlichen Komplizen einen finsteren Blick zuzuwerfen. Nun war ihre Stimme nicht mehr weich und tröstend, sondern scharf und ätzend. »Agnes verliert den Verstand, mehr nicht. Sie ist nicht mehr ganz bei sich.«

»Ich sage dir, Puzella, als sie hereinkam, hatte sie weißen, entzündeten Schorf, wo ihre Augen hätten sein sollen. Und jetzt sind sie grün, aber ein Grün, wie man es noch nie gesehen hat«, verteidigte sich die Witwe pikiert.

»Warum sind sie hergekommen?« Der Hauch eines Zitterns lag in der Stimme der jungen Frau. »Wir haben alle anderen angelockt: hier und da ein Versprechen an einen einsamen, verzweifelten Pilger. Aber diese beiden? Agnes, was haben sie gesagt?«

»Ich habe nicht wirklich zugehört, aber ein solches Geschenk konnte ich mir nicht entgehen lassen. Wie zwei Fliegen sind sie direkt ins Spinnennetz gegangen. Zwei Pilger allein.

Alle Pilger haben Gold bei sich, und diese beiden sehen reicher als die meisten aus. Ich konnte mir die Gelegenheit einfach nicht entgehen lassen. Ich habe nicht allzu viele Fragen gestellt, sondern ihnen die präparierten Kekse gegeben, obwohl das Fräulein bei Wein und Tee mißtrauisch war. Ich dachte mir, wenn sie merkt, daß der Tee gesund ist, macht sie sich um die Kekse keine Sorgen.«

Caspar konnte nicht glauben, daß sie so dumm gewesen waren. Er konnte nur erleichtert sein, daß sie kein Gold bei sich trugen. Hal hatte darauf bestanden, daß er sich um das Geld kümmerte, bis auf ein paar Heller, und somit konnten sie zumindest nicht beraubt werden.

»Nun, sehen wir uns diesen mysteriösen Krüppel doch mal an.« Der Mann klang gleichzeitig wütend und besorgt. »Agnes, wenn du etwas getan hast, das uns Ärger einbringt, weißt du ja, was Puzella mit dir macht, oder?«

Bei dieser Drohung sank die Witwe tiefer in ihr Tuch. Caspar konnte sich nicht vorstellen, was die jüngere Frau tun wollte. Er hörte die Schritte des Mannes, als dieser an die Fensterläden trat. Er schob einen beiseite und ließ einen Streifen Sonnenlicht herein. »Nun, sehen wir sie uns doch mal an.« Plötzlich wurden die Einzelheiten der Umrisse dieses Mannes deutlich, und Caspar wurde klar, daß er den Gütigen Mönch vom Schrein vor sich sah. »Den Inquisitoren wird es ebensowenig gefallen, daß wir unseren Vorteil in der heiligen Anne suchen, gesegnet sei ihr blutendes Herz, wie ihnen eine mondsüchtige Frau gefallen wird, die mit dem Fuß Kreise in den Sand malt.«

Die alte Frau, die einen so harmlosen Anschein gehabt hatte, duckte sich hinter der Kutte des Gütigen Mönches und die größere Gestalt der anderen Frau. Puzella war jung, etwa im Heiratsalter. Ihr schlichtes schwarzes Kleid preßte ihre Brüste zusammen, schnürte ihre Taille, fiel von ihren runden Hüften und hing um ihre Knöchel. Ihr Haar war bereits silbern, als wäre es vom Mondlicht ausgewaschen, und ihre Augen – umgeben von elfenbeinerner Haut – waren grau wie Quecksilber.

Der Mönch trat vor und beugte sich über Brid. »Wieso fürchtest du dich so sehr vor diesem kleinen Früchtchen, Agnes? Die ist doch fast noch ein Kind.«

»Du läßt Puzella alle möglichen Fertigkeiten üben, um das Schicksal in deinem Sinne zu beeinflussen, und erkennst nicht mal die Bedeutung dieser Augen«, klagte die Alte. »Sie wird uns diese Inquisitoren auf den Hals hetzen, und dann sind wir geliefert.«

»Werd nur nicht keß, du alte Fledermaus. Du hast sie hereingelassen, und du allein bist geliefert.«

»Sie sahen reich aus, und es war nichts Seltsames an ihr, abgesehen davon, daß sie blind war. Aber seht sie euch jetzt an. Sie ist eine aus dem alten Volk. Sie wird uns mit dem bösen Blick belegen. Wahrscheinlich ist der Junge auch einer von denen: ein zukünftiger Hexer.«

»Wir haben unsere eigenen Kräfte«, höhnte die jüngere Frau.

»Haltet den Mund! Haltet den Mund!« Der Mönch verlor die Geduld. »Ich denke, wir sollten die beiden loswerden, und zwar schnell. Sie einfach loswerden.«

»Sei nicht so ein Feigling. Jetzt haben wir sie hier. Da können wir doch ebensogut nachsehen, was sie bei sich haben.« Während die Frau mit ihren Fingern mit den langen Nägeln die Priesterin betastete, warf Brid den Kopf hin und her und stöhnte. Wild schüttelte sie den Kopf, als wollte sie zu sich kommen, und warf sich plötzlich nach vorn, schaffte es, der Frau in die Hand zu beißen. Die Frau schlug sie und wartete, bis der Mönch Brids Unterkiefer mit festem Griff hielt.

Die grauäugige Frau nahm ihre Suche wieder auf. »Nun seht doch mal, was wir hier haben.« Sie seufzte zufrieden. »Ich glaube, sie versteckt etwas.«

Plötzlich erklang ein Zischen, als das dunkle Rot des Salamanders unter Brids Kragen zum Vorschein kam. Erschrocken wich die Frau mit der seidigen Stimme zurück. »Was zum …? Eine Echse?« Die Spannung in ihrer Stimme ließ nach. Sie trat vor und kniff das Tier in den Nacken, zog es unter Brids Kleidung hervor. »Ich würde sagen, dafür bekommen wir einen guten Preis. Das rote Leder macht sich sicher gut als Geldbörse, aber …«

Die Klauen des Salamanders krallten sich fest um das Ledernetz, welches den Mondstein umgab. Noch war die Kugel in das Hasenfell gewickelt. Vorsichtig löste die Frau es ab, danach dann das feuchte Tuch, das die Kräfte des Mondsteins trübte.

»Heiliger Strohsack!«

»Nicht anfassen«, warnte Brid mit lallender, rauchiger Stimme.

Die Frau starrte sie an und grinste. »Nun, und warum wohl nicht?«

»Es ist böse.«

»Ha! Und du meinst, ich fürchte mich vor dem Bösen?« Sie schüttelte den Salamander ab, der unter die Falten von Brids Kleid huschte und von dort die Kugel anstarrte.

»Es leuchtet, Puzella. Leg es weg«, sagte der Mönch nervös.

»Es hat Macht. Jetzt werde ich wahrlich reich, nicht nur ein paar Goldbörsen.« Sie drückte ihre Hand auf die Kugel und betrachtete staunend die wirbelnden Muster. »Ich glaube es nicht«, flüsterte sie. »Es bewegt sich.« Vor Staunen quollen ihre Augen hervor. »Ich kann etwas darin erkennen! Da ist ein Mann. Ich glaube, es ist ein Mann, der eine Maske trägt, eine Art Schädel. Er streckt mir seine Hand entgegen.« Sie lachte erfreut. »Mach, daß es für mich arbeitet, Mädchen. Was kann es?«

»Es zeigt dir deinen Tod«, sagte Brid eisig.

»Gib es ihr zurück, Puzella«, flehte der Mönch. »Gib es ihr zurück.«

»Nein. Ich bin diejenige, die bei unseren kleinen Tricks alle Risiken auf sich nimmt. Ich bin es, die die Waren an die Händler am Hafen verkauft. Ich will eine Belohnung. Ich werde das Ding behalten.«

»Ich glaube, wir sollten die beiden laufenlassen«, meinte die alte Frau. »Sie werden uns nicht schaden können, denn sie sind selbst nicht auf der rechten Seite des Gesetzes.«

»Ich fürchte dieses Mädchen nicht«, schrie die Frau mit dem silbernen Haar. »Glaubst du, sie wäre mächtiger als ich, nur weil sie diesen Flitter hat? Ich bin die gefürchtetste Hexe in ganz Caldea. Ihr zwei könnt mit ihnen machen, was ihr wollt. Ich will nur die Kristallkugel hier und überlasse euch den Rest.«

»Nein, laß uns nicht allein, Puzella«, flehte der Mönch. »Du weißt, daß ich nicht tun kann, was nötig ist. Wir brauchen dich. Wir müssen die beiden loswerden. Agnes denkt nicht geradeaus.«

Puzella hielt mitten im Gehen inne, preßte den leuchtenden Mondstein an ihre Brust. Das silbrige Licht der Kugel hob ihre schwarzweiße Erscheinung hervor. Widerwillig nickte sie. »Ich werde sie verschwinden lassen, wie ihr sagt. Ihr verderbt es nur und lenkt Aufmerksamkeit auf mich.« Sie schnippte mit den Fingern.

Das Trappeln kleiner Füße war unter dem Boden des Häuschens zu hören. Eine Steinfliese glitt beiseite, und mehrere Wesen kamen hervor, huschten aus den Kellern auf. Sie blickten Caspar offen in die Augen und lachten hysterisch. Er glotzte die schmalen, fremden Gesichter an, sah die winzigen Münder, die kleinen, spitzen Nasen mit geschlitzten Löchern und ihre eng zusammenstehenden Augen. Sie plapperten und zirpten eher wie Vögel, nicht wie Menschen, als ihre knorrigen Finger ihn und die Jungfrau umfaßten, um sie über den

Steinfußboden des Häuschens zu zerren. Sie waren kaum halb so groß wie Menschen, praktisch nackt, abgesehen von einer Matte aus Farn und Moos um ihre Lenden, unter welcher spindeldürre Beinchen und grobe Rindenhaut zu sehen waren. Kobolde, dachte Caspar und erinnerte sich an die Märchen, die seine Amme ihm erzählt hatte.

Etwas Gefühl kehrte in Caspars Gliedmaßen zurück, und so wand er sich und zappelte. Er zeigte keine Wirkung auf die munteren Kreaturen, sondern verstärkte nur ihr freudiges Kreischen, als die Kobolde sie in den Keller schleppten, wobei sie die kalten, harten Stufen in einen feuchten, luftlosen Raum hinunterrumpelten. Die große Frau lief in die Dunkelheit voraus, trug einen Scheit vom Feuer und steckte reihenweise Kerzen an, in die flackernd Leben kam, so daß sie dem niedrigen Raum Form gaben. Irdene Töpfe waren auf Balken an den Wänden gestapelt, und am Boden stand ein großer Korb mit Haar. Die Mitte des Raumes war von einer kalten, grauen Steinplatte bestimmt. Entsetzt, wenn auch vergeblich wehrte sich Caspar; er merkte, daß die Knoten des Mönchs seine Arme und Beine lahmlegten.

»Ich bin etwas knapp an Reliquien«, murmelte der Mönch und trat von den kichernden kleinen Männern zurück, die um seine Beine standen. Eifrig betasteten sie Caspar und leckten sich die Lippen mit ihren kleinen schwarzen Zungen. »Achte darauf, daß sie mir etwas übriglassen.«

»Oh, meine kleinen Männer wissen immer, was zu tun ist, nicht wahr?« seufzte die Frau mit silberner Zunge, und dann sah sie den Mönch mit düsterem Blick an. »Nur das Herz des Mädchens kannst du nicht haben. Ich will ihre Kräfte.«

O Gott, hilf uns, betete Caspar innerlich.

»O Mutter«, flehte Brid laut.

»Sie wird dich nicht hören«, spottete die Frau. Ihre spitzen Brüste drückten sich an Caspars Gesicht, als sie sich abmühte, den hilflosen Jungen auf die Steinplatte zu heben. »Ich habe viele Geheimnisse der alten Bräuche entdeckt, und *ich* nutze nun ihre Macht.«

O Gott, steh mir bei, dachte Caspar. Dem hat man uns auf Torra Alta zu folgen verleitet. Ist es das, was mit den Anhängern der Mutter geschieht? Ist es das, was passiert, wenn sie das Wort unseres Gottvaters vergessen? Ich hätte besser auf Gwions Predigten hören sollen. Er muß bei Morrigwen mit diesem seltsamen Glauben aufgewachsen sein. Er wußte, wogegen er predigte.

»Niemals!« Brid spuckte das Wort zwischen zusammengebissenen Zähnen hervor. »Du weißt nichts über die Mutter. Deine Seele hat zu lange im Glauben an diesen neuen Gott zugebracht, der dir keinen Sinn für Glauben und Verständnis gibt. Zeremonien, die du ohne Verständnis in deiner Seele ausgegraben hast, wurden von der Liebe zu Prunk und üppiger Feierlichkeit verdreht und vergiftet, die du beim Neuen Glauben gelernt hast. Deine Seele wurde von der Macht verführt, die keine Liebe zur Mutter empfindet. Tricks, die du gelernt hast, haben mit Hexerei nichts zu tun.«

»Große Worte für einen so kleinen Menschen.« Die Frau mit der sanften Zunge stach Brid in den Magen. »Jeder weiß, daß Heiden ihre Macht vom Teufel nehmen, und ich brauche seine Hilfe.« Sie warf ihren Kopf in den Nacken, rollte die stahlgrauen Augen und kreischte animalisch. »Ich werde seine Macht benutzen.«

»Brid!« Plötzlich fand Caspar seine Stimme wieder, aber seine Worte waren dünn und keuchend. »Brid, Hilfe!« bettelte er, als ihm klar wurde, wie dumm es gewesen war, zu glauben, in der einen brennenden Seele der Jungfrau könne Böses sein. Er war in dieselbe Falle wie die Frau gegangen, und selbst Rewik, der geglaubt hatte, die alten Bräuche stünden automatisch mit dem Teufel im Bunde. »Brid!«

Fleischlose Finger rissen an der Haut an seinem Hals. Eine der insektengleichen Kreaturen saß auf seinem Bauch und zwickte ihn in die Haut, prüfte seine Qualität. Er brüllte die Kobolde an. Eine Sekunde lang schienen sie erschreckt. Einer kreischte wie ein Ferkel in der Klemme. Doch schnell machten sie sich wieder daran, auf ihm herumzuhüpfen und zu krabbeln, während die Frau ein schwarzes Buch vom Regal nahm.

»Wenn wir sein Herz herausnehmen können, solange es noch schlägt, so sagt mir dieses Buch, werde ich daraus weitere Kraft schöpfen. Habe ich nicht recht, ihr kleinen Männchen? Das haben wir noch nicht geschafft, nicht wahr, meine Kleinen? Doch vielleicht können wir es mit Hilfe des Kristalls nun schaffen.« Die Blicke der Kobolde folgten ihr aufmerksam durch den Raum. »Wenn ich den Kristall auf seine Brust lege, bleibt er möglicherweise lange genug am Leben.«

O Gott, sei mir gnädig, betete Caspar inständig. Sie wollen uns zerteilen und Stück für Stück als Reliquien einer Heiligen verkaufen.

»Was meinst du, kleiner Mann?« Die Frau streichelte den unverhältnismäßig großen, warzenbesetzten Kopf eines Kobolds, der an ihren Röcken hing. »Wir versuchen es zuerst mit ihm. Üben ein wenig, bevor wir seine Innereien an unseren geliebten Mönch weitergeben. Dann werden wir besser dazu in der Lage sein, ihr Herz zu bekommen. Wir wollen ihre Macht.« Vor Freude schlug der Kobold einen Purzelbaum und sah ihr selig in die Augen.

Ein fürchterliches Kreischen und Heulen war über ihren Köpfen zu hören. Die beiden finsteren Frauen und der Mönch erstarrten, während sich die Kobolde unter dem Tisch versteckten.

»Was war das?« Puzellas Stimme war eiskalt vor Angst. Wieder hörten sie dieses grauenvolle Heulen.

»Ich habe den Hund vergessen.« Die ältere Frau entspannte sich und griff nach ihrem Knüppel.

»Hast du ihn nicht vergiftet?« fragte die jüngere Frau ungläubig.

»Ich habe ihm die Kekse gegeben. Ich habe ihn betäubt wie die anderen.«

»Geht und kümmert euch um ihn, alle beide. Der Lärm wird noch den Vogt und die Inquisitoren anlocken. Ich habe zu tun.« Sie griff nach der Silbersichel und schärfte sie an einem Wetzstein. Die Köpfe der Kobolde zuckten hin und her, folgten dem Rhythmus ihrer Hände.

Splitterndes Holz und schreckliches Kreischen der Katze alarmierte die Reliquienhändler. Die Witwe und der Mönch sprangen die Treppe hoch, während sich die teuflische Frau in ihrem schwarzen Seidenkleid über Caspars Kehle hermachte.

Sie drückte die kühle Kugel an seine nackte Haut. Der Junge fühlte, wie ihn die Kraft durchfuhr, und plötzlich spürte er, wie sich ihm seine Mutter verzweifelt durch das vaalakische Eis entgegenstreckte.

»Bete, Spar, bete«, schrie Brid in dem Versuch, die Panik des Jungen zu durchdringen. Er registrierte ihre Worte, doch spürte er nur den flüsternden Atem seiner Mutter, der aus dem Herzen des Mondsteins zu ihm kam. *Bete, Spar, bete. Ruf die Mutter. Ruf ihre Liebe. Verehre sie, liebe sie, und sie wird dich erhören.*

Als sich die scharfen Fingernägel der Frau in seinen Brustkorb bohrten, war Caspar zu sehr in Panik, um klar denken zu können. »Hal, wo bist du? Hal, hilf mir!« Hal war nicht da. Hal war zu beschäftigt mit irgendeinem molligen Mädchen im Gasthof.

»Spar!« Brids Stimme schnitt durch den Aufruhr von Angst. »Du kannst sie erreichen. Bete!«

Die Decke über ihnen bebte unter dem Gewicht trampelnder

Füße. Möbel brachen am Boden zusammen, und Schreie wurden laut, die einem das Blut gefrieren ließen.

Entsetzt starrte Caspar die erhobene Hand der Frau und die Spitze ihrer glitzernden Sichel an, die über seinem Herzen schwebte. Er atmete tief ein und schrie. »Mutter! Mutter, hilf mir! Mutter!« Er wußte, daß er an Keridwen dachte, doch spürte er, daß ihre Stimme mit der seinen rief: *Mutter, Große Mutter, verschone mein Kind, verschone es.*

Plötzlich wurde die Luft im Raum ganz dicht vor erwartungsvoller Stille. Leises Knurren von oben störte die Stille, als die Klinge der Frau am Brustbein des Jungen lag. Er konnte sich nur auf diese Spitze konzentrieren. Alles andere war verschwommen. Er hörte nichts mehr, nur noch das Wummern seines Herzens, und er sah die drohende Spitze der Sichel darüber. Vage Umrisse rührten sich am Rande seines Blickfelds, seine Augen fühlten sich von der spitzen braunen Hand mit langen, dürren Fingern angelockt, die sich um den weißen Arm der Frau legten. Plötzliches aufgeregtes Geplapper der Kobolde zeigte dem Jungen den Wandel in ihrem Verhalten. Ihre Blicke gingen von der großen Frau zu der kleinen, nackten Gestalt einer Koboldin, die auf Caspars Bauch stand. Ihre Hand war es, die nach dem ausgestreckten Arm der Frau griff.

Seltsamerweise war dieses Wesen mit langem, steifem Haar etwas größer als die männlichen Kobolde. Sie alle sahen sie an, als sie trockene Kommandos in einer schnellen, unverständlichen Sprache ausgab. Einer der kleinen Männer schnappte sich die Sichel und hastete zu Brid hinüber, schnitt eilig ihre Fesseln auf.

Die anderen zerrten an den Knoten herum, mit denen der Junge an die Steinplatte gebunden war. Da sie sie mit den Fingern nicht lösen konnten, fingen sie an, mit spitzen schwarzen Zähnen daran herumzuknabbern, die eher wie Dornen an einem Rosenbusch aussahen.

Die große Frau wich zurück, drückte die Kugel an ihre Brust. »Gehorcht mir! Gehorcht mir! Ich habe die Macht. Ich habe euch gefunden. Ich habe euch gefüttert. Ich habe euch vor den Inquisitoren beschützt. Ihr seid meine Sklaven. Gehorcht mir!«

Die kleinen Kobolde ignorierten sie und knabberten weiter an den Seilen herum, saßen mit gekreuzten Beinen da, und ihre Knie und Ellenbogen bildeten ein Geflecht wie Zweige eines Dickichts.

Liebevoll streichelte der weibliche Kobold Brid über die Stirn, wandte sich um und spuckte die Frau an.

Puzella hob ihren Kopf zur Decke. »In Satans Namen, was geht hier vor sich?« schrie sie in ihrer Verzweiflung.

Es kam keine Antwort.

Ihr Gesicht wurde schwarz vor Zorn und dann plötzlich ganz weiß, als sie zu tanzen begann und dabei böse ihre Sichel schwang. Die kleinen Männer sprangen auf und drängten sich wie eine Dornenhecke um ihre Matriarchin. Puzella raffte ihre Röcke und hielt den Mondstein fest, floh zu einer versteckten Tür am hinteren Ende des feuchten Raumes.

»Nein! Nicht das Auge. Laßt nicht zu, daß sie es nimmt«, schrie Brid, während die Kobolde noch an ihren Fesseln nagten.

Doch Puzella war bereits fort.

KAPITEL 7

In den Straßen drängten sich die Pilger. In seinem Bemühen, sich einen Weg durch die engen Straßen zum Schrein der heiligen Anne zu bahnen, stieß Hal mit einem einbeinigen Mann zusammen. Mehrmals hatte er den Weg der Pilger bereits in beide Richtungen hinter sich, doch er hatte sie immer noch nicht gefunden. Er hoffte nur, daß er sie nicht beim Übersetzen mit der Fähre verpaßt hatte. Sie waren schon seit Stunden fort. Wo waren sie? Er verfluchte sich selbst, daß er ein solcher Dummkopf gewesen war.

Wie hatte er Brid mit Spar allein lassen können, inmitten all dieser Gefahren? Unter diesen Umständen wäre Caspar sicher keine große Hilfe. Seine hellblauen Augen würden fast so große Aufmerksamkeit erregen wie die Priesterin selbst. Brid sah nur um so verdächtiger aus, da sie ein Mädchen war und jeder wußte, daß der Alte Glaube allein von Frauen geführt wurde. Er betete, daß Brid ihre Maskerade hatte aufrechterhalten können.

Ihm stockte der Atem, als er voraus zwei Soldaten sah, beide auf schlanken Pferden. Sie schreckten die Menge mit ihren langen Spießen auf, während die Pilger auf dem Weg zum Schrein an ihnen vorüberkamen. O mein Gott, hilf mir, betete er und fragte sich dann, ob seine Gebete erhört würden, nachdem er nun mit heidnischen Gebräuchen zu tun hatte. Doch was Branwolf und Caspar auch vorhaben mochten, er hielt stets an seinem Glauben an den Herrn fest. Er sorgte sich nicht um den Widerspruch, der darin lag, die Göttin um Hilfe zu ersuchen. Die Vaalaker fürchteten sie, und wenn dieses schlichte, mißtrauische Volk glaubte, daß Torra Alta die Macht der Großen Mutter auf seiner Seite wußte, wäre es leicht wieder in die Tundra zurücktreiben. Er persönlich war der Ansicht, daß das alles abergläubischer Unsinn war, abgesehen natürlich von der Kraft im Schwert. Er wußte, daß diese real war. Caspar und Branwolf jedoch taten ihm leid, und auch ihr Schmerz wegen Keridwen. Das war das einzige, was er nicht recht verstehen konnte. Wie war es möglich, daß die Frau noch lebte? Insgeheim glaubte er, daß sie tot war und ihre Stimme und ihr Abbild Teile der illusionistischen Magie des Mondsteins darstellte.

Doch die Inquisitoren waren keine Illusion, und er konnte den Gedanken nicht ertragen, daß Brid auf dem Scheiterhaufen brannte. O Gott, mach, daß sie nicht auf direktem Wege zu mir kommt. Bitte, Gott, mach, daß sie den Inquisitoren nicht in die Arme läuft.

Endlich lösten sich Caspars Fesseln von seinem wunden Handgelenk. Er sprang auf die kleine Tür zu, durch welche die Frau geflüchtet war. Sie war von der anderen Seite verriegelt. Er rannte Brid nach, die bereits gemeinsam mit den Kobolden die Treppe hinaufhumpelte. Es dauerte keine Sekunde, bis Caspar sie eingeholt hatte.

Der Mondstein durfte nicht verlorengehen. Morrigwen war sicher, daß sie die Kugel brauchen würden, um die Runen am verlorenen Kessel lesen zu können. Sie brauchten ihn, um das Druiden-Ei zu suchen, sonst konnten sie seine Mutter nicht retten. Der Mondstein durfte nicht verlorengehen. Ein roter Blitz sprang auf Brids Rücken und packte ihr Haar. Nun war selbst der Salamander vom Mondstein getrennt und gab Keridwen nicht länger seine Wärme. Caspar konnte nur noch an die schreckliche Kälte des Gletschers, die Kälte des Todes denken.

Er blinzelte im Sonnenlicht, das durch die schwingende Stalltür flutete. Diese war aufgerissen worden, und die grauen

Augen der Wölfin starrten über die blutigen Leichen der alten Frau und des Mönches hinweg. Trund hielt das Handgelenk der Witwe noch in seinem Maul, während die Wölfin ihre Zähne fletschte und in die Hocke ging, zum Sprung bereit.

»Ruhig, Wölfin«, befahl Brid, während sich die Kobolde hinter ihr versteckten und fiebrig plapperten.

Trund zitterte. Er ließ den abgerissenen Arm der Frau fallen, und mit unruhig wedelndem Schwanz schlich er voran. Caspar tätschelte ihn.

Brid trat durch das blutige Gemetzel, ohne noch einen weiteren Blick auf die zerfetzte Haut und die offenen Wunden zu werfen, aus denen immer noch Blut strömte. Die würden sicher keinen Ärger mehr machen, dachte Caspar ohne Bedauern, als er die Leichen betrachtete. Brid humpelte weiter zur Tür hinüber. Aufgeregt suchte sie links und rechts.

»Sie ist weg.« Sie wandte sich dem weiblichen Kobold zu. »Wo ist sie hin?«

Die kleine Gnomin plapperte und zwitscherte unverständlich, wedelte in wilder Geste mit dem langen, dürren Arm und verneigte sich tief. Die kleinen Männchen folgten ihrem Beispiel und streckten sich. Wie zitternde Setzlinge an einem windigen Tag bebten sie in Gegenwart der Jungfrau. Der kleine Waldgeist hob die Hände über den Kopf, und die Fingerspitzen berührten einander, um das runde Zeichen der Mutter zu formen. Brid erwiderte das Zeichen und fiel auf die Knie, um auf gleiche Höhe mit den Kreaturen zu gelangen, über deren warzige Wangen Tränen rannen. Die Koboldfrau streckte einen ihrer langen, krummen Finger aus und deutete auf Brids strahlend grüne Augen. Aufgeregt kreischte sie und sprang auf, hüpfte und zappelte. Die kleinen Männchen, die offensichtlich ihrem Beispiel folgten, taten es ihr nach.

»Was sagt sie?« wollte Caspar wissen.

Entrüstet wandte sich Brid ihm zu. »Woher soll ich das wissen? Ich verstehe kein Wort.«

Die kleine Frau warf ihre Hände vor Verzweiflung in die Luft und sah sich im Raum um. Sie zirpte die aufgeregten Waldmännchen an, und Caspar sah, wie sie ihre knorrigen Finger in die Blutlache des Mönches tunkten. Dann wurde ihm bewußt, was sie taten. Jeder einzelne folgte den Anweisungen der kleinen Frau und malte das gleiche Muster auf den Boden.

»Sollten Kobolde nicht eigentlich im Wald leben?« fragte Caspar, während sie darauf warteten, daß die Männchen fertig wurden.

Brid nickte. »Ja, aber Laubmännchen lieben die Eichen- und Buchenwälder im Norden Belbidias. Caldea ist schon so lange mit Rebstöcken kultiviert, daß nicht mehr viele Bäume übrig sind. Zwischen Eiben können sie nicht leben. Die sind zu giftig. Ich vermute, sie mußten zwischen den Reben ein karges Leben fristen. Sieh nur! Baumrunen«, seufzte Brid erleichtert, als sie die krakeligen Blutzeichen am Boden betrachtete.

»Was heißt das?« Caspar verdrehte seinen Kopf, versuchte herauszufinden, wie herum die Buchstaben zu lesen waren.

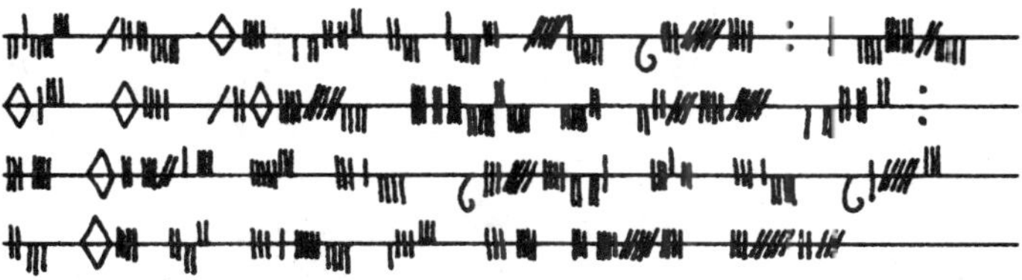

»Beim letzten Mond lief das reine Blut der Anu. Ein Zeichen, daß die Wunden der Mutter nicht mehr bluten. Wir dachten, Puzella hätte Anteil an den alten Bräuchen, doch wir haben uns getäuscht.«

Beschämt ließen die Kobolde ihre Köpfe hängen. Brid streckte eine Hand aus und drückte die feinfühligen Wesen an sich. Sie zirpten selig.

Wieder kratzte die kleine Frau etwas.

»Du bist gekommen, uns zu retten«, las Brid laut vor und nickte dann. »Ja, aber erst müssen wir den Mutterkessel finden. Wir glauben, daß er sich irgendwo in Ildros befindet.«

Wieder kratzte die kleine Koboldfrau ihre blutigen Finger über den Steinboden.

»Was steht da?« wollte der Junge ungeduldig wissen, wunderte sich über die Formen.

»Anu weiß.« Brid zuckte mit den Achseln und wandte sich den Waldkobolden zu. »Was weiß Anu?«

Eilig sah die Koboldfrau auf und schob die eng zusammenstehenden Augen noch dichter zusammen. Noch einmal zog sie ihre blutigen Finger über die Steine. Brid las laut vor: »Anu sieht ihn an.« Die Hohepriesterin seufzte. »Wenigstens haben wir ihn gefunden. Aber der Mondstein … Wohin kann die Frau gelaufen sein?« Brid wandte ihren Kopf herum, um die Schrift zu lesen, während die Kreatur sie schrieb. »Zu den Schiffen.«

Die Kobolde sprangen auf und ab und deuteten nordwärts zur dunkelgrünen Dünung des Ozeans.

»Begradige meinen Fuß«, forderte Brid und ließ sich auf einen Stuhl sinken. »Renk ihn wieder ein.«

»Mußt du dich vorher denn nicht entspannen?« meinte Caspar.

»Wir haben keine Zeit.« Düster sah ihm die Jungfrau ins Gesicht. »Tu es einfach.«

Widerstrebend schlangen sich die Kobolde um ihren Unterschenkel, und die Schreie wurden immer schriller und wilder, während sie drängelten und schoben, um Platz zu finden. Caspar saß der Jungfrau zu Füßen, holte tief Luft und zog so fest er konnte, stemmte sich gegen die Stuhlbeine. Er fühlte, wie die Knochen gegeneinander glitten, bis sie wieder einrasteten. Brid biß die Zähne zusammen und holte scharf und abrupt Luft. Ihre Unterlippe bebte leicht, doch dann biß sie entschlossen darauf. Sie stand auf und lief, noch immer humpelnd, an die Tür und sah zum Hafen hinüber.

»Schnell, Spar! Am schnellsten geht es, wenn wir wieder zum Schrein laufen.« Die Wölfin war bereits verschwunden, Trund jaulte und lief ihr nach. Auch die Kobolde sammelten sich um ihre Röcke, als wollten sie helfen, doch sie blieb stehen und beugte sich zu ihnen herab. »Nein«, befahl sie mit fester Stimme. »Nein, für euch ist es zu gefährlich.« Wie gescholtene Hunde ließen sie die Köpfe hängen. »Kehrt zu den Weinbergen, in die Wälder und Höhlen zurück. Versteckt euch vor den großen Menschen, bis die Mutter wiederkommt.« Die Koboldfrau bellte ihren Trupp von Männern an, und eilig scharten sie sich um sie. Sie hob die Hände und machte traurig das Zeichen der Mutter. Die kleinen Männer verneigten sich tief, und im nächsten Augenblick waren sie bereits in den Schatten verschwunden.

Nun war der Schrein zu sehen, als sie über die Dünen zur Straße liefen. Einige Pilger schlurften barfüßig die Straße entlang, taten Buße, doch von der Frau war keine Spur zu sehen. Brid lief weiter.

»Das Auge, das Auge«, keuchte sie. »Wir dürfen es nicht verlieren.«

Plötzlich merkte Caspar, daß sie mit ihrem auf wundersame Weise begradigten Fuß und den leuchtenden Augen allgemein Aufmerksamkeit auf sich zog. Er hielt sie beim Arm.

»Brid, sei vorsichtig.«

»Wir können nicht vorsichtig sein. Wir müssen sie finden.«

Hal stützte die Hände auf seinen Vordermann und hob sich an, versuchte, über die Köpfe der Menge hinwegzusehen. Wo waren sie geblieben? Ein Strom von Krüppeln, Alten und Schwachen schleppte sich am Schrein vorüber, schlurfte oder wurde getragen. Jeder Pilger tauchte im Vorübergehen einen Finger in das blutfarbene Wasser.

»Es gab hier heute schon ein Wunder«, verkündete jemand. »Sie hat bei dem Mönch eine Reliquie gekauft, doch der ist nicht mehr da.«

Hal hoffte, es hätte nichts mit Brid zu tun. Einer der Inquisitoren sah ihn argwöhnisch an, und ihm wurde bewußt, daß er sich mit seiner Aufregung verdächtig machte. Ruhig ging er am Schrein vorbei und entfernte sich dann. Er lief ein Stück weit den Hügel hinauf, bis er die Stadt überblicken konnte. Plötzlich hörte er ein aufgeregtes Jaulen hinter sich. Er sah sich um. Es mußte Trund sein. Kein anderer Hund bellte auf derart lächerliche Weise. Er drehte sich um und lief zu den Dünen, wo der schwere Terrier mit ihm zusammenstieß. Caspar und Brid waren gleich dahinter auf der anderen Seite. Er winkte sie zurück, hoffte inständig, daß sie noch immer außer Sichtweite der Inquisitoren waren.

»Bleibt zurück. Haltet euch unten«, rief er, wenn auch nicht allzu laut. Bestürzt sah er, daß Brid unbehindert rannte, und das mit der untrüglichen Genauigkeit von jemandem, der gut sehen konnte.

Caspar bemerkte ihn und hielt Brid zurück, brachte sie zum Stehen. Hal bekam wieder Luft. Sie hatten ihn gesehen. Nun ging er lässiger.

»Hier wimmelt es vor Inquisitoren. Was zum Teufel ist passiert? Ihr seht aus, als hätte jemand versucht, euch zu ermorden.«

»Du würdest es nicht glauben, wenn wir es dir erzählen«,

hechelte Caspar. »Aber wir müssen zum Hafen. Eine Frau hat den Mondstein gestohlen.«

Ungläubig sah Hal die beiden an. Nur sein Neffe konnte so etwas Idiotisches geschehen lassen. Wie konnte er zulassen, daß ihm der Stein gestohlen wurde? Wußte er denn nicht, von welch entscheidender Bedeutung der Stein war? Er sah Caspar an und stöhnte, seine Miene sagte alles.

»So war es nicht.« Caspar kam wieder zu Atem, interpretierte Hals Miene offenbar korrekt. »Wir müssen zum Anleger. Wir glauben, daß sie ein Schiff nimmt.«

»Nun, wir können nicht am Schrein vorbei. Es hat sich herumgesprochen. Ich hoffe, deine Wölfin ist nicht in der Nähe, Brid. Sie suchen nach euch beiden.«

Ohne Zeit zu vergeuden, bogen sie von der Straße ab. In Schlangenlinien liefen sie einen steilen Hang hinunter, schlängelten sich zwischen den winzigen Terrassengärten hindurch, in denen die Vorstädter Kohl und Ringelblumen für den Küchentisch anbauten. Sie sprangen über ein paar niedrige Zäune, und nachdem sie einen Schweinepferch umrundet hatten, fanden sie endlich den Weg in die untere Hälfte der Stadt. Hier waren die Häuser von ungepflegtem Graubraun, wo der ursprünglich weiße Anstrich vom unerbittlichen Wind in Mitleidenschaft gezogen war. Sie hatten kleine Fenster, verglichen mit den großen, weißen, luftigen Villen, welche die Oberstadt zierten. Es stank nach Fisch, und die Luft war vom Geschrei der Möwen erfüllt, die am Himmel über den Dächern segelten. Endlich erreichten sie die schwappenden Fluten der Flußmündung, wo eine Reihe von Fischerbooten an ihren Anlegern schaukelten. Ein älterer Aalfischer sah sie fragend an und nuckelte an seiner Pfeife.

»Könnt Ihr uns ans andere Ufer rudern?« keuchte Hal.

Der alte Mann schien unbeeindruckt. »Pilger, es ist Mittagszeit. Ich fahre erst wieder hinaus, wenn ich eine ordentliche

Mahlzeit zu mir genommen habe. Ihr feinen Leute solltet Euch nicht so eilen. Es ist nicht gut für die Gesundheit, sich mitten am Tage so zu hetzen.«

»Bitte«, flehte Brid mit ihrer sanftesten liebreizendsten Stimme, was augenblicklich ein Lächeln auf das sonnengebräunte Gesicht des Mannes zauberte. Sein langer Schnurrbart zuckte aufwärts, und seine Augen leuchteten sie an. Brid mußte nichts weiter sagen.

»Ich mag ein alter Mann sein, aber einer so hübschen Maid kann ich mich nicht verweigern.« Er stand auf, trat forschen Schrittes an sein Boot und half Brid höflich auf einen Sitz am Heck, den sie sich mit Trund teilte. Caspar fragte sich, wie die Wölfin das Wasser überquert haben mochte, und kam zu dem Schluß, daß sie landeinwärts gelaufen sein mußte, bis die Mündung zu einem Fluß wurde, den man überqueren konnte. Sowohl Hal als auch Caspar boten ungeduldig an, das Boot zu rudern, doch der alte Mann schüttelte den Kopf. »Geschicklichkeit – nicht junge Muskeln – bringt einen sanft hinüber, also tut Euch keinen Zwang an, junge Herren, und setzt Euch an den Bug.«

Caspar kauerte ganz vorn, reckte seinen Hals, um das sich nähernde Ufer zu überblicken, während das Wasser am geschwungenen Rumpf vorüberglitt und die Riemen ächzten und knarrten. Das rhythmische Schlagen brachte sie zügig über die Mündung des Flusses. Hal bezahlte den Aalfischer großzügig, der dankbar lächelte und Brid ein höfliches Lebewohl zunickte, als er sich mit einem Ruder wieder auf den Fluß hinausstieß. Eilig wandten sich die drei Torra Altaner dem Haupthafen zu.

Hier schaukelten Schiffe aller Größen, aller Segel, Rümpfe und Kiele. Grelle, ungereffte Segel flatterten lose, und stramme Taue summten an den Masten, während die gezähmten Hafenwellen stetig gegen die Schiffsrümpfe schlugen. Weiter draußen war das Meer mit vielfarbigen Segeln geschmückt, von denen manche vor dem Wind fuhren, landeinwärts zum Hafen, und manche auf den endlosen Ozean hinaus wendeten.

»Seht, dort drüben.« Caspar deutete auf eine Frau in einem schwarzen Kleid, die auf dem Pier an den Obstständen entlanglief, welche sie am Tag zuvor besucht hatten.

Doch als sie die Frau einholten, entpuppte sie sich als ältere, kleinere Frau mit rundem Gesicht und rötlichen Wangen. Sie wandte sich um und sah sie erschrocken an.

»Zurück! Lauft zurück!« drängte Hal. »Sie muß auf einem anderen Pier sein. Sie kann nicht schon eine Überfahrt gefunden haben.«

Sie duckten sich unter Fischernetze, schlängelten sich zwischen Tauen hindurch und suchten die Decks eines jeden Bootes ab, doch alles vergeblich.

»Wir dürfen das Druidenauge nicht verlieren.« Ratlos sah Brid die beiden Jungen an, und ihre lebhaft grünen Augen glitzerten wie Tautropfen im Wald. »Es darf einfach nicht sein!«

KAPITEL 8

Er drückte sich in die Mulde. Vielleicht konnte er hier seinen sengenden Rücken vor der Hitze dieser Leere über ihm schützen. Er sehnte sich nach dem kühlen Frieden der Höhlen, aber noch mehr sehnte er sich nach dem Leuchten.

Er leckte seine Klaue, entfernte die letzten Schafreste. Von Schafen hatte er genug.

Das Leuchten kam ihm entgegen. Er spreizte seine Klauen und spürte das Beben, das durch die Erde ging. Ja, er war sicher. Ohne das Leuchten war ihm nun nichts mehr geblieben. Die anderen Feuerwesen waren in den Höhlen gestorben. Erst Großvater. Seine alten Knochen waren brüchig gewesen, das Fleisch zäh, wie er sich erinnerte. Dann seine Mutter. War er das allerletzte Feuerwesen?

Großvater hatte erzählt, wie sie früher die Flügel ausgebreitet und sich in die große Leere über ihnen aufgeschwungen hatten, wo sie die Berge und die Schlucht und den Fluß sehen konnten. Er selbst hatte nie etwas davon gesehen. Er hatte immer nur das Leuchten gesehen.

Er haßte alles. Er war zornig, daß sie gestorben waren und ihn in dieser Unterwelt allein gelassen hatten. Selbst die Schafe zu töten hatte seinen Zorn nicht abgekühlt. Er hatte so viele davon gefressen, wie er konnte, doch er tötete sie immer weiter, tötete sie, weil sie flohen, weil sie blökten, weil sie sehen konnten und er nicht.

Doch das Leuchten kam ihm entgegen. Er wollte warten, bis das Brennen von oben nachließ. Dann wollte er aus der Mulde kriechen.

Er ließ seine Schnauze zu Boden sinken und seine Nüstern flattern, wobei ihm ein Seufzen entfuhr. Er wollte alles Gras versengen, es verbrennen, bis alles ein loderndes Feuer war, aber er konnte nicht. Er hatte kein Feuer in sich, und diese Jahrhunderte dort unten in den kühlen Höhlen hatten es ihm nun unmöglich gemacht, Hitze zu ertragen. Selbst seine Mutter sagte, sie habe nur wenig Feuer im Bauch gehabt. Wie konnte er sich als wahres Feuerwesen sehen, wenn er nicht mal Feuer im Bauch hatte?

Wölfe! Er streckte seinen langen Hals und ließ die Zunge hervorschnellen, um die Luft zu schmecken. Nein, keine Bergwölfe. Wieder schmeckte er die Luft. Angewidert witterte er diese kleinen Wölfe, die nicht heulten, die vor den Pferden liefen und nie weit von den nackten Bären waren. Sie liefen in seine Richtung, liefen vor dem Leuchten her. Er mußte sich bewegen. Er wußte, daß er trotz des Brennens vom Himmel fliehen mußte.

Er schlich am Grund des Tales entlang, kühlte sich am plätschernden Bach. Das Leuchten hatte sich nun wieder von ihm abgewandt und zog nach Süden, weiter fort von seiner alten Heimat.

Er wollte dem Bach folgen. Das Wasser kühlte seine blasenübersäten Klauen.

Die nackten Bärentiere. Er konnte sie kreischen hören. Er ließ sich in den Bach fallen. Wassertropfen fielen nun aus der Leere über ihn, nahmen segensreicherweise die Hitze aus seinen Schuppen. Das Leuchten wandte sich nach Süden, wo die große Siedlung lag. Er spürte das Pulsieren Tausender nackter Bären. Er konnte ihm nicht folgen. Nun waren viele hinter ihm, hasteten, schrien, kreischten und schlugen mit Knüppeln auf den Boden. Er fragte sich, wieso sie ihn so sehr haßten, wieso sie ihn fangen wollten. Er stapfte voran.

Plötzlich taumelte er von einem Schlag auf den Kopf zurück. Zögerlich betastete er seine Umgebung mit der geprellten Schnauze. Ein Steinhaufen ragte über dem Wasser auf, spannte sich über den Bach. Wütend holte er aus und zerschlug das Ding mit seinen Klauen. Zu Hause kannte er wenigstens jede Biegung und Wendung in den Tunneln und stieß niemals gegen irgendwas. Zu Hause hatte ihm wenigstens das Leuchten gehört. Er hatte das Leuchten sehen können.

Er erinnerte sich an sein Staunen, als es zum ersten Mal erschien, von einem kleinen weiblichen Wesen getragen, das schrie und floh. Er hatte sogar vergessen, sie und den männlichen nackten Bären zu töten, der ihr nachlief. Sie hatte das Leuchten fallen lassen. In den Jahren darauf hatte er sie noch immer im Leuchten riechen können, ihre Angst und ihren Schmerz. Er haßte das. Aber er konnte das Leuchten *sehen*, und er konnte ohne es nicht mehr leben.

Er rutschte über den Schutthaufen, der in den Bach gestürzt war, und donnerte nach Süden. Die Luft roch anders: frisch. Sie schmeckte nach dem salzigen Schweiß eines ängstlichen Tieres. Er mochte die Hatz. Er mochte die Jagd. Die Schafe waren langweilig gewesen. Sie starben zu leicht. Der salzige Geruch erregte ihn.

Seine Herzen schlugen ihren aufgeregten Rhythmus in seinem massiven, hohlen Leib. Er konnte ein fernes Grollen hören, wütend und tief, von irgendeinem mächtigen Tier. Er konnte hören, wie es über die Erde stampfte, wie der Schwanz gegen Felsen schlug und die Erde erbeben ließ. Noch ein Feuerwesen! Er war sicher, daß es ein Feuerwesen sein mußte.

Er hastete voran, kümmerte sich kaum noch darum, daß die Schuppen an seinem Rücken voller Blasen waren und sich in der Hitze pellten. Er wußte nicht, wieso er nicht über der Erde sein konnte, wenn die Leere über ihm von Hitze erfüllt war. Sein Großvater hatte es gekonnt. Seiner Mutter hatte es nicht gefallen, doch konnte sie darin überleben. Nur für ihn war es eine Folter. Großvater sagte, es habe etwas mit seiner Farbe zu tun. Offenbar war er weiß, was auch immer das bedeuten mochte. Er verstand nichts von Farben. Es machte für ihn keinen Sinn, doch stimmte es ihn traurig, weil es noch etwas war, das ihn anders machte. Er fragte sich, ob er eigentlich überhaupt ein richtiges Feuerwesen war. Er hastete voran, hoffte, daß das andere Lebewesen, das er vor sich hören konnte, ihn akzeptieren würde, selbst wenn er nicht fliegen und Feuer speien konnte.

Er schleppte sich auf die Hügelkuppe. Er hatte erwartet, daß er das Tier jeden Augenblick riechen würde, doch die Luft schmeckte nur salziger, und der Donner schien von überall zu kommen. Er war verwirrt. Er hörte, wie es zischte, über Steine rutschte und seinen großen Schwanz auf die Erde schlug. Er konnte sein Brüllen hören, konnte es aber nicht riechen. Unruhig glitt er voran. Das Wesen war unfaßbar groß. Der Bach führte ihn direkt darauf zu, und plötzlich war er von dem Lärm umgeben.

Wasser!! Eine große, große Weite von Wasser. Das Wasser schlug an die Felsen, und die rauschende Gischt glitt über den Strand. Absolut kein Feuerwesen.

Er stürzte sich voran und trat in die plätschernden Fluten. Das Wasser war wunderbar kühl. Er seufzte und rollte sich auf die Seite. Es brannte in seinen Wunden, doch der körperliche Schmerz linderte seine Qualen. Er rollte herum, trat um sich und planschte im tieferen Wasser. Er schwamm. Seine Klauen spürten keinen Grund mehr. Flog er? War es wenigstens so ähnlich wie das Fliegen? Er drehte sich und rollte durch die Wogen, blies Blasen durch seine mächtigen Nüstern. Er konnte die Bewegungen des Wassers hören und fühlen. Hier waren weder kleine Wölfe noch nackte Bären. Es kühlte ihn. Er mußte nur seine Nüstern hoch über die Wellen bringen, während der Rest durch das salzig schmeckende Wasser watete. Er fühlte sich so leicht und beweglich. Sein dicker Wanst scharrte nun nicht mehr über den rauhen Boden.

»Mutter, sieh mich an«, krähte er heraus, dann fiel ihm ein, daß sie nicht mehr da war, schon lange nicht mehr, daß sein einziger Gefährte dieses Leuchten war.

Ich werde sie zerfetzen. Er knirschte mit den Zähnen, als ein schuppiges Wesen an seiner Schnauze vorüberschwamm. Ich reiße ihnen Arme und Beine aus, diesen kleinen Viechern, die mein Leuchten gestohlen haben.

Das Leuchten zog nach Süden. Er konnte spürten, wie es sich bewegte, konnte fühlen, wie seine Vibrationen durch die Erde gingen und durchs Wasser spülten. Einmal schwamm er zum Ufer, als er merkte, daß es aufgehört hatte, doch befand es sich noch immer in der großen Siedlung. Er konnte nicht zur großen Siedlung. Die kleinen, nackten Bären hatten Krallen und Zähne, die durch die Lüfte flogen. Nie vorher hatte er sich darum Sorgen gemacht, erst seit sie ihm in den Hals gedrungen waren. Er hatte Glück gehabt. Die dünne, schnurgerade Kralle hatte keinen bleibenden Schaden hinterlassen. Damals hatten sie das Leuchten mitgenommen. In seiner Verzweiflung schwamm er weiter aufs salzige Meer hinaus, doch er kehrte an die Küste zurück, als er spürte, daß das Leuchten weiterzog.

Irgend etwas war im Wasser. Die Bewegungen waren steif und harsch. Augenblicklich spürte er, daß es anders als diese zappelnden Flossentiere war. Es war groß und hart und zog in gerader Linie übers Wasser. Es störte ihn. Er wollte dem Leuchten näher kommen. Er spürte, daß das Leuchten sich bewegte, doch war es dem großen Wasser nun viel näher. Nur war ihm dieses neue Wesen im Weg, und dieses Tier gefiel ihm nicht. Es zappelte nicht, wand sich nicht und tauchte nicht durchs Wasser. Statt dessen schnitt es mit Schlägen durch die Fluten, schlug rhythmisch mit seinen steifen Flossen auf das Wasser ein. Wie konnte es wagen, den Frieden seiner kühlen Welt zu stören?

Sein Hals zuckte vor, bis sein Körper eine Pfeilspitze bildete, und er nutzte seinen dicken, dornigen Schwanz, um sich damit durch das Wasser anzutreiben. Er stieß an hölzerne Planken und rammte das harte Lebewesen, das unter seinem Angriff schaukelte und schwankte. Er rollte seinen Hals ein und holte mehrfach aus, traf das Tier in den Unterleib.

Abrupt zog er sich zurück, als er die altbekannten Schreie hörte. Nackte Bären! Etwas anderes konnte es nicht sein. Plötzlich waren sie dort im Wasser, strampelten kläglich, würgten und spuckten. Das Holztier tauchte tief in die Fluten, ließ riesige Luftblasen zurück, die aus dem Hohlraum seiner mächtigen Lungen traten. Einige der kleinen Wesen trieben an die Wasseroberfläche, wurden von einer Blase getragen. Er umkreiste die Strudel, wo das Holztier untergegangen war, und wartete, daß sie auftauchten. Er schnappte sie, wenn sie keuchten und schrien. Sie starben so schnell, nicht wie Löwen oder Wölfe. Er freute sich, wie sie schon vor Entsetzen über sein bloßes Dasein starben. Hier im Wasser schienen sie ihre nadelgleichen Krallen nicht werfen zu können.

Doch schließlich wurde er dieses Spiels müde, als das Geschrei ein Ende nahm, und er spürte nur noch wenige, die stöhnten und jammerten. Sie waren wie Schafe, dachte er angewidert und wandte sich urplötzlich ab.

Seit er im großen, kühlen Salzwasser war, hatte das pulsierende Leuchten alles ihn umgebende Wasser durchdrungen und seine Sinne verwirrt. Er war nicht mehr ganz sicher, wo es war, doch er merkte, daß es nicht weit sein konnte.

Er schlug mit seinem Schwanz, rollte sich im Wasser auf, ließ die langen, schlangengleichen Wesen und die Lachstiere hinter sich, die er aus dem Fluß in seiner Heimat kannte. Er tauchte tief hinab. Seine riesigen Lungen, die dafür gemacht waren, Feuer zu speien, gaben ihm den Atem, der ihn lange Zeit unter Wasser hielt. Wieder schwamm eines dieser hölzernen Tiere durch die Wogen über ihm. Er vergeudete nur wenig

Kraft, schoß an die Oberfläche und stieß mit seinem Dornenschwanz an den Unterleib. Er empfand eine gewisse Zufriedenheit, als das Wesen kenterte und kopfüber im Wasser trieb. Er schwamm voran. Das Leuchten rief nach ihm.

Er war sicher, daß es ihn rief. Sein ganzer Leib bebte vor Erregung. Plötzlich war es bei ihm im Wasser. Die ganze salzige Lache war von der Energie erfüllt. Ständig wurde das Wasser nun von den schweren, starren Wesen durchzogen, die unbeholfen darauf schaukelten. Sie strömten einer bestimmten Stelle an Land entgegen und verteilten sich erneut von dort, hin und her. Er war nervös. Das Ufer war nah, und er spürte eine große Siedlung der unseligen Wesen. Zu viele davon. Er schwamm auf und ab, tötete die eine oder andere dieser fischähnlichen Kreaturen, die wie kleine Hunde bellten, einfach nur um seine Enttäuschung zu lindern.

Es war jetzt auf dem Wasser. Er war sicher. Er konnte es nicht erreichen, also mußte es zu ihm kommen. Er glaubte, es sei seine Seele, seine verlorene Seele, die den Funken seines Feuers in sich trug. Er war ein Feuerwesen, ganz sicher war er ein Feuerwesen, doch jemand hatte ihm die Hitze aus dem Bauch gestohlen. Er war sicher, daß es diese kleinen, schreienden, nackten Bären waren, die über der Schlucht auf dem hohen Felsen oberhalb des Alten Nestes lebten. Sie hatten ihm sein Heim gestohlen, dann sein Feuer und nun das Leuchten. Er wollte Rache nehmen.

Das Leuchten glitt über das Wasser. Wieder spürte er, wie die Schneide eines Holzwesens durch die Wellen schnitt, doch diesem fehlte das rhythmische Schlagen jener Holzbeine, und es rauschte leise. Er streckte sich ihm entgegen.

Eine tiefe Flosse schnitt durchs Wasser. Er schoß durch die Wogen und tauchte, wobei er seinen gepanzerten Kopf gegen die Flosse schlug. Das Holztier splitterte und kippte. Im Wasser wimmelte es vor Armen und Beinen, die wild ruderten und um sich schlugen. Viele waren unter einer riesigen Haut gefangen. Bald war alles still, und sie trieben schlaff gleich unterhalb der Wogen.

Das Leuchten! Eine Sekunde lang konnte er es sehen, wie es zügig in die Tiefe glitt. Er reckte seinen Hals an die Luft, machte die Nüstern weit und sog die Blase unter seiner Kehle voll. Dann tauchte er dem Leuchten nach. Er betete es an.

Schon hatte er es zwischen seinen mächtigen Zähnen. Das Leuchten verging, erstarb dort unten in den kalten Tiefen. Er spürte, wie die Energien nachließen. Zwei Schläge mit seinem Schwanz trugen ihn an die Oberfläche, und er tauchte zwischen den Wellen auf. Dem Leuchten gefiel das Wasser nicht. Er mußte es an Land und in ein Nest bringen, wo er sich darum legen und es in Ehren halten konnte. Er mied die Fluten, in denen es vor Holzwesen wimmelte, und steuerte das Ufer etwas weiter südlich an. Das Leuchten war kalt und inzwischen fast erloschen. Seine Einsamkeit nahm zu, und die Trauer war überwältigend. Kam er zu spät? War es erloschen?

Er stürmte ans Ufer und schleppte sich über harsche Felsen landeinwärts, um sich eine Höhle zu suchen, in der er sich ausruhen konnte. Er hauchte den kalten, harten Stein an, der einst das Leuchten gewesen war, wärmte ihn mit seinem heißen, ranzigen Atem. Seine zwei Herzen schlugen vor Angst wie wild. Er legte seinen mächtigen Leib um den winzigen, kostbaren Kieselstein, versuchte, ihn warm zu halten, wieder zum Leben zu erwecken.

Liebevoll hauchte er ihn an, und endlich sah er ein mattes Glimmen. Seine Herzen taten einen Satz. Hoffnung kehrte zurück. Das Leuchten erfüllte sein Denken mit hellem Glanz, und das Licht hypnotisierte ihn. Er saß in seiner dunklen, einsamen Welt und sah nichts als das Leuchten.

KAPITEL 9

Sie bogen um eine Ecke und sahen sich mit dem wilden Geschrei der Aalfischer und dem Kreischen der Möwen konfrontiert, die um Fischgedärm und Makrelenköpfe stritten.

Plötzlich erstarrte Hal und wich an die Mauer zurück. Caspar spähte seinem Onkel über die Schulter und sah mit einem Blick die Lanzen, schwarzen Stiefel und Seidenröcke der Männer des Königs. Er schluckte, versuchte, seine Nerven gegen die aufkommende Panik zu stählen. Sie konnten nicht riskieren, von den Inquisitoren gefangen zu werden. Sie mußten Brid beschützen. Doch was sollte mit dem Mondstein werden? Verzweifelt sah er auf den Hafen hinaus. Sie konnten nichts machen, solange die Soldaten der Königskirche am Anleger herumschlichen.

Der Aalfischer, den Trunds gieriges Benehmen am Tag zuvor so sehr verärgert hatte, schickte drei uniformierte Soldaten ganz deutlich in ihre Richtung. Es blieb keine Zeit, einen Plan zu schmieden, und Hal war der einzige, der schnell genug denken konnte.

»Lauft zurück und um die Landspitze.« Mit entschlossener Haltung deutete er nach Norden am Pier entlang zum Strand und der Halbinsel in der Ferne. »Laßt euch von Trund über den Strand führen.«

»Aber die Schlangen …«, wollte Caspar einwenden. Seine Haut wurde bei der Vorstellung ganz klamm.

»Er ist ein Schlangenfänger, oder? Er ist eure Chance. Jetzt haut ab.«

»Was ist mit dir? Kommst du nicht mit?« fragte Caspar bestürzt.

»Die Inquisitoren können euch nicht auf den Strand hinaus

folgen, aber ihr braucht einen Vorsprung. Ich werde sie aufhalten. Ich komme schon zurecht, aber keiner von euch beiden kann es riskieren, ihnen offen ins Gesicht zu sehen. Achte auf Brid und lauf jetzt. Ich kehre zum Stall zurück, hole die Pferde und treffe euch ...«, er machte eine Pause, »... ganz da oben im Hochland, bei diesem Kamm voll dunkler Bäume, du weißt schon, die Brid so gern mag.«

»Eiben«, erklärte Brid.

Hal nickte. »Wo sie bei diesem Felsvorsprung, der zum Festland hindeutet, spitz zulaufen. Jetzt aber los. Ich halte sie auf.« Lässig trat er hinter der Mauer hervor.

Einen Moment lang konnte sich Caspar nicht von der Stelle rühren. Stocksteif stand er da, schockiert von der Vorstellung, Hal mit den Inquisitoren allein zu lassen. Brid packte ihn beim Arm und zog ihn mit sich. Zwar zuckte sie bei jedem Schritt zusammen, doch sie trabten gemeinsam am Strand entlang und rutschten vom Anleger in den Sand, wo sie zu rennen begannen, wenn auch nie so schnell, daß sie Trund überholt hätten, der ihnen im Zickzack vorauslief, mit der Nase immer am Boden. Caspar hatte ihn von der Leine gelassen, weil es unmöglich war, dem ständigen Richtungswechsel des Hundes zu folgen. Auf der weiten, offenen Sandfläche, abseits des geschäftigen Treibens auf dem Pier fühlte er sich nun angreifbar. Vom Ufer her hörten sie Hummerfischer, die sich um ihre Töpfe kümmerten und sie warnten, sie sollten sich vom Strand fernhalten.

»He, du da, die Flut kommt, der Sand ist voller Vipern. Verschwindet vom Strand.«

Caspar hielt seinen Kopf geneigt und betete, daß Trunds Zähne scharf waren, als er die Warnungen ignorierte. Er blickte voraus, sah die Entfernung, die sie hinter sich bringen mußten. Der lange Strand war von Kieselsteinen begrenzt, führte bis zum Pier hinauf, erstreckte sich über eine ganze sandige Meile.

Das alles würden sie zurücklegen müssen, bis sie um die Landspitze und außer Sichtweite wären. Dann erst konnten sie heimlich landeinwärts ziehen und dort verschwinden.

Trund bog ab, nahm plötzlich Witterung auf und stürzte auf eine Stelle, die er eben untersucht hatte. Aufgeregt kratzte er mit seinen Vorderbeinen, grub die Schnauze in den Sand, gab schnüffelndes Grunzen von sich und schnaubte Sand aus, der seine Nasenlöcher verstopfte.

Caspar und Brid standen nah beieinander, versuchten, so wenig wie möglich von diesem gefährlichen Strand für sich einzunehmen.

»Noch hat niemand gesagt, ob diese Schlangen giftig sind«, bemerkte der Junge so gleichgültig wie möglich, während er damit rechnete, daß jeden Moment eine dieser Kreaturen ihren Kopf aus dem Sand streckte und ihn bei den Knöcheln packte.

Trund hob seinen Kopf und starrte den Boden aufmerksam an. Sein Blick ging über den fahlen Sand. Caspar spürte einen leichten Buckel, der sich durch den Sand zog. Der Hund neigte seinen dicken Schädel seitwärts, und ein Ausdruck intensiver Konzentration zeigte sich auf seiner faltigen Stirn, während er sah, wie sich der Buckel seinen neuen Besitzern näherte.

»Nicht bewegen. Ich glaube, sie spüren den wechselnden Druck der Füße im Sand«, flüsterte das Mädchen.

Caspar hatte nicht die Absicht, sich zu bewegen. Nicht Schlangen, nicht schon wieder! Seine Wangen wurden heiß, und er gab sich alle Mühe, seine panische Angst zu bekämpfen.

»Halt still. Und: Ja, sie sind giftig, aber das Gift tötet nicht. Es ist wie bei Spinnen. Es macht bewegungsunfähig, damit die Schlange dich in Ruhe fressen kann.«

»Ich glaube nicht, daß ich das wissen möchte«, bemerkte Caspar. Er fühlte, wie seine Zunge dick wurde und über die Worte stolperte, doch er bohrte seine Nägel ins Fleisch an seinem Arm, in der Hoffnung, daß der Schmerz ihm helfen würde, seine Angst niederzukämpfen. Er durfte vor Brid seine Angst nicht zeigen. Der Buckel scherte vor ihnen aus, umkreiste sie und steuerte wieder den Terrier an. »Ich hoffe, dieser Hund weiß, was er tut. Er steht nur da. Trund! Nun mach schon! Hol die Schlange!«

Mit unmerklichen Bewegungen kauerte sich der Terrier langsam auf seine stämmigen Beine. Mit erstaunlicher Wendigkeit sprang er mit allen vieren gleichzeitig, hüpfte seitwärts. Dann sprang er augenblicklich wieder an die alte Stelle. Die Schlangenspur wölbte sich, kehrte wieder um und näherte sich dem Hund. Trund bellte aufgeregt und wiederholte seinen drohenden Kriegstanz, sprang von einer Seite zur anderen. Plötzlich nahm die Geschwindigkeit des Buckels abrupt zu, und er zielte wie ein Pfeil direkt auf den Hund. Trund erstarrte, senkte seinen Kopf, kniff die Augen zu schmalen Schlitzen zusammen. Der Buckel wurde dicker, und ein dünner, schwarzer Strich durchbrach den Sand, die Flugbahn deutete direkt auf die Vorderbeine des Hundes.

Trund reagierte im Bruchteil einer Sekunde. Er sprang in ebenjenem Moment zurück, als die Spitze des gewölbten Schlangenkopfes aus dem Sand hervorbrach. Der Terrier stürzte voran, die Lefzen bis zum rosigen Zahnfleisch gebleckt, und grub seine Zähne in den Schlangenhals. Das Maul der Schlange klappte auf, legte krumme Hakenzähne bloß, und Gift spritzte von ihrem Gaumen, während die Zunge rein und raus zuckte, doch sie schaffte es nicht, ihre todbringenden Zähne irgendwo in Haut zu hacken. Statt dessen wollte sich das lange Geschöpf aus schwarzen Schuppen in seinen Bau zurückziehen und zerrte den Hund mit sich.

»O Mutter, bitte, nein, nicht den Hund«, flehte Brid, als der weiße Terrier bis zum Hals im Sand verschwand.

»Die Schlange ist zu groß für ihn!« Plötzliche Sorge um den Hund verdrängte die Angst des Jungen vor den langen, beinlosen Reptilien, und er wollte schon loslaufen und den Hund herausziehen, als Trund wieder Halt fand. Die dicken Hinterbeine standen fest unter ihm, die deutlich erkennbaren Muskeln stramm wie Seile. Er warf sich zurück, zerrte die Schlange aus ihrem Loch wie ein Vogel, der einen Wurm aus dem Gras zieht. Die Schlange streckte sich. Trund warf sich hin und her, schlug den Kopf der Schlange in den Sand. Er schleppte sich rückwärts und stemmte sein ganzes Gewicht gegen die Kraft der Viper, bis das ganze lange Tier aus seinem Bau gerissen wurde, einige Meter Schlange, die sich ein- und ausrollten.

Er warf sie in die Luft und fing sie wieder, dann peitschte er die Schlange hin und her, bis sie erschlaffte und die starre, sich windende Spirale nur noch ein Stück leblosen Seiles war. Er warf das Tier in die Luft und ließ es zu Boden fallen. Reglos lag es da, wohl tot. Überrascht sah der Hund es an, fast enttäuscht, daß er seinen Gegner verloren hatte, dann trottete er weiter, ließ den Kadaver hinter sich, suchte lebende Beute. Caspar dachte, wie seltsam es doch war, daß ein so freundliches, den Menschen zugetanes Tier eine derartige Freude am Töten finden konnte.

Ohne zu zögern, folgten der Junge und die Priesterin dem Hund, versuchten, genau in seinen Spuren zu bleiben und wachsam auf verräterische Sandbuckel zu achten. Ständig sahen sie sich nach dem Pier um, suchten unruhig nach Anzeichen für Hal oder die Inquisitoren.

Je weiter sie über den Sand eilten, desto niedriger wurde die Ufermauer der Stadt zu ihrer Rechten oberhalb des Sandstrandes, bis sie in Felsen und Kiesel der natürlichen Uferbegrenzung überging. Mehrere Kadaver lagen jenseits des Flutsaumes auf den Steinen. Die verwesten und im Wasser aufgequollenen Leiber waren wahrscheinlich Ziegen, wenn auch ihr Verwesungszustand, die fehlenden Gliedmaßen und eingedrückten Rippen die Bestimmung erschwerten. Obwohl die Schlangen unter den Kieselsteinen nicht leben konnten, beschloß Brid doch, am Strand zu bleiben, wo sie sehr viel schneller vor der Bedrohung der berittenen Soldaten fliehen konnten. Sie mußten sich nur weiter hinter Trund halten. Wieder wich der Hund seitwärts aus, grub wütend und wedelte mit dem Schwanz. Sekunden später warf er ihnen eine Schlange von einem Fuß Länge als eine Art Geschenk vor die Füße. Caspar schlich zögerlich darum herum. Der Hund war mit sich zufrieden, ließ aber das junge Reptil auf der Suche nach einer größeren Herausforderung zurück. Als der Hund die nächste Schlange brachte, betete Caspar, daß die Inquisitoren Hal nicht auf ebenso gnadenlose Weise behandelten. Er betete darum, daß der sanfte Charme und der edle Rang seines Onkels die Offiziere des Königs beschwichtigen könnten. Es blieb keine Zeit für Mutmaßungen. Sie mußten leichtfüßig und hochkonzentriert über den schlangenverseuchten Sand weiterlaufen.

Die Landzunge lag mindestens eine Meile von der Mündung entfernt den Strand hinab, und als diese Entfernung hinter ihnen lag, hatte Trund fünf Schlangen getötet. Doch jedesmal mußten sie stehenbleiben und sich den gewaltsamen Tod ansehen, was wertvolle Zeit kostete. Der Augenblick, den sie gefürchtet hatten, kam, als ein Schrei von der nahen Mündung die streitenden Möwen aufschrecke. Drei Reiter galoppierten ihnen entgegen. Es würde nicht länger als zwei kurze Minuten dauern, bis sich die Männer des Königs über sie hermachten. Wegen der verschlungenen Schlangenbauten konnten sie nicht schneller laufen. Hinter ihnen sammelte sich ein Fischgrätmuster aus Sandbuckeln um ihre Fußspuren.

Die galoppierenden Reiter kamen immer näher, als Trund wiederum stehenblieb, auf seinen Zehen tanzte und vor- und zurücksprang, was sie inzwischen als einleitende Zeremonie für die nächste Schlangentötung kannten. Sie konnten nur warten. Caspar nahm seinen Bogen von der Schulter und legte einen Pfeil auf die Sehne, für den Fall, daß die Inquisitoren es durch das Netz der Schlangen schafften, die sich um die galoppierenden Pferde versammelten. Er merkte, daß seine Finger zitterten. Es waren nicht seine Feinde. Es waren die Auserwählten des Königs. Sie zu töten wäre Hochverrat. Er war ein treuer Belbidianer, der sein Land liebte. Verrat war unvorstellbar, doch Brid zu verlieren ebenso. Er hob seinen Bogen an, aber seine Hand zitterte zu stark für einen sauberen Schuß, während sein Gewissen ihn quälte.

»Halt, im Namen des Königs«, bellte der vorderste Inquisitor über den Strand hinweg.

Die Pferde galoppierten voran. Mit einer Mischung aus Sorge und Hoffnung erwartete Caspar den Angriff einer Schlange. Der Donner der Hufe wurde lauter, und die Gesichter der Männer wurden immer deutlicher, bis Caspar den spitzen Bart und die wachsamen Augen des Anführers sah. Er weiß nichts von den Schlangen, dachte der Junge. Er wußte nicht, ob er seine Landsleute töten oder darauf warten sollte, daß die Schlangen es für ihn taten. Brid nahm ihm den Bogen weg. »Hör zu, wenn du es nicht kannst … ich kann.«

Doch war es nicht nötig. Das erste Pferd ging in die Knie, und sein Kopf schlug in den Sand, da sich eine Schlange um sein Hinterbein gewickelt hatte. Es schrie und trat um sich, während der Reiter bäuchlings im Sand lag, vom Sturz benommen. Die beiden anderen Pferde bäumten sich in Panik auf, wenn auch die Reiter erfahren genug waren, nicht aus dem Sattel zu stürzen.

»In Gottes Namen, welche Ungeheuer hat diese Hexe aus den Wellen gezaubert?« schrie einer vor Entsetzen auf und rang darum, sein Pferd zu bändigen, als das Tier vor ihm in den Sand geworfen wurde.

Der gestürzte Reiter schrie vor Angst, als eine weitere

Schlange seinen Knöchel packte. Schnell hatte er sein Schwert gezückt und das Reptil zerhackt, womit er sich befreite. »Das Vieh hat mich gebissen. Hilfe! Hilfe, es hat mich gebissen«, schrie er in Panik, als er humpelnd auf die Beine kam. Einer seiner Kameraden zwang sein bockiges Pferd voran, packte den Mann am Arm und hob ihn hinten auf seinen Sattel, bevor er seinem Pferd die Sporen gab und zu den Felsen und Kieseln vorn am Strand ritt.

»Sie wußten nichts von den Schlangen«, murmelte Caspar erneut, während er entsetzt zusah, wie das Pferd langsam vom Sand verschluckt wurde. »Sie waren so eifrig bei der Hexenjagd, daß sie von den Schlangen gar nichts gehört haben.« Diesmal hob er seinen Bogen mit ruhiger Hand und schoß dem Tier zwischen die Augen, um seinem Leid ein Ende zu bereiten. Das Ende eines weiteren feinen Pferdes, dachte er bedauernd.

Eine Schlange, diese vier Fuß lang mit einem Leib, der so dick wie der Arm seines Vaters war, wurde dem Jungen vom weißen Terrier stolz vor die Füße gelegt, dann hastete der Hund eifrig wieder voraus. Nachdem der Sand vor ihnen vom Schlangenfänger gereinigt war, konnten sie sicher zur Landzunge laufen, wo der Sandstrand zu Kiesel wurde. Am Fuß der Halbinsel führten die Kieselsteine zu einer Spitze, wo zwei Strömungen in unterschiedliche Richtungen drängten. Das Gefühl war ihnen eine große Erleichterung. Brid war sicher, daß die Vipern nur im Sand lebten. Ein Stück weiter am Strand entlang wurden die Felsen größer, und Trund sprang wie eine Ziege von einem Stein zum nächsten, war mit dem Strand offenbar wohlvertraut. Sie liefen am Flutsaum entlang, der am Treibgut zu erkennen war. Alte Bäume, verworrene Fischernetze, trockener Seetang, der knisterte und knackte, wenn man darauf trat, tote, weißbäuchige Schlangen und durchscheinende Schlangenhaut lagen hier ausgebreitet. Zwischen dem

Treibgut lagen aufgeblähte Kadaver einiger unglücklicher Tiere – mehrere Ziegen, zwei kleine Bergponys und ein komplettes Pferdeskelett. Brid beugte sich darüber.

Caspar berührte ihre Schulter. »Keine Sorge. Das ist nicht die Stute, die wir verloren haben. Das Tier hier ist schon lange tot.«

»Ich mache mir keine Sorgen«, erwiderte sie knapp und wies jeden Verdacht von sich, daß sie an Sentimentalität leiden könnte. »Ich will den Kieferknochen.« Sie riß ihn heraus, löste den Knochen von den wenigen Sehnen, die ihn am Schädel hielten, dann stopfte sie ihn wie einen Dolch in ihren Gürtel, bevor sie Caspar nachlief. Trund rannte mit dem Spalthuf einer Ziege im Maul voraus. Der Terrier hatte ihn von einem madenzerfressenen Kadaver gestohlen und trug ihn wie eine Trophäe.

»Die Höhle. Lauf zu den Höhlen hinter der Landspitze«, rief Brid. »Da sind wir nicht mehr zu sehen.«

»Welche Höhlen?« keuchte Caspar.

»Es gibt immer Klippen auf der anderen Seite einer Landzunge, jenseits des Strandes«, erklärte sie atemlos. »Und wo es Klippen gibt, finden sich unten auch Höhlen.«

Um die Spitze der Landzunge zu umrunden, waren sie gezwungen, zu den Kieselsteinen zurückzukehren. Brid hatte recht. Brid hatte oft recht, dachte der Junge bewundernd. Das Krachen der See an den Felsen übertönte das Plätschern der Wellen, die den Strand hinter ihnen streichelten, und auf der anderen Seite der Landzunge stürzte das Wasser lotrecht von einer Klippenwand in die brodelnden grünen Fluten. Wenn die Brecher gegen die Felswand schlugen, wurde Luft weit in die Höhlen gedrückt. Das Echo hallte übers Meer. Wenn sich das Wasser aufs Meer zurückzog, wobei der Sog Steine und Sand mit sich in die Tiefe riß, wurde kurz der schwarze Schlund einer Höhle sichtbar. Dann bäumten sich die Brecher wieder auf, sammelten ihre Kraft und stürzten sich erneut auf die Wand.

Die Flut ging hoch und stieg noch immer, was bedeutete, daß der Kieselstrand unter wirbelnden Fluten begraben wurde, wenn die Wellen an die Felsen schlugen. Wenn sich die gurgelnde Strömung zurückzog, lagen kurz einige Felsen frei und bildeten einen Übergang von den Kieselsteinen zum Eingang der Höhle. Die Küste hatte dem steten Drängen schon widerstanden, bevor der Mensch barfüßig und mit Knüppeln in Händen an die belbidianischen Küsten gekommen war, doch nun war sie ausgehöhlt und brüchig. Brocken, die das unablässige Hämmern vom Land gelöst hatte, bildeten grausam gezackte Felsen am Fuß der Klippen, die nun teilweise vom brüllenden Zorn der Brecher verdeckt wurden.

»Wir können es zur Höhle schaffen«, sagte Brid entschlossen. »Wir müssen nur den rechten Zeitpunkt abwarten. Wir warten, bis die Brecher an die Steine schlagen, und wenn sich das Wasser zurückzieht, können wir durch das seichte Wasser in die Höhle laufen, bevor der nächste Brecher kommt.«

»Ja, und wenn wir es nicht rechtzeitig schaffen, werfen uns die Wellen gegen den Fels. Brid, das geht nicht. Es sind mehr als dreißig Schritte. Die Zeit reicht einfach nicht.«

»Wir müssen. Wir können nicht zurück.« Sie wartete nicht auf Gegenargumente, sondern raffte ihre Röcke. Sie watete über die Kieselsteine bis zu der Stelle, wo die Spitze plötzlich in tieferes Wasser fiel. Das Meer umspülte ihre Unterschenkel und riß daran. Sie konnte nicht weiter, bis sich die Wogen von den Klippen zurückzogen und den schmalen Streifen Strand zu ihren Füßen freilegten. Caspar folgte ihr, ließ Trund wimmernd auf dem Trockenen zurück. Eilig beschloß der Hund, daß er nicht zurückblieben wollte, und sprang ins Wasser. Brid blieb stehen, als die Wellen über ihre Oberschenkel gingen, und beobachtete, wie die Brecher hereinkamen. Der Übergang vor ihr wurde vom schaumig grünen Wasser verschluckt, das an den Klippen donnerte und toste.

Caspar fragte sich, ob sie den Mut verloren hatte, als sie sich der drohenden Wirklichkeit der wütenden Fluten ausgesetzt sah, die sie an den Felsen in Stücke schlagen würden, wenn sie die Gelegenheit nicht absolut perfekt nutzten. Wieder wurde die See hinausgezogen, zerrte an ihren Beinen und ließ einen rutschigen Gang in die sichere Höhle frei. Doch es dauerte nur Sekunden, bis die Brecher wiederkamen und wütend an die Felsen schlugen, was die beiden mit salziger Gischt durchnäßte.

»Die siebte Welle. Sie ist größer, aber sie läßt uns mehr Zeit, hinüberzukommen. Wir gehen, nicht bei dieser, sondern nach der nächsten. Fertig?«

»Fix und fertig.« Ängstlich sah Caspar, wie die Wellen noch zweimal an den Fels schlugen, und dann, als die Wogen eben wieder in den Rücksog fielen, stürmte er voran. Trund sprang ihnen nach, spürte ihre Anspannung. Die Wellen zogen sich zurück, legten einen gähnenden Streifen von schwarzem Meeresgrund frei, der seine Felsenzähne fletschte. Sie rannten los, rutschten und stolperten über die Steine. Die Gischt sprühte Caspar in Mund und Nase, und er atmete keuchend.

Sie waren fast am Eingang zur unteren Höhle, welche die Klippen untergrub, als Caspar das nahende Wasser hörte. Er warf sich in den trockenen Schlund der Höhle, suchte nach Halt, als die brechenden Wogen ihn vorwärts schleuderten und seine Haut am Stein aufrissen. In der Höhle war es finster. Seine Hände stützten sich auf Felsen, und faulig schmeckendes Wasser war in seinem Mund, während das Meer ihn mit sich riß. Doch endlich gaben ihn die Wellen frei, und Tageslicht flutete in ihre Zuflucht. Brid schrie auf, als die See an ihr riß, sie wieder mit sich nahm, unter die Wellen. Ihre Röcke blähten sich und schwebten um sie, ihr Gewicht zog sie in die Tiefe.

Verzweifelt suchte Caspar nach einem Fels, warf seine freie Hand zurück und schaffte es, Brid an der Schulter festzuhalten. Stolpernd kam er auf die Beine und riß die Jungfrau mit sich, schleppte sie auf die höheren Felsen, fort von der wilden See. Er hustete, keuchte nach frischer Luft.

»Wo ist der Hund?« rief Brid. »Wo ist der Hund?«

Trund war nicht bei ihnen und auch nicht auf den Felsen vor ihnen, und sie wandten sich erschrocken um und sahen, wie das verängstigte Tier von den zurückweichenden Wellen mitgerissen wurde. Er stieg in die Beuge der tosend weißen Brecher auf, die auf der Höhe ihres Rückzugs innehielten, bereit, das Tier an die Klippen zu werfen. Weißer Schaum und Gischt verspotteten den weißen Hund. Wieder toste die See heran, katapultierte das hilflose Tier auf die hungrigen Klippen und stürzte die Höhle in Finsternis. Der Hund rollte und rollte, wurde von der Kraft der Wellen über den Grund geschleift. Rotes Blut schwamm überall um ihn.

Caspar warf sich auf den Terrier, doch die Wellen rissen das Tier schon wieder mit sich. Trunds Beine waren weit gespreizt, die Krallen ausgestreckt, die Augen groß und ängstlich. Er fand keinen Halt und wurde unerbittlich wieder hinausgerissen. Caspar sprang dem Tier nach, fühlte, wie der Fels ihm in die Rippen boxte, als er mit einem Bauchklatscher ins seichte Wasser fiel. Mit dem Kopf unter Wasser brach er durch den Schaum, bis seine Hände endlich etwas Weiches fühlten. Er wurde doppelt so schwer, als der Rückstrom an ihm zerrte. Er klemmte seinen Fuß in einen Felsspalt, und plötzlich war er mit dem Hund im Trockenen, als das Wasser um sie herum hinausglitt. Stolpernd kam er auf die Beine, grub die Fingernägel ins dicke Fleisch am Hals des Hundes und zog ihn höher an Land. Keuchend lag er auf den Steinen, dankbar, daß das Meer nur noch an seine Füße kam.

Wieder brachen die Wogen herein, drückten Luft in die

hintere Höhle und schlossen das Tageslicht aus, dann wurden sie hinausgesogen und ließen die Sonne unter dem flachen Schlund herein. Als er dann endlich wieder gleichmäßig atmen konnte und das Salzwasser aus seinen Lungen los war, stand er auf und sah, daß Brid bei dem zitternden Hund war. Das Tier war blutverschmiert, doch es konnte eben noch auf seinen stämmigen Beinen stehen. In den großen, starren Augen war seine Angst zu sehen.

»Guter Plan, Brid.« Caspar war böse. »Du bist genauso tollkühn wie Hal.«

»Wir haben es geschafft, oder etwa nicht?«

»Das habe ich schon mal gehört«, schimpfte Caspar. »Und was ist mit dir? Ich bin überall zerschnitten.« Caspar fühlte sich betrogen, weil das Mädchen seine Aufmerksamkeit dem Hund widmete.

»Ihr seid beide nicht schwer verletzt, nur ein paar blaue Flecken«, sagte Brid ganz ruhig und wrang ihre Röcke aus, »aber der Hund ist verschreckt. Er weiß nicht, was vor sich geht, im Gegensatz zu dir. Jedenfalls«, und sie lächelte, »vielen Dank. Du hast uns beide gerettet.«

Caspar war dem Mädchen nicht lange böse. Er ließ seinen Kopf zwischen die Knie sinken, wartete, bis er wieder zu Atem kam und das Wasser aus seinen Ohren lief. Er ruhte einen Augenblick, bis Brid zeigte, daß die Flut noch immer stieg und sie einen Hinterausgang der Höhle suchen sollten, ehe die Wellen sie neuerlich bedrohten.

»Was meinst du damit? Ein Hinterausgang aus der Höhle?« Caspar war verdutzt.

»Ach! Na, ich zeig's dir, wenn du dich beeilst«, erwiderte sie.

Weiter im Inneren der trüben Höhle klang der Lärm des Meeres meist dumpf, bis auf den rhythmischen Donner, wenn Luft in die Höhlungen unter dem Fuß der Klippen drängte.

Nach jedem tiefen, rumpelnden Donner kam ein seltsames Pfeifen von irgendwo ganz hinten aus der Höhle.

»Das ist ein Schwalbenloch«, murmelte Brid.

»Ein was?«

»Weißt du denn gar nichts über dein Land?« seufzte Brid. »Komm schon, wir sollten uns beeilen. Ein totes Pferd wird die Inquisitoren nicht lange aufhalten, aber vielleicht glauben sie, wir wären ertrunken.«

Hinten in der Höhle war es düster. Der Lärm nahm jedoch zu, wurde intensiver, als die hämmernden Wogen die Luft tief in die verschlungenen Höhlen trieben und durch die trichterförmigen Nischen an der Rückseite führten.

»Irgendwann«, erklärte Brid, »schlägt die Kraft der Luft ein Loch bis durch die Erdkrume über den Klippen. Eigentlich müßten wir durch das Loch klettern und ins Freie gelangen können.«

Die Höhle verengte sich zu einem Trichter, führte dann allmählich aufwärts und bildete einen senkrechten Schornstein, der etwa ein Dutzend Fuß bis zu einem kleinen Lichtpunkt über ihnen führte. Die Felsen waren rutschig von der Gischt, und Caspars abgewetzte Stiefel glitten darüber, wobei er sich die Schienbeine aufschlug. Ein scharfes Jaulen hinter ihm erinnerte ihn an ihr anderes Problem, und er sah den stämmigen Hund an, dessen Treue sie sicher über den Strand geleitet hatte. Dann sah er wieder zu dem Felsschacht auf.

»Oh, Trund, was sollen wir nur mit dir machen? Der Aufstieg wird auch so schon schwer genug. Wie sollen wir einen dicken Klops wie dich da hinaufbringen?«

»Wie lang ist die Leine?« antwortete Brid für den Hund. »Da ist rechts von dir ein Sims. Wenn du darauf kletterst, kannst du ihn das letzte Stück an seiner Leine hochziehen.«

»Ich weiß nicht mal, ob ich mich selbst durch dieses Loch da oben zwängen kann.« Entgeistert stieß sich Caspar vom

Boden ab, suchte nach festem Halt. Hart trat er gegen den Fels, prüfte ihn auf Festigkeit. Splitter lösten sich und regneten auf das Mädchen unter ihm hinab, doch fanden seine Stiefel Halt. Wieder streckte er sich nach oben, wünschte, er wäre nur ein paar Daumenbreit größer, damit er die nächste Nische im Fels nicht nur mit den Fingerspitzen erreichen konnte. Das Loch dort oben war nur groß genug für seinen Kopf. Er zückte seinen Dolch und schabte die dünne Erdschicht fort, um das Loch zu vergrößern. Es kam ihm gar nicht in den Sinn, daß seine Zehen nur auf einem denkbar schmalen Felsvorsprung standen.

Eifrig knotete Brid die Leine zu einem Geschirr um die Brust des Hundes, während Trund ihr begeistert das Gesicht leckte und sich über ihre Aufmerksamkeit freute. Als er versuchte, in ihren Zopf zu beißen, bekam er einen scharfen Klaps.

Den Schacht hinabzusteigen war schwerer, da Caspar nicht sehen konnte, wohin er seine Füße setzte, doch er schaffte es hinunter, rutschte am Ende ab und fiel Brid vor die Füße. Er betrachtete die stämmige Gestalt des Hundes, der ihn hoffnungsfroh ansah. Seine menschlichen Herren konnten anscheinend alles und waren mindestens Magier, wenn nicht Götter.

Caspar blickte zu dem Sims auf und sah, daß es nicht einfach werden würde. Er verfluchte ihre weichen Herzen dafür, daß sie den Hund überhaupt gerettet hatten. Er legte einen Arm unter den Bauch des Terriers, brachte sein Gesicht ganz nah an das des Hundes, was einen feuchten Kuß zur Folge hatte, gefolgt von einem neckischen Knabbern am Ohr. Caspar versuchte, sich den Hund unter einen Arm zu klemmen, doch er merkte, daß er zwei Arme brauchte, um das klobige Tier nur anzuheben.

»Ich kann ihn nicht heben. Er ist einfach zu schwer«, sagte Caspar. Trund hatte sich im Arm des Jungen umgedreht und krallte sich in seine Kleider.

»Nun, halt ihn nur einen Moment, und ich schnalle ihn dir um die Brust.« Brid hielt dem Tier die Vorderpfoten hoch, bis sie um seinen Hals lagen, und schnallte die beiden mit ihrem Gürtel zusammen. Sie wickelte dem Hund die Leine wie eine Schlinge um den Körper. »So«, sagte sie zufrieden. »Das hält. Und hoch mit dir!«

Und hoch mit dir, dachte Caspar bitter und versuchte, den Aalgestank im Atem des Hundes nicht zu tief einzuatmen. Wenn er ein echter Held gewesen wäre, wie in den Legenden, hätte er von vornherein ein ausreichend langes Seil gehabt ... doch andererseits war es niemals so. Oben würde ein Heldenroß edelmütig auf ihn warten, doch auch wenn Feuerschweif das feinste Pferd war, das er je gekannt hatte, konnte kaum Zweifel daran bestehen, daß er nur ein Pferd war und ihm die magischen Fähigkeiten der geflügelten Wesen und sprechenden Tiere aus den Legenden fehlten. Der Stein, auf dem er balancierte, gab abrupt unter seinem Fuß nach, schnitt seine Gedanken ab. Er merkte, wie er nur noch an den Fingerspitzen hing und der zappelnde Hund ihn noch zusätzlich aus dem Gleichgewicht brachte. Irgend etwas griff nach seinem Fuß, und er spürte, daß Brid gleich hinter ihm war und seinen Fuß auf einen Absatz lenkte.

»Gleich geschafft«, versicherte sie ihm.

Das letzte Stück war einfach. Er stützte sich mit den Beinen gegen die gegenüberliegenden Felswände des Schwalbenlochs, die sich immer enger um ihn schlossen. Er streckte eine Hand aus, um nach der Erde zu greifen, und mit einem kleinen Schubs von Brid quetschte er sich durch das Loch. Wie ein Kaninchen, das aus seinem Bau kommt, stieg er oben auf den Klippen an die Luft, rollte auf den Rücken und sah hinauf in den grauen Himmel. Der Hund zappelte und versuchte aufgeregt, sich zu befreien. Brid war gleich an seiner Seite und nahm dem Hund ihren Gürtel aus den Pfoten.

Sie sanken auf das rauhe Gras, atmeten schwer und beobachteten, wie Trund begeistert hin und her rannte, da er wieder festen Boden unter den Füßen hatte. Erdklumpen flogen durch die Luft, die er mit den Pfoten herausgerissen hatte, als er sich immer und immer wieder um sich drehte. Er klappte sein Maul auf und zu, schnappte nach der leeren Luft, als kämpfte er mit einem Geist. Caspar und Brid lagen auf dem Rücken und lachten, halb über den Hund und halb vor Erleichterung.

Sie kamen zu dem Schluß, daß die Inquisitoren ihnen unmöglich folgen konnten, und entspannten sich, sahen sich nach der hügeligen Landschaft um und ließen ihre nassen Kleider in der warmen Meeresbrise trocknen. Sanfte, baumlose Hügel wogten in Nachahmung der Wellen auf dem Meer. Zu beiden Seiten fiel der Boden ab, führte in verborgene Täler. Ein Kamm brachte sie zu einem dunklen Baumstreifen und den Eiben, die Hal als Treffpunkt ausgesucht hatte.

»Glaubst du, es geht ihm gut?« fragte Brid besorgt.

»Nun, die Inquisitoren haben ihn nicht aufgehalten, oder?« sagte Caspar offenbar, um sich wie auch das Mädchen zu beruhigen. »Sie müssen ihn durch den Hafen gelassen haben. Nur wie sind sie auf uns gekommen? Das verstehe ich nicht. Was haben wir falsch gemacht?«

»Glaubst du, da wären noch mehr von denen gewesen, die ihn auf dem Pier angehalten haben? Der König sagte, es seien nur sechs Inquisitoren, aber es scheint, als hätten sie weit mehr geschickt.« Brids Sorge um Hal rief eine ganze Flut widerstreitender und verwirrender Gefühle in dem Jungen wach. Hal war sein Onkel, sein Gefährte, sein Freund. Niemand hatte das Recht, sich mehr Sorgen um Hal zu machen als er. Immer waren sie zusammen. Stets achteten sie aufeinander. Und er war eifersüchtig, daß Brids Gedanken dauernd seinem barschen Onkel mit den dunklen Haaren galten.

»Hal geht es sicher gut. Wahrscheinlich galoppiert er in

diesem Augenblick aus der Stadt und hat so seine Probleme mit Feuerschweif«, sagte der Junge mürrisch und sprang auf. »Wir sind hier ungeschützt. Komm, gehen wir zu den Bäumen.«

Erst als sie zu laufen begannen, merkte Caspar, wie ungeschützt sie erst dort oben auf dem Kamm waren. Vom Hafen mit seiner Flotte von Fischerbooten aus, von den Hügeln zu beiden Seiten, von den Bäumen vor ihnen, eigentlich von überall, nur nicht vom Strand aus, waren sie deutlich zu sehen. Brid schien denselben Gedanken einen kurzen Augenblick vorher gehabt zu haben, denn sie rief, er solle ihr über die Anhöhe in das bewaldete Tal dahinter folgen.

Es war eine schwierige Route. Das kleine Tal war voller Brombeeren und Stechginster, die sich zwischen den Kaninchenlöchern ausbreiteten. Nachdem sie den Hang in die Niederung hinabgestolpert waren, sahen sie sich einem steil ansteigenden, von Ginster gesäumten Graben gegenüber, der ihnen den Blick auf das Eibenwäldchen verstellte. Der Boden fiel allmählich zum Grund des Tales ab, doch erleichterten ihnen zumindest die Terrassen den Aufstieg. Caspars Atem ging harsch, während er sich mit den Händen von einem Grasbüschel zum nächsten zog. Brid war nicht weit hinter ihm, hatte sich auf flacherem Boden gut gehalten und fiel erst zurück, als das Gefälle steiler wurde.

Der Terrier war als erster oben, und die beiden Menschen erstarrten, als der Hund ein tiefes, kehliges Bellen von sich gab, wie sie es bisher noch nicht gehört hatten. »Vielleicht die Wölfin«, sagte Caspar.

Brid schüttelte den Kopf und hielt einen Finger an ihre Lippen, drückte sich an die Erde. Er zog ihren staubig braunen Umhang über ihr Gesicht, schob sich auf den Ellenbogen über den Boden und kroch zwischen die dichten Brombeeren. Trund bellte unablässig, weckte Aufmerksamkeit und fing an zu knurren. Caspar blickte auf, und seine Augen wurden groß vor

Beklommenheit, als er merkte, daß der schwarze Punkt, den er eben noch über der Krone des Tales ausmachen konnte, die Spitze einer Lanze war. Die Spitze rückte ihnen immer näher, und er erkannte einen rot-gelb-schwarzen Wimpel, der dort in der Brise flatterte.

»Sie haben uns den Weg abgeschnitten«, flüsterte Brid, »und der dumme Hund führt sie direkt zu uns.«

Die beiden Torra Altaner sanken in den Schutz der Brombeeren, als sie eine tiefe Stimme vernahmen, die plötzlich durch den Wind zu hören war. »Ein Hund, Sergeant. Hat das etwas zu bedeuten? Da ist ein Hund, ein häßliches Vieh.«

»Nein, ein Wolf, es hieß ein Wolf. Hörst du denn auf nichts, was man dir sagt, Soldat? Die Seeleute im Gasthof sagten, das Mädchen besäße keinen menschlichen Schatten, sondern den eines Wolfes … eines Wolfes! Kleines Mädchen, mit ausgeprägt scharfen Zügen. Muß eine von denen sein. Abgesehen davon, daß sie blind war, haben wir nie zuvor eine derart klare Beschreibung des Teufels bekommen. Normalerweise haben sie unnatürlich strahlende Augen.« Trund knurrte wütend. »Und bring den Hund zum Schweigen, ja?« Ein Jaulen war zu hören, gefolgt von leisem Knurren.

»Ich kann nicht, Sergeant: Seht Euch seine Zähne an.«

Der ranghöhere Offizier klang verärgert. »Hör zu: Früher oder später wird sie hier entlangkommen. Sie müssen zu den Eiben. Die locken sie an wie ein Magnet. Wir haben alle Zugänge im Auge, also bring den Hund zum Schweigen. Ich will nicht derjenige sein, dem die Hexe durch die Lappen geht.«

»Hör auf! Laß das!« befahl der junge Soldat dem Hund. »Mach schon, verschwinde hier.«

Bitte, Trund, betete Caspar, bitte laß ihn in Ruhe.

»Steig nicht von deinem Pferd, Mann.« Die Stimme des Sergeanten klang ernst. »Diese Hunde sind dazu erzogen, böse zu sein. Er wird dir den Arm abreißen.«

Caspar konnte in Trund nur den weichherzigsten Hund sehen, dem er je begegnet war. Das Knurren ging weiter, und dann plötzlich gab es einen schweren Schlag, gefolgt von einem Jaulen, dann Stille. Eine Kugel aus weißem Fell taumelte über den Rand des Hügels, die Beine ruderten schlaff. Reglos blieb der Hund neben ihnen liegen. Caspar preßte sein Gesicht an den Boden, als die Spitze eines offenen Helms erschien. Dunkelbraune Augen, die unter dichten Brauen funkelten, starrten dem Hund nach und suchten den Grund ab. »So bringt man einen Hund zum Schweigen«, knurrte er und war nicht mehr zu sehen.

»Ich bringe ihn um«, knurrte Caspar zwischen den Zähnen hindurch, doch Brid hielt ihn bei der Schulter und zog ihn zurück.

»Also, junger Soldat, so wird man mit einem Hund fertig. Wenn du ein ausgewachsener Inquisitor werden willst, mußt du lernen, direkter zu sein. Und im Namen des Vaters, vergiß nicht, deinen Blick auf diese Eiben dort gerichtet zu halten, du nutzloser Knabe«, warnte der Sergeant.

Caspar stieß Brid an und flüsterte: »Warum die Eiben? Was wissen die von Eiben?«

Brid hielt sich den Mund zu, warnte ihn, er solle schweigen, doch dann ignorierte sie ihren eigenen Rat und flüsterte: »Weißt du noch, daß die Kobolde gesagt haben, Anu würde den Kessel betrachten? Nun, die Statue blickt auf die Kuppe des Eibenhügels.«

»Reite auf die Anhöhe, Soldat, und sieh nach, was die Wache dort treibt«, brummte die tiefe, autoritäre Stimme von oben herab. Das Wummern trabender Hufe auf Gras war zu hören, und einen Moment später drang der ferne Ruf des jüngeren Inquisitors von rechts herüber.

»Sie sind noch an Ort und Stelle, Sir. Sieht gut aus.«

»Bei allen Heiligen, Soldat, nicht winken«, bellte die Stimme des Sergeanten. »Und komm wieder her. Du siehst lächerlich aus«, fuhr der Mann mit schneidender Stimme fort, als die trabenden Hufe wieder auf den Hügel kamen. »Die Inquisitoren des Königs müssen sich stets würdevoll verhalten.«

Brid rutschte am Boden herum, hielt sich knapp unter dem Blickfeld des Inquisitors. Caspar blickte starr auf den Rand des Hügels, als Brids Hand unter ihrem Umhang hervorkam und nach dem Halsband des Hundes griff. Sie erstarrte, als die Stimmen über ihr Alarm schlugen.

»He, Sergeant! Seht doch, was ist das?«

»Du hast recht. Irgendwas ist in den Bäumen.«

Brid wollte sich eben wieder bewegen, als deutlich wurde, daß die Männer in die andere Richtung blickten.

»Glaubt ihr, es ist der Wolf, Sir?«

Einen Moment lang herrschte Stille, gefolgt vom rauhen Krächzen eines Vogels.

»Nur ein Fasan. Wir hätten den ganzen Wald niederbrennen sollen, wie ich es Hauptmann Ranark geraten habe. Er wird zu weich.«

Brid zerrte den reglosen Hund zu den Brombeeren hin und zog ihn schwer keuchend unter ihren Umhang.

»Ist er tot?« flüsterte Caspar besorgt.

»Glaubst du, ich würde soviel für einen toten Hund riskieren?« antwortete Brid knapp. »Die haben dicke Schädel. Jetzt halt den Mund.« Trunds Augenlider sanken langsam über seine matten Augen, und Brid hielt ihre Hand vor seine Schnauze, um das Tier am Wimmern zu hindern.

Über ihren Köpfen wurde das Schweigen nur vom Scharren der Pferdehufe und dem Kauen auf Gras unterbrochen.

»Bursche, du bist untragbar. Als es *frische* Rekruten hieß, hatte ich keine Ahnung, daß es mir so ergeht. Mußt du dein Pferd grasen lassen, wenn wir im Dienst sind? Ich werde in meinem Bericht einige Worte über dich verlieren müssen.«

»Tut mir leid, Sergeant«, murmelte die jüngere Stimme. Es folgte kurze Stille, bis sich der unermüdliche Soldat erneut zu Wort meldete. »Woher wollt Ihr wissen, Sir, daß die Hexe hier entlangkommt?«

»Ich weiß es nicht, Soldat. Aber irgendwie wird sie zur Anhöhe und den Eiben gelangen wollen.«

»Wieso dort? Woher wißt Ihr das?«

Der Sergeant knurrte aus seiner Kehle, schien sich über die ständigen Fragen seines Begleiters zu ärgern. »Vertrau mir einfach, Bursche. Wenn du so viele Jahre Hexen gejagt hast wie ich, bekommst du dafür ein Gefühl. Vertrau mir einfach.«

»Aber habt Ihr je einen Fehler begangen? Ich meine, habt Ihr je ein Mädchen verbrannt, das nicht wirklich eine Hexe war?«

»Du hast noch zuviel zu lernen, Soldat, und zuwenig Glauben, als daß du ein echter Inquisitor werden könntest. Der Allmächtige Gott würde nie zulassen, daß uns ein Fehler unterläuft.«

»Aber dieses Mädchen, ihr Vater hat mit einer Hand auf dem Heiligen Buch und der anderen auf dem Altar geschworen, daß es der unfermentierte Wein war, der sie delirieren ließ.«

»Delirieren, ja, aber sie hat ihre Kleider ausgezogen und ist nackt ums Feuer getanzt.«

»Das macht sie noch nicht zur Hexe.«

»Aber im Mondlicht? Auch noch bei Vollmond. So etwas können wir nicht ungestraft durchgehen lassen.«

Fragend sah Caspar Brid an, und sie flüsterte böse: »Ich tanze nirgends nackt. Diese Männer, diese Narren von Inquisitoren, mein Leben lang habe ich sie gefürchtet und gehaßt, weil sie meine Mutter ermordet haben. Aber jetzt, da ich sie endlich treffe ... sie scheinen mir so schwach, so wirkungslos, verglichen mit den Dämonen, die ich mir vorgestellt hatte. Sie sind nur Menschen, dumme, arrogante Menschen.«

»Außerdem«, fuhr der Sergeant fort, »hat sie gestanden.«

»Erst nachdem sie halb ertrunken war, weil man sie dreimal in den Teich getaucht hatte, und dann auch nur, weil Hauptmann Ranark drohte, das gleiche ihrer kleinen Schwester anzutun.«

»Ich will nichts mehr hören, Soldat. Sie hat gestanden, und das genügt. Wir mußten ihre Seele aus den Klauen des Teufels retten. Und nur mit Feuer ließ sie sich läutern.«

Es herrschte langes Schweigen, bis sich der neue Rekrut wieder zu Wort meldete.

»Ich dachte nur, sie wäre zu hübsch für eine Hexe.«

»Das zeigt nur, wie wenig du davon verstehst. Sie sind immer zu hübsch. Sie nutzen ihre Schönheit als Macht, führen ihre lüsternen Seiten vor. Es ist schädlich. Und die schönsten Frauen sind oft die mächtigsten Hexen.«

»Und wie lange wollen wir bleiben, Sergeant? Wir sind schon Ewigkeiten hier.«

»Bis jemand sie entdeckt. Es könnte den ganzen Tag und die Nacht lang dauern, aber am Ende kommen sie immer hierher. Es ist unsere Pflicht, das Land von diesen bösen, verkommenen Kreaturen der Unterwelt zu reinigen.«

Caspar verlor den Mut. Sie saßen in der Falle. Er sah Brid an, die dem Hund den Kopf kraulte und seine Augenlider hob, um die matten Augen darunter zu untersuchen. Trund fing an, mit dem Schwanz zu wedeln, und bewies seine angeborene Widerstandskraft gegen Verletzungen.

»Wir müssen nur warten«, flüsterte Brid. »Irgendwann werden sie fortmüssen.«

Ihre Miene war ungerührt, als weigerte sie sich, den Haß in den Worten des Sergeanten wahrzunehmen, doch dann seufzte sie tief, als steige unendliche Trauer von ihrem Herzen auf. Sie wandte ihren Blick zum Meer hinüber. »Liebe Mutter, strafst du mich noch immer für meine Treulosigkeit in Farona?

Wir brauchen das Druidenauge. Wir dürfen es nicht verlieren. Hilf mir bitte.«

»Ich glaube nicht, daß du deine Kräfte verloren hast«, sagte Caspar in dem Versuch, sie zu ermutigen. »Die Kobolde haben dich sofort erkannt.«

Sie nickte und lächelte. »Ja, ich weiß. Es stimmt. Aber ich mache mir Sorgen. Das Druidenauge war die einzige Verbindung zwischen Morrigwen, Keridwen und mir. Es hielt die Trinität zusammen. Doch nun ... Was wird aus Keridwen? Und ich kann Morrigwen nicht erreichen, falls wir ihre Hilfe brauchen.«

»Aber du konntest es wegen dieser bösen Macht nicht. Du mußtest die Kraft des Mondsteins verhüllen.«

»Das habe ich nur getan, um den Blick zu trüben, damit derjenige, oder was es auch immer gewesen sein mochte, das in die anderen Steine geblickt hat, verwirrt und orientierungslos wurde. Aber die Kugel hat meine Kräfte immer noch mit Morrigwen verbunden. Nun kann ich das nicht mehr tun. Und ich sorge mich um sie.«

»Aber sie ist auf Torra Alta sicher.«

»Sicher auf einer Burg, die unter Belagerung steht? Sei nicht albern, Spar.«

»Aber neun Monate werden die Runen des Krieges sie beschützen.«

»Ja, ich weiß, du hast recht. Aber ich habe so ein Gefühl. Morrigwen«, sie hauchte in die Luft. »Mutter, beschütze sie.« Die Jungfer verfiel in trauriges Schweigen, während sie darauf warteten, daß die Inquisitoren sich von der Stelle rührten.

»Was ist denn an diesen Bäumen so besonders?« Der frisch rekrutierte Inquisitor brach das Schweigen. Außer seiner Stimme war noch ein Kauen zu hören. Offenbar hatte das Pferd erneut zu grasen begonnen.

»Also, hör zu, Bursche. Das gehört zu deiner Ausbildung.

Diese Leute fühlen sich von bestimmten Orten angezogen. Sie mögen Wasser und Bäume, ganz bestimmte Bäume, und sie glauben, daß es Linien im Boden gibt, die Energien führen. Wenn man das auf eine Karte zeichnet, bilden sie ein Muster.«

Brids Miene war aschfahl. »Woher weiß er das?« keuchte sie entsetzt. »Das sind Geheimnisse, für die ich eher sterben würde, als daß ich sie preisgebe.«

»Ich habe jahrelang darüber nachgesonnen«, fuhr der Sergeant fort, »aber überall, wo wir sie gefunden haben, gab es immer auch ein Muster. Sieh hin. Im Norden, unterhalb des Horizonts ist ein Kreis aus Eichen. Mehrere Wegstunden jenseits davon liegt der Isthmus, der direkt nach Farona führt, und den letzten Hexenzirkel haben wir dort gefunden. Somit hat man eine Ausrichtung. Im Westen ist die Landzunge, welche auf die Hespera-Inseln deutet. Die größte unter ihnen ist unter den Einwohnern schändlicherweise immer noch als Insel der Göttin bekannt, wahrscheinlich wegen der Form dieser beiden runden Berge. Stets muß man auf alles achten, was den Namen ›Göttin‹ trägt. Jedenfalls haben wir somit den zweiten Anhaltspunkt. Und schließlich gibt es südöstlich von uns drei lange Hügelgräber und dahinter einen Kreis aus Steinen. Zeichne dieses alles auf einer Karte ein, und du bekommst die Mitte dieses Hügels dort. Der hat nichts Besonderes an sich, nur daß er von ein paar Eiben bewachsen ist, die nirgendwo sonst in Caldea wachsen.«

»Hal ist auf dem Weg dorthin, und wir sitzen hier unten in der Falle«, flüsterte Caspar entsetzt.

»Woher sollte ich wissen, daß die sich das alles ausgerechnet haben? Ich wußte das von den Hügelgräbern und den Steinen und der Insel gar nicht. Die Eiben sahen einfach einladend aus«, seufzte sie bestürzt. »Die Kraft der Mutter hat mich dorthin gezogen.«

»Hier, Sergeant, glaubt Ihr, der Hund hat sich davongeschlichen. Sollte ich mal nachsehen?«

Caspar preßte sich nieder an den Boden, ignorierte die scharfen Dornen an dem Busch, die sich in seinem Haar verwirrten, und versuchte, sein Atmen zu beruhigen. Sie saßen hier in der Falle, warteten nur aus Neugier darauf, ob sie den beiden Inquisitoren das Leben schwermachen konnten.

Ein langes Heulen hallte von den Hügeln herüber und erfüllte die Luft. Alles Geräusch verklang. Abrupt riß der Gesang der Vögel ab. Das Kauen der Pferde war augenblicklich nicht mehr zu hören, und in dieser Pause setzte das Wolfsgeheul wieder ein.

»Sie ist in der Nähe. Sie ist ganz in der Nähe.« Die Stimme des Sergeanten war sehr leise und bebte vor aufgebrachter Entschlossenheit. »Wir kriegen diese Hexe. Die hier ist was Besonderes. Ich kann es spüren. Man bekommt ein Gefühl dafür, mußt du wissen. Sie leitet den Hexensabbat, eine große Hexe. Seit vielen Jahren haben wir nicht mehr von einer gehört, die ein halber Wolf ist. Hauptmann Ranark hat sie eine Lykanthropistin genannt.«

»Eine was?«

»Eine Lykanthropistin – eine Frau, die sich in einen Wolf verwandeln kann. Und das ist nun wirklich böser Zauber.«

Caspar legte seine Hände auf Brids, und ihre Blicke trafen sich. »Ich will sterben, bevor ich zulasse, daß sie dich anrühren. Bei aller Liebe der Mutter: Eher will ich sterben.«

KAPITEL 10

Hal marschierte festen Schrittes zum Pier zurück. Er hob einen Kieselstein auf und warf ihn zum Strand hinüber, versuchte, so lässig wie möglich zu wirken. Der Aalfischer deutete zornig auf ihn und rief den Soldaten etwas Unverständliches zu. Der junge Edelmann zähmte seine Miene und gab sich Mühe, so gefaßt und selbstbewußt zu wirken, wie es seinem Rang entsprach.

»Soso! Des Königs Inquisitoren«, sagte er mit leiser Stimme, um seine Beklommenheit zu verbergen. »König Rewik erwähnte, daß wir Euch hier antreffen würden.« Ihm war, als konnte eine unmittelbare Erwähnung ihres Souveräns in diesem Stadium nicht schaden.

Die drei Inquisitoren waren feierlich in Schwarz gewandet, die Köpfe von offenen Helmen bedeckt, und saßen allesamt auf schlanken, braunen Pferden. Alle drei Tiere waren von absolut gleicher Farbe, abgesehen von einer Blesse bei einem und einer weißen Socke am Fesselgelenk eines anderen. Ihre Netze, Haken und Knüppel waren eher zum Fangen und Verletzen als zur zügigen Vernichtung eines Feindes geeignet.

Der erste Soldat trug eine rote Schärpe um die Schulter und eine gelbe Feder, die Hal als ein Zeichen höheren Ranges erkannte. Der Offizier sah den Jungen mit dem dunklen Haar an und musterte ihn sorgsam. Der Torra Altaner erwiderte den Blick, sah ihm offen in die Augen, wußte, daß er nichts Sichtbares zu verbergen hatte. Er war froh, daß Caspar mit seinen violett-blauen Augen diesem Mann nicht gegenüberstand. Der Offizier der Kirche wandte seine stumpfe Nase mit dem gebrochenen Rücken dem Aalfischer zu.

»Ist das der Mann, den Ihr bei dem Mädchen gesehen habt? Und habt Ihr einen Wolf gesehen?«

»Ja, das ist er. Gestern habe ich ihn gesehen. Er war bei diesem Mädchen und einem anderen, jüngeren Herrn, eher noch ein Junge. Von Wölfen weiß ich nichts, aber ihr Hund hat meine Aale gefressen.«

»Das hat er in der Tat«, erwiderte Hal ruhig und überlegte verzweifelt, wie er seinem Neffen und Brid mehr Zeit verschaffen konnte. »Aber da ich für die Aale den doppelten Preis bezahlt habe, sehe ich darin kein Vergehen. Was genau ist das Problem?« Er hoffte, seine Stimme würde nichts von seiner Angst verraten, daß die berüchtigten Inquisitoren ihn möglicherweise einem Verhör unterziehen könnten.

»Das Problem ist Hexerei ... Hexerei, Zauberei und Verschwörung mit Heiden, ein Schwerverbrechen, und unter diesem Vorwurf wird man Euch verhaften.«

»Mich? Das werdet Ihr ganz sicher nicht. Wißt Ihr, wer ich bin?« Hal war entschlossen, seine Angst zu verbergen, und beschloß, seinen Rang spielen zu lassen. Er betrachtete die Miene des Mannes und entdeckte ein unsicheres Zucken. »Der König, zufällig auch mein Vetter, wird ausgesprochen ungehalten sein, wenn er erfährt, daß Ihr einen Edelmann des Reiches in der Ausübung seiner Pflicht behindert.«

»Der König?« Der Inquisitor schien zu zweifeln. »Wer seid Ihr? Wie ist Euer Name? Was habt Ihr hier zu schaffen?«

»Ich bin Ritter des Reiches, und Ihr, Soldat, werdet mit größerem Respekt zu mir sprechen«, erwiderte der Junge und ahmte die tiefe, bellende Stimme nach, die sein älterer Bruder Branwolf bei solchen Gelegenheiten einsetzte. Schließlich hatte bisher niemand gewagt, Branwolf irgend etwas vorzuwerfen.

»Hexerei ist Hexerei, und unser Land vor dem Teufel zu bewahren ist unsere höchste Pflicht. Teufelswerk kann jeden gesellschaftlichen Rang infiltrieren. Wenn Ihr der König selbst wäret, würde es keinen Unterschied machen, Sir.«

Hal bezweifelte den Wahrheitsgehalt der arroganten Worte dieses Inquisitors; er spürte nach wie vor eine gewisse Unruhe, als der Offizier an seiner stumpfen Nase entlangsah und unter seinem Helm hervor höhnte. Er riß sein Pferd an der Kandare herum, was – wie Hal wußte – den Zorn seines Neffen geweckt hätte. »Nun, wer seid Ihr? Lord oder nicht, Euren Namen, Sir!«

Hal hob seine Hand, um den Männern seinen Ring zu zeigen, in den das Wappen Torra Altas eingraviert war. »Ich bin der Bruder Lord Branwolfs, des Barons von Torra Alta.«

»Ihr seid etwas fern der Heimat, nicht?« Argwöhnisch hoben sich die Augenbrauen des Inquisitors.

Hal suchte nach einer plausiblen Erklärung. »Staatsangelegenheiten«, platzte er heraus. »König Rewik war in Sorge, daß die Vaalaker die südlichen Häfen erkunden könnten, auf der Suche nach einer leichten Route landeinwärts. Ich habe nach verdächtigen Schiffen gesucht.« Wie König Rewik wußte auch der Inquisitor höchstwahrscheinlich nichts davon, daß die Vaalaker keinen Zugang zu Kriegsschiffen hatten.

Sorgsam bemerkte Hal den Wandel in der Miene des Mannes, als dieser betreten vom Ring zu Hals Gesicht und dann wieder auf den Strand hinaussah. Zufrieden bemerkte der Junge, daß die Kombination aus seinem Adelstitel und der eloquenten Sprache den Inquisitor irritiert hatte. Der stumpfnasige Mann wandte sich herum, um sich die Schiffe anzusehen, die dort im Hafen vertäut lagen. Hal folgte seinem Blick zu einer breiten Fähre mit der Aufschrift *Dorsmund Seepferdchen* an ihrem flachen Bug. Er betrachtete die vielen Reisenden an Deck, dann blickte er weiter aufs Meer hinaus zu den tiefliegenden Rümpfen der Kaufmannsschiffe, die vor den Inseln ankerten. Der Blick des Inquisitors glitt über sein eigenes, seegängiges Schiff mit der roten Sichel und der gelben

Weizengarbe auf dem schwarzen Stoff des lose flatternden Hauptsegels. Das schlanke Schiff lag am Ende eines Piers neben etwa einem Dutzend kleiner Fischerboote, die mit Rudern wie auch Segeln bestückt waren.

»Hier ist nichts Ungewöhnliches«, begann der Inquisitor des Königs.

»Sir«, unterbrach einer der jüngeren Soldaten, »wir verlieren die anderen beiden. Sie laufen auf den Strand hinaus.«

Der Offizier winkte den Soldaten ärgerlich beiseite. Unsicher sah er den entschlossenen jungen Edelmann an, der dort vor ihm stand, dann blickte er zu Brids winziger Gestalt hinüber, die davoneilte. Wieder wandte er sich dem Soldaten zu. »Behalt sie nur im Auge. Solange du sie noch sehen kannst, können wir sie schnell einholen. Aber vorher sollten wir sichergehen, daß es auch das richtige Mädchen ist und die Hexe nicht auf dem Pier an uns vorbeigeschlüpft ist.« Suchend blickte er am Pier auf und ab. »Ich will nicht, daß sie uns entkommt, Männer. Die Einwohner haben von einem Wolf gesprochen, das Mädchen mit dem Schatten eines Wolfes. Sie könnte auch in die andere Richtung gelaufen sein. Hauptmann Ranark ist sicher, daß sie zu den Hügeln will, aber wir fangen sie vorher. Ich will diese Beförderung. Da ist für uns alle ein Bonus drin, Männer.«

Fast hätte man Hal seine Erleichterung angesehen, aber er verbarg sie erfolgreich mit plötzlichem Husten, bevor er sich selbst dazu gratulierte, daß er seinem Neffen so gut den Rücken deckte. Bald hätten es Brid und Spar um die Landzunge geschafft, während die Soldaten hier noch ihre Zeit vergeudeten.

Die stämmige Frau vom Obststand zog den Schirm einer Markise herab, um ihre Waren zu schützen, während sie sich zu ihrem Mittagsmahl zurückzog. Watschelnd kam sie mit einem Obstkorb in der Armbeuge den Pier entlang. Der Offizier zog den Kopf seines Pferdes hart an der dünnen Kandare herum, die dem Tier in die Mundwinkel schnitt, und bedrohte die Obstfrau mit seiner Lanzenspitze. »Du da, Frau, ich suche ein Mädchen.«

»He, so könnt Ihr eine Belbidianerin doch nicht behandeln!« wandte Hal ein, doch schon schwebte die Waffe vor seinem eigenen Brustbein.

»Es ist meine Pflicht, Fragen zu stellen. Ihr habt kein Recht einzugreifen, oder habt Ihr etwas zu verbergen, Sir?«

Hal war entrüstet, was die Methoden des Inquisitors anging, aber er schaffte es, seinen blinden Zorn zu bändigen.

Die beunruhigte Frau ließ ihren Korb fallen und drückte sich erschrocken an die Hafenmauer. »Ich habe nichts getan. Ich verkaufe zu fairen Preisen. In meinen Früchten sind keine Mittel. Ich habe nichts getan, Sir.«

»Still, Frau. Das Mädchen ... habt Ihr ein Mädchen mit seltsamem Schatten gesehen?«

»Schatten? N-n-nein. Ich habe in letzter Zeit viele Mädchen gesehen, aber keine seltsamen Schatten.«

»Keine einzige, die seltsam war?«

Argwöhnisch sah sie Hal an. »Nein, bis auf die junge Dame, die gestern mit diesem Edlen dort da war. Seltsam deformierte Augen hatte sie, doch an ihrem Schatten war nichts Ungewöhnliches.« Die Frau hielt sich mit gesenktem Blick an ihrer Schürze fest und wagte nicht, dem vorwurfsvollen Blick des Inquisitors zu begegnen.

»Denkt nach, Frau, denkt nach. Ihr müßt sicher sein. Denkt daran, daß Eure Seele daran hängen könnte. Eine frei herumlaufende Hexe könnte Eure Seele stehlen. Nun denkt nach. War etwas Ungewöhnliches an ihr?« Der Inquisitor beugte sich vor und stieß die Frau mit dem stumpfen Ende seiner Lanze. »Was ist Euch an ihr aufgefallen?«

In Panik preßte die Obstverkäuferin ihre dicken Fleischfalten gegen die Hafenmauer, als wünschte sie, die Steine mochten sie verschlingen. »N-nichts, überhaupt nichts. Nein, ich … ich sagte doch. Ich sagte doch, da war kein Wolf. Sie hat sich nur für die Äpfel interessiert.« Die Frau blickte von links nach rechts, suchte eine Möglichkeit, der Befragung zu entkommen. »Ich weiß nichts von einem Wolf, nur daß sie ein paar Äpfel wollte.«

Der Inquisitor höhnte. »Äpfel? Seid nicht albern, Frau. Da muß doch noch etwas anderes gewesen sein!« beharrte er.

»Nun, sie war etwas klein …«

Einer der jüngeren Soldaten unterbrach: »Das muß sie sein, Sir, oder nicht?«

»Laßt sie in Frieden, Mann. Seht Ihr denn nicht, daß Ihr der Frau angst macht?« meinte Hal und versuchte zu verhindern, daß der Offizier etwas Verdächtiges über Brid erfuhr.

Wütend starrte dieser unter seinem Helm hervor. »Ihr behindert mich bei meinem Dienst am Herrn. Tretet zurück! Als Offizier der Kirche bin ich Euch und jedem anderen Edelmann vorangestellt. Ihr werdet Euch nicht einmischen. Nun, Frau, ich muß mehr wissen. Es muß doch noch etwas anderes an ihr gewesen sein.«

Sie sah verwirrt und angespannt aus. »W-was soll ich sagen?«

Die Augen des Inquisitors wurden schmal, als wollte er in die Gedanken der Frau eindringen. Sie murmelte und stotterte. Sie versuchte wohl gerade, sich etwas einfallen zu lassen, was das Edelfräulein belastete, um selbst dieser schrecklichen Befragung zu entgehen.

Zögerlich legte Hal eine Hand an das Heft des großen Runenschwertes und dachte daran, sie alle drei zu erschlagen. Schließlich trug er das Schwert bei sich, das mit den mächtigen Runen des Krieges gesegnet war. Doch wenn es ihm nicht gelänge und sie ihn schließlich überwältigten …? Was würde dann aus Spar? Die Runen an der Klinge allein wären belastend genug.

Mach schon, Spar, lauf. Überquere den Strand, betete er innerlich. Seine scharfen jungen Augen sahen, daß die Gefährten stehengeblieben waren, doch er konnte nicht verstehen, wieso, bis er sah, daß der Hund mit etwas Schwarzem, Seilähnlichem um sich schlug. Verstohlen nahm Hal die Hände vom Schwert. Es wäre klüger, auf den gefährlichen Sand zu vertrauen, als hier zu kämpfen. Er würde alle Männer des Ortes gegen sich aufbringen, wenn er einen Inquisitor angriff, und sein Neffe hätte darunter zu leiden.

»Nein, Sir. Ich sagte es schon.« Die Obstfrau fand ihre Stimme wieder und jammerte verzweifelt. »Es war nichts Seltsames an ihr, bis auf ihre Blindheit und ihr Hinkebein.«

»Hinkebein!« rief der untergeordnete Soldat aus und sah zu Brid hinüber, die dort über den Strand lief. »Nun, jetzt hinkt sie jedenfalls nicht mehr!«

»Schnappt sie!« Der Inquisitor grinste triumphierend. »Das ist ein großer Fang, Männer. Sie ist eine Art Anführerin. Eine mit dem Wolfsschatten, das ist selten, das ist bedeutsam. Fangen wir sie, bevor Ranark es tut.« Er wandte sich Hal zu. »Ich weiß nicht, welche Rolle Ihr bei alledem spielt, aber Euch holen wir uns später. Wir sind Euch zum Stall gefolgt und haben Eure Pferde konfisziert. Sie stehen unter Arrest. Ihr werdet dorthin zurückkehren und weitere Befragungen abwarten. Habe ich mich klar ausgedrückt?«

Hal betete darum, daß er die Inquisitoren lange genug aufgehalten hatte. Einen Moment lang rang er mit seinem Instinkt, sein blutrünstiges Schwert gegen diese arroganten Hexenjäger zu ziehen. Wütend biß er sich auf die Lippe, sagte sich, daß Caspar seinen Bogen bei sich hatte und dieser dumme Hund angeblich ein Schlangenfänger sein sollte, der sie demnach unten am Strand beschützte. Die Reiter dagegen wären den Schlangen ausgeliefert. Nein, er würde Torra Alta besser dienen, wenn er die Pferde von den Inquisitoren zurückbekäme und hinüberritt, um seine Gefährten zu retten, bevor sie zum Eibenwald kamen. Ganz sicher wollte er sich von Soldaten nicht die Pferde stehlen lassen.

»Holen wir sie uns!« Der Offizier gab seinem Pferd die Sporen, ließ Hal am Anleger neben der zitternden Obstfrau stehen.

Sie schrie den Reitern nach: »Die Sandschlangen! Es flutet doch! Geht nicht an den Strand.« Wild schreiend wandte sie sich Hal zu. »Haltet sie auf! Die Schlangen werden sie töten. Sie wissen nichts von den Gezeiten.« Ihre Arme sanken herab, als sie sah, wie die Reiter auf den gefährlichen Strand hinausgaloppierten.

Da er nichts weiter tun konnte, um seinen Neffen zu beschützen, lief Hal in die Stadt zurück, die Stufenwege zum Stall hinauf. Zwei schlanke, braune Pferde waren ans Tor gebunden, und eine Wache von zwei Inquisitoren tat ihre Pflicht. Ein Soldat, dessen Wappenrock verdächtig neu aussah, stritt wütend mit dem Stallknecht. Langsam schlich Hal heran und lauschte ihren Worten.

»Wir haben alle Pferde konfisziert, Knecht, und mehr gibt es dazu nicht zu sagen. Niemand kann kommen oder gehen.«

»Das ist nicht gut für mein Geschäft«, klagte der Stallknecht und zupfte dabei Stroh von seiner Kleidung. »Es ist eine Sache, Eure Fragen zu beantworten, eine andere aber …«

Ein lauter Hieb war zu hören, dann ein unterdrückter Aufschrei, als ein Knüppel dem Stallknecht grausam in den Nacken geschlagen wurde.

»Schweig, Mann! Wir sind die Inquisitoren des Königs. Wir sind von Seiner Majestät und der Gnade Gottes eingesetzt, alles zu tun, was wir zur Ausübung unserer Pflicht für nötig halten.« In Hals Ohren klang es wie eine einstudierte Rede. »Die Pferde stehen nun unter richterlicher Aufsicht. Vielleicht kommt die Hexe wieder, um sie zu holen … oder schickt einen ihrer Handlanger, die ihrem Zauber verfallen sind.«

Hal schäumte vor unterdrücktem Zorn. Erstens erboste ihn, wie der Inquisitor den Stallknecht behandelte. Kein Soldat hatte das Recht, einen Belbidianer so zu behandeln. Außerdem war er weder jetzt noch irgendwann und auch nicht in der Zukunft irgend jemandes Handlanger. Und zu guter Letzt war er ganz sicher nicht Brids Zauber verfallen. Oh, sicher war sie nicht ohne begehrenswerte Attribute, nur war sie viel zu sehr von sich selbst eingenommen und erheblich zu bestimmend, um ihn verzaubern zu können. Beim armen Spar war das natürlich eine andere Sache. Er war vollkommen verzückt. Ein wenig tat sein Neffe ihm leid, doch er nahm an, daß ein Junge so etwas wohl durchmachen mußte, wenn er erwachsen werden wollte.

Eilig ging sein schneller Verstand diese Gedanken durch, dann kehrte er zu den Inquisitoren zurück. Es überraschte ihn, daß er sie als eher unbeeindruckend empfand. Ihr furchtbarer, ehrfurchtgebietender Ruf mochte zutreffend sein, wenn diese Leute mit Bauern und jungen, verängstigten Mädchen zu tun hatten, doch einen Edelmann von Torra Alta wie ihn konnten sie nicht einschüchtern. Er machte seinen Rücken gerade und trat mit erhobenem Kinn vor.

»Nun, Stallknecht, ist das einer von denen? Ist das einer der Jungen, die das Mädchen begleitet haben, dieses kleine, elfenhafte Mädchen, das hinkt?« wollte der vordere Soldat wissen, während er seinen Stock senkte und auf den nahenden Jungen richtete. Der Stallknecht rieb seine geprellte Schulter und nickte widerwillig, und der andere Soldat wandte sich Hal zu.

»Ihr steht unter Arrest.«

»Keineswegs«, erwiderte Hal freundlich. »Ich bin im Auftrag

des Königs hier.« Er war sicher, daß eine solche Bemerkung niemals von einem Heiden käme, und glaubte, wenn er diesen Männern mit einem Ausdruck ehrlicher Arroganz und Entrüstung entgegenträte, würde das am ehesten Resultate bringen. »Ihr könnt mich nicht unter Arrest stellen. Ich bin der Bruder eines großen Barons und Ritter des Reiches.« Er war ganz zufrieden mit den Mienen, die diese Worte auslösten. Die Inquisitoren sind allzusehr daran gewöhnt, Bauernmädchen zu erschrecken, und wissen nicht, wie sie reagieren sollen, wenn sie jemandem wie mir gegenüberstehen, dachte er.

»Ihr wurdet an diesem Ort mit zwei anderen Personen gesehen«, erklärte der Soldat. »Eine davon war eine Hexe.«

»Eine Hexe?« Sanft lächelte Hal sie an, versuchte, mitleidig und herablassend auszusehen, als verzeihe er ihnen ihre schlechten Manieren einem Ranghöheren gegenüber. »Sehe ich wie ein Hexer aus?« Er wußte, daß er ihnen diesen Satz gefahrlos entgegenwerfen konnte, da er ohne Zweifel von solider, belbidianischer Herkunft war: dunkles Haar, kräftige Knochen und unauffällige Augen – olivfarbene Augen wie die seines Bruders und der großen Mehrheit aller Belbidianer, die er kannte.

Der Inquisitor hob seinen Stock und schüttelte den Kopf. »Nein, das tut Ihr nicht. Nein, das stimmt.«

»Gut. Nachdem das nun geklärt ist, möchte ich mein Pferd.«

Noch immer nickte der Mann, doch er verwehrte Hal weiterhin den Zugang zum Stall. »Ich habe meine Befehle. Selbst wenn die Königin von Tutivillus bettelnd vor mir stünde, dürfte ich keine Pferde herausgeben.«

»Aber ich bin vom Adel dieses Landes und Vetter des Königs. Ich möchte sehen, was er dazu sagt. Wie heißt Ihr, Soldat?« Hal blies sich auf, sprach so hochherrschaftlich wie er konnte und versuchte, die beiden Männer irgendwie einzuschüchtern.

»Ich bin hier der Inquisitor. Ihr werdet bleiben, bis meine Vorgesetzten Euch befragen können.« Der Soldat vermied es, wie Hal auffiel, ihm in die Augen zu sehen. Offenbar waren sie nicht dazu ausgebildet, mit dem hochwohlgeborenen Adel Belbidias umzugehen. Ein Knüppel, der versehentlich gegen einen Vetter des Königs zum Einsatz kam, konnte schwere Konsequenzen haben.

»Stallknecht! Stallknecht!« rief er wütend. »Bin ich denn kein angesehener Gast dieses Hauses? Hast du in meiner Gesellschaft Teufel gesehen, und wirke ich nicht wie ein Edelmann dieses hochgeschätzten Landes? Eines Landes, wie ich hinzufügen möchte, dem Krieg droht. Und als gute und loyale Bürger Belbidias solltet Ihr alles tun, dem Königreich zu nützen und Männer wie mich, die versuchen, dieses Land und sein Volk vor den heidnischen Nordmännern zu beschützen, nicht unter Arrest stellen.«

Sorgsam betrachtete Hal die beiden Beamten und kam zu dem Schluß, daß sie beide zu jung waren, als daß sie echte Befehlsgewalt besäßen. Er richtete sich auf, um gegenüber diesen kleinen Schönwettersoldaten erwachsener zu wirken. »Nun?« brüllte er mit dem gleichen einschüchternden Gebell, mit dem sein Bruder die Festung auf Torra Alta befehligte. »Also, wer will mir erklären, was hier vor sich geht?«

»Hexerei, Sir.«

»Ich hoffe, Ihr wollt nicht immer noch andeuten, daß der Bruder eines Barons …«

»Nein, Sir, nein, Sir, aber ich habe meine Befehle, was dieses Mädchen angeht.« Der Soldat stolperte über seine eigenen Worte und raunte seinem Kameraden zu: »Vetter des Königs! Niemand hat irgendwas von Edelleuten gesagt. Was macht Ranark? Er wird uns alle wegen Hochverrats an den Galgen bringen.«

Hal vermutete, daß Ranark der oberste Inquisitor war, doch

anstatt weiter darüber nachzusinnen, wollte er diesen Männern das Leben so schwer wie möglich machen. »Ihr wollt mir sagen, daß meine Anverwandte eine Hexe ist? Ihr wagt es, so etwas zu behaupten? Seht, hier ist mein Ring. Was sagt Euch dieses Wappen?«

Der erste Offizier nahm das goldene Stück, und seine glatte Stirn legte sich allmählich in Falten. Er reichte ihn seinem Kameraden.

»Torra Alta, Mylord. Ihr seid aus der Familie des Barons von Torra Alta.«

»Ah, sehr gut, sehr gut, wir sind von schneller Auffassungsgabe, nicht wahr?« Hal legte einen Hauch von Sarkasmus in seine Worte, der ihn meistens zum Ziel brachte. »Nun, wißt Ihr, was auf Torra Alta tatsächlich vor sich geht?«

»Aber natürlich, Sir. Es gibt Ärger mit den Vaalakern.«

»Ärger! Ärger! Ihr nennt es beiläufig Ärger! Dort stehen sie unter Belagerung einer kaum ermeßlichen Menschenmenge, die von Norden her in die Gelben Berge zieht. Wißt Ihr, was geschieht, wenn Torra Alta fällt?«

Die Inquisitoren machten verdutzte Gesichter. »Torra Alta ist eine Legende, Sir. Wir alle wissen ...«

»Ihr wißt nichts. Torra Alta kann nicht genügend Vorrat stauen, um die Garnison über eine längere Belagerung zu retten. Belbidia hat nicht genügend Soldaten, sich den Nordmännern zu stellen oder sie über den Paß zurückzudrängen, weil Leute wie Ihr Männer wie mich verhaften und damit verhindern, daß wir unsere Heimat verteidigen. Seid Ihr treue Untertanen des Königs? Seid Ihr stolze Bürger Belbidias?« Hal hoffte, daß seine Fragen ihren Widerstand allmählich aufweichen würden. Er sah zu den Ställen hinüber. Elsters Kopf ragte friedlich über die Stalltür hinaus; Feuerschweifs Rumpf sah er nur kurz, da das Pferd unruhig in der Box herumlief. Er wußte, daß Caspars Hengst nur eine kleine Weile im Stall stehen konnte, und bei den vielen lauten Stimmen würde er bald schon fordern, daß man ihn herausließ ... hoffentlich samt Zaumzeug.

»Wir stellen Gott und Vaterland über alles«, erwiderte der Inquisitor ernst.

»Nun, wie lange wird der Glaube unter der Herrschaft der Vaalaker und ihres grausamen Eisgottes überleben? Ihr seid Narren, allesamt, die selbstgefällig davon ausgehen, daß sie sicher sind, weil Torra Alta sie beschützt, die glauben, daß kein Mensch und auch kein Tier Torra Alta passieren könnte. Und dennoch wagt Ihr es, das Herz der großen Festung anzugreifen, indem Ihr mich attackiert.« Hal marterte sein Hirn nach einem glaubwürdigen Grund, wieso die Pferde freigelassen werden sollten. »Wir suchen hier nach Spionen, die nur wir enttarnen können, weil wir sie im vaalakischen Lager gesehen und den ganzen Weg hierher bis nach Ildros verfolgt haben. Ich brauche mein Pferd, um ihnen zu folgen.«

»Wir haben nichts gesehen. Wir sehen alles, was in dieser Stadt vor sich geht, und hier gibt es keine Spione.«

»Nun, natürlich habt Ihr sie nicht gesehen. Sonst wären sie ja keine Spione, oder? Man hält sie für Seeleute, Händler oder Pilger. Spione, zu Eurer Information, neigen eher dazu, verkleidet herumzulaufen, nicht in vaalakischer Rüstung. Es wäre etwas zu offensichtlich, meint Ihr nicht?«

Langsam liefen die Inquisitoren unter ihren schwarzen Röcken rot an. »Stallknecht! Was habt Ihr gehört? Gab es etwas Außergewöhnliches?«

Der Mann schüttelte den Kopf. »Nein, wir haben nichts dergleichen gehört, aber die ganze Stadt spricht von der Frau mit dem Schatten eines Wolfes. Sie haben eine Beschreibung ausgegeben, welche der jungen Dame gleicht, die bei diesem hohen Herrn hier war. Sehr klein mit elfischem Gesicht, wenn auch blind und verkrüppelt. Sie mußte einem auffallen, Sir.

Wirklich schade, denn sie wäre hübsch gewesen, hätte sie nicht diese Beschwerden gehabt.«

Hal mußte zugeben, daß Brid, wenn sie nicht gerade als Krüppel verkleidet war, tatsächlich ausgesprochen hübsch war. Sie weckte allerlei Empfindungen in ihm, wenn er auch immer noch wünschte, sie hätten sie nie mitgenommen. Sie war der Auslöser sämtlicher Schwierigkeiten, mit denen sie zu kämpfen hatten, und konnte bisher nur wenig dazu beitragen, daß sie irgendwelche dieser obskuren Runen fanden. Wenn sie es doch nur schaffen würde, sich mit etwas weiblicher Schicklichkeit zu benehmen, wären sie alledem entgangen. Doch in Hosen herumzurennen und ohne Begleitung durch die Gegend zu galoppieren, nun, das mußte doch mißtrauisches Gerede hervorrufen. Warum hatte sie nicht weiter Cybillias Benehmen kopiert? Sein Denken wirbelte um seine momentane Zwangslage.

»Also, habt Ihr hier in der Gegend Wölfe gesehen, Stallknecht?« fragte Hal und sah ihn mit einem Blick an, der von zorniger Autorität künden sollte. »Wölfe, Mann. Wie viele schattenhafte Wölfe habt Ihr in unserem Gefolge gesehen?«

»Nun, keinen.« Der große Caldeaner wandte sich halb den schwarzen Röcken der Inquisitoren zu, wollte ihnen aber nicht offen in die Augen sehen. »Überhaupt keine. Nur diesen Schlangenfänger, den sie bei sich hatten, Sir. Häßlicher Hund in fürchterlichem Zustand. Sie hatten ihn aus einem Hundekampf gerettet, und er hat den ganzen Laden zusammengebellt.«

»Und sonst nichts Verdächtiges, keine Wölfe?« fragte Hal erneut. Der Stallknecht schüttelte den Kopf. »Nein, nichts, Eure Lordschaft, nichts. Das einzig Merkwürdige war ein Mann, der seltsame Fragen stellte.«

»Ein Mann?«

»Ja, mit einem braunen Bärenfell um die Schultern wie Ihr

selbst, Sir. Er war groß und sprach langsam. Mit sehr trübem Blick. Als er sein Mahl bestellte, konnte ich gar nicht verstehen, was er wollte!«

»Ein Bärenfell wie meines«, wiederholte Hal. Solche Umhänge hatte er bisher nur bei Torra Altanern gesehen. Plötzlich dachte er an den Fremden, den Ceowulf in der Menschenmenge von Farona im Gespräch mit Gatto gesehen hatte.

»Was war mit diesem Mann?« Der Inquisitor beharrte darauf, jeder Spur zu folgen.

»Nun, nichts weiter, abgesehen davon, daß er etwas langsam war. Er sah aus wie ein ganz normaler belbidianischer Bauer und klang auch so. Hat auch eine ganze Menge gegessen, doppelt soviel wie ein normaler Fischer. Nur war es eine seltsame Münze, mit der er mich bezahlen wollte. Ich hätte kein fremdes Geld genommen, da ich seinen Wert nicht kenne, aber es war Silber, eine reine Silbermünze. Und das ist viel für eine Mahlzeit in einer bescheidenen Taverne, und so war es mir egal, wessen Königskopf darauf war. Caamalia, das war es. Eine Münze aus Caamalia.«

Gatto kam aus Caamalia. Vielleicht stammte diese Münze von dem Söldner, dachte Hal. Konnte es bedeuten, daß Gatto und seine Männer ihnen bereits auf den Fersen waren? Er erschrak und hoffte, daß er nicht zu stark erblaßte, als Beklommenheit an seinem Hals hinaufschlich. War es das Werk des Königs? Warum hatte Ceowulf die Söldner nicht stellen können?

»War er allein?« fragte Hal. »Oder waren Männer bei ihm?«

»Allein, glaube ich. Er hat nicht wirklich viele Fragen gestellt, nur jedermann von oben bis unten gemustert. Die Mägde haben allesamt gekichert, weil er sich die jungen Mädchen besonders gut angesehen hat.«

Wer dieser Mann auch sein mag, dachte Hal, er sucht Brid. Plötzlich überkam ihn eine mächtige Woge der Entrüstung darüber, daß er von diesen geistig minderbemittelten Inquisitoren aufgehalten wurde. Er mußte sich auf den Weg machen und Caspar und die Jungfrau retten.

»Hört zu. Ihr könnt mich nicht festhalten. Es gibt keine greifbaren Beweise gegen mich. Ich muß diesen Mann finden. Er ist ein feindlicher Spion«, brüllte er die jungen Soldaten an, die sich an ihren Lanzen festhielten und einander unruhig ansahen, weil sie nicht wußten, was sie tun sollten. »In Gottes heiligem Namen, Ihr wißt, daß es keinen vernünftigen Grund gibt, mich wegen Hexerei festzuhalten.«

»Nun, an ihm ist nichts zu sehen«, meinte der eine Soldat mit Blick auf Hal. »Rein gar nichts, was ihn als Hexer verraten würde. Er hat gesunde, natürliche Augen, schwere Knochen und ein eckiges, hartes Kinn.«

»Ja, ich bin ein verdammt gutaussehendes Exemplar von einem guten alten Belbidianer, der bereit ist, für sein Land zu kämpfen. Nun laßt mich durch. Ich verlange, daß man mir mein Pferd herausgibt.«

Plötzlicher Lärm aus den Ställen störte ihre Auseinandersetzung. Ein Wiehern schnitt durch die Luft, gefolgt von Hufgeklapper auf den Steinen, als Feuerschweif über den Boden scharrte. Dann splitterte eine Holzplanke an der unteren Tür und flog über den Hof. Der Stallknecht verzog sein Gesicht.

»Dieser Hengst! Er ist ein wildes Tier und wird die anderen noch aufbringen. Ich will nicht, daß mein Stall und mein Ruf leiden. Dieses Gerede von Hexen und Wölfen ist schon schlimm genug, aber wenn die Leute sehen, daß ich mich nicht um Pferde kümmern kann, nun …«

»Ihr werdet ihn herausnehmen und auf und ab führen müssen, nur so geht es«, erklärte Hal, während er sich lässig gegen die Mauer lehnte. Er war zuversichtlich, daß alles, was Feuerschweif tun würde, eine nützliche Ablenkung mit sich brachte. Dieser Hengst war von jeher ein Unruhestifter gewesen.

»Das kann ich nicht, Eure Lordschaft. Der junge Herr, der bei Euch war, sagte eindringlich, niemand dürfe das Tier anrühren.«

»Nun, ich kann es nicht«, antwortete Hal. »Diese Beamten des Königs wollen mich nicht passieren lassen.«

Der Lärm aus dem Stall nahm zu. Feuerschweif hatte ein weiteres Loch in die Planken getreten, und selbst Elster hatte sich von der Aufregung anstecken lassen, warf ihren Kopf hin und her und schnaubte rastlos wie ein Bulle.

Der Stallknecht, der noch immer seine geprellte Schulter hielt, eilte in die Scheune, um Zaumzeug zu holen. Hal rief ihm nach: »Ihr werdet richtiges Zaumzeug brauchen, nicht nur ein Halfter. Ohne Kandare könnt Ihr das Pferd nicht halten.«

Der Mann kam mit Feuerschweifs verziertem Geschirr heraus und ließ die doppelte Kandarenkette baumeln. »Ganz recht, Mylord, ganz recht.«

Hal grinste innerlich. Der Stallknecht war zu Recht mißtrauisch, trotzdem hatte er keine Ahnung, worauf er sich einließ. In einer solchen Laune war mehr als ein Mann nötig, um Feuerschweif zu halten, und in den drei kurzen Jahren seines Lebens hatte nur ein Mensch dieses Tier wirklich führen können. Schon in sehr jungen Jahren war Caspar bemerkenswert geschickt im Umgang mit Pferden gewesen, und der ältere Junge hatte einräumen müssen, daß sein Neffe ihn auf diesem Gebiet übertraf. Die ganze Sache hatte Hal erstaunt: Er hatte es immer für widersinnig erachtet, daß Caspar, der ihm auf allen anderen Gebieten der Jagd oder Erlegekunst nicht das Wasser reichen konnte, ihn auf einem Pferd ausstach. Feuerschweif war der letzte, abschließende Test gewesen. Hal fand das Tier ermüdend schwierig und unmanövrierbar, wohingegen Caspar den Hengst als leicht ansprechend und leichtfüßig empfand.

»Entriegelt die Tür erst, wenn Ihr ihm das Zaumzeug angelegt habt«, riet Hal. Feuerschweif warf den Stallknecht gegen die Stallwand und schlug seine Schulter an die hölzerne Umgebung der Tür. Das löste einen farbenfrohen Schwall blasphemischer Flüche aus und rief Blicke sowohl ernster Mißbilligung als auch des Mitgefühls bei den Inquisitoren des Königs hervor. Feuerschweif bäumte sich auf, riß den Mann aufwärts und trat erneut gegen die Stalltür.

»Ich brauche hier Hilfe«, rief der Stallknecht. Hal lehnte sich zurück und lächelte, weil ihm dieses Fiasko gefiel. »Der einzige Teufel, von dem ich hier weiß, ist da drüben in dem Pferd.«

Bisher hatte Hal den Rotschimmel nur für eine unberechenbare Last gehalten und sich über die Wahl seines Neffen stets verächtlich geäußert, doch nun dankte er Caspar für seine starrsinnige, sentimentale Zuneigung zu dem halbirren, unzähmbaren Hengst. Allein Feuerschweif konnte einen solchen Aufruhr veranstalten, und jetzt war eine solche Ablenkung das einzige, was ihn aus dieser Klemme befreien konnte. Zufrieden nahm er die perplexen Mienen der Inquisitoren wahr, als sie einander ansahen, bevor sie dann zum Stallknecht eilten, um ihm mit dem wilden Hengst zu helfen.

Feuerschweif brach aus dem Stall heraus, und der Mann aus Ildros hielt sich kaum noch an den Zügeln fest. Er war ein starker Mann, der den Umgang mit Pferden gewohnt war, doch dieses Tier hatte einen wütenden, unbändigen Zug an sich. Der rote Hengst stellte sich auf seine Hinterbeine und fuhr herum, so daß der stolpernde Mann auf die Knie gerissen und über den Hof gezerrt wurde. Die jungen Soldaten rannten zu beiden Seiten des Pferdes, streckten sich, um die stählerne Kandare in den Griff zu bekommen, doch der Hengst war für sie zu schnell. Mit wilden Augen stellte er sich auf und trat mit seinen eisenbeschlagenen Hufen aus. Einer der Inquisitoren lief zur Stalltür und holte eine große Bullenpeitsche.

»Kein wildes Vieh wird sich mir widersetzen.«

»Nein, tut das nicht. Nein!« warnte der Stallknecht.

Der Inquisitor achtete nicht auf ihn und versetzte dem Roß einen Hieb auf den Rumpf. Das war's, dachte Hal zufrieden, das war's.

Die Fersen blitzten rückwärts auf, und der rote Hengst bockte und trat wie ein Maultier, so daß die Männer Deckung suchten. Als das Pferd erst frei war, stürmte es auf dem Hof herum und versetzte einem der angebundenen Pferde einen bösen Biß in den Rumpf. Es dauerte nicht lange, bis es die anderen in schweißtreibende Angst versetzt hatte und sie wild versuchten, sich zu befreien. Sie bockten und traten, bis die Knoten in den Zügeln nachgaben und die Tiere plötzlich auf den Hof hinaus flohen. Feuerschweif bäumte sich auf und galoppierte ihnen nach, klapperte die Straße stadteinwärts entlang, umgeben von warnendem Geschrei: »Zurücktreten! Vorsicht, wildes Pferd, wildes Pferd!«

Benommen standen die Inquisitoren da und sahen einander närrisch an.

»Macht mein Pferd bereit, Knecht. Es ist ein wertvolles Tier, und ich muß es holen. Ihr Männer«, Hal deutete mit einem Finger auf die beiden Soldaten, »ich werde dafür sorgen, daß der König davon erfährt.«

»Wir hatten unsere Befehle, Sir. Hauptmann Ranark sagte, es dürften keine Pferde aus dem Stall.«

»Nun, jetzt habt Ihr diesen Hengst aus dem Stall getrieben. Und ich werde ihn einfangen.«

Die beiden Männer standen da und schwangen ihre Stöcke, dabei wirkten sie jedoch herzlich unentschlossen. Plötzlich merkte Hal, wie hoffnungslos Soldaten sein konnten, wenn sie ohne Anleitung ihres Vorgesetzten waren. Da ihnen nun nur

Befehle blieben, die sie ganz unmöglich ausführen konnten, waren sie vollkommen aus dem Konzept gebracht. Die Inquisitoren des Königs, das wußte er, waren eher wenige, doch in Ildros schien es von ihnen nur so zu wimmeln. Er kam zu dem Schluß, daß man diese besonders unerfahrenen, kleinen Soldaten sicher eilig eingezogen hatte, nachdem ihre Vorgesetzten offenbar Bedarf an einer zahlenmäßig größeren Truppe verspürt hatten. Hal war fuchsteufelswild. Was tat Rewik da? Wie konnte er gute Männer bei einer derart fanatischen Jagd vergeuden, und das wegen ein paar überdrehter Frauen, wenn doch an der Nordgrenze dringend Soldaten benötigt wurden?

Der große Caldeaner warf den Jungen in Elsters Sattel. Hal hatte keine Schwierigkeiten, der Spur der Pferde zu folgen. Überall entlang der Straßen drückten sich Männer, Frauen und Kinder an die Mauern. Bellende Hunde liefen ihm durch die Gassen voraus, und umgekippte Karren und Wagen lagen auf dem Pflaster. »Wildes Pferd, da entlang, da entlang!« rief man ihm zu. Er bekam den lebhaften Eindruck, daß er einem Wirbelsturm folgte.

Irgendein unternehmungsfreudiger Kutscher hatte seinen Wagen in einer schmalen Gasse quer gestellt, und der hatte tatsächlich eines der braunen Pferde aufgehalten, doch war von Feuerschweif nach wie vor nichts zu sehen. Ein sehr stolzer Junge hielt die Zügel des schweißnassen Pferdes.

»Schafft den Wagen aus dem Weg!« rief Hal, als er das Hindernis zu spät sah und keine Zeit zum Manövrieren mehr blieb. Niemand aus den Reihen der Bewohner rührte sich. Sie standen nur sprachlos glotzend da und gafften die herandonnernde gescheckte Stute an. »Komm schon, Elster, zeig mal, aus welchem Holz du geschnitzt bist.« Er ließ sie Anlauf nehmen, brachte sie in ruhige Gangart und versetzte ihr einen scharfen, ermutigenden Hieb mit den Zügelenden. Trotz ihres massigen Gewichts und ihrer schweren Beine flog sie glatt darüber hinweg, schlug nur mit einem Huf ans Hinterteil des Wagens. »Braves Mädchen. Jetzt komm hoch«, trieb er sie an.

Ein Kleinkind rannte auf die Straße, und eine Frau stolperte dem Kind nach, riß es in ihre Arme. Hal verfehlte die beiden nur knapp und galoppierte voran, während ihm ihre bösen Worte noch in den Ohren klangen. »Du dummer, rücksichtsloser Idiot!«

Mein Gott, fast hätte ich ihr Kind getötet. Schuldbewußt versuchte der Junge, diesen Gedanken zu verdrängen. Wieso bin ich auf dieser wahnsinnigen Hetzjagd, wenn ich doch in Torra Alta sein und Vaalaker töten sollte? Langsam verlor er den Glauben an Brid und ihre Zauberkräfte und das Geschwätz von Göttinnen. Wenn sie eine so mächtige Priesterin war, eine der drei Auserwählten, warum wußte sie dann nicht, wo das Druiden-Ei war? Vielleicht war es nicht ihre Schuld. Vielleicht war alles die Schuld der bitteren alten Greisin, trotzdem mußte man Brid zum Teil die Schuld an diesem Wahnsinn geben, der ihm seine eigenen Landsleute zu Feinden machte.

Vor ihm gabelte sich die Straße. »Da lang, da lang«, rief ein Junge, als Hal herankam.

Seine Hilfe war unnötig, da verschüttete Milch durch die Risse im Kopfsteinpflaster sickerte. Nur Feuerschweif konnte eine solche Verwüstung anrichten. Gott sei Dank war Bullback klug genug, verläßliche Tiere wie Elster in seinem Stall zu halten. Die Straße kletterte ostwärts zur Stadt hinaus, zu den Hügeln und dem bewaldeten Kamm hin. Instinktiv galoppierte Feuerschweif aufs freie Land, und Hal hoffte, daß das Pferd, wenn es erst weichen Boden unter den Hufen hatte und das Gras witterte, langsamer werden würde. Ansonsten wäre das Tier unmöglich einzufangen, aber wenigstens waren sie in der richtigen Richtung zu den Eiben unterwegs. Er betete darum, daß Brid und Spar dort auf ihn warteten.

Die Straße vor ihm war blockiert. Eine Menschenmenge

beugte sich über einen alten Mann, der dort am Boden lag. Hal zerrte an den Zügeln, brachte Elster zum Stehen. Er konnte nicht passieren. Der alte Mann war kränklich weiß. Blut trat aus einer Wunde an seiner Schläfe. Die Stimmen in der Menge klangen böse, und Hal konnte nichts weiter tun, als sich mit Gewalt einen Weg hindurchzubahnen, indem er die Größe des Pferdes nutzte, um die Leute auseinanderzutreiben.

»Du Irrer! War das eben dein Pferd? Sieh, was es angerichtet hat!« heulte eine Frau ihn an.

Hal spürte sein schlechtes Gewissen, aber er wollte sich mit solchen Gedanken nicht aufhalten. Woher sollte er wissen, daß Feuerschweif so großen Schaden anrichten würde? Er versuchte Belbidia zu retten, und was war schon ein alter Mann gegen das Schicksal eines ganzen Landes? Ein Streifen Grün unter einem Durchgang führte ihn aufs offene Land, wo ein unbefestigter Weg, der von hufgroßen Halbmonden aufgewühlt war, zum Eibenwäldchen anstieg.

Das andere rotbraune Pferd stand grasend bei den ersten Büscheln jenseits der Stadtgrenze. Der Sattel war ihm unter den Bauch gerutscht, und das schlanke Tier war durch seine Zügel getreten, die es nun durchs Gras schleifte. Noch immer war von Feuerschweif nichts zu sehen, und Hal drängte Elster voran. Stoisch donnerten sie weiter. Als sie über die erste Anhöhe kamen, ahnte Hal, daß etwas nicht stimmte. Er konnte nicht genau sagen, was ihn störte, und so ritt er langsamer, um sich seine Umgebung anzusehen.

Die Eiben lagen etwa eine Wegstunde voraus zu seiner Linken, ein dunkler Streifen vor den staubgrünen Hügeln, die sich über der Straße erhoben, die zum Hof des Barons Cadros in Tartra führte. Alles sah friedlich aus, wenn auch die Arbeiter, welche die Reben am Weinberg zu seiner Rechten stutzten, etwas Ablenkendes an sich hatten. Sie schienen einen ausgesprochenen Mangel an Begeisterung für ihr Tagwerk zu zeigen. Hal erwartete nicht mehr als das. Verglichen mit dem Festland war Caldea eine allgemeine Lethargie anzumerken, doch es war eher die gespannte Erwartung in ihrer Lässigkeit, die seine Aufmerksamkeit weckte. Sie ließen ihre Scheren sinken, mit denen die Reben nach der Ernte zurückgeschnitten wurden, versammelten sich an den Enden der Reihen und starrten zum Kamm hinauf. Augenblicklich wandten sie sich zu Hal um, als dieser herankam, um sich sofort wieder ihrer Beobachtung zu widmen. Er trabte zum ersten Weinbauern hinüber, der nickte und sich respektvoll ein wenig aufrichtete. Er war klein, mit ausgeprägten O-Beinen.

»Ein Pferd, habt ihr ein frei herumlaufendes Pferd gesehen?« erkundigte sich Hal.

Der Bauer nickte.

»Habt ihr nicht versucht, es aufzuhalten?« fragte Hal mit ärgerlichem Unterton in seiner Stimme.

»Nun, ja, das haben wir versucht, Sir, aber es ist einfach weitergaloppiert.« Noch immer blickte der Bauer zum Kamm hinüber.

»Was ist hier los?« fragte Hal.

»Hexenjagd, Sir. Diese Inquisitoren in ihren schwarzen Roben sind im Morgengrauen vorbeigeritten.«

»Es war nicht Morgengrauen, Ludd. Wir sind erst zwei Stunden später aufgestanden«, widersprach ein rundgesichtiger Mann seinem Freund.

»Na ja, mehr oder weniger am frühen Morgen«, räumte der o-beinige Bauer ein. »Allesamt zu Pferd, mit ernster Miene. Sie haben sich da oben im Wald versteckt. Wir glauben, sie haben eine Falle gestellt. In der Stadt heißt es, hier irgendwo sei eine Wolfsfrau. Irgendeine Oberhexe, sagt man, aber ich hoffe, es ist kein Irrtum wie beim letzten Mal. Sie haben Herwalds Tochter verbrannt, müßt Ihr wissen.«

Einer der anderen lachte böse. »Die war bestimmt keine Hexe. Nur etwas freizügig mit ihren Reizen. Das macht der Wein, hat sie allzu pikant gemacht, aber da waren die Inquisitoren eben erst angekommen. Es war ein schrecklicher Anblick, sie brennen zu sehen. Schrecklich. Nie vorher habe ich eine Frau so schreien hören. Der arme Herwald hat sich ins Meer gestürzt.«

Der Anblick Brids in den Flammen schlich sich in Hals Gedanken. Vor Zorn lief er rot an. Brid und Caspar marschierten direkt in eine Falle. Er mußte sie einholen, bevor die Inquisitoren es taten.

»Wo sind diese Männer jetzt?« setzte Hal seine Befragung fort.

»Oh, sie sind überall, im ganzen Wald. Wir haben sie eine Weile beobachtet und uns dann wieder an die Arbeit gemacht. Die Reben brauchen reichlich Pflege.« Dieser o-beinige Weinbauer ist genauso schlimm wie die Obstverkäuferin, dachte Hal aufgebracht. Er kann nicht bei der Sache bleiben. »Nun, wie gesagt, sind wir wieder an die Arbeit gegangen, bis die anderen Männer vorüberritten, eine ganze Reihe von denen in zwei verschiedenen Gruppen ... aber es waren keine Inquisitoren. Die letzte Gruppe hielt an und stellte Fragen, genau wie Ihr, und als ich die Hexenjagd auf dem Bogenberg erwähnte, ritten sie sofort zum Eibenwäldchen hinauf.«

Alarmglocken läuteten in den Ohren des Jungen. »Wie sahen diese Männer aus?« wollte er wissen.

»Nun, mal sehen«, überlegte Ludd tranig langsam, so daß ihm Hal die Worte am liebsten aus dem Hals gewürgt hätte. »Die ersten waren so was wie Soldaten.«

»Schwarzes Tuch über ihren Kettenhemden«, fügte der rundgesichtige Weinbauer hinzu. »Aber weder Embleme noch Abzeichen. Sie sahen fremd aus, aber das muß nichts heißen. Wir haben hier viel verschiedenes Volk, so nah am Hafen, und wir dachten, sie wären auf dem Weg nach Tartra, um den Baron zu besuchen.«

»Dennoch war es komisch, hab' ich nicht recht, Leute, daß dieser Bauer bei ihnen war.« Ludd blickte zu seinen Gefährten, damit sie ihm zustimmten. »Sehr großer Mann. Sah nicht so aus, als würde er sich auf dem Pferd wohl fühlen. Und in der anderen Gruppe war noch so einer. Sehr dicke Unterarme … ich dachte noch bei mir, daß wir Weinbauern nie so dicke Unterarme haben. Sie hatten Festländerkittel an, wie Erntearbeiter welche tragen, und sie sahen in Gesellschaft dieser Soldaten sehr merkwürdig aus.«

»Und die zweite Gruppe, die Fragen gestellt hat?« wollte Hal wissen.

»Ich erinnere mich nicht mehr an vieles, nur daß wir alle über ihre Waffen und Pferde gesprochen haben. Sowas hatten wir noch nie gesehen. Klirrende Kettenhemden, lange Sporen, und ihre Pferde allesamt herausgeputzt wie Damen, die mit ihrer ganzen Pracht zum Tanzen gehen. Ein echter Anblick«, rief Ludd aus.

»Ein echter Anblick«, stimmten seine Kameraden zu und blickten nach wie vor nordwärts zu den Eiben.

»Wie viele?« fragte Hal entschlossen, da er sich mit so vielen Details wie möglich wappnen wollte.

Ludd hob seine Schultern und sah zu seinem rundgesichtigen Begleiter auf. Der größere Bauer kaute nachdenklich auf seiner Lippe. »Die beiden Bauern nicht mitgerechnet, würde ich sagen, in jeder Gruppe waren vielleicht drei bis vier Soldaten … und dabei hätte ich den Mann ohne Rüstung fast vergessen, den einen im Pelzumhang.«

»Ja, der mit dem Umhang«, unterbrach ein jüngerer Bauer, der gern an dem Gespräch teilnehmen wollte. »Und er sah aus, als hätte er darunter etwas zu verbergen.«

»Nein, hatte er nicht, Herbert, das ist nur deine blühende Phantasie!«

»Hatte er wohl! Ihr wart nur alle so sehr damit beschäftigt, die glitzernden Rüstungen zu bestaunen«, heulte er beleidigt, doch Hal hörte nicht mehr hin.

Ich muß Spar dort herausholen, dachte er voll Sorge. Wo ist nur sein verrücktes Pferd geblieben?

Er galoppierte die Straße nach Tartra entlang, behielt das ferne, grüne Band der Eiben am Horizont im Auge und hoffte, daß sein Neffe dort wäre, im sicheren Versteck. Um ihn herum, auf den niedrigeren Hängen schnitt der zerfurchte Weg durch Brombeerbüsche, dann stieg er an, drückte sich zwischen den gestreiften Weingärten hindurch, die sich bis in die höheren Hügel erstreckten. Als er über die dritte Anhöhe kam, blieb er abrupt stehen, riß Elster augenblicklich zurück, um nicht gesehen zu werden. Feuerschweif war da, kaum dreihundert Schritt voraus, doch waren dort auch fünf düstere Männer, die ihn fangen wollten. Zwei waren zu Fuß und streckten die Arme aus, versuchten, den Hengst ihren Kameraden entgegenzutreiben, welche noch zu Pferde waren. Hal lenkte den Schecken in den Schutz einiger Reben, die von den Scheren bisher unbehelligt waren. Er brachte das Pferd weit in den Wildwuchs, damit er gut ins flache Tal hinuntersehen konnte, ohne selbst entdeckt zu werden. Feuerschweif wich jedesmal aus, wenn die bewaffneten Männer näher kamen.

Die beiden Männer, die das entlaufene Pferd einfangen wollten, trugen schwarze Halsbergen. Ihr wütendes Geschrei trieb über die Hügel, und augenblicklich erkannte Hal Gattos rauhe Stimme. »Dieses Pferd werde ich nie vergessen, und wenn ich noch tausend Schlachten erlebe. Das ist das Vieh, das uns im Wald angefallen hat. Es ist ganz sicher eines ihrer Pferde. Jetzt haben wir sie, Tasso. Die dämlichen Inquisitoren treiben sie für uns ein.«

»Vergiß nicht, daß Belbidiaks lebend sein sollen. Du hörst mich?« Hals Blut wollte gefrieren, als er den häßlichen vaalakischen Akzent hörte. »Besonders die Maidfrau. Die brauchen wir. Sie führt uns zu Ding mit Macht, zu diese Ei. Nichts vergessen, Morbak will Ei.«

»Und Meister. Morbak will Ei für den Meister. Meister muß das Ei haben.«

Hal schreckte zusammen. Auch diese Stimme kannte er. Sie war ihm seltsam vertraut. Sie hatte einen tiefen, belbidianischen Akzent und kam von einem Mann im Bärenfellumhang, doch er konnte nicht recht sagen, wo er sie vorher schon einmal gehört hatte. »Meister sagt, wenn wir das Ei haben, nennt mich niemand mehr Küchendepp.«

Hal war sicher, daß er diese Stimme kannte, doch hier, in anderem Zusammenhang, so unerwartet, wollte ihm der Name nicht einfallen. Langsam drehte sich der Mann um, und unter der Kapuze seines Umhangs ragte eine breite, fleischige Nase aus einem Mondgesicht hervor. Ulf aus Torra Altas Küche – ein Verräter direkt vor seinen Augen! Hal konnte nicht denken. Ihm wollte keine vernünftige Erklärung einfallen, und mit hoch erhobenem weißem Runenschwert und donnerndem Schlachtruf Torra Áltas trat er Elster und griff die Gruppe an.

»Du verräterischer Hund!« Ekel, Zorn und Widerwillen überschwemmten seine Sinne. Er konzentrierte sich auf den einst so vertrauten Diener, der nun zum Verräter geworden war. Dem Vaalaker und den drei Söldnern mit ihren Säbeln und Kurzschwertern widmete Hal keinen Gedanken. Er wußte, wer seine Heimat verraten hatte, und er hatte nur eine Absicht, als er seinen Blick auf den knorpeligen Adamsapfel am Hals des Toren richtete. »Ich werde dir die Kehle herausreißen, du feiger Verräter!«

Sein blindwütiger Angriff wurde von einem heftigen Hieb unterbrochen, der ihn voll an der Brust traf und ihm die Luft nahm. Er sank auf Elsters Hinterpartie, zog sich wieder hoch, nur um einen Schlag an die linke Schläfe zu bekommen. Er rollte vorwärts, taumelte vom sicheren Rücken des Pferdes und landete bäuchlings im Dreck. Eine Sekunde lang war die ganze Welt schwarz, und er bekam vor lauter Erde im Gesicht keine Luft. Der zweite Hieb hatte seinen Verstand durcheinandergeschüttelt. Jemand trat ihm in die Seite. Er konnte fernes Stöhnen hören, doch dann wurde ihm bewußt, daß dieses Geräusch aus seinem eigenen Mund stammte. Er wandte seinen Kopf seitwärts, um die Benommenheit abzuschütteln, die ihn in die Besinnungslosigkeit hinabziehen wollte. Er blinzelte. Alles war ein wirbelnd roter Fleck voller Lichtpunkte, die durch sein Blickfeld blitzten. Er schaffte es, eine Hand zu heben, um sich die Augen zu wischen. Eine Ader an der Schläfe schien geplatzt zu sein. Blut klebte an seinem Kopf. Sein rechtes Auge war klar, doch das linke blickte durch einen wolkigen Schleier aus Blut.

Flach lag er auf der Seite, das sehende Auge auf die Hufe eines Pferdes gerichtet. Dann füllten ein paar schwarze Stiefel sein Blickfeld aus, und Hal knickte ein, als er den Stiefel im weichen Gewebe seiner Magengrube zu spüren bekam.

»Steh auf, Junge, und kämpfe.« Gattos Stimme klang höhnisch selbstbewußt, ohne jede Spur von Angst.

Hal rollte auf den Bauch und hievte sich auf die Hände. Er kämpfte sich auf die Knie und versuchte benebelt, der verschwommenen Gestalt zu folgen, die ihn umkreiste.

»Den schnapp' ich mir, Boß.«

»Er gehört dir, Tasso.«

Der Fleck schwebte zur Seite, und Hals Augen wurden von einer schwarzen Form angezogen, die von links herankam. Wütend schüttelte er den Kopf, um einen klaren Verstand zu bekommen, und konzentrierte sich auf Tassos schieferschwarze Haut, die finsteren, schwarzen Kleider und sein schwarzes

Kettenhemd, während der Söldner ihn umkreiste. Der geschwungene Halbmond am Schwert des Fremden bedrohte Hal. Der Mann stieß vor, fast spielerisch, ohne ernste Absicht, neckte den Jungen nur wie eine Katze eine Maus. Ein spöttisches Grinsen spaltete sein schwarzes Gesicht mit einem weißen Schlitz aus Zähnen. Hal sah, wie das Bild des Mannes immer wieder durch sein verzerrtes Blickfeld flackerte. Er konnte nur die Hälfte dieses Mannes deutlich sehen. Wild wischte er sich das Blut aus dem Gesicht, versuchte, wieder klar zu sehen.

»Steh auf, Junge, und kämpfe«, knurrte er. »Das wird mir Spaß machen, nach allem, was du mit meinen Kameraden gemacht hast, besonders mit Bolga.«

»Weshalb glaubst du, daß ich mit dir nicht dasselbe mache?« ächzte Hal und versuchte ruhig zu atmen. Er spuckte Staub und Blut. Taumelnd kam er auf die Beine, ertrug die Erniedrigung, als sich Tasso mit höhnischer Galanterie verneigte und dem unerfahrenen Jungen Zeit ließ, aufzustehen und sich ihm zu stellen. Langsam drehte sich Hal auf den Fersen, ließ die Spitze des Runenschwertes im Staub herumfahren, während er sich Mühe gab, dem Mann zu folgen. Er packte das Schwert fest mit beiden Händen. Noch immer stand er vom Schmerz im Magen gekrümmt da und versuchte, den matten Nebel abzuschütteln, der seine Sinne trübte. Tasso verschwamm immer wieder vor seinen Augen.

»Du bist schlimmster Abschaum.« Hal spuckte die Worte heraus, um sich Zeit zu verschaffen, damit er seine Kräfte sammeln konnte. »Du kämpfst ohne Grund … weder für Glauben oder irgendeine Überzeugung noch für ein Land, nicht für die Ehre, nicht mal für eine Frau.«

Der gelenkige Söldner sprang vor, schwenkte den Säbel in einem schnell aufsteigenden Bogen und traf Hal an der Wange. Er schnitt die Haut mit seiner scharfen Klinge auf, bevor der

Junge von Torra Alta noch Zeit hatte, sein großes, schweres Schwert anzuheben.

»Ha! Die Unschuld der Jugend«, höhnte Tasso.

Hal berührte seine Wange und fühlte das frische, warme Blut an seinen Fingerspitzen. Sein Herz raste, und ihm wurde bewußt, daß ihn sein blinder Zorn leichtsinnigerweise zwischen diese Männer geworfen hatte. Er fühlte sich wie ein geköderter Hund in einer Grube, aus der es kein Entrinnen gab. Leichtsinnig. Vergeblich tadelte er sich selbst. Falls irgend jemand mein Loblied in einer Heldenballade singt, wird man mich Hal den Leichtsinnigen nennen. Er stellte sich dem schlachtengestählten Veteranen, wohl wissend, daß er ihm nicht das Wasser reichen konnte.

Er merkte, daß seine Miene seine eigenen Bedenken verraten zu haben schien. Er versuchte, den kurzen, entsetzten Blick, der über sein Gesicht zuckte, zu einem verächtlichen Hohngrinsen zu verzerren – oder zu dem, was er für ein Hohngrinsen hielt. Doch der Söldner hatte den Anflug von Zweifel auf seinem Gesicht bemerkt.

Tasso trat zurück und lächelte den belbidianischen Jungen mitleidig an, wobei er seine gesunden weißen Zähne zur Schau stellte. »Damit hast du nicht gerechnet, was, Junge? Laß dich nur von deinem Zorn leiten. So ist es recht, sieh dich gut um.« Im Blutdunst sah Hal Gattos Narbengesicht, das sadistische Grinsen des Vaalakers und die tückischen Augen von Ulf, dem Verräter aus Torra Alta. Sie alle wünschten ihm nur Übles. »Hast mehr abgebissen, als du kauen kannst, wie man in dieser kastrierten, butterweichen Gesellschaft sagt.«

Das flüsternde Knirschen, mit dem Tasso sein Visier herunterklappte, deutete darauf hin, daß der Mann das Spielen aufgab und bereit war, ernsthaft anzugreifen. Hal machte sich bereit. Komm schon, du brauchst einen klaren Kopf. Wie soll Spar ohne dich auskommen? Achte auf den Säbel, achte auf die Säbelspitze. Jeden Augenblick kommt sie dir entgegen. Die Sehnen an Hals Händen spannten sich um den soliden Griff am Heft des Schwertes. Er machte seinen Rücken steif, brachte sein eigenes Schwert in eine schlagbereite Position. Das Breitschwert gab ihm große Reichweite, doch Tasso war gut gebaut und agil wie eine Bergkatze. Er bewegte sich mit wohltrainierter Selbstsicherheit und natürlicher Anmut.

Sie umkreisten einander immer wieder. Hal konzentrierte sich auf den Säbel, der immer wieder ins Blickfeld seines gesunden Auges ruckte. Er drehte den Kopf, um das Blut an seinem Kragen abzuwischen, und Tasso nutzte den unkonzentrierten Augenblick. Er zog die gezahnte Klinge seines Säbels zurück und sprang schnell wie ein Panther vor. Hal erwartete die Bewegung und warf sich zur Seite, spürte nur, wie die Luft neben seinem Ohr zischte. Noch einmal täuschte der Söldner auf der gleichen Seite an. Wieder rollte Hal sich weg, doch durch den trüben Nebel seines linken Auges sah er den drohenden Dolch nicht voraus, den Tasso aus seinem Messergurt genommen hatte und den er mit der anderen Hand warf. Als Hal dem scharfen Hieb des Säbels auswich, warf er sich direkt in die spitze Klinge des Dolches. Tasso preßte sein Gesicht gegen Hals und drehte die Klinge mit zufriedenem Knurren. »Damit hast du wohl auch nicht gerechnet.«

Die Klinge schnitt unter der Schnalle an Hals Gehenk entlang, schnitt ihm in die Seite und bohrte sich auf Hüfthöhe in sein Fleisch. Ungläubig sah er an sich herab, als rotes Blut über seine Haut lief und sich ein großes Stück seiner Lederjacke mit warmer Flüssigkeit vollsog. Der Schock durch den Schnitt kam plötzlich und heftig. Er erwartete scharfen Schmerz. Er hatte sich immer vorgestellt, daß die Verletzung durch ein Schwert grausam brennen mußte. Als Tasso die Klinge zurückzog und zurücktrat, vor Zufriedenheit schwer schnaufend, preßte Hal seine linke Hand an seine Seite, versicherte sich, daß weder Herz noch Lunge getroffen waren, und wartete noch immer darauf, daß der Schmerz in seinem Fleisch aufschrie. Doch da er vom Zorn des Kampfes ganz betäubt war, wollte er nicht kommen. Er fühlte nur ein dumpfes, störendes Stechen, als seine Muskeln sich um die Wunde krampften. Er hielt seine linke Hand an den Schnitt, als versuchte er, sein Blut aufzufangen, bevor es in den knochentrockenen Boden sickerte. Er kannte nur noch Wut und Haß. Er blickte von der Wunde in das zufriedene Gesicht des Söldners auf.

Höhnisch sah Tasso ihn an, grinste über sein Leid, während der ältere Söldner frohlockte. »Mach schon, mach dem kleinen Wiesel ein Ende, oder willst du die Arbeit einem alten Mann wie mir überlassen?«

Zorn heulte in Hals Ohren auf. Wie können sie es wagen, mich zu verspotten? Er hob sein Schwert, und ohne Taktik oder Technik begann er seinen Angriff. Er schwang es von links nach rechts, drehte sich herum, wobei das Runenschwert im großen Bogen die Luft zerschnitt. Und wie ein Wirbelwind, wie ein Kreis in einem größeren Kreis, brach Hals Zorn über Tasso herein.

Das Klirren von Stahl auf Stahl hallte über die Hügel.

KAPITEL 11

Das Runenschwert!« Brid schloß ihre Hand um Caspars Arm, bis ihre Nägel ihm ins Fleisch schnitten. »Es ist Hal. Er ist in Not.«

Staunend sah Caspar sie an.

»Kannst du es nicht hören?« beharrte sie. »Sein Lied geht durch die Lüfte.«

Er schüttelte den Kopf.

»Hal ist in Not. Ich weiß, daß er in Not ist. Wir müssen ihm helfen. Wir haben keine Zeit, herumzuliegen und darauf zu warten, daß diese Männer verschwinden. Wir müssen Hal helfen.«

»Was tust du?« Plötzlich fürchtete Caspar, daß Brid etwas Unüberlegtes tun würde, als sie sich durch die schützenden Brombeerbüsche wand.

»Ich will sie ablenken, damit wir entkommen können.«

»Nein, das wirst du nicht tun. Das ist Blödsinn. Du kannst hier warten, und ich kümmere mich um diese Männer«, verkündete er entschlossen, als er seinen Bogen aus Stechpalmenholz und Geweihknochen aus den Dornen entwirrte.

Die Jungfrau hob eine Hand, damit er schwieg. »Jetzt hör mir mal zu, Spar. Da sind mindestens zwei von denen, und die nächste Wache ist in Rufnähe. Du wirst niemals beide Männer erwischen, ohne daß einer von ihnen Alarm schlägt, oder? Nein, ich muß sie erst aus dem Konzept bringen, bevor du etwas tun kannst. Etwas weiblicher Charme und ein paar kräftige Beeren müßten helfen.«

»Ich kann nicht zulassen, daß du so etwas tust«, beharrte Caspar. »Das ist nicht recht. Du bist ein Mädchen.«

»Ich komme schon zurecht, keine Sorge. Die Mutter wird

mich beschützen.« Sie griff nach ihrem Beutel und ließ einen Zweig mit schimmernd weißen Beeren vor seiner Nase baumeln. »Verführerisch, aber tödlich. Die schnell wirkende Mistel müßte gut wirken ... wenn ich nah genug herankommen kann. Und du solltest gut auf den hier achten. Er könnte ihr Mißtrauen wecken.«

Sie schob ihre Hand vorn in ihr Kleid und wühlte zwischen dem weiten Stoff herum, bis sie den roten Feuerdrachen in der Hand hielt. Wütend zischte das Tier und krallte sich an sie, während sie versuchte, es in Caspars Obhut weiterzuleiten. Er schnitt eine Grimasse, als er es in seine warme Kleidung schob. Er hatte erwartet, daß es sich feucht und schmierig anfühlen würde, doch war es angenehm warm, und seine kleinen Krallen kitzelten, wenn sie sich in seiner Haut verhakten.

Brid sah ihn ernst an. »Gib mir für alle Fälle Deckung, aber ich will keine Pfeile fliegen sehen. Wenn sie schreien, wird es die anderen alarmieren. Im Moment suchen sie nach einer Wolfsfrau, nicht nach einem Bogenschützen. Nun haben sie die Wölfin in der Nähe gehört, und mit Hilfe der Mutter wird sie die Männer ablenken, so daß sie unsere Spur verlieren. Nun, ich werde mich auf den Sergeanten konzentrieren ... der jüngere Soldat weiß nicht, was er tut. Wenn ich den Sergeanten dort habe, wo ich ihn haben will, kannst du mir mit dem anderen zu Hilfe kommen ... aber erst, wenn ich bereit bin.«

»Das ist zu gefährlich für dich«, protestierte Caspar vergebens und fühlte sich unzulänglich, da es ihm an männlicher Durchsetzungskraft mangelte, wenn er sich Brids diamantenharter Entschlossenheit ausgesetzt sah.

»Versprich mir, daß du nichts tust. Bleib einfach still. Rühr dich nicht, sorg nur dafür, daß Trund sich ruhig verhält«, wies sie ihn an, während sie aus dem Schutz der Brombeeren schlich, um das Grasufer zum Dickicht aus Stechginsterbüschen zu erklimmen.

Caspar wollte kein Versprechen abgeben. Er hielt sie beim Arm, als sie sich eben umwandte, um unter den Brombeeren hervorzukriechen.

Einen nach dem anderen löste sie seine Finger. »Vertrau mir, Spar. Ich weiß, was ich tue. Diese Männer haben ihr ganzes Leben damit verbracht, halbverrückte Mädchen zu jagen und kranke Frauen als Sündenböcke für Unbill und schlechte Ernten zu benutzen. Ich fürchte mich vor ihnen nicht, und das werden sie nicht erwarten.«

Er erstarrte und lauschte aufmerksam. Ihre Lippen teilten sich langsam, um zu murmeln: »Hal. Wir haben nicht viel Zeit. O Mutter, hilf ihm. Selbst wenn er nicht wirklich einer von uns ist, hilf ihm.«

»Wo ist er? Was geht vor sich?« Caspar ängstigte sich um seinen Onkel.

Verblüfft sah sie ihn an. »Ich kann nicht glauben, daß du es nicht hörst. Hast du nur so wenig von deiner Mutter geerbt?« Sie deutete nach Süden. »Weit da drüben. Er muß auf der Straße von Ildros sein. Jetzt halte diesen dickschädeligen Hund zurück, Spar.« Trund wedelte wild mit dem Schwanz, als ihm das Mädchen in die Augen sah. »Ja, du Hund, bleib still«, wies sie ihn an, »und halt dich zurück.« Ihr Flüstern war leiser als der Atem des Windes in der Stille einer Mittsommernacht. Sie wandte sich um und wollte gehen, doch sie hielt noch einmal inne, küßte ihre Fingerspitzen und drückte sie an Caspars Stirn.

»Möge dich die Mutter beschützen«, segnete sie ihn und kroch unter den Büschen hervor.

Wieder heulte die Wölfin, und durch das Gestrüpp der Brombeerzweige konnte Caspar eben noch die Spitze einer gelben Feder sehen, die zu dem lästigen Geräusch hinüberzuckte. Deutlich konnte er das unruhige Trampeln der Pferde hören, während sie schnaubten und ihre Schwänze herumwarfen, aufgebracht vom Geruch der lauernden Wölfin. Er mußte das Risiko eingehen und ein Stück vorwärtskriechen. Unmöglich konnte er Brid allein und unbehütet gehen lassen. Seine Hand fest an Trunds Halsband kämpfte er sich unter dem Schutz der Ginsterbüsche hervor, vorn zum Rand, und folgte Brid heimlich in einigem Abstand. Das Herz klopfte ihm in den Ohren, als er näher rutschte und sich in den dornigen Schutz drückte, bis die Inquisitoren endlich zu sehen waren. Einer trug eine schlichte schwarze Uniform, wohingegen die Uniform des älteren Mannes mit Rewiks gelbrotem Wappen verziert war. Beide schauten sie von ihm fort in die dunklen Schatten unter dem Rand des Eibenwäldchens.

Er suchte den Boden vor sich nach der Jungfrau ab, doch sie war verschwunden. Er überflog das Gras mit seinen Blicken, sah jedoch nur Ginster, verdrehte Brombeerbüsche mit Kaninchenlöchern drum herum und brockenweise geborstenen Feuerstein zwischen den zahlreichen Schafspuren, von denen das Kalkgestein der Hügel überzogen war. Er schüttelte den Kopf. Unmöglich konnte sie so einfach verschwunden sein. Hier konnte man sich nirgendwo verstecken. Brombeeren und Ginster waren oben auf den Hügeln rar, und nur ein weicher Schatten in den Falten der Erdkruste bot auf dem kurzen Gras eine Art Zuflucht. Plötzlich fiel ihm eine Bewegung auf. Was er für einen Erdhaufen gehalten hatte, entpuppte sich als Kaninchen, als dieses der nächsten Grassode entgegenhoppelte und dabei wachsam ein Ohr aufgestellt ließ. Sie ist irgendwo da drüben im Gras, genau wie das Kaninchen, dachte er und gab sich alle Mühe, jede noch so kleine Bewegung wahrzunehmen.

Noch immer starrten die Inquisitoren zum Wäldchen hinüber. Der Sergeant unter seinem Helm mit Federbusch bewegte die Lanze in seiner Hand, brachte sie wieder ins Gleichgewicht, um sie im Notfall werfen zu können.

»Glaubt Ihr, das ist sie?« fragte der Jüngere. »Oder haltet Ihr es für einen gewöhnlichen Wolf?«

»Das ist sie. Es gibt in Caldea keine Wölfe«, sagte der Mann.

»Sucht Ihr mich?« Der Erdboden schien mit leichtem Singsang zu sprechen, wie ein Sommerbach, der über glatte, kühle Kiesel floß.

Staunend fuhren beide Männer herum. Was ein Fleck aus trockener Erde zu sein schien, verwandelte sich in einen Umhang. Das braune Bärenfell wurde von zarten Händen zurückgeschoben und gab eine kleine Frau preis, die dort am Boden saß und ein Gänseblümchen zwischen ihren Fingern drehte. Langsam schob sie den Umhang von ihren Schultern, drehte ihre Finger lockend durch den dicken Zopf und schüttelte ihr mit Kamille aufgehelltes Haar. Das Wolfsgeheul ging durch die Luft, was das Kaninchen eilig in seinem Loch verschwinden ließ und beide Pferde aufschreckte. Die Männer fuhren herum, folgten dem unheimlichen Geräusch, als es durch die Bäume ging und sich mit dem Wind vermischte. Als sie sich wieder umwandten, war das Mädchen fort. Sie rissen ihre Pferde herum und suchten aufmerksam mit vorgestreckten Speeren. Die Wölfin heulte noch einmal, fast als lachte sie die Männer aus, und als Brid wieder etwas sagte, stand sie direkt hinter ihnen.

Caspar geriet in Panik. Das Wolfsgeheul würde doch sicher die anderen Inquisitoren anlocken, die sich im Wald versteckten. Vielleicht konnte er diese Männer von hinten anspringen. Er biß auf seine Lippe und rang seinen natürlichen Beschützerinstinkt nieder, denn schließlich hatte sie darauf bestanden, daß er sich zurückhielt. Vertrau mir, hatte sie ihm erklärt. Er mußte auf ihr Zeichen warten.

Ungläubig starrten die beiden Männer sie an. Der Sergeant musterte sie von oben bis unten, nickte blöde, wobei sein glattrasiertes Gesicht vor Entsetzen wie erfroren war.

Brid lächelte. »Nun, Soldat, damit hast du nicht gerechnet. All die Jahre hast du einfache Mädchen terrorisiert. Sie hatten Angst, dich auch nur anzusehen, weil du dich hinter dieser Uniform versteckst, aber mit mir hast du nicht gerechnet, stimmt's?«

Der Jüngere lenkte sein Pferd rückwärts, und langsam hob der ältere Mann mit dem schwarzen Helm ein Ochsenhorn an seine Lippen, als wollte er Hilfe rufen.

Das hübsche Mädchen schob verführerisch das Kleid von ihren Schultern, was einen Blick auf ihre sandfarbene Haut ermöglichte. »Das würde ich nicht tun, wenn ich an deiner Stelle wäre.« Ihre Stimme liebkoste die Ohren der Männer wie Seide. Sie schob ihre Hände vorn an ihrem weichen, blauen Kleid herab, öffnete die Knöpfe und legte Seide und Spitze ihres Mieders frei, das ihre Brüste anhob. Sie löste die obersten Bänder. Caspar hegte keinerlei Zweifel daran, daß jeder Soldat, wenn er nur halbwegs ein Mann war, von ihrer frischen Schönheit entwaffnet war. »Denkt nach. Wenn ihr die anderen ruft, könnt ihr nicht den Ruhm einstreichen, mich allein gefangen zu haben. Zwei große Männer wie ihr können doch ein kleines Mädchen sicherlich allein bewältigen, oder nicht? Und wenn ihr die anderen ruft, werde ich euch nicht verraten können, wo sich mein Hexenzirkel versteckt. Denkt nur an die Ehre, wenn ihr allein einen ganzen Hexenzirkel aushebt.«

Nachdenklich ließ der Sergeant sein Horn sinken.

»Hier, kleiner Soldat«, lachte sie den Jüngeren an, »ich wette, du hast noch nie eine Hexe gesehen. Weißt du, was mit deiner Seele geschieht, wenn du mir in die Augen siehst?«

»Sieh ihr nicht in die Augen«, knurrte der ältere Mann warnend, während er das Netz zu lösen versuchte, das um den Knauf an seinem Sattel hing. »Hexenfrau des Satans, deine Lüsternheit kann uns nichts anhaben. Wir sind Männer Gottes.« Die Finger des Mannes zitterten, während er mit dem

Knoten kämpfte, mit dem das Netz befestigt war. Sie streckte ihre Hand aus und strich zärtlich über seine rauhen, behaarten Knöchel.

»Du bist ein Mann und fürchtest dich doch vor mir«, schalt sie ihn und suchte sein weiches, klares Gesicht mit ihren tannengrünen Augen ab, welche im Sonnenlicht schienen. »Du fürchtest dich vor mir.«

Der Sergeant schien sich nicht rühren zu können. Langsam sackte sein Kinn auf seine Brust. Während sie ihn mit ihren hypnotisierenden Augen ansah, glitt ihre Hand an ihrem Hemd herab, schob sich unters Leinen. Allmählich zog sie den Stoff zurück, legte noch mehr von ihrer weichen Haut frei. Kein Mann auf dieser Welt, so dachte Caspar, konnte jetzt noch etwas anderes tun als sie beobachten, von ihrer magischen Schönheit gebannt. Der Soldat glotzte, folgte den Bewegungen ihrer Hände, während sie ihre weiblichen Rundungen streichelte.

»Du brauchst das Netz nicht«, flüsterte sie, zog seine Hand fort von den Maschen und strich mit ihren Fingerspitzen über seinen Oberschenkel. »Das brauchst du nicht. Ich laufe dir nicht weg.« Brid war nicht mehr das starrsinnige junge Mädchen, das Caspar kannte, das mit Hal stritt, das im Herrenhaus von Jotunn so laut geschrien hatte, das Cybillia derart verächtlich verspottet hatte. Dieses Mädchen hatte Kraft. Energie schien sich um sie herum zu sammeln. Sie reifte zur sterblichen Gestalt einer Göttin, zu jemandem, dem man sich augenblicklich und widerspruchslos fügte.

»Wenn ich euch meine Geheimnisse erzählen soll, werdet ihr näher zu mir kommen müssen, oder habt ihr Angst?« lockte Brid.

Die Lippen des Mannes waren trocken, als er mit seiner Zunge darüberfuhr und sein glasiger Blick auf Brids Busen zur Ruhe kam. Langsam beugte er sich ihr entgegen, vom Pferd herab. Brid strich mit der Hand über seinen harten Schenkel. »Näher«, forderte sie neckend. Der Mann zitterte. Caspar spürte, daß auch er zitterte.

Hilflos glotzte der junge Soldat eine Zeitlang, dann griff er nach seinem Horn, wobei er seine Lanze sinken ließ.

»Tu es nicht, Junge. Wir wollen den Ruhm für uns allein«, zischte der Sergeant, ohne sich von Brid abzuwenden.

Caspar betete, daß Brids Plan funktionierte. Sie mußte dem Sergeanten nur noch etwas näher kommen. Niemand wäre allzusehr in Eile, seine Kameraden zu rufen, so wie Brid dastand, und so blieb genügend Zeit, damit das Gift wirken konnte. Und wenn der Sergeant außer Gefecht gesetzt war, wäre der jüngere Soldat kein großes Hindernis.

»Komm zu mir herunter«, drängte Brid.

Der erfahrene Inquisitor grinste und rückte langsam näher. Doch dann wurde sein Gesicht von einem Moment zum anderen schwarz, und seine linke Hand griff nach dem Netz. Geschickt warf er es in die Luft, umfing Brids Schultern und ihre rudernden Arme mit den engen Maschen.

»Ruf die anderen, Junge. Diese Frau soll brennen.«

Brids Plan war auf grausame Weise fehlgeschlagen. Sie hatte ihre magischen Reize überschätzt.

Der jüngere Mann atmete tief ein, und das unheimliche Heulen des Ochsenhorns erfüllte die Luft. Zur Antwort kam ein anderes Heulen vom fernen Hügel her. Caspar ließ Trunds Halsband los, und der Hund sprintete ihm voraus, als sie beide Brid zu Hilfe eilen wollten. Wieder gab der Soldat Laut, doch wurden die tiefen Töne diesmal vom Knurren eines Wolfes unterbrochen. Das große, zottige Tier sprang dem Mann in den Rücken. Er schrie fürchterlich, doch nur den Bruchteil einer Sekunde lang, bis das Knurren der Wölfin den Schrei erstickte. Der Sergeant trieb sein Pferd voran und versuchte, das Tier mit seiner Lanze aufzuspießen.

Mit größter Selbstbeherrschung verhinderte Brid, daß sie ihrem Instinkt folgte und sich wütend gegen das Netz wehrte. Sie rollte von den stampfenden Hufen der Pferde fort und schob ihre Hände in die Kleidung, um nach ihrem Messer zu greifen, das immer noch im Gürtel ihrer Hosen unter dem Kleid steckte. Als er aus dem Schutz der Ginsterbüsche hervorstürmte, barsten Caspars Lungen fast vor Anstrengung, aber Brid hatte sich schon ein Loch geschnitten und wand sich aus dem Netz. Kurz bevor er zu ihr kam, war sie schon auf den Beinen. Sie nahm das verhedderte Netz, rannte los und warf es dem Pferd des Sergeanten über den Kopf. In Panik bäumte es sich auf, bockte wild und warf seinen Kopf herum, versuchte, sich von dem Netz um seinen Hals zu befreien. Schwerfällig ging der Inquisitor zu Boden.

Caspar stürzte sich auf eine Lanze, die im Gras lag, und wollte sie als Knüppel gegen den Schädel des Inquisitors nutzen. Als seine Hand sich eben um den Schaft legte, traf ihn ein fliegender Huf am Handrücken und schnitt die Haut an seinem Arm auf. Die scharfe Kante des Eisenschuhs hämmerte an seinen Ellenbogen, sandte einen kreischenden Schmerz durch seine Nerven. Gepeinigt rollte er am Boden umher.

Der jüngere Soldat lag auf dem Rücken; seine kraftlosen Hände mühten sich, die Wölfin von seinem Hals zu schaffen. Riesige, blutige Furchen liefen über seine Arme, wo die Wölfin mit ihren Zähnen darübergefahren war. Endlich fand der gestürzte Sergeant wieder zu sich, sprang von seinem strampelnden Pferd, um sich Brid unter den Arm zu klemmen und sie in den Schwitzkasten zu nehmen. »Du wirst brennen. Jetzt haben wir dich.«

Caspar schüttelte sich und kam stolpernd auf die Beine, doch Trund war schneller bei der Jungfrau. Der Terrier biß sich im Unterarm des Mannes fest, und seine kräftigen Kiefer schnitten ihm ins Fleisch. Caspar hörte die Knochen knirschen, als sie im schraubstockharten Hundemaul splitterten. Augenblicklich lockerte sich der Griff des Mannes um Brids Hals, und sie machte sich von ihm frei und lief zu Caspar. »Wir überlassen sie den Hunden«, rief sie und zerrte ihn zu den Bäumen. »Wir haben keine Zeit.« Sie konnten den Donner der Hufe von jenseits der Anhöhe hören, und auch das Gellen des antwortenden Hornes, das über das Grasland hallte.

»Lauf! Zu den Bäumen!« drängte Brid den Jungen. »Warte nicht auf mich.«

Caspar lief trotzdem langsamer, um mit dem Mädchen auf gleicher Höhe zu sein, und gemeinsam tauchten sie unter die überhängenden Eiben und in die trüben Schatten. Einen Augenblick später donnerte ein Reitertrupp über den Hügel.

Trund wurde der lauen Gegenwehr seiner Beute müde und lief seiner jungen Herrin nach. Doch die Wölfin blieb. Brid rang ihre Hände, als sie sah, wie sich die Wölfin über die Soldaten beugte und sich zu den nahenden Reitern umdrehte. Triumphierendes Kreischen war zu hören. »Da ist sie, Männer. Mögen uns die Götter beistehen: Da ist sie in ihrer ganzen animalischen Gestalt.« Die Wölfin fletschte ihre Zähne, zog die Lefzen zurück, und Fleischreste wurden an ihren Zähnen sichtbar.

»Lauf davon, Wölfin«, drängte die Priesterin im Flüsterton. Die Wölfin knurrte tief in ihrer Kehle, wurde größer und wilder, als sich ihre Mähne aufstellte.

»Laßt sie nicht entkommen. Hundert Taler dem Mann, der sie aufspießt.«

Erfreut schrien die Soldaten auf, als sie mit ihren leichten Lanzen losgaloppierten, um das Tier zu durchbohren. Eine Sekunde lang dachte Caspar, die Wölfin würde die Reiter auf direktem Wege zu ihnen führen, als sie zum Wald lief. Der ganze Trupp von Inquisitoren schwenkte nach ihr aus, doch dann rannte das Tier in die andere Richtung, floh zu den

Klippen hin. »Lauf, Wölfin, lauf. Laß sie hinter dir«, rief Caspar und hielt die brennende Haut an seinem Arm. »Sie läuft den Pferden doch leicht davon, oder nicht?«

Brid gab keine Antwort.

Als die Reiter nicht mehr zu sehen waren, kamen sie aus ihrer Hocke hoch. »Komm schon. Hal braucht uns«, sagte das Mädchen mit schwerer Stimme. Für den Bruchteil einer Sekunde starrte sie die beiden verstümmelten Soldaten an, die regungslos am Boden lagen. »Ich habe versagt. Meine Kräfte haben nachgelassen. Die Mutter straft mich nach wie vor für meine Treulosigkeit.«

Caspar zog an ihrem Arm. Sie hatten keine Zeit mehr für Worte. Sie liefen am Rand der Bäume entlang, hielten sich im Schatten. Trund, der bei kurzen Strecken und wilden Kämpfen scheinbar grenzenlose Energie besaß, erlahmte nun. Caspar staunte, wie schnell Brid laufen konnte. Wie der Hund konnte auch er sie bei einem Sprint hinter sich lassen, doch nun, da sie einiges an Hügelland durchqueren mußten, lief sie mit gleichmäßigen, flüssigen Schritten und mit leichtem Atem, trotz des Schmerzes, der ihren Knöchel quälen mußte. Nach dem dritten Hügel brannten Caspars Lungen. Der Hund lief lange schon nicht mehr voraus, um sie anzutreiben. Statt dessen trabte er still und leise an Brids Fersen; seine helle, rosige Zunge baumelte seitlich heraus, und Speichel tropfte von ihrer Spitze.

Während er neben dem Mädchen lief, beobachtete Caspar heimlich, wie sie leicht über einen kleinen Grashügel hüpfte und wie ein Reh über einen flachen Ginsterbusch sprang. Sie war so frei und wild wie die Tiere des Waldes. Unwillkürlich mußte er an die Miene auf den Gesichtern der Soldaten denken, als sie Brid geifernd angegafft hatten. Wie hatte sie zulassen können, daß die beiden sie so ansahen? Wie hatte sie die Männer auf eine solche Weise locken können? Eine Schlinge aus zorniger Eifersucht legte sich um seine Kehle, und er lief schneller, ließ das Mädchen hinter sich, während er versuchte, vor seinen Gefühlen und dem eifersüchtigen Besitzanspruch auf das Mädchen zu fliehen.

Seine Lungen pfiffen schon, je weiter er sprintete, doch der Schmerz betäubte seine Gedanken und trieb sie zu Hal zurück. Brid könnte sich täuschen. Vielleicht ist er nicht in Not, vielleicht war das Geräusch, das sie gehört hatte, der triumphierende Siegesschrei des Schwertes und keineswegs ein Lied der Niederlage. Brid hatte nicht immer recht. Wie hatte sie ihren Körper nur diesen Männern feilbieten können? Das war grob und verletzte sein Empfinden.

Allmählich trübte die körperliche Erschöpfung den Zorn seiner eifersüchtigen Mutlosigkeit, und die Stimme seines Gewissens verbat ihm, schneller zu laufen. Was wäre, wenn sie von einem lauernden Inquisitor in einen Hinterhalt getrieben wurde? Abrupt bremste er ab, atmete schnell und hart und hielt die Wunde fest, die an seiner Seite stach, während er wartete, bis sie ihn einholte. Schließlich pochte es in seinem Ellenbogen gar nicht mehr.

Vor ihnen stieg ein sanft geschwungener Hügel an. Die kärglich bewachsene Kuppe versperrte den Blick auf die Felder dahinter. Brid wurde langsamer, hielt ihre Hand an die Brust und starrte plötzlich vor sich auf den Boden. Sie blickte nach links zu den Eiben, und dann nach rechts aufs Meer hinaus. Eine Graszunge schob sich ins Waldland hinein, bildete eine hufförmige Kurve am Rand des Waldes. Ganz allein inmitten dieser Rundung stand eine einzelne Eibe mit genügend Raum, um die Äste auszubreiten. Sie war so alt, daß die unteren Äste bis auf den Boden hingen und ihr müdes Gewicht auf der Erde ruhen ließen, während die Astspitzen mit neuerlichem Lebensmut nach oben deuteten. Moos und Flechten verwoben Baum und Erde. Die Rinde selbst war von einem dunklen, gräulichen

Braun, und der Stamm schien aus verknoteten Seilen zu bestehen. Von der Eibe aus durchzog ein schmaler Erdrücken die sanften Hügel, wie ein Schienbeinknochen einem Bein Konturen gab. Brid stand an diesem Rücken und zog eine Linie von den Eibenwurzeln zu ihren Füßen in Richtung Meer. Das führte ihren Blick direkt zur Landzunge und zu den beiden Gipfeln auf der größten der Hespera-Inseln. Dann warf sie einen kurzen Blick auf die Sonne.

»Am Abend der Mittsommernacht«, keuchte sie in dem Versuch, zu Atem zu kommen, »wird die Sonne direkt zwischen den beiden Gipfeln untergehen.« Noch einmal holte sie scharf Luft. »Der Ort, den wir suchen, befindet sich direkt auf dieser Linie. Wenn wir der Linie in die Wälder folgen, möchte ich meinen Kräuterbeutel verwetten, daß wir dort die Hüterinnen finden. Sie sind da drinnen.« Sie kniete nieder und berührte den Boden mit ihrer Handfläche, dann nahm sie den Pferdekieferknochen aus ihrem Gürtel und kratzte ein rundes Runenmuster in das Gras. Schließlich trieb sie den gebogenen Knochen hart in den Boden, mitten ins Zentrum des Musters. Sie beugte sich vor und murmelte leise, als spräche sie mit dem Knochen, und erhob sich dann. »Wenn sie da sind, können sie mich hören.«

Weit draußen am westlichen Horizont erhob sich ein großer Vogel von den Gipfeln der Hespera-Inseln. Er schwebte zum Himmel auf, als hätte er die Störung in den Energielinien gespürt, die durch die Erdkruste gingen.

Einen Moment lang hielten sie inne, dann drängten sie mit Eile weiter. Caspar und Brid keuchten durch die geschwungenen Täler mit ihren Ginsterbüschen und über die ausgedörrten Hänge mit ihren geordneten Reben, bis sie zu einer Anhöhe über der Straße nach Tartra gelangten und abrupt stehenblieben. Unter sich konnten sie fernes Geschrei hören, Johlen und das Klirren von Metall.

»Hal!« schrie Brid auf. Sie rannten schneller weiter, doch als sie auf die nächste Kuppe kamen und ins nächste Tal hinunterblickten, bemerkten sie, daß sie zu spät kamen. Die Schlacht war vorüber, und die Männer waren fort. Ferner Donner von Hufen wies darauf hin, daß die streitenden Männer südwärts geritten waren. Zwei Pferde standen in der Nähe, eines davon unbeholfen mit angewinkeltem Hinterlauf, als wollte es kein Gewicht tragen, und das andere graste etwas abseits bei einigen überwucherten Rebstöcken. Augenblicklich erkannte Caspar in dem zweiten Tier Elster.

Die drückenden Anzeichen eines blutigen Kampfes lagen in zerbrochenen Einzelteilen da, bildeten einen groben Kreis um die Stelle. Die Leiche eines Mannes lag da und starrte himmelwärts; die dicke rote Zunge ragte zwischen seinen offenen Lippen heraus. Blut bildete eine Kruste an seinem Bauch, und sein weißes Schultergelenk lag offen da, wo Haut und Fleisch bis auf den Knochen abgetragen waren. Die Ketten seiner Halsberge waren zerfetzt und wie altes Pergament zerkrümelt.

»Ein Söldner«, krächzte Caspar durch seine trockene Kehle, als sein Blick über den schwarzen Wappenrock fuhr. »Nur das Runenschwert … nur der Zauber des Runenschwertes könnte den Stahlketten so etwas antun, aber wo ist Hal? Sie müssen ihn mitgenommen haben!«

Trund schleppte sich über den Hügel hinter ihnen und sprintete augenblicklich los, um sich in den Stiefel des Toten zu verkeilen und daran herumzureißen, bis Brid ihm einen scharfen Hieb auf die Schnauze versetzte. Fügsam ließ er seine Beute fallen. Dann schnüffelte er am Boden, scharrte herum und grub seine Nase in den Dreck, wo dieser dunkel und feucht vom vergossenen Blut war. Die beiden Belbidianer suchten die Gegend ab, wobei Caspar sich den Mund zuhielt, um das Ekelgefühl zu bekämpfen, das in ihm aufstieg. Ihm wurde übel, nicht so sehr von der schrecklichen Aufgabe, die Reste hingeschlachteter Menschen zu durchsuchen, sondern von seiner Sorge um Hal.

Metallfragmente und die gesplitterten Zähne einiger Sägezahnklingen lagen inmitten eines pulverigen Staubes, der alles war, was von den geschmiedeten Säbeln übrigblieb, welche die Söldner gegen die Macht des Runenschwertes erhoben hatten. Flecken von dunklem Blut sickerten in den Boden, und eine tiefe Furche in der Erde zeigte, wo das Schwert sein fleischiges Ziel verfehlt und in den Boden gehackt hatte. Ein Kreis aus Hufabdrücken markierte einen Bereich, in dem gesplitterte Waffen und ein zerbrochener Körperteil lagen.

Caspar warf sich auf die Knie und untersuchte den abgeschlagenen Arm. Erleichtert stellte der junge Torra Altaner fest, daß es nicht Hals war. Er war breit, und dunkles Haar sproß auf den schwarzen Knöcheln. Noch immer hielt die Faust das Heft eines Schwertes. Ein kurzes Stück einer gezahnten Klinge lag mitten im grauen Staub. Ein unheimliches Stück graues Fleisch lag in der Nähe, das bei genauerer Betrachtung ein Ohrläppchen zu sein schien. Caspar wurde übel.

»Hier ist nichts zu sehen, woraus man schließen könnte, daß er verletzt ist«, verkündete er in dem Versuch, seine Befürchtungen zu vertreiben.

Brid schüttelte den Kopf, während sie ein kleines weißes Ding in ihrer Hand betrachtete.

Es war eine widerwärtige Aufgabe, und nur seine Sorge um Hals Sicherheit trieb den Jungen dazu, sich die menschlichen Trümmer so genau anzusehen. Brid hielt einen Finger, einen kleinen Menschenfinger.

»Ist das Hals?« fragte sie blaß.

Caspar sah genauer hin und versuchte, nicht zu würgen. »Ich könnte nicht sagen, daß er es ist, aber auch nicht, daß er es nicht ist.«

Irgend etwas glitzerte am Boden, leuchtete durch den blutverkrusteten Schlamm. Caspar sah einen winzigen Goldflekken. Er strich einen Erdklumpen beiseite und entdeckte einen schlichten Goldring mit flacher Seite, in die der durchbohrte Drache von Torra Alta eingraviert war. Der Junge sah seinen eigenen Ring an, während er Hals Goldring auf den benachbarten Finger steckte. Er spürte, wie eine mächtige Woge von Schuldgefühlen in ihm aufwallte, und er schrie gegen das Schicksal an, das ihn von seinem Onkel getrennt hatte. »Wir hätten alle zusammenbleiben sollen. Nun ist er gefangen. Es ist meine Schuld. Wir hätten zusammenbleiben sollen.«

»Hör zu, er mag vielleicht einen Finger verloren haben, aber das heißt nicht, daß er tot ist.«

»Hal würde weiterkämpfen. Nichts könnte ihn aufhalten, solange er noch Kraft zum Kämpfen hat. Nichts! Sie haben ihn gefangen.« Caspar konnte vor Pein nicht geradeaus denken. »Ich bringe sie um, jeden einzelnen von denen.«

Brid war weiß und zitterte leicht, als sie Hals abgeschlagenen Finger in ihren Lederbeutel steckte. Caspar hielt das für besonders morbide und geschmacklos, doch Brid hatte eine Neigung zum Grotesken und Makabren. »Komm schon«, sagte sie etwas ruhiger, »wir müssen ihnen nach.«

»Wenigstens haben wir jetzt Elster wieder«, meinte Caspar und stand auf, als er ein Büschel blonden Haars ganz in der Nähe liegen sah. »O nein, Brid, sieh nur. Ein Vaalaker. Sieh doch, blondes Haar. Die Schlächter haben uns eingeholt.«

Sie riß es ihm aus der Hand und betrachtete es nachdenklich. »Es ist zu golden. Vaalakisches Haar ist fast weiß und völlig glatt. Dieses ist gelockt. Sie hatten jemand anderen bei sich, aber keinen Vaalaker. Nun laß uns gehen, bevor Hal noch mehr Finger einbüßt.«

Sie liefen zu Elster, und Caspar warf Brid in den Sattel, dann versuchte er, sich selbst hinaufzuschwingen. Die Stute war so groß, daß er zwei Versuche brauchte, bis er oben war. Schützend legte er seine Arme um Brid und lenkte die Stute südwärts. Willig galoppierte sie voran, doch verglichen mit seinem roten Hengst fand Caspar die Gangart plump und ermüdend. Wenn Hal es geschafft hatte, hier heraufzureiten, fragte sich Caspar, wieso er die gescheckte Stute und nicht Feuerschweif genommen hatte. Wütend trommelte er der Stute in die Seiten, drängte sie immer schneller voran. Sie gab immer mehr und ließ Trund weit hinter sich, der ihnen zu folgen versuchte. Der Junge war ganz angespannt vor Sorge und verfluchte sich unablässig dafür, daß er zugelassen hatte, daß Hal ihnen allein den Rücken decken wollte.

Als sie über ein breites Stück Hügelland galoppierten, beunruhigten sie trommelnde Hufe, die von rechts herankamen. Das Pferd ging schnell, und da der Junge nicht sehen konnte, wer von dort kam, griff er nach seinem Bogen. Zwei rostfarbene Ohren ragten über den Horizont hinaus, dann die weiße Blesse an einem ovalen Gesicht, und schließlich galoppierte der ganze Rotschimmelhengst heran, mit hoch erhobenem Schwanz und flatternden Nüstern. Feuerschweif wieherte, und Elster erwiderte den Gruß. Caspar konnte sich nur vorstellen, daß Hal Feuerschweif mitgebracht und das Tier aus unerklärlichen Gründen auf den Hügeln zurückgelassen hatte. Der Lärm von Elsters galoppierenden Hufen mußte den Hengst angelockt haben. Er kam von hinten näher, und Caspar sah, daß Feuerschweif ohne Sattel und doch mit Zaumzeug war. Gefährlich flatterten die Zügel um seine hoch ausholenden Knie.

»Feuerschweif, ganz ruhig«, rief er in der Hoffnung, daß das Tier reagieren würde, doch er wußte es besser. Es war ein Pferd und kein Hund.

Feuerschweif kam auf gleiche Höhe, und Caspar lenkte Elster zum Hengst hinüber, streckte seine Arme aus und versuchte, seine Finger an die Zügel zu bekommen. Mühelos stampfte der Rotschimmel voran. Der Junge erwartete, daß der Hengst jeden Augenblick einen Fuß durch die Zügel treten und sich bei der Geschwindigkeit im Sturz das Genick brechen würde. Wieder wurde der Hengst langsamer, biß seitlich nach Elsters Hals, als wollte er der Stute sagen, daß er nun die Führung übernahm. Als der Schecke scheute, schaffte es Caspar, die losen Zügel zu erhaschen. Er gab die Zügel der Stute an Brid weiter und ließ sie los.

»Tu es nicht, Spar, nicht«, flehte Brid ihn an, als er Druck auf die Kandare des Hengstes ausübte und ihn neben die Stute brachte, so daß die Flanken der Pferde zusammenstießen.

»Ich bin schneller.« Caspar sah auf die verschwommene Erde hinab, die unter ihnen entlangfegte, zog sein linkes Bein an, so daß er auf Elsters Rumpf balancierte und auf den Rücken des galoppierenden Hengstes springen konnte. Ohne Sattel gab es nur wenig, woran er sich festhalten konnte, und Feuerschweifs Fell war glatt und schimmernd. Er spürte, wie er zur Seite rutschte und die eckigen Knochen der arbeitenden Schulterblätter sich an seiner Brust rieben. Er packte eine Handvoll Mähne am Widerrist des Pferdes und zog sich aufrecht, ergriff die Zügel und drückte sich an den Hals.

Als sein Herr erst sicher saß, schien das Pferd zu spüren, daß es Zeit war, wie der Wind zu laufen. Es reckte seinen Hals, während der Junge sich an der Mähne festhielt, und alle Muskeln arbeiteten wie einer. Caspar trieb seinen treuen Hengst so sehr, daß Brid mit dem schweren Schecken weit zurückblieb.

Als sie über die Anhöhe kamen, stürmte Caspar direkt ins Blickfeld seines Feindes. Er galoppierte zu schnell, um sofort anhalten zu können; es hätte ihn glatt über die aufgestellten Pferdeohren geworfen. Er mußte Feuerschweif im weiten Bogen wenden. Der Hengst bäumte sich auf, trat mit den Hufen nach dem Himmel; Caspar mußte sich mit den Knien festhalten und in die Mähne krallen, um nicht rückwärts abgeworfen zu werden. Unter sich sah er eine Gruppe von Söldnern und erblickte voll Entsetzen ein halbes Dutzend Männer in schwarzen Kettenhemden. Sie standen da und wachten über Hal. Sein Blick fuhr über eine Gestalt in einem Umhang und über zwei Grobiane, deren Position ihm nicht klar war. Die Söldner starrten zu ihm auf, als hätten sie ihn erwartet.

Der entsetzte Schrei eines Mädchens erklang unter einem schweren Umhang. Goldenes Haar fiel unter der Kapuze heraus.

KAPITEL 12

Das strahlend goldene Metall des Säbels zerstob zu Staubteilchen, trocken und pulverig wie Schwefelblumen. Das große Runenschwert schnitt weiter durch die Klinge und hackte gleich unterhalb des Ellenbogens in Tassos Arm. Blut spritzte aus der verletzten Arterie, und der Söldner hielt den Stumpf fest, brach zusammen und sackte geschockt auf seine Knie. Er schrie nicht. Seine Augen blickten nur zu Hal auf; ungläubig schüttelte er den Kopf. »Mein Arm, mein Arm«, war alles, was er sagte, bevor er die Besinnung verlor. Hal starrte ihn an, staunte über die Gewalt seines eigenen Angriffs und wischte sich das Blut des Söldners aus dem Gesicht.

Noch immer konnte er nur verschwommen sehen, und er drehte sich etwas zu spät um, als ein berittener Söldner zu Boden sprang, um sich ihm entgegenzustellen. »Hier, Belbidianer, nimm das.«

Als ihn das Schwirren einer Klinge warnte, die durch die Luft schnitt, fuhr Hal auf dem Absatz herum, riß den Kopf zur Seite und hob den Arm, um ihn zu schützen. Der Hieb war hart und brachte sengenden Schmerz, erst dem Ohr, dann seiner Hand. Er ignorierte den Schmerz und fuhr herum, hob das Runenschwert so an, daß es einen aufsteigenden Bogen beschrieb. Er schrie in kämpferischem Zorn auf und legte sein ganzes Gewicht in den Schwung. Er war erst zufrieden, als er spürte, wie die Waffe auf Fleisch traf, und er hackte dem Mann in Brustkorb und Schulter und ruhte erst kurz unter dem Schlüsselbein. Der Söldner taumelte fort, drehte sich auf groteske Weise um sich selbst, als seine Beine unter ihm nachgaben. Hal bohrte dem Mann sein Schwert in die Magengrube, schob es ihm ins Gedärm, als wäre dieses nicht mehr als ein Eimer voller Würmer.

Plötzlich fraßen sich die hysterischen Schreie einer Frau durch seinen blinden Zorn, und sein Angriff kam ins Wanken. Ulf, der mondgesichtige Küchenknecht, kämpfte mit der Gestalt, die in den Umhang eingewickelt war, und drohte mit seinem Schlachtermesser. »Ihr solltet besser aufhören, Master Hal!« Hohngrinsen machte sich auf seiner Miene breit, als er seine sabbernden Lippen leckte.

»Du stirbst zuerst, Verräter!« erwiderte Hal haßerfüllt.

»Das glaube ich nicht«, kreischte Ulf. »Oder wollt Ihr sehen, wie die kleine Dame noch mehr schreit?« Er riß den Umhang von dem zappelnden Bündel, das er in den Armen hielt, und zog der Gefangenen eine Kapuze vom Kopf. »Ist gar nicht mehr so hübsch, was? Aber ich kann sie noch etwas herrichten, wenn Ihr wollt, Master Hal.« Der Küchenbursche hielt dem Mädchen ein kurzes Messer an den Hals und drückte es an die weiße Haut, bis ein rot perlendes Halsband den blassen Hals schmückte.

Hal ließ sein Schwert sinken, und Gatto stürzte sich darauf.

»Cybillia?« fragte er staunend.

»Sieh mich nicht an, sieh mich nicht an! Laß sie mich töten, Hal. Ich habe nichts mehr, wofür es sich zu leben lohnt.« Sie wollte ihr Gesicht von dem verletzten Jungen abwenden, doch Ulf packte das, was von ihrem Haar geblieben war, und riß sie wieder zu Hal herum.

Er kicherte. »Sie ist gar nicht mehr so hübsch, hm?«

Zwei häßliche schwarze Prellungen verschlossen ihre Augen, und ihr Haar war mit einem Messer kurz geschoren, so daß es vom Kopf abstand, starr vor Dreck. Ihre Kleider waren zerrissen, gaben eine nackte Brust preis; die Brust war von Kratzspuren übersät, die zu knotigen Stichen von dunkel verkrustetem Narbengewebe verheilt waren. Der mondgesichtige Idiot schob seine fetten Finger in ihr zerfetztes Kleid und umfaßte ihre Brust mit seiner Hand. Sie wehrte sich, doch mit gefesselten Armen und dem Hals im Griff des Mannes konnte sie nichts dagegen tun.

»Wie kannst du es wagen, eine Dame von Belbidia so anzurühren!« Ein überwältigendes Gefühl des Zorns verkrampfte die Muskeln um Hals Herz.

Ulf schüttelte seinen übergroßen Kopf. »Sie ist keine Dame mehr.« Er schnalzte mit der Zunge, als schalt er das Mädchen, und lächelte. »Die Vaalaker haben mir eine Menge beigebracht. Die wissen, wie man sein Weibsvolk zähmt, nicht wie der große Baron Branwolf.« Der sabbernde Mann riß ihr Mieder auf. Ein fünfzackiger Stern war in die weiße, weiche Haut um ihre linke Brust geritzt. »Vier Männer waren nötig, um sie festzuhalten.«

»Du bist Belbidianer.« Cybillias Verletzungen widerten Hal bis in die Tiefen seiner Seele an. »Wie konntest du das tun?«

Der Mann grinste ihn nur von der Seite an. Er schob seine Hand an Cybillias Hals hoch und packte ihr Kinn, zwang ihr Gesicht herum, um Hal ihre linke Wange zu zeigen. »Hier. Noch mal das gleiche.« Die Verletzung war zu einem wulstigen roten Striemen verheilt. Das Zeichen der Heiden war für alle Zeiten in ihr Gesicht geschnitten. Stille Tränen rollten aus den geschwollenen Augen des Mädchens.

»Sieh mich nicht an, Hal«, flehte sie. »Ich bin zerstört. Ich bin verloren.«

Der Küchenknecht lachte. »Eine Schande, nicht, Master Hal? So ein hübsches Weib.«

Grob fesselten sie Hals Arme hinter seinem Rücken, während der Junge den verräterischen Belbidianer haßerfüllt betrachtete. Ungeheurer Zorn verdrängte den Schmerz in seiner Hand und das Pochen in seinem brennenden Ohr, und die feuchte Klebrigkeit seines Blutes nahm er kaum wahr. Der glatzköpfige Gatto stach ihm mit der Spitze des Runenschwertes in den Rücken und trat ihn zum Pferd hinüber. Dicke Arme packten Hal um den Bauch, als man ihn in den Sattel warf, und der Söldner stieg selbst hinter ihm auf. Eine behandschuhte Hand ergriff Hals Oberarm und drückte ihm das Blut ab.

Ein Vaalaker in einem Kittel wickelte einen Stoffstreifen um Tassos Arm und knotete diesen mit einem Stück Band fest, bevor er den Söldner auf sein Pferd hob. Der verletzte Mann hing über dem Widerrist des Pferdes, vor Schmerz und Blutverlust in sich zusammengesunken. Hal hatte Zeit, die bleiche Haut und das gefärbte, zu Zöpfen geflochtene Haar des Nordmanns zu betrachten. Er war klein für einen Vaalaker, und mit wachsendem Zorn erkannte der Junge in ihm den Schamanen Kullak, der bei dem Trupp war, der ihn in den Gelben Bergen gefangengenommen hatte.

Gatto sah zufrieden aus. »Gut, dann können wir uns jetzt wieder den anderen anschließen. Nachdem wir den kleinen Heiden nun in der Falle haben, wird er die anderen anlocken. Wir brauchen das Mädchen. Aber wir sollten besser etwas größeren Abstand zu diesem Eibenwäldchen halten. Wir wollen ja nicht, daß diese dämlichen Inquisitoren uns den Spaß verderben, oder? Wenn sie die kleine Hexe vor uns kriegen, können wir sie deinen feinen vaalakischen Landsleuten nicht verkaufen, stimmt doch, oder, Kullak?«

»Was haben sie dir versprochen?« fragte Hal den Küchenburschen bitter. »Was können dir die Vaalaker geben, das solches Übel wert wäre?«

Der Küchenjunge lachte. »Sie werden mich nicht mehr einen Idioten schimpfen. Sie werden sich verneigen und vor mir buckeln, wie sie es vor dir und dem Baron und so auch machen.«

»Du bist verrückt«, sagte Hal kalt und mit Würde. Der Verräter riß sein Pferd unbeholfen herum und schlug ihm hart über den Mund. Sorgsam achtete Hal darauf, daß er nicht die leiseste Reaktion auf den schweren Fausthieb zeigte.

Sie galoppierten zur Kuppe des Hügels, und der vaalakische Schamane machte halt, um sich seine Umgebung anzusehen. Das unheimliche Heulen eines Wolfes ging über die hügelige Landschaft. Das tiefe, hohle Klagen wehte auf der seufzenden Meeresbrise heran.

Ulf grinste zufrieden, und seine fleischigen Lippen bogen sich an den Mundwinkeln aufwärts. »Er kommt und sucht nach Euch, was, Master Hal? Der kleine Master Spar ist nie weit hinter Euch. Vielleicht töten wir ihn für Euch. Jeder weiß, daß Ihr ihn loswerden wollt. Jeder weiß, daß Ihr Torra Alta für Euch selbst wollt.«

Hal spuckte den Mann an.

Im Gegenzug versetzte der Bauerntrampel Cybillia eine Ohrfeige. »Das könnt Ihr nicht mehr machen, Master Hal. Sie zahlt für alles, was Ihr tut.« Ein Horn gellte durch die Lüfte, nach dem gespenstischen Heulen des Wolfes klang es schrill und harsch.

Gatto blinzelte zum Horizont. »Die Inquisitoren werden unsere Arbeit für uns machen. Sie wird vor ihnen fliehen und in diese Richtung laufen.«

Ulf verzog das Gesicht in süßer Vorfreude.

Gatto betrachtete den Boden vor sich. »Kommt schon, Männer, über den nächsten Hügel noch. Morbaks Männer werden ungeduldig sein. Sie mußten schon so lange auf diese Hexe warten.«

»Meister hat länger gewartet.«

Meister? dachte Hal bei sich. Auch der Vaalaker Guth-kak hatte etwas von einem Meister gemurmelt, nur hatte er damals gedacht, er meinte Morbak. Offenbar hatte er sich getäuscht. Da ihn die drängenderen Probleme allzusehr in Anspruch nahmen, konnte er sich diesem nur sehr kurz widmen. Nicht allein der Anblick von Cybillias Wunden und ihrem schrecklichen Leid, das sie von den Händen dieser Männer erlitt, bereitete ihm Übelkeit, sondern auch seine eigene, beklemmende Schuld. Ich hätte Spar nicht allein lassen dürfen, aber ich dachte, ich wäre nützlicher, wenn ich die Inquisitoren aufhalte. Lebhaft erinnerte er sich daran, wie er zu Branwolf aufgeblickt und dieser ihm erklärt hatte, daß er seinen Neffen niemals allein lassen dürfe.

Dieses Bild stammte aus der Vergangenheit, als sein Bruder so wütend gewesen war, daß er seinen Halbbruder nicht einmal bestraft, sondern sich einfach nur von ihm abgewandt hatte. Hal war damals etwa zehn gewesen und Spar erst sieben. Er hatte sein erstes Jagdpferd bekommen, einen schlanken, schnellen Braunen, und in der Aufregung hatte er einen Fuchs gejagt und seinen Neffen auf dem kleinen, zottigen Pony vergessen. Caspar blieb zurück und ging verloren. Fünf Stunden hatte die Garnison gebraucht, um ihn zu finden. An diesem Tag, als er vor Reue und Schuldgefühlen ganz benommen und verwirrt war, schwor Hal seinen ersten Eid, gab Branwolf sein Wort, daß er Caspars Wohlergehen niemals mehr vernachlässigen würde, und nun hatte er so viele Jahre später noch immer das Gefühl, daß er den Baron enttäuschte. Dieses Gefühl des Versagens betäubte ihn, tötete den Schmerz in seiner Seite und in der Hand.

Das dumpfe Tappen der Hufe wurde zu einem klappernden Trommelwirbel, als sie die Straße nach Tartra überquerten. Sie galoppierten durch den Weingarten, zerstreuten aufgeschreckte Bauern und brachen durch die Reihen der Reben, bevor sie auf die nächste Anhöhe kamen und an einem Schwarzdornwäldchen hielten. Der andere Söldnertrupp erwartete sie bereits. Mit bitterem Widerwillen sah Hal die Gruppe Berittener und das mächtige Muskelpaket des vaalakischen Kriegers an, der bei ihnen war. Trotz des Bauernkittels, der Holzschuhe und des schmutzig braunen Haars erkannte Hal Scragg sofort, und er spürte, wie seine Augen vor Feindseligkeit brannten. Böse stieß Ulf Cybillia beiseite, riß sie an den Haaren zur Seite, bis sie zu Boden fiel. Ihre Arme waren gefesselt, konnten den Sturz nicht bremsen, so daß sie unbeholfen auf der Schulter landete. Hal spürte, wie der Boden beim Sturz bebte.

»In der Hölle sollst du schmoren!« knurrte er zwischen knirschenden Zähnen hindurch.

»Ich? Ha! Meister wird mich schützen. Ich bin kein Ketzer wie du und dieses Mädchen.«

»Und welche Ketzerei soll das arme Mädchen begangen haben?«

»Meister hat gelehrt, daß Frauen den Teufel nah an ihrem Herzen haben. Und nach dem, was die Nordmänner mit ihr gemacht haben, hat sie kein Recht auf die Liebe Gottes, weil sie nicht mehr rein ist. War ihre eigene Schuld, weil sie eine Frau ist. Sie mußte bestraft werden.«

»Du bist ein böser Mensch«, sagte Hal nur und versuchte, Cybillias mitleiderregendes Jammern aus seiner Wahrnehmung zu verdrängen.

Ein Söldner, der nur ein knielanges, gestepptes Wams trug, nahm seinen Säbel und drückte die Spitze in Hals Rücken, schob den verletzten Jungen zu einem knorrigen Schwarzdorn hinüber. Er schlug Hals Fesseln durch, und entsetzt sah Hal seine verstümmelte Hand mit dem fehlenden Finger an. Grob stieß man ihn zum Stamm des Baumes.

Spöttisch schüttelte Gatto den Kopf. »Du bist ein trauriger Anblick, junger Edelmann. Wenn man bedenkt, daß dir vertrauensvoll aufgetragen wurde, diese Dame sicher nach Farona zu geleiten. Wir wußten, daß ihr nach Farona ziehen würdet, auch wenn wir euch auf der Straße nicht finden konnten. Doch dann habt ihr einen Fehler begangen. Wir wußten nicht, wohin ihr von Farona aus wolltet, aber glücklicherweise habt ihr

Cybillia zurückgelassen. Das war ein großer Fehler.« Sein häßliches Gesicht verzog sich zu einem Lachen. »Anfangs konnte sie uns nichts sagen, auch nicht, nachdem die Männer sie – wie wollen wir es sagen – unterworfen, sie etwas gezähmt hatten, aber dann tauchte Ulf auf, suchte nach seinen vaalakischen Freunden. Er plapperte irgendwas davon, daß sein Schamane vage Bilder von euch gesehen hatte, auf denen ihr nach Süden zogt, und er hatte diesen kleinen Stein bei sich. Zeig ihn her, Ulf.«

Freudig ließ der Küchenbursche eine kleine Kugel vor Hals Augen baumeln.

»Nun, natürlich wußte der arme Ulf nicht, wie er sie benutzen sollte. Offenbar funktioniert dieser heidnische Zauber nicht bei jedem, aber glücklicherweise, wie ich schon sagte, hattet ihr Cybillia zurückgelassen. Wir haben ihre Hand daran gehalten, und trotz ihrer Schreie rief sie in dem Kristall ein Bild hervor. Es war sehr undeutlich, aber hin und wieder ließ es einen Blick auf die Straße zu, und dann sahen wir kurz den Isthmus. Das genügte. Die Fähre von Dorsmund nach Caldea war schnell und brachte uns direkt nach Ildros. Als wir ankamen, herrschte dort ein solcher Aufruhr, was Zauberei und Hexenkünste anging, daß nicht viel dazu gehörte, zwei und zwei zusammenzuzählen.«

»Ihr Gesicht war so lustig.« Vor Freude sprang Ulf bei dem Gedanken auf und ab, was bei einem solch schwergewichtigen Mann ziemlich lächerlich aussah. »Ihr hättet ihr Gesicht sehen sollen, als der Zauber bei ihr wirkte.«

Gatto fuhr mit feierlicher Selbstbeherrschung fort. »Wißt Ihr, Kullak sagte, sie müsse selbst eine Hexe sein, trotz aller Gebete zum Allmächtigen, sonst hätte der Stein seine Geheimnisse für sich behalten. Nun, als wir erst wußten, daß sie eine Hexe war, haben wir sie als solche gebrandmarkt. Und alles nur, weil sie ein anderes Kleid wollte. Eitelkeit muß eine Sünde sein. Es war die einzige Gelegenheit, bei der wir sie außerhalb des Palastes angetroffen haben. Und jetzt an den Baum da. Und du, Mädchen, beweg dich.«

Hilflos wie er war, hatte Hal keine Wahl, mußte sich fügen und Hände und Füße an den Stamm des Schwarzdorns fesseln lassen. Cybillia war neben ihm angebunden. Ihr krampfartiges Schluchzen verklang, und beschämt ließ sie den Kopf hängen. Hal empfand tiefes Mitleid mit ihr. Sie war nicht mehr schön, weder innerlich noch äußerlich. Sie war für einen Mann nun nicht mehr rein, doch sie war noch immer unschuldig und immer noch auch Belbidianerin, obwohl er sich kaum dazu bewegen konnte, in ihr entstelltes Gesicht zu sehen. Er hatte ohnehin kaum noch einen Gedanken für sie frei, da seine Sorge um Caspar wuchs.

Triumphierend, als beanspruchte er die glorreiche Waffe für sich selbst, warf Gatto das Runenschwert mit der Spitze in die Erde, wo es steckenblieb und wie eine Sonnenuhr einen langen Schatten warf. Hal fragte sich, wie lange es dauern würde, bis Brid und Caspar nach ihm suchen würden und ob die Inquisitoren sie bereits gefangen hatten. Nie zuvor hatte er sich derart hoffnungslos machtlos gefühlt. In seiner Verzweiflung mußte er beten. Lieber Gott, begann er, und lebenslange Erziehung rief die Worte automatisch in seiner Seele wach, strafst du mich, weil ich mich auf diese Heiden eingelassen habe? Aber ich muß doch, ich muß es tun, um Torra Alta zu retten. Bitte, lieber Gott, mag ich auch ein elender Sünder sein, bitte hilf uns.

Er sah das Runenschwert an, beobachtete den kriechenden Schatten, der das unentrinnbare Verstreichen der Zeit anzeigte, die ohne Rücksicht über ihr Leben hinwegging. Er sah Cybillia an: ihr Leben, ihre Hoffnungen, vor allem ihre verlorene Ehre und Würde, und doch hatte sie unterwürfig auf die Allmacht des Einzig Wahren Gottes vertraut. Sie war ihrem

Bekenntnis treu geblieben und ohne Wankelmut gewesen, und doch hatte er sie verlassen. Da der Einzig Wahre Gott selbst Cybillia in ihrer Not im Stich gelassen hatte, lenkte Hal seine Gedanken auf die alte Religion seiner Vorfahren. Mutter, hilf mir, Mutter, betete er innerlich, wenn auch ein wenig unsicher. Mein Gott will mir nicht antworten. Bitte, erhöre mich. Er drückte die Sohlen seiner Füße in die Erde, als streckte er sich nach ihrem Trost. Er wußte nicht, wie er ihre Hilfe rufen sollte, wußte nicht, auf welche Kräfte sich Brid berief, doch nun wünschte er sich, daß die Jungfrau hier bei ihm wäre.

Tasso sah unter den dicken Schichten seiner schwarzen Haut sehr krank aus, als ein Kamerad ihm half, die Aderpresse von seinem Armstumpf zu entfernen. Die Wunde war sauber, der Knochen glatt durchtrennt, was das schwammige Gewebe des Knochenmarks und die Enden der runden, grauen Röhren freilegte, wo die Arterien durchschnitten waren. Einer der Söldner griff nach seiner Satteltasche und nahm eine Flasche hervor. Der Korken ploppte, als er sie öffnete. »Tut mir leid, Tasso, aber wir müssen dafür sorgen, daß keine Maden eindringen.« Er schüttete die Flüssigkeit über den wunden Stumpf, und zum ersten Mal schrie der verletzte Söldner auf. Der Gestank von reinem Alkohol lag in der Luft.

Hal sah sich nach dem Runenschwert um, das der Söldnerführer in die Erde gebohrt hatte. Der Schatten war nun kürzer. Einen Moment lang dachte Hal, sein trüber Blick müsse ihn täuschen. So weit konnte die Sonne unmöglich gewandert sein. Konzentriert sah er das Schwert an und wurde sich des Umstandes bewußt, daß es langsam, unmerklich in die Erde sank. Das Gewicht des Heftes trieb die scharfe Spitze durch die Krume, als würde das Schwert von der Erde aufgesogen.

»Wann werden sie uns töten?« fragte Cybillia. Ihre Stimme war rauh, als schmerzte sie das Sprechen.

»Uns töten? Sie werden uns nicht töten.« Hal versuchte, beruhigend zu klingen. »Wir sind noch nicht am Ende. Nun, mach dir keine Sorgen. Uns fällt schon noch was ein.« Es war absurd, so etwas zu sagen, denn was konnte er sich schon erhoffen, verzurrt wie eine Gans beim Erntedankfest. Die Wölfin, dachte er erneut. Er sammelte seine Gedanken zusammen und versuchte, sich an alles zu halten, was ihnen Hoffnung bringen konnte. Die Wölfin, vielleicht war sie ihnen zu Hilfe gekommen … doch das war absurd: Wölfe waren elende Kreaturen, die den Menschen haßten. Es war hoffnungslos. Er war gefesselt und unbewaffnet, und ihre einzige Hoffnung war Caspar … und Brid natürlich. Aber er konnte sich nicht vorstellen, was eine derart kleine Frau gegen die boshafte Brutalität dieser bewaffneten Männer ausrichten sollte. Nein, ihre Hoffnungen ruhten auf Spar. Er stellte sich vor, wie sein Neffe gegen diese Bande grausamer, schlachterprobter Krieger kämpfte, allesamt wahrscheinlich doppelt so groß und schwer wie er, und er wollte schier verzweifeln.

»Nun, Camaaliak, deine Männer sieht nicht mehr gut aus.« Hal kannte diese Stimme nur allzugut. »Du bist sorglos mit deine Männer. Dein Mann ist größer sorglos mit seine Hand. Klein Belbidiak wilder, als du denkst. Du gib mir Messer. Ich hab mit diese Bengeljunge noch Rechnung offen.«

Angewidert sah sich Hal den dicken Stiernacken an, die aschfahle Haut, die wäßrig blauen Augen. Was langes, strähnig blondes Haar sein sollte, war nun von seltsam mattem Braun mit einem Hauch von Grün an den Rändern, wo die Farbe langsam verblaßte. Die Kleider waren belbidianisch, schlicht gewobenes Tuch, doch alles andere an ihm war vaalakisch. Traurig fragte sich Hal, wie um alles in der Welt dieser Mann so weit durch Belbidia hatte reisen können, ohne daß man ihn aufgehalten hätte. Sein Land befand sich schon so lange im Friedenszustand, daß die Menschen einfach keinen Argwohn mehr hatten. Sie dachten nur an die Ernte und die Ochsen und die Preise auf dem Markt.

Bereitwillig kam Hal der Trotz über die Lippen. »Wie man hört, ist eine Infusion von Schwarzwurzeltee sehr gut zum Haarefärben, aber ich glaube, Eure Dienstmagd hat das falsche Mittel benutzt. Dennoch fühle ich mich geschmeichelt.« Hal lächelte und hob höhnisch die Nase, trotz des Schmerzes, den es um die Schwellung an seinem Auge hervorrief. »Es ist wirklich rührend, daß Ihr meine Haarfarbe nachahmen wollt. Nur Eure Ohren – mit den Ohren bin ich mir nicht sicher. Der Elfenstil ist eher am Aussterben.« Es schien Jahrzehnte her zu sein, seit Hal Scragg in der vaalakischen Arena gegenübergestanden, den Mann mit Brids Hilfe besiegt und ihm die Ohren gestutzt hatte.

»Du sprech zu frei, Belbidiak. Ich denk, ich schneide dein Ohren oder besser noch Zunge. Bah! Du bist sowieso tot, und wir wollen den Maidling.« Von hinter den Büschen hörte man ein Zischen, und Kullak, der vaalakische Schamane, schwebte daraus hervor.

»Wir fangen Maidling lebend, und sie führt uns zu Ei … das Ei, das alles erobert.« Der Schamane hatte einen Lederbeutel, ähnlich dem, den Brid stets bei sich trug. Er griff hinein und brachte eine Faustvoll kurzer Knochen hervor, keiner länger als einen Daumenbreit. Hal brauchte einen Augenblick, bis er herausgefunden hatte, was sie waren. Als er sie in der vaalakischen Hand ausgebreitet sah, merkte er, daß es sich um menschliche Knöchel handelte.

Kullak sah Hal an, und der Torra Altaner konnte den Widerwillen nicht verbergen, der ihm ins Gesicht geschrieben stand. »Ha! Du hast recht.« Er ließ die Knochen in seiner Hand klappern, als wären es Würfel. »Finger von Belbidiaks. Besondere Belbidiaks. Jungfräulich Maidlinge. Wir schneiden ihnen Finger von rechte Hand, einen nach dem anderen, und sie schreien. Die Macht in Jungfrau ist stark, viel Zauber drin. Muß Jungfrau sein.« Er verstreute die Knochen im Kreis um den Schwarzdorn, an den Hal und Cybillia gefesselt waren. »Muß Jungfer sein, sonst keine Macht gegen Jungfraupriesterin.« Zufrieden betrachtete er den Ring aus Knochen. »Ich kann Kraftkreis selber machen.«

Plötzliche Kälte kroch durch Hals Füße. Seine Zehen fühlten sich taub an, und seine Schienbeinknochen schmerzten. Es war, als stünde er wieder auf dem Gletscher.

»Vaal-Peor ist mächtig«, seufzte der Schamane. Er kniete nieder, um die Knochen neu zu arrangieren, sorgte dafür, daß sie einen makellosen Kreis bildeten. Er legte sein Muster so, daß das Runenschwert außerhalb des Ringes blieb. »Müssen Jungfrau sein«, murmelte er.

Scragg lächelte, zeigte seine elfenbeinernen Zähne. »Morbak wird sein stolz. Nicht leicht zu sagen, ob Maidling Frau sein oder nein. Kullak sagt, muß sicher sein. Jeder einzelne Knochen stammt von kleine Maidling, nicht höher als hier.« Er streckte seine Hand aus, mit der Handfläche nach unten, und hob sie auf Hüfthöhe. Hal wurde übel. Ekel stieg aus seinem Magen auf, brachte einen beißenden Geschmack in seine Kehle, als er sich die kleinen fünf- oder sechsjährigen Mädchen vorstellte, die unter den Händen dieser Männer gelitten haben mußten. Er hatte erwartet, daß Cybillia schreien oder in Ohnmacht fallen würde. Der Gedanke an derartige Greueltaten war für das zartbesaitete Mädchen sicher mehr, als sie ertragen konnte, doch sie ließ nur den Kopf hängen, und als sie sprach, tat sie es aus Trauer, nicht unter Schock.

»Ich habe sie beobachtet. Sie haben mich dazu gezwungen. Diese Dämonen aus der Hölle haben ihnen die Finger abgehackt. Wäre ich ein Mann gewesen, hätte ich sie allesamt erschlagen.«

Hal schüttelte den Kopf. »Nein, es hätte keinen Unterschied

gemacht. Dame oder nicht, du hättest diese Tiere nicht aufhalten können. Sie sind wahnsinnig.«

Der Schamane schien mit seinem Arrangement zufrieden, und wieder griff er in seinen Beutel, um etwas herauszunehmen, das wie Lappen aus rohem Fleisch aussah. Sie zappelten, wenn er sich bewegte.

»Zungen, Zungen von Frauen. Belbidia ist nun ruhigerer Ort. Ihr solltet mir dankbar sein.«

Ulfs Augen quollen vor unstillbarer Mordlust hervor, als der Schamane die Zungen auf dem Boden ausbreitete. Der vaalakische Priester kroch auf den Knien herum, murmelte in seiner gutturalen Sprache Zaubersprüche, wobei er jeden Vokal halb verschluckte, während Scragg ins Tal hinab zur Straße stierte und den Griff seiner Axt in seine Handfläche schlug. Ärgerlich tippte der Schamane, während er in nordischer Sprache knurrte, an das Bein des vaalakischen Kriegers, als er zu dessen Stiefeln kam. Der Krieger trat zur Seite, fort vom Kreis.

Endlich zufrieden stand der Schamane auf. »Kreise innerhalb von Kreisen. Die Falle für Maidling. Schaman ist bereit.«

Hal blickte dem Schamanen in die Augen, sah eine tiefere Farbe in der Iris und erinnerte sich daran, daß der Zauberer kleiner und dunkler als die üblichen vaalakischen Krieger war. Er hatte es sich dadurch erklärt, daß er Priester war, kein Krieger, doch als er die einstudierten Rituale des Mannes beobachtete, die sich wie Brids auf die Elemente konzentrierten, fragte er sich, ob der Vaalaker vor langer Zeit aus demselben Samen wie die alten Stämme Belbidias entsprungen war.

»Sie ist keine gewöhnliche Priesterin, müßt Ihr wissen«, sagte Hal so beiläufig er konnte. »Nicht nur eine weise Frau, nicht nur eine Kräuterkundige, nicht nur ein halbirres Weib, das in allem Kreise und Muster sieht. Sie ist eine der drei

Dienerinnen, eine Hohepriesterin.« Er durchforstete seine Erinnerung nach Brids Titel, den er stets als eher lächerlich empfunden hatte. »Als Tochter des Mondes und eine der Erhabenen Dienerinnen ist ihre Zauberkraft weit größer als Eure, reisender Priester. Ihr glaubt, Eure Kreise könnten sie aufhalten. Bah! Ihre Macht ist groß.« Er versuchte überzeugend zu klingen, doch im Grunde seines Herzens hielt er Brid für ein starrsinniges und arrogantes Mädchen. Dennoch sah er, daß seine Worte den Priester Vaal-Peors verstörten.

»Notwendig, daß sie stark ist. Sie ist diejenige, die das Ei finden soll«, erwiderte der Vaalaker und kroch weiterhin im Kreis herum, wobei er über seinen makabren Sakramenten ein paar eindringliche Sprüche murmelte. »Morbak hat von Ei gehört, und wenn wir haben Maidling, wir haben auch Ei.«

»Eier, Zungen von Frauen, Knochen von Jungfrauen. Kreise in Kreisen. Ihr nennt Euch Priester eines großen Manngottes? Euer Werkzeug ist weiblich, Eure Macht ist von Frauen gestohlen. Glaubt Ihr, das könnte eine der Drei Erhabenen Dienerinnen vernichten? Ihre Macht ist groß, Schamane.« Verzweifelt versuchte Hal, Kullaks Selbstvertrauen zu untergraben. Er wußte nicht, was er sagte oder ob es Sinn machte, doch er wußte, daß Brid alles in männlich oder weiblich einteilte, und für sie schien es von großer Bedeutung zu sein. Seine Knie schmerzten, und seine Knochen fühlten sich vor Kälte ganz zerbrechlich an. Cybillia zitterte.

Der Küchenbursche von Torra Alta starrte ins Tal hinab, achtete wachsam auf jede Regung. Voller Verachtung sah Hal seinen Rücken an. Das war der Mann, für den sein Bruder gesorgt und den er beschützt hatte, dem er trotz seiner ungeschlachten Art und des mangelnden Feingefühls Arbeit und Schutz gegeben hatte. Er verärgerte die Köchin und belästigte die Küchenmägde, doch Branwolf verteidigte ihn und sagte, man müsse auf jene achten, die weniger glücklich als man selbst seien. Branwolf war seine Freundlichkeit auf grausame Weise vergolten worden.

»Verräter!« zischte Hal seinem Rücken zu.

»Schneidet ihm die Zunge raus!« schrie Ulf vor Zorn. »Gebt mir seine Zunge, und ich zertrete sie mit den anderen im Dreck.«

Der Schamane stand auf und stieß den mondgesichtigen Mann zurück. »Du bist verrückt, wie Belbidiak sagt. Verrückt wie Troll. Feuer von Haß hat dein Gehirn versengt. Seine Zunge, die Zunge von Jungling wird Zauber noch verderben.«

Erleichtert schluckte Hal, und für den Augenblick beschloß er, daß es besser wäre, den Mund zu halten. Die Zeit schien sich hinzuziehen, und er fürchtete, daß Caspar bereits etwas zugestoßen sein mußte. Diese Inquisitoren müssen sie gefangen haben, dachte er verzweifelt. Wir sind in unserem eigenen Land von Feinden umgeben.

Kullak wurde ungeduldig, marschierte auf und ab, murmelte Vaalakisch. Hal konnte kein einziges Wort verstehen, bis auf den Namen Morbak inmitten des aufgeregten Gemurmels. Er betrachtete den ekelhaften Kreis aus menschlichen Überresten um sich herum, und dann sah er verzweifelt zu seinem Schwert. Es war außerhalb seiner Reichweite und schien noch immer allmählich zu versinken. Ich brauche nur das Schwert, dachte er, dann kriege ich sie alle, jeden einzelnen. Das Schwert ist mein. Ohne die große Waffe fühlte er sich nackt und verletzlich, nur ein Belbidianerjunge, der mit einem Jagdbogen besser als mit dem Schwert umgehen konnte. Der Bogen … er stürzte sich auf den Gedanken. Wenigstens hatte Caspar seinen Bogen.

»Es wird Zeit, sich zurückzuziehen«, befahl Gatto, klemmte sich Tasso unter die Schulter und half ihm, in den Schutz des Dickichts zu stolpern. »Geh in Deckung, Ulf, und fang an, deine Gebete aufzusagen. Wir lassen dieses Mädchen kein zweites

Mal entkommen. Ich nehme dieses Schwert.« Er beugte sich vor, um die Waffe an sich zu nehmen, legte seine Hand ans Heft und versuchte, es aus dem Boden zu ziehen. Es wollte sich nicht bewegen. Er riß daran, versuchte, es hin und her zu biegen, doch der Boden wollte die Klinge nicht preisgeben, als forderte die Mutter das Schwert wieder zurück.

»He, paßt auf! Seht doch, da oben!« warnte ein Söldner und deutete auf den Kamm der Anhöhe. »Der andere Junge!«

»Auf Pferd von Teufel«, murmelte der vaalakische Schamane. »Farbe von Feuer.«

O nein, dachte Hal bestürzt. Wenn Spar auf Feuerschweif sitzt, hat er Brid meilenweit hinter sich gelassen. Er befürchtete, daß Caspar ohne Brids klarsichtige Führung leichtsinnig wäre und geradewegs in die Falle des Feindes tappen würde.

Gatto ließ davon ab, das Schwert herauszuziehen, und warf sich in den Schutz des Schwarzdorndickichts. Am fernen Horizont kam der Reiter über die Kuppe. Sein roter Schimmel bäumte sich auf, schlug mit den Hufen in die Luft. Kurz überschaute der Reiter die Szenerie im Tal unter sich, dann stürmte er zur Straße und folgte dem schlammigen Pfad. Dieser führte ihn direkt zum Schwarzdorndickicht, in welchem die Söldner und die Vaalaker auf der Lauer lagen.

Jenseits der Anhöhe gellte ein Horn eindringlich und durchdringend durch die Luft. Das Horn der Inquisitoren, dachte Hal und lauschte entgeistert. Sie müssen Brid gefangen haben und jagen nun noch Spar. Er wird allein in diese Falle tappen. Er wollte schon schreien, seinen Neffen warnen. »Spar, verschwinde hier, hau ab! Es ist eine Falle. Rette Brid und verschwinde hier.« Seine Lungen schmerzten vor Anstrengung. Er hielt inne, um Luft zu holen. Hören konnte er nur noch das manische Hämmern seines Herzens und das Trommeln von Hufen, die dem Dickicht entgegengaloppierten. Scragg hielt seine Axt seitlich von sich, auf Kniehöhe eines

Pferdes, bereit, auf Feuerschweifs Vorderbeine einzuhacken, sobald der Hengst ins Dickicht einbrach.

»Schrei nur, Belbidiak«, höhnte Scragg. »Schrei weiter. Es lockt ihn nur noch schneller an.«

»Spar, paß auf! Paß auf! Es ist eine Falle! Sie sind unter den Bäumen«, schrie Hal in Panik.

Caspar ritt mit verknoteten Zügeln, dem Bogen in der Hand und einem Pfeil schon auf der Sehne. Im vollen Galopp hob er den Bogen und richtete den Schaft direkt auf Hal. Staunend starrte der gefangene Junge ihn an. Ungläubig sank sein Kinn herab. Caspar richtete einen Pfeil direkt auf ihn, während er einem Vaalaker in die Axt ritt. »Bei aller Liebe, Torra Alta, er will mich erschießen«, murmelte Hal in dieser winzigen Sekunde, als sein Neffe den Arm zurückzog, um den Pfeil abzuschießen.

Der Knall der Sehne, die an Caspars Unterarm entlang strich, verklang in einem dumpfen Schlag, als sich der Pfeil in die Rinde des Schwarzdornbaumes bohrte. Die Seile glitten von Hals Handgelenken, als der Pfeil die Fesseln durchschlug, die Cybillia und ihn an den Baumstamm ketteten. Das blonde Mädchen sank zu Boden, und Hal befreite sich von den Seilen, die ihn noch umfingen. Im nächsten Augenblick hörten sie ein Brüllen von dem mächtigen vaalakischen Krieger, als dieser seine Axt nach Feuerschweifs Beinen hieb. Das Pferd sprang zur Seite, stolperte im Unterholz und ging zu Boden, warf Caspar dem Nordmann vor die Füße. Hilflos sah Hal, wie sein Neffe zu der dünnen Klinge über seinem Kopf aufblickte. Aber der Junge rollte nach links, fort von der Klinge, die sich knirschend in die Erde bohrte. Scragg riß die Axt hin und her und hob sie erneut, um auf die Füße des Jungen einzuschlagen. Er setzte sich rittlings auf den Torra Altaner, nagelte den Jungen an den Boden und machte es Caspar unmöglich, ihm zu entkommen.

»Spar!« Hals Stimme klang wie erstickt. »Spar, nein!« Caspar wandte seinen Kopf herum, und eine Sekunde lang trafen sich ihre Blicke. Hal kroch zum Rand des Kreises, doch er merkte, daß er sich immer langsamer bewegte, als froren ihm die Gelenke ein. Er konnte kaum sehen. Ein Vorhang aus Eiszapfen schien vor seinen Augen zu hängen, und alles schien verzerrt, wurde wirbelnd scharf, dann wieder unscharf. Das große Runenschwert lag nur einen Schritt weit vor ihm, doch seine Arme bewegten sich so schmerzlich langsam, daß er es nicht erreichen konnte. Es geschieht nur im Kopf. Wenn ich nicht an den Zauber glaube, an die Macht des Schamanenkreises aus Knöcheln und Zungen, werde ich frei sein, dachte er. Das ist abergläubischer Unsinn. Der Schlag an den Kopf fordert seinen Tribut.

Doch dann fiel er, fiel durch Zeit und Raum, als wäre er von dem höchsten Turm auf Torra Alta gesprungen. Schmerzlos schien er durch die Luft zu schweben, brauchte eine Ewigkeit, bis er am Grund der Schlucht anlangte. Laß mich nicht bewußtlos werden, flehte er sich selbst an, doch irgendwie konnte er seinen Körper nicht dazu bringen, sich zu bewegen. Sein Wille wurde ihm entzogen, was seinen Sinn für Wirklichkeit jenseits seiner Wahrnehmung führte.

»Spar«, versuchte er zu schreien, als er darum rang, sich von den Hindernissen zu befreien, die sich in seine Knochen krallten. Seine Stimme war dünn und brüchig, zerbrach zu kleinen Teilchen, wie Eiszapfen, die am Boden zerschellen.

Scragg sprang vor, hob die große Doppelaxt über seinen Kopf. Langsam kam sie in Bewegung und bekam Schwung, als sie den Zenit ihres Bogens erreichte, kurz innehielt und auf dem erwünschten Weg herabkam, um Caspars Füße von den Knöcheln zu trennen. Da taumelte der Vaalaker erneut, als ihn jemand hart von hinten stieß. Die Axt glitt nach vorn und grub die Erde eine Handbreit neben Caspars Schenkel auf.

»Er gehört mir«, brüllte Ulf. »Ich will ihn! Ich will ihn!«

Wütend fuhr Scragg herum und stellte sich dem fleischgesichtigen Küchenburschen. Caspar vergeudete keine Zeit damit, darauf zu warten, daß die Männer ihren Streit beilegten. Er trat seine Fersen in die kalkige Erde und befreite sich, wand sich unter den Unterschenkeln des Vaalakers hervor, wo er in einem Schraubstock aus Muskeln eingeklemmt gewesen war. Er stürzte sich auf seinen Onkel.

»Hal, steh auf! Steh auf!«

»Bleib aus dem Kreis.« Mit flehentlichem Blick sah er auf. Die schwere Decke eines blutigen Augenlids versperrte ihm die Sicht. »Halte dich vom Kreis fern.«

Hilflos sah Hal, wie sich sein Neffe mühte, seinen Bogen zu finden.

»Das Schwert«, versuchte Hal zu sagen, doch er glaubte nicht, daß seine Worte hörbar waren. Nun war nur noch das Heft über den Grasbüscheln sichtbar, und das konnte sein Neffe nicht gesehen haben. Feuerschweif war noch am Boden, ein Fuß in den Zügeln verfangen, und er trat mit beiden Hinterbeinen aus. Die Gesichter grausamer, böser Männer ohne Moral oder Gnade sammelten sich um den kleinen Jungen. Er suchte den Boden ab, suchte seinen Bogen.

»Er gehört mir. Rühr ihn nicht an«, heulte Ulf in wahnsinnigem Zorn.

»Ich will von deine Wahn nichts hören«, bellte der bärengleiche Vaalaker und vergeudete keine Zeit mit Argumenten. Mit den vorgestreckten Knöcheln seiner freien Hand schlug er dem verräterischen Torra Altaner mitten ins Gesicht. Verblüfft taumelte Ulf rückwärts. Der riesige Axtkrieger biß die Zähne zusammen, und die Muskeln an seinen Wangen spannten sich vor Konzentration und Anstrengung. Sein nächster Hieb wurde vom Schamanen vereitelt, der sich ihm entgegenstellte. Sie knurrten in ihrer häßlichen Sprache, und schließlich lockerte der Krieger seinen Griff und überließ Caspar dem Schamanen.

»Wir denken es besser, wenn du leben, besser für fangen Hexe. Du kommst auch in Kreis. Der Kreis bindet sich an Atem von Vaal-Peor.« Der kleinere, dunklere Vaalaker packte den rothaarigen Jungen beim Kragen und zerrte ihn über den Boden. Die Absätze an Caspars Stiefeln hinterließen zwei Schleifspuren im Gras, als er sie hineindrückte. Gleichzeitig riß er an den Handgelenken des Mannes und bohrte seine Nägel tief in das blasse Fleisch.

Eine rauhe Trompete schallte beunruhigend nah. Sie ließ Kullak unvermittelt stehenbleiben. Er ließ Caspar fallen, nahm seine Axt mit beiden Händen und wandte sich dem Angriff zu. Hufe, dachte Hal, Hufe trommeln über die Erde. Er fühlte, wie ihm das Beben entgegenkam. Hufe, eine Trompete, mehr als ein paar Hufe, wie ein Trommelwirbel, wie Donner, der am Rand des Horizontes rumpelt. Er konnte seinen Kopf nicht länger vom Boden anheben und nahm nur noch das Trommeln in seinen Ohren wahr. Am Rande der Vernunft konnte er nur noch davon ausgehen, daß es die Inquisitoren waren. Seine Hoffnungen waren zerstoben.

KAPITEL 13

Über den Köpfen der Krieger stampften zwei schwarze Hufe durch den Himmel. Elsters massiger Leib stürmte mitten in den Feindeskreis und trug die winzige Gestalt der Jungfrau. Auf dem breiten Rücken des Streitrosses kauernd, schwang Brid die Zügel mit der federleichten Berührung ihrer Hände. Ihre bohrenden Blicke richteten sich zornig auf die Gesichter der Feinde. Verglichen mit der bärengleichen Kraft der Männer und den großen Knochen des Rosses sah sie wie ein zerbrechliches kleines Kind aus, so fehl am Platze wie ein Ruderboot auf einem stürmischen Meer.

Riesige Hände in Handschuhen griffen von allen Seiten nach ihr, langten nach Beinen und Füßen. Wütend trat sie um sich und griff in ihr zerfetztes Kleid nach dem Kräuterbeutel, den sie stets um ihren Hals trug. Sie riß Hals abgetrennten Finger hervor, bereit, ihn in den Kreis aus Knöcheln zu werfen, den der vaalakische Schamane ausgelegt hatte.

»Hal«, rief sie. »Hal, atme Feuer in dein Herz, denk an Flammen, denk an die Hitze des Lebens.« Sie konzentrierte den Fluß ihrer Energien auf den Jungen am Boden, der dort verwundet sein Leben in die Krume blutete. Allein die große Stute, die sich drehte und um sich trat, hielt ihr die Feinde vom Leib.

Als Caspar durch die Farne kroch, die seinen Bogen verschluckt zu haben schienen, fühlte er, wie ihm der Kragen an seinem Hemd den Hals zuschnürte, und sein Atem knirschte durch die eingeklemmte Luftröhre. Er drehte und wand sich, bis seine Augen in das siegesgewisse Gesicht des Schamanen blickten. Wütend versuchte er, sich aus Kullaks Griff zu befreien, und plötzlich konnte er wieder atmen, als das wollene

Hemd zerriß und ihn aus der Garrotte befreite, die ihm in den Hals schnitt. Er rollte sich zu einem Ball zusammen, trat hart aus und traf den Mann an der Kniescheibe. Der Schamane gab ein ersticktes Grunzen von sich, bevor er dem Jungen mit der Spitze seines Holzschuhs, den er vermutlich einem glücklosen belbidianischen Bauern gestohlen hatte, in den Magen trat. Er trieb ihn tief in den ungeschützten Unterleib des Jungen, und Caspar klappte zusammen, schnappte nach Luft. Der Vaalaker nahm ihn in einen gnadenlosen Würgegriff, drehte seinen Hemdkragen zu einem Knoten um den Hals. Da der Junge nun handlungsunfähig war, wandte sich der Schamane dem Mädchen auf dem großen Roß aus Jotunn zu.

»Hexe, endlich nun bist du da«, zischte er mit flatternder Zunge. »Ich kann dich wittern. Jetzt haben wir dich. Du tust, was wir sagen, sonst stirbt blonder Maidling, und dann sterben Bein für Bein, Arm für Arm die beiden belbidianischen Junglinge. Sterben sehr langsam. Die Schreie fressen dir Verstand auf.«

»Niemals! Du bist es, der sterben wird!« So klein sie auch sein mochte, war ihre Stimme doch ganz ruhig vor Kraft und der Befehlsgewalt einer Kriegerkönigin. Sie sah nun ganz und gar nicht mehr machtlos oder unpassend auf dem Rücken des großen Streitrosses aus, sondern war gleichzeitig Löwin und Drachenfrau. Eine Fanfare zerstreute ihre Worte, sandte ihre Worte in alle vier Winde aus.

Ein weißer Federbusch neigte sich auf einem schimmernden Helm, das Gesicht des Ritters war hinter einem Hundekopfvisier verborgen. Seine polierte Rüstung war mit einem seidenen Tappert behängt, der das Wappen Caldeas und das rotweiß karierte Emblem zeigte, das sich am Wimpel seiner Lanze wiederholte. Ein Breitschwert, das an seinen Sattel geschnallt war, glich das Gewicht des Drachenschildes aus, der seine linke Seite schützte. Eine Sammlung todbringender Waffen war an seinen hohen Sattel geschnallt, darunter eine Keule, mehrere Dolche und ein Wurfbeil. Eine Rüstung schützte das schwere Streitroß, und das Breitschwert klirrte an den Metallplatten, welche die Flanken des Pferdes bedeckten. Mit dem Stahlgeweih, das vom schützenden Chaffron aufragte – der stählernen Maske, die den Pferdekopf schützte –, sah das Tier wie das Streitroß des Teufels höchstpersönlich aus. Selbst die erfahrenen Söldner mit ihren schlichten Halsbergen traten einen Schritt zurück, als sie den furchterregenden Ritter in seiner Rüstung sahen und sich für seinen Angriff bereitmachten.

Von der donnernden Attacke seines schwarzen Rosses angetrieben, senkte der Ritter seine Lanze und richtete sie auf den ersten Söldner, der sich ihm in den Weg stellte. Tapfer hob der Soldat sein Schwert, um sich zu wehren, doch es fiel klappernd zu Boden, und er schrie vor Schmerzen auf. Die Lanze durchbohrte seine Schulter, durchschlug das Kettenhemd, als wäre es nur Seide, und hob ihn von den Beinen. Auf die Lanze gespießt, splitterten die Knochen in seiner Schulter mit lautem Knacken, als sein ganzer Körper in die stachligen Äste des Schwarzdorns schlug. Ein paar Sekunden trat und zappelte der Mann noch. Er verkrampfte sich, und Blut sprudelte aus seiner durchbohrten Lunge und rann ihm aus dem Mundwinkel. Schließlich sackte er in die stille Erlösung des Todes. Noch immer war er an den Baum gespießt, als seine Füße schon leblos in der Luft hingen.

Der Ritter gab seine Lanze auf, wendete das schwarze Roß und griff nach seinem Breitschwert, das am Metall der Scheide quietschte und dann in der Nachmittagssonne aufblitzte. Das Dickicht war vom Klirren von Stahl auf Stahl erfüllt, als sich der edle Ritter durch die Männer schlug, auf Gliedmaßen und Köpfe derer einhieb, die sich ihm zu widersetzen wagten. Mit dem rechten Arm hieb er das Schwert durch die Ketten und hackte tief in die Schulter eines schwarzen Söldners, der ihn aus dem Dickicht angriff. Mit seinem Schildarm wehrte er die hämmernden Hiebe einer Axt ab, die in den Buckel in der Mitte schlug und sich in den Schild grub.

Ein dritter Söldner griff aus der gleichen Richtung an, und in seiner Verzweiflung schleuderte der Ritter ihm seinen Schild entgegen und langte nach seiner Keule. Der Soldat zuckte zur Seite, um seinen Schädel zu schützen, doch er konnte seinen Körper nicht decken. Der Hieb hämmerte dem Söldner auf die Schulter, brach die Knochen und zersplitterte seinen oberen Brustkorb unter den beweglichen Ketten seiner Halsberge. Die Kettenglieder waren so beschaffen, daß sie gegen bohrende Pfeile und Schwerter schützten, doch gegen die Prügel mit der Keule konnten sie nichts ausrichten. Der Ritter riß das Pferd an der Kandare herum, um sich seinen nächsten Gegner zu suchen.

Plötzlich löste sich die Hand um Caspars Kehle. Von dem Durcheinander der Schlacht verwirrt, war sein Denken das reine Chaos. Reglos lag Hal am Boden. Seine Kleider waren blutverschmiert. Sein Arm streckte sich dem Heft des Runenschwerts entgegen. Über ihm stampften Hufe und drohten den Jungen niederzutrampeln. Feuerschweif war auf den Beinen, zitterte, aber er konnte sich nicht rühren, und Brid ... wo war Brid? Er konnte sie in dem Gewirr sich windender Glieder, schwirrender Schwerter und Äxte nicht finden. Er konnte sie nicht finden ... Er rollte ins Dickicht, harkte durch den Farn, suchte seinen Bogen. Er mußte seinen Bogen haben. Er konnte nicht sagen, wie viele Männer um ihn herum im Todeskampf waren. Er wußte es nicht, und er hatte auch keine Zeit, darüber nachzudenken, wer der rote Ritter sein mochte. Er wußte nur, daß Brid irgendwo inmitten des Handgemenges verloren war und Hal halbtot am Boden lag. Er mußte seinen Bogen haben.

Da! Seine Hand fiel auf das glatte, geschnitzte Holz, und er riß die Waffe an sich, zog automatisch und geübt einen Pfeil aus seinem Köcher. Ein schwarzer Stiefel tauchte neben seiner Hand auf, wo er im Farn kniete. Er dachte nicht erst nach, sondern warf sich herum, blickte ins blendende Sonnenlicht und schoß den Pfeil in jene dunkle Gestalt, die sich vor dem Himmel abzeichnete. Mit qualvollem Stöhnen sank der Mann auf die Knie, brach zusammen, hielt sich den Magen und fiel dann auf den Jungen, so daß dieser sich nicht mehr rühren konnte.

Das Blut des Söldners lief Caspar in den Mund, und der Junge spuckte die salzige Flüssigkeit aus, als er den Toten von sich rollte und den Bogen hob, bereit, erneut zu schießen. Plötzlich war Brid inmitten der Szenerie, wurde von einem großen, groben Mann halb vom Pferd gerissen. Wieder hob Caspar seinen Bogen, doch Elster drehte sich und tänzelte, und der junge Torra Altaner verlor sein Ziel.

»Hal!« rief Brid. »Hal, das wird dich retten!« Sie warf etwas mit ihrer Hand, und es fiel in den Kreis aus Knöcheln und Zungen. Augenblicklich ließ der Vaalaker sie los. Heulend vor Zorn warf er sich in den Kreis, kroch zu dem Ding. Hals Hand glitt über den Boden, über den Kreis aus Knöcheln und Zungen, und langte nach dem Heft des Schwertes. In dem Moment, als der blutverschmierte Junge die Waffe berührte, schien er Kraft zu sammeln, und er kam taumelnd auf die Beine. So leicht, als nähme er Wasser aus einem Bach, hob er die mächtige Klinge und befreite sich aus dem Bann des Eiskreises. Der Vaalaker schreckte vor der Macht der Waffe zurück, und mit einem kurzen Blick auf das Gemetzel unter den Söldnern schlich er ins Dickicht.

Ein Schrei rechts von Caspar lenkte seine Aufmerksamkeit auf den roten Ritter, der Mann gegen Mann mit einem berittenen Söldner kämpfte. Als der gepanzerte Ritter in ihre Mitte geplatzt war, hatte einer von Gattos getreuen Gefolgsleuten ein Pferd aus dem Schutz des Dickichts gezerrt, um dem

Angriff des Ritters mit gleichwertigeren Mitteln zu begegnen. Ein kleiner, sonnenversengter Söldner mit runden Ohrringen und bösem Blick in seinen Augen schwang die gebogene Klinge eines Säbels mit Sägezähnen an der Schneide. Instinktiv schoß der Erbe Torra Altas einen Pfeil ab, der sich tief in die Schulter des Söldners grub.

Eine Bewegung im Augenwinkel weckte seine Aufmerksamkeit. Er fuhr herum und sah, wie Hal vorwärtsstolperte und sich dabei auf sein Schwert stützte. Mit großer Mühe hob er die Waffe und trat vor, um auf einen Mann einzuschlagen, der Elsters Zügel in der Hand hielt. Sofort bemerkte Caspar das schwere Bärenfell um die Schultern des Mannes. Ein Umhang aus Torra Alta. Sein Verstand stand kopf. Wozu sollte ein Torra Altaner hier in Caldea sein, so fern der Grenze im Norden? Der Mann drehte sich um, und zum ersten Mal sah Caspar entsetzt und ungläubig dort Ulf, den simplen Küchenburschen. »Nicht.« Das Wort formte sich auf seinen Lippen. »Töte ihn nicht, Hal … er ist einer von uns. Er ist von der Burg.«

Hal schrie vor Zorn. »Du hinterhältiger Teufel.«

Das Runenschwert schwang waagerecht herum, auf einer Höhe mit dem Ohr des Mannes.

»Nein, Hal, tu es nicht!«

Der eindringliche Schrei seines Neffen lenkte Hals Attacke kurzfristig ab, was Ulf den gnadenreichen Bruchteil einer Sekunde ließ, sich zu Boden zu werfen. Der mächtige, eisblonde Vaalakerkrieger stürmte vor und stellte sich schützend vor den wimmernden Bauern. Er hob seine Doppelaxt, um den bösen Hieb des Runenschwertes abzuwehren. Das Beil zersprang in Scraggs unerfahrener Hand zu Eisenstaub, den der Wind verwehte.

»Du hättest klug genug sein sollen, dich mir nicht noch einmal entgegenzustellen, vaalakischer Hund!« Hal spuckte aus. Wild schwenkte er seine Waffe, drehte die Schneide seiner geschliffenen Klinge. Sie schnitt durch die Luft und fuhr auf den Kopf seines Opfers zu. »Und nun schwinge ich das todbringende Runenschwert!«

Die körperliche Anstrengung, das Schwert zu heben, ließ die Wunde an seiner Seite aufreißen, aber er biß die Zähne gegen den Schmerz zusammen und gab seine ganze Kraft in den Schwung des Runenschwertes. Als es durch die Luft pfiff, kreischte sein Siegesschrei über das Hügelland.

»Fürchtet mich, oder ich werde euch allesamt töten!« schrie Hal mit irrer Kampflust, während das Gewicht des Runenschwertes ihn fast aus dem Gleichgewicht warf.

Hilflos glotzte Scragg seine zertrümmerte Waffe und die Reste des gebrochenen Axtgriffs an, den er in der Hand hielt. Er blinzelte, und der flüchtige Blick des Entsetzens war verschwunden. Bevor Hal sein Gleichgewicht für den finalen Hieb wiedergewinnen konnte, bückte er sich, sammelte eine Handvoll pulverisierter Reste seiner zerschlagenen Axt auf und warf sie dem Jungen ins Gesicht.

Hal verdrehte die Augen und wischte den brennenden Staub aus seinen Augen. Als er sie wieder öffnete, war Scragg fort, und Ulfs heulende Gestalt kroch vor ihm auf den Knien. Seine matten Augen hatten einen leeren Ausdruck, wie jene der Esel auf Torra Alta, die zu viele Jahre in der Tretmühle des Brunnenraums zugebracht hatten. Noch immer glotzte er mit leerem, unverständigem Blick, als das Schwert seine schwitzende Schädeldecke abtrennte. Die obere Hälfte seines Kopfs flog wie eine abgenommene Mütze durch die Luft, spritzte Fetzen seines Hirns herum.

Hal setzte seinen Schwung fort, peitschte die Klinge herum und hackte die Schneide in Ulfs dicken Nacken. Die Reste des Kopfs fielen zu Boden, bevor der enthauptete Körper schwankte und in seinen bluttriefenden Umhang sank. Ohne zu zögern, hob Hal sein Schwert in die Luft und hackte seitlich in Ulfs

Gesicht, spaltete den Schädel. »Gesichtsloser Verräter!« brüllte Hal mit wahnsinnigem Haß.

Ulf! Caspar konnte es nicht glauben. Ulf, der Einfaltspinsel aus der Küche, ein Verräter! Es schien ihm absurd.

Hal hielt seine Seite. Noch immer war er vom Wahnsinn des Krieges infiziert, und er fuhr herum, suchte nach weiteren Opfern für sein todbringendes Runenschwert. Nur Hal, der rote Ritter und Gatto standen noch auf dem Schlachtfeld. Caspar eilte voran, getrieben von Pflicht, Ehre und dem Band brüderlicher Kameradschaft, um seinem Onkel zur Seite zu stehen.

Der caldeanische Ritter in seiner glitzernden Rüstung stieg unter metallischem Knirschen ab. »Tretet zurück! Der hier gehört mir.« Seine Sporen klirrten, als er sich auf seinem rechten Fuß drehte, bereit, seinem Gegner ritterlich mit gleichen Waffen zu begegnen.

Ceowulf! dachte Caspar staunend. Ceowulf! Pflichtschuldig fügte er sich, respektierte den Wunsch des Mannes, seine Schuld selbst zu begleichen.

»Übergib dein Schwert, Gatto, sonst bin ich gezwungen, dich zu töten«, befahl der rote Ritter.

»Mich dem Mann ergeben, den ich ausgebildet habe? Niemals!«

Caspar schreckte vor dem donnernden Klirren von Stahl auf Stahl zurück, als sich beide Schwerter über dem Kopf des Ritters trafen. Ceowulf knurrte vor Anstrengung, als er sich auf Gatto stürzte und das Schwert immer wieder gegen den Schildarm des Mannes schlug. Ein kurzer Hieb schlug Gattos Helm zur Seite, versperrte ihm die Sicht, und mit der angemessenen Galanterie eines Ritters hielt Ceowulf inne, um seinem alten Anführer Zeit zu lassen, den beschädigten Helm von seinen Schultern zu schnallen. Gatto nickte bei dieser Geste dankbar mit dem Kopf, dann wurde sein Narbengesicht ganz starr, als er sich für den nächsten Hieb bereitmachte.

»Komm, alter Mann, ergib dich«, forderte Ceowulf erneut. »Ich gewähre dir sichere Überfahrt nach Caamalia.«

»Ein Söldner besitzt nichts als sein Schwert und seinen Stolz, und keins von beidem werde ich dir geben.« Gattos tiefe Stimme knurrte die Worte, während er mit seinem Säbel zuschlug, nur um als Antwort einen Hieb von Ceowulfs schwererem Breitschwert zu bekommen.

Der alte Söldner hatte schon viele harte Schlachten gewonnen, und sein erfahrener Schwertarm parierte jeden Hieb. Doch die hämmernden Hiebe Ceowulfs trieben den alten Söldner immer weiter zurück, ließen ihm keine Gelegenheit, seine Angriffsstärke gegen die unerbittliche Attacke des Ritters einzusetzen. Der Veteran konnte Hiebe nur abblocken oder seinen Schädel vor dem harten Schlag schützen. Gatto keuchte schwer und atmete in kurzen Zügen, während er stoisch die Gewalt der gegnerischen Hiebe ertrug. Allmählich wurden seine Bewegungen langsamer und beschwerlicher. Eine weitere Erschütterung durch den Zusammenprall der Schwerter stauchte seinen Arm, und das Gewicht des Stahls hämmerte ihn auf die Knie.

Wieder schlug Ceowulf zu und wieder an die rechte Seite des Mannes, zwang ihn wiederholt zur gleichen Parade, trieb den kahlen Mann mit jedem Hieb immer weiter zurück. Der rote Ritter holte mit seinem Schwert aus, um noch einmal an dieselbe Seite zu schlagen, während Gatto schon mit dem Rücken an den Bäumen stand, die Augen vor Konzentration weit aufgerissen. Die Narbe, welche seine eine Gesichtshälfte anhob, verstärkte den grimmig entschlossenen Blick, als er den Bewegungen des Ritters folgte.

Der caldeanische Edelmann riß seinen Arm so weit zurück, wie es sein Schultergelenk erlaubte, dann drehte er wie ein Wirbelwind von seinem Opfer ab. Er stützte sich auf seinen hinteren Fuß, drehte sich weiter in einem ganzen Kreis und schlug seitwärts in Gattos ungeschützte Seite. Die Klinge hackte unter der Achselhöhle ins Fleisch, wo das Kettenhemd zersprang und sie auf Haut und Knochen traf. Das Schwert schnitt tiefer, spaltete die Rippenknochen und drang in den Brustkorb des Söldners ein. Gattos Miene blieb unverändert. Er starb noch im selben Augenblick, ohne die Kunstfertigkeit des tödlichen Hiebes zu erkennen.

Der rote Ritter sah auf seinen früheren Anführer hinab und hob sein Visier wie zum Tribut. »Es gibt nur einen Tod, Gatto«, sagte er in zwei hastigen Atemzügen. »Für Männer wie dich und mich gibt es nur eine Straße zum Tod.«

Nachdem ihr Anführer nun gefallen war, liefen die verbliebenen Söldner zu ihren Pferden und flohen in halsbrecherischem Galopp westwärts zum Hafen. Caspar sah nur Körperteile, abgerissen oder von leblosen Körpern gehackt, starke, gesunde Männer zu Tode gehauen. Die Feinde waren tot, im Sterben oder auf der Flucht. Das, so dachte er, ist also der Ruhm des Krieges. Wir haben hart gekämpft, ehrenvoll gekämpft, und das ist nun die Belohnung für unseren Sieg … Opfer und Verursacher von Gemetzel und Zerstörung zu sein. Er spürte, wie eine schwere Müdigkeit seine Seele in die Tiefe zog.

Hal sank auf die Knie, schwankte vom Blutverlust, doch er kam taumelnd wieder hoch und stolperte zu einem stützenden Baumstamm. Augenblicklich war Brid an seiner Seite, um dem Jungen sanft zu Boden zu helfen. Von irgendwo in der Nähe war leises Schluchzen zu hören. Cybillia weinte, hielt den Kopf in den Händen. Stacheln aus goldenem Haar ragten zwischen ihren Fingern hervor.

Ceowulf sah sich die Leichen an, stieß jede einzelne mit der Spitze seines Schwertes an, drehte sie um, weil er sichergehen wollte, daß sie wirklich tot waren. Um sich das Bücken zu erleichtern, schnallte er das Joch der Rüstung von seiner Brust und legte das graue Netz seines Kettenhemdes frei. Caspar fragte sich, wie sich der Mann unter der Last des ganzen Metalls überhaupt bewegte.

Erstickte Gurgeln blubberte von einem verstümmelten Fremden hervor, von dort, wo einst sein Mund gewesen war. Ceowulf rollte ihn mit dem Stiefel herum und bohrte dem Mann sein Schwert in die Brust. Er stellte seinen Absatz in die Blutlache und zog das Schwert heraus, wobei das Metall durch das weiche, blutige Gewebe schmatzte. Teilnahmslos ging er weiter, um sich jede einzelne Leiche anzusehen. Ein schwarzer Stiefel ragte aus dem braunen Winterfarn, und er kniete nieder, um den Knöchel zu packen und die Leiche auf die Lichtung zu ziehen. Die ausgestreckten Arme kamen als letztes unter dem Schutz der Pflanzen hervor.

»Paß auf …« Caspars Warnung kam zu spät. Plötzlich rollte sich die Leiche weg und schwang ein Wurfbeil in der noch verbliebenen Hand. Die Axt kam vor und hackte Ceowulf ins Schulterblatt, durchschlug das Kettenhemd und grub sich in seinen oberen Brustkorb. Caspar war mit seinem Bogen zu langsam. Er hielt ihn hoch erhoben, mit aufgelegtem Pfeil, doch das Unheil war geschehen, bevor er schießen konnte. Die Pfeilspitze fand schließlich ihr Ziel, bohrte sich in Tassos Stirn, doch es war zu spät, Ceowulf zu retten. Brid war über die Lichtung gerannt und nun bei dem Ritter, als dieser fiel.

»Du bist noch nicht tot«, rief sie und preßte ihre Hand direkt auf die Wunde. »Ceowulf, kämpfe! Halte durch. Hör auf meine Worte. Du wirst nicht sterben.«

»Der Krieg ist das Fest des Todes«, zitierten seine bebenden Lippen, während seine Augen zu ihr aufblickten. Langsam verdunkelten sie sich, als der Schatten des Todes durch seinen Körper kroch, zuckten noch einmal und schlossen sich.

»Hol mir ein Tuch, Spar. Hol mir irgendwas … irgendwas, mit dem ich die Wunde verbinden kann.«

Caspar riß sich das Hemd vom Leib und kämpfte wild mit den Manschetten, bevor er es Brid zuwarf. Er sah Ceowulfs geschlossene Augen und die Axt in seiner Brust an. Zweifelnd schüttelte er den Kopf. »Brid, er ist nicht mehr unter uns.«

»Halt den Mund, du Narr«, murmelte sie. »Jetzt, Ceowulf! Kämpfe weiter. Bleib bei uns. Denk an die schönen Dinge in deinem Leben. Denk an deine Heimat. Denk an Caldea. Denk an Kalbsbraten und die Jagd im Winterfrost, denk an irgendwas! Denk an uns und daran, wie sehr wir dich brauchen.« Sie legte den Stoff um die Wunde, drückte fest, um das Blut zu stillen.

»Brid«, sagte Caspar so sanft wie möglich, »er kann dich nicht hören.«

»Sein Verstand vielleicht nicht mehr, aber seine Seele schwebt unentschlossen über ihm. Er muß nicht sterben. Du mußt nicht sterben«, sagte sie Ceowulf mit fester Stimme ins Gesicht. »Die Arterien sind nicht verletzt. Du verlierst nicht viel Blut. Du mußt nicht sterben. Glaub an das Leben, glaub an mich! Ich kann dich retten.«

Das Mädchen ergriff die Axt und holte tief Luft, als wollte sie sich abstützen. Sie entspannte sich wieder und sah den Jungen an, der neben ihr kniete. »Leg deine Hand hierher und tu genau, was ich sage. Wenn ich ›jetzt‹ sage, ziehst du die Klinge schnell heraus, ganz schnell.«

Widerwillig nickte Caspar, denn er spürte, daß ihre traurigen Bemühungen vergebens waren.

»Fertig?« Brid richtete sich etwas auf, um über der Brust des Mannes zu knien, und hielt das Tuch auf beide Seiten der Klinge.

»Fertig.« Caspar nickte noch einmal.

»Jetzt!«

Blut trat aus der Wunde, als sie sich öffnete, spritzte der Priesterin offen ins Gesicht, doch das Mädchen preßte sie eilig zusammen. Das weiße Tuch triefte vor Blut, und sie preßte fester, bis der Blutstrom eingedämmt war.

»Ceowulf«, flehte sie. »Ceowulf, hör mich an. Laß uns nicht allein.« Sie sah dem Mann nicht länger ins Gesicht, sondern aufwärts, über ihn hinweg. »Ceowulf, laß uns nicht allein. Du kannst leben. Du hast so vieles, was das Leben lohnt.«

Caspar ahnte, daß sie die Schlacht um das Leben des Ritters, der ihnen so edel zu Hilfe geeilt war, bereits verloren hatten, doch um Brids Schmerz über den Tod des Mannes zu lindern, wollte er alles tun, was in seiner Macht stand.

»Ceowulf«, stimmte er in das Wehklagen des Mädchens ein. »Du bist es uns schuldig, weiterzuleben. Ceowulf, wir brauchen dich.« Er nahm die Hand des Mannes und drückte sie mit den seinen. »Wir brauchen dich.« Plötzlich quetschte ein kräftiger Griff die Knochen in seiner Hand zusammen, als sich der Körper des Mannes starr verkrampfte. Caspar wußte nicht, ob es der Todeskrampf oder der quälende Schmerz war, der mit wiederkehrendem Bewußtsein eintritt. Er sah das aschfahle Gesicht und die blauen Lippen des Ritters an. Als sich die Augen flatternd öffneten und ihren trüben Blick auf Brid richteten, wollte Caspars Herz vor Dankbarkeit schier bersten.

»Meine liebreizende Jungfrau«, murmelte der Ritter. Er schloß die Augen wieder, doch der Junge konnte den eisernen Griff noch immer spüren, diesen Griff, der beharrlich am Leben festhielt.

Brid strich über Ceowulfs Stirn, um ihm das Blut aus den Augen zu wischen. Sie sah ihm ins Gesicht. »Bleib bei uns, Ceowulf. Es schmerzt, ich weiß, aber ich will die Wunde reinigen, dafür sorgen, daß das Gift nicht mehr dein Blut schwärzt, und du wirst leben. Du hast gut gekämpft. Wie ein König hast du gekämpft.« Es war egal, was sie sagte, es war nur der Trost in ihrer Stimme, dieser sanfte, stille, sorglose Singsang, der Ceowulf beruhigte. Sie besaß ein stärkendes

Zutrauen, das den Willen anderer unter ihre Obhut zwang. »Spar, drück weiter darauf«, befahl sie, »während ich einige Vorbereitungen treffe und mich um Hal kümmere. Ich kann nicht viel mehr machen, bis die Blutung nachgelassen hat.«

Hal lag auf dem Rücken und starrte zur Sonne auf, sein Atem ging schnell und flach. Er preßte eine Hand an seine Seite und biß sich auf die Lippe, doch war etwas von der Farbe auf seine Wangen zurückgekehrt. »Es tut weh, nicht?« sagte Brid tröstend. »Nun, sehen wir uns das mal an.« Sie deutete auf das getrocknete Blut an seiner Seite. Er schüttelte den Kopf.

»Ich merke überhaupt nichts.«

»Du bist ein verdammter Lügner«, lachte sie. »Hier, nimm etwas von meiner Weidenrinde und kau darauf herum, denn es wird sehr viel mehr weh tun, wenn ich es reinige.«

»Ich tue alles, um dich nicht zu verärgern«, lachte er gequält. »Aber meine Hand, Brid.« Bestürzt hielt er sie hoch. »Sieh dir meine Hand an.«

»Ich weiß«, erwiderte sie sachlich.

»Aber mein Finger, ich habe meinen Finger verloren. Wird Ceowulf überleben?« fügte er sofort hinzu. Seine Sorge um den tapferen Ritter überschattete sogar den Verlust seines Fingers.

»Ich weiß es nicht«, erwiderte sie traurig. »Für uns alle kommt irgendwann die Zeit.« Sie stand auf, um eine Dose aus Elsters Gepäck zu nehmen, dann konzentrierte sie sich auf ihre Kräuter. Sie zermahlte eine Handvoll harter Stengel Schafgarbe mit Heckenwundkraut in ihrer Hand und träufelte Wasser über das Pulver, um eine Paste herzustellen, die sich auf die Wunden legen ließ. »Ich habe kein Pfennigkraut mehr«, erklärte sie, »aber das hier ist genauso gut, wenn nicht besser. Es stoppt die Blutung und verhindert außerdem Infektionen.«

Hal schenkte den Einzelheiten ihrer Mittelchen keine Aufmerksamkeit, akzeptierte ihr Wissen ohne Widerrede. »Ich lag in diesem Kreis im Sterben. Dort war ein böser Zauber, der eine nagende Kälte hervorrief, so kalt, daß sie mich zerfraß. Ich konnte nicht einmal nach dem Schwert greifen. Aber auch die Söldner konnten das Schwert nicht erreichen. Es versank im Erdboden, und sie konnten es nicht herausziehen.«

Brid nickte verständig. »Die Mutter hat Anspruch darauf erhoben.«

»Du hast den Bann gebrochen«, sagte er müde.

»Ich weiß. Es war ein niederer Bann. Der Vaalaker hatte schlichte Bannsprüche benutzt und sie durch die Reinheit eines geschlossenen Kreises konzentriert. Sie sind sehr wirkungsvoll, aber leicht zu brechen, wenn man diese Reinheit stört. Aber er konnte nicht wissen, daß ich deinen Finger gefunden habe. Als ich diesen in den Kreis warf, hat das seinen Bann gebrochen. Er muß sorgsam darauf geachtet haben, daß nur Jungfrauen ausgewählt wurden, als man ihnen die Knöchel abgehackt hat.«

»Woher wußtest du – autsch! – daß es Jungfrauen waren? Woher ... woher wußtest du von den Knöcheln?« Hal sprach durch zusammengebissene Zähne und zuckte zusammen, als sie seine Wunden wusch und seine Hand verband. Er entspannte sich etwas, als sie den blauen Saft des Färberwaids benutzte, um die Runen der Heilung um seine Wunden zu malen.

Herablassend sah sie ihn an. »Ich bin eine der Drei Erhabenen Dienerinnen. Ich weiß um diese Dinge. Die Aura der Magie, der Duft der Macht hing dick und schwülstig in der Luft. Aber die Zungen? Ich weiß nicht, was er sich dabei gedacht hat. Die haben dem Zauber nichts hinzugefügt. Wahrscheinlich sollten sie dich nur erschrecken und so deinen Willen schwächen.«

Während er lauschte, wie sich die beiden über den Schamanen unterhielten, sah Caspar sich unruhig um, suchte nach den vaalakischen Leichen. Panik durchwehte sein Hirn wie ein Sturm, der die dunklen Fluten des offenen Meeres aufpeitschte.

»Die Vaalaker. Scragg und der vaalakische Schamane, sie sind nicht hier. Sie sind fort!«

Brid nickte, als könnte die Neuigkeit sie nicht überraschen. Im Zorn und Chaos der Schlacht hatte Caspar nur flüchtige Blicke auf die Krieger werfen können, die sich ihnen stellten. Zuviel war gleichzeitig geschehen, als daß er mehr hätte tun können, als sich auf die unmittelbare Bedrohung zu konzentrieren. Selbst das Mädchen, das dort am Schwarzdorn hockte, war ihm eben erst aufgefallen, denn zu sehr war er mit der Sorge um Ceowulfs Leben und Hals Wohlergehen beschäftigt gewesen. Caspar riß seinen Kopf herum, suchte die Büsche ab, fuhr mit seinem Blick über die Schatten. Er suchte nach irgendeiner Bewegung oder einer Stelle, die für einen Hinterhalt geeignet schien. Wild pumpte sein Herz gegen die Brust.

»Sie sind fort«, sagte Brid nur und zeigte mit dem Kopf zum Meer. »Ein Spion weiß, wann er verschwinden muß, um nicht vom Feind gefangen zu werden. In dem Augenblick, als ich mit Hals abgeschlagenem Finger den Bann des Kreises gebrochen habe, ist der Schamane geflohen, und Scragg ist ihm gefolgt. Sie werden direkt zum Hafen geritten sein und dürften inzwischen eine Überfahrt auf einem Kaufmannsschiff gebucht haben.« Sie blickte zu dem fernen Hafen und den großen Segelschiffen hinüber, die dort vor den Hespera-Inseln ankerten. »Sie sind fort«, wiederholte Brid. »Schon verweht der Gestank dieses Priesters von Vaal-Peor. Wir haben jetzt genügend Sorgen mit Hal und Ceowulf und diesem Mädchen.« Sie nickte zu dem Schluchzen hinüber, das von Cybillia kam. »Hör mal, junge Dame.« Caspar hörte weniger Abscheu in Brids Stimme, dafür etwas sanftes Mitgefühl für die Tochter des Barons. »Ohne Frage fühlst du dich schlecht, weil du auf den Wurzeln eines Schwarzdorns sitzt. Nun komm schon von dem Baum weg. Er hat keine Liebe für die Menschen in sich und wird dir nur Unmut und Disharmonie bescheren. Komm schon, hilf mir, die Verwundeten zu versorgen.«

Cybillia schüttelte den Kopf, vergrub ihr Gesicht in den Händen. »Ich kann nicht. Ich wünschte, sie hätten mich getötet«, schluchzte sie.

Als Brid genügend Salbe auf Hals Wunden aufgetragen hatte, stand sie auf und ging zu Cybillia. Fest legte sie ihre Hand um das Handgelenk des Mädchens und riß sie auf die Beine. Cybillia mochte groß sein, aber sie war leicht, und ihre Hand löste sich von ihrem Gesicht, wobei sie die grauenvolle Narbe preisgab. Mit federleichter Berührung strich die Priesterin über die erhabenen Striemen des Pentagramms, das man dem blonden Mädchen in das hübsche Gesicht geritzt hatte. Plötzlich schien Brids Eifersucht zu vergehen. Sie legte ihre Arme um das Mädchen, streckte sich auf Zehenspitzen, um ihr Trost zu spenden. »Komm schon, komm von diesem Baum weg, komm aus diesem Kreis. Ich verspreche dir, es wird alles gut.«

Cybillia war starr und steif und wies die Worte des Beistands schweigend zurück.

»Du bist eine Hexe. Du bist eine Hexe. Deine Bosheit hat diese Teufel über uns gebracht. Du hast mich ruiniert. Nimm deine Hände von mir, Hexe.« Das Mädchen war in Panik, doch ihr fehlte der Wille, sich der selbstsicheren Priesterin zu widersetzen.

Cybillias Anklage der Hexerei erinnerte Caspar augenblicklich an die Inquisitoren. Sorgenvoll blickte er über die Hügel, doch von ihnen war nichts zu sehen; er vermutete, daß sie nach wie vor durch die Wölfin abgelenkt waren.

»Halt den Mund, Cybillia«, stöhnte Hal mitleidslos. »Halt den Mund. Es schmerzt alles auch schon so, auch ohne dein Gekreische.«

»Keine Sorge, schöne Dame aus Jotunn. Du wirst noch dankbar sein, daß ich eine Hexe bin, wie du mich nennst.

Wenigstens besitze ich die Macht, etwas für dein Gesicht zu tun, wenn es auch eine lange, harte Kur wird.« Sorgenvoll betrachtete Brid die knotigen Narben. Selbst im Nachklang der grauenhaften Schlacht war Brid noch in der Lage, einen ruhigen, vernünftigen Gedanken zu fassen.

»Keine kann mich heilen. Sieh dir mein Gesicht an«, heulte Cybillia verzweifelt.

»Da hast du zweifellos recht, aber vertraue mir, und ich will dir helfen. Sieh dir Ceowulf an und reiß dich zusammen. Du hast nur eine Fleischwunde.«

»Aber mein Gesicht ...« Sie berührte ihre Wange, doch als ihr Blick auf den verwundeten Ceowulf und die handbreite Wunde an Hals Seite fiel, ließ sie die Hand sinken. Einen langen, atemlosen Moment stand sie sprachlos da, dann versteifte sie sich vor Entschlossenheit. »Kann ich helfen?« fragte sie und holte tief Luft, um sich zu fangen.

Nach Brids Anweisungen verbanden Caspar und Cybillia Ceowulfs und Hals Wunden mehrmals neu. Eifrig zermahlte Brid Kräuter und trug Umschläge auf, bis sie mit ihren Pulvern zufrieden war und im Unterholz nach trockenen Zweigen zu suchen begann. Sie zog die Rinde ab und entfernte alle Blätter oder grünen Triebe, um ein Feuer zu machen. Als Caspar sicher war, daß sein Onkel bequem lag, eilte er, sich um sein Pferd zu kümmern, und schob den Moment vor sich her, wenn er allein die Toten würde begraben müssen. Er konnte die beiden Mädchen nicht gut fragen, ob sie ihm helfen würden.

»Aber der Rauch, Brid«, warnte er, während er Feuerschweif beruhigte und einen Umschlag der Priesterin auf einen geschwollenen Schnitt über dem Knie des Hengstes legte. »Die Inquisitoren ... der Rauch wird sie anlocken.« Er glaubte, daß die Aufregung des Kampfes die Furcht vor den Soldaten des Königs aus ihren Gedanken vertrieben hatte. »Warum sind sie uns nicht gefolgt?«

»Sie werden uns nicht mehr folgen«, sagte Brid.

Caspar wartete, daß sie dies erläuterte, aber das Mädchen schwieg und bückte sich über die Feuersteine, die sie vehement aneinanderschlug. Strähnen ihres langen, aufgehellten Haars waren ihrem Zopf entkommen und verbargen ihr Gesicht. »Warum werden sie uns nicht folgen, Brid?«

Sie antwortete immer noch nicht, und Caspar ließ sein Pferd allein und setzte sich neben sie. Nach all der Hektik und der Sorge um seine schwerverwundeten Gefährten war plötzlich nichts mehr zu tun. Caspar fühlte sich leer und hohl. Trübe sah er zu Hal und Ceowulf hinüber, die dort in ihrem Drogenschlaf dämmerten, und die Realität der Ereignisse dieses Tages ragte drohend über ihm auf. Er wußte nicht, was er tun sollte. Er sah, daß Brid wütend war, doch er wußte weder, wie er sie trösten, noch wie er den Grund dafür aus ihr herauslocken sollte. Endlich brachte er den Mut zusammen, sie zögerlich an der Schulter zu berühren. Mit geschwollenen Augen wandte sie sich zu ihm um, und stille Tränen rannen über ihre Wangen, tropften von ihrem Kinn auf den Boden. Ihre Blicke trafen sich. Caspar spürte, wie auch seine Augen brannten, und augenblicklich wußte er, was sie sagen würde. Brid wehrte seinen Trost ab und zog es vor, allein zu trauern.

»Sie ist tot, meine Wölfin ist tot. Mein Leben lang ist sie bei mir gewesen, und nun hat sie mich gerettet, indem sie sich für mich geopfert hat. Heute abend wird man sie verbrennen.« Brid nickte zum Hafen hin. Ihre Stimme war harsch und gebrochen. »Wir werden den Rauch dort hinter diesem Hügel sehen. Sie suchen nicht mehr nach mir. Sie denken, ich sei tot.«

»Aber du kannst nicht wissen, ob sie tot ist«, hielt Caspar dagegen, in der Hoffnung, er könne Brid mit Vernunft trösten. »Wir haben nichts von ihr gehört oder gesehen. Vielleicht versteckt sie sich irgendwo.«

Bitter sah die Priesterin ihn an. »Wenigstens du, Spar,

müßtest es verstehen. Glaubst du wirklich, ich wüßte nicht, ob meine Wölfin tot ist oder nicht?«

Caspar fühlte sich klein und ungenügend. Ein Rascheln in den Büschen lenkte ihn ab: Der weiße Terrier, den er fast schon vergessen hatte, schlich hervor, wimmerte und wedelte mit dem Schwanz. Er schmiegte sich an Brid, forderte Zuneigung, und sie warf die Arme um den Hund und drückte ihn fest an sich. Schließlich verwandelten sich die stillen Tränen in schwere Schluchzer, und sie wiegte sich vor und zurück, den Hund in ihren Armen.

Caspar fühlte eine leise Berührung an seiner Schulter und sah Cybillia hinter sich stehen. »Ich habe nach Hal und Ceowulf gesehen, und sie schlafen beide.« Sie sprach flüsternd. »Ich wußte nicht, daß Hexen weinen.« Ihre Hand war an die Wange gepreßt, und sie setzte sich, plazierte sich sorgsam so, daß die Narbe für den Jungen nicht direkt zu sehen war.

»Sie ist keine Hexe, Cybillia, sie ist Priesterin, eine Hohepriesterin, und sie weint, weil sie etwas verloren hat, das sie sehr liebte.« Caspar konnte es verstehen, denn er wußte noch, wie er sich wegen seines alten Jagdhunds Reißer gefühlt hatte. »Sie weint, weil ihr Herz voller Liebe ist, rein und schlicht und selbstlos, und du verdammst sie immer noch als böse.«

»Sie ist eine Ketzerin und sollte verbrannt werden«, sagte Cybillia nur. »Aber wer bin ich, so etwas sagen zu können, wo ich doch verloren und zerstört bin, durch die Narben an meinem Körper für alle Zeit verdammt.«

»Aber du kannst doch nicht denken, daß sie verbrannt werden sollte! Nicht, nachdem sie so wütend gegen die Vaalaker gekämpft hat.«

»Ich weiß es nicht mehr, Spar. Ich kann meinen Kopf nicht mehr hoch erhoben tragen und sagen, daß ich dieses oder jenes glaube. Ich bin gesichtslos, eine Ausgestoßene. Ich kann nie mehr nach Hause zurück. Weißt du, was mein Vater immer gesagt hat? Daß ich schön genug wäre, eines Tages einen Prinzen zu heiraten.« Sie lachte aus schierem Übermut bei dieser Vorstellung, doch ihr Lachen endete in Tränen. »Jetzt werde ich noch verrückt. Ich werde bleiben und am Wahnsinn sterben.«

Caspar fühlte sich hilflos gefangen zwischen zwei weinenden Frauen, aber immerhin waren Brids Schluchzer wieder abgeklungen und zu einem gelegentlichen Beben geworden. Die kleine Jungfrau, die noch immer ihren Hund umarmte, riß den Kopf zurück und wischte ihre Nase an ihrem blutigen Ärmel ab. »Ich sollte nicht trauern. Die Mutter wird ihr Opfer bekommen, und wir müssen alle leiden. Ich werde trauern, wenn wir unser Versprechen eingelöst haben und die Trinität wiederhergestellt ist.« Sie wandte ihren Kopf herum und sah Cybillia offen an. »Und du, Mädchen, bist voller Selbstmitleid. Ich sagte doch, ich kann dich heilen.«

Caspar sah sich nach dem grausigen Durcheinander verstümmelter Leiber um und kam auf die Beine. Er konnte den Zeitpunkt nicht länger hinauszögern. Mit einer herrenlosen vaalakischen Axt hackte er eine flache Grube unter die Wurzeln des Schwarzdorns. Eine Leiche nach der anderen schleppte er durch den Farn und warf sie in das breite Grab. Mit den Stiefeln trat er sie hinein, gab sich alle Mühe, sie nur nicht mit den bloßen Händen anzufassen.

Nachdem er sich Ulfs blutige Leiche angesehen hatte, ließ er diese bis zuletzt, da er den gevierteilten Schädel besonders gräßlich fand. Mit Hilfe zweier Stöcke, die er als Zange benutzte, manövrierte er die Bruchstücke des Schädels in das Grab. Dann ging er zurück, um die Reste des Gemetzels einzusammeln. Als er die Leiche bei den Stiefeln zog, nahm er eine seltsam prickelnde Energie in seinen Fingerspitzen wahr. Augenblicklich dachte er an den Mondstein. Er vergaß seinen Ekel und durchsuchte die blutgetränkten Kleider des Toten.

Hochzufrieden fand er den weichen, weißen Glanz der Kugel, doch sogleich wurde er enttäuscht. Obwohl dieser Stein ganz ähnlich war, wußte er doch augenblicklich, daß es sich nicht um das Druidenauge handelte. Ihm fehlte es an der intensiven Energie und Kraft, die von dem Mondstein ausging, welcher die Gedanken seiner Mutter in seinem kristallenen Herzen umfing.

Eilig beendete er sein abstoßendes Werk und eilte atemlos zu Brid zurück. Er streckte seine Hand aus und präsentierte ihr den kleinen Mondstein. »Ulf, der Verräter aus der Burgküche, hatte das hier bei sich.«

Einen flüchtigen Moment lang glitzerten Brids große grüne Augen, dann ließ sie den Kopf hängen, als sie merkte, daß es nicht das Auge war. »Aber dein Vater sagte, sie seien alle fort. Sie haben die Tunnel unter Torra Alta nach der Explosion durchsucht, und der Baron sagte, sie konnten keine finden.« Sie griff nach dem Mondstein und blickte in sein Herz. »Er sagt mir nichts«, sagte sie enttäuscht. »Dieser kleine Stein allein ist zu schwach, und wo Puzella auch sein mag, sie muß das Auge versteckt haben ... wahrscheinlich im Wasser, weil das die einfachste Möglichkeit ist.«

»Aber ich verstehe nicht. Wie konnte Ulf an einen Mondstein gelangen? Was soll er damit? Der Mann war immer etwas seltsam, verdreht sogar, könnte man sagen, aber er hatte nie Verstand genug, überhaupt zu begreifen, was das hier ist. Viel wahrscheinlicher wäre, daß er es aus reiner Freude mit seinem Küchenbeil zerhackt.«

Brid zuckte mit den Achseln und warf den Mondstein in ihren Beutel. »Anscheinend hatte der Kurat Dunnock also einen Verbündeten, wenn auch die Allianz der beiden absurd erscheint. Der eine ein dienstbarer, wenn auch eher schwacher Mann und der andere ein Idiot. Würden sich diese beiden Männer wirklich gegen die Macht Torra Altas verschwören?

Es ist absurd. Wir sehen nur das halbe Bild.« Brid rümpfte die Nase, während sie bei diesem Gedanken verweilte, und wischte dann die Tränen fort, die in ihren Augenwinkeln getrocknet waren, als verwerfe sie das Problem. »Nun, Cybillia, soll ich mir dein Gesicht ansehen?«

»Du bist eine Hexe, eine Ketzerin. Bruder Rufus wird mich exkommunizieren lassen, wenn ich zulasse, daß du mich berührst.«

»Na, Bruder Rufus ist nicht hier, und er muß es auch nicht erfahren, oder?« erklärte Brid. »Und mit deinem Gesicht, wie es jetzt aussieht, kannst du ohnehin nicht in deine Heimat zurück, selbst wenn die Vaalaker die Grenze bisher nicht überrannt haben.«

»Mir wurden Dinge angetan, die man niemals mehr ungeschehen machen kann. Es hat keinen Sinn, selbst wenn du mein Gesicht heilen kannst.«

»Nun, Bruder Rufus muß von alledem sicher nichts wissen. Niemand wird es ihm sagen. Wir heilen dir dein Gesicht.«

Dieses Versprechen einer wiederhergestellten Schönheit lockte Cybillia schlußendlich, und sie warf einen unsicheren Blick auf die heidnische Priesterin.

»Weißt du«, meinte Brid, »es ist nicht deine Schuld, daß sie dich gebrandmarkt haben. Es liegt daran, daß es böse Menschen sind. Es ist nicht deine Schuld. Wir haben Krieg. Und das Zeichen? Das Pentagramm ist nicht so furchtbar. Es schadet dir nicht und könnte sogar dein Leben beschützt haben. Hinter alledem steckt ein Sinn. Das Schicksal hat es möglich gemacht, daß dein wahres Wesen der Welt verkündet wird.«

Cybillia erschrak. »Was meinst du damit? Ich war unterwürfig und gehorsam, bin stets dem Einzig Wahren Gott gefolgt, ehrfürchtig, keusch und seinem und dem Willen meiner Eltern folgend.«

»Offenbar wußten sie nicht, was sie taten, als sie dich Cybillia nannten. Dein Name bedeutet Kleine Hexe«, teilte Brid ihr mit.

Einen Moment lang schwieg Cybillia, dann wandte sie ihren Kopf herum, um dem Mädchen ihre entstellte Wange zu zeigen. Rote, häßliche Striemen und wulstige Narben formten helle knotige Grate auf ihrer weichen, weißen Haut. »Kannst du es wirklich heilen?« Ihre Frage war eher eine Herausforderung. »Und warum solltest du? Du hast mich nie gemocht, und ich habe dich an Rewik verraten.«

Caspar fragte sich das gleiche. In jedem Fall stellte Cybillia keine Konkurrenz dar, was Hal anging, solange sie so aussah, und Brid konnte keinen anderen Grund als Mitgefühl haben. Er konnte nicht glauben, daß der Priesterin dieser Grund genügte, war ihr Denken doch stets auf höhere Ziele gerichtet.

»Ich kann es für dich tun, nur wird es zehnmal schmerzhafter als das sein, was diese Männer dir angetan haben. Außerdem wirst du schlimmer aussehen – sehr viel schlimmer – am Anfang. Aber am Ende wird es verheilen. Und ich werde es für dich nur als Teil einer Vereinbarung tun. Du wirst von mir lernen und mir folgen und der Mutter jeden Tag für ihre Gnade und ihren Segen danken.«

»Ich habe nichts mehr zu verlieren«, seufzte Cybillia, »und alles zu gewinnen.«

»Zuerst muß ich einige Blätter vom Ophidianischen Nabelkraut finden, dazu den roten Stamm vom Drachenfeuer, aber du könntest es dir anders überlegen, wenn du merkst, wie sehr es schmerzt.« Warnend schob Brid ihre Augenbrauen in die Höhe.

»Ich mag nur ein Mädchen sein«, erwiderte Cybillia, »aber ich bin Belbidianerin, und kein Belbidianer, weder von blauem Blut noch von bäuerlicher Herkunft, läßt sich von drohendem Schmerz abschrecken.«

Brid lachte. »Ich habe nie gesagt, daß ich dich mag, Cybillia. Ich fand dich einfach nur albern … die Schleifchen und Kleider und das goldene Haar. Ich fand dich stolz und anmaßend, weil du verwöhnt und weich warst und nicht an dich glaubtest. Aber jetzt, ohne Aufmachung und bedeutungslosen Zierat, bist du doch stolz … und das bewundere ich. Du bist nicht wegen oberflächlicher Titel stolz, sondern wegen der Kraft deiner Seele. Aber genug davon. Ich muß ans Werk.«

Brid zog die zerfetzten Reste des blauen Kleides aus, das sie in Bleham gekauft hatten, und legte ihre praktischeren Hosen und das Seidenhemd frei. Sie stand auf und kehrte zum Schwarzdornbaum zurück, sammelte Hals Finger und alle Knöchel sorgsam ein und warf sie in ihren Beutel, so daß sie klapperten, wenn sie ging. Sie wendete die Zungen in ihrer Hand, wählte eine aus und warf die anderen fort. Sie mußte Trund von ihnen wegziehen und versetzte ihm einen Hieb über die Schnauze, damit er sie nicht verschlang.

»Mir wird gleich übel.« Cybillia hielt sich den Mund zu und schluckte trocken. »Wie kann sie so etwas tun?«

Caspar war ebenfalls angewidert, aber er war mit Brids Methoden auch vertrauter. »Mit bestimmten Pflanzen und Dingen ist sie wie eine Elster. In vielen Dingen liegt Kraft, und sie sammelt diese Gegenstände, wann immer sie kann. Sie braucht sie.«

Caspar setzte sich ans Feuer und bereitete die Tinkturen und Pasten unter Brids wachsamer Anleitung, und so blieb ihm nicht viel Zeit für Schlaf in dieser Nacht. Gelegentlich, wenn er bei Hal wachte, sank er fast in Träume, wenn ihm der Kopf langsam auf die Brust sank und in einer nie nachlassenden Spirale wie eine Feder in windstiller Luft in die Tiefe glitt. Jedesmal, wenn seine Stirn auf seinen Knien ruhte, riß er seinen Kopf hoch, um nach Hals Atem zu sehen. Es war nicht nötig. Brid kniete unablässig bei seinem Onkel, ihre Hand ruhte leicht an seiner Stirn. Sie murmelte leise und malte ihm weitere Runen der Heilung darauf.

Als sie fertig war, hielt sie einen langen Augenblick inne, beobachtete ihn in seinem tiefen Schlaf, dann kam sie auf die Beine und kroch aus dem Schwarzdorndickicht. Caspar sprang auf und hielt sie beim Arm.

»Wohin willst du?«

»Es dauert nicht lang. Ich will diese Kräuter für Cybillia suchen.«

»Im Mondschein?«

Die Priesterin nickte. »Der Mond stärkt alle Magie, und sein segensreiches Licht wird mich zu ihnen führen.«

Caspar blickte zu seinem Onkel und dem ruckartig atmenden Caldeaner hinüber, während er in der Stille der Nacht wartete. Die vertrauten Geräusche von Pferden, die sich im Schlaf rührten, beruhigten ihn ein wenig, als er an die Leiche des kopflosen Verräters dachte, der dort in seinem flachen Grab lag. Er gab sich alle Mühe, das alptraumhafte Bild, das sich in seine Gedanken schlich, abzuschütteln. Es versuchte ihn davon zu überzeugen, daß die enthauptete Leiche aus der Erde kriechen und ihn in Stücke hacken würde, sobald er einschlief.

Brids leichtfüßige Schritte retteten Caspar vor seiner Phantasie. Im Licht des Feuers konnte er den triumphierenden Blick in ihren Augen sehen.

»Ich habe die Kräuter gefunden.« Sie nahm die Zweige des Ophidianischen Nabelkrauts und des rotstengeligen Drachenfeuers hervor.

Das Harz, das Brid zubereitete, stank und ließ ihre Augen tränen, als sie es auf Cybillias Wange strich. Die Baronentochter erstarrte vor Schmerz, krallte ihre Finger zusammen, daß die Sehnen an ihren Händen wie Eisenstangen aussahen. Caspar mußte ihre Arme festhalten, um zu verhindern, daß sie an ihrem Gesicht herumriß, doch sie schrie nicht. Getreu ihren

Worten biß sie die Zähne zusammen und bebte vor Schmerz, doch sie schrie nicht.

»Es schmerzt zu sehr, als daß man schreien könnte«, sagte Brid leise. »Wir nennen es ›Drachenfeuer‹. Es brennt mit einer zunehmenden Hitze, welche die oberste Hautschicht löst. Ich kann es nur Stück für Stück auftragen, jeden Tag ein wenig. Die Menge muß genau richtig sein. Zuviel würde ihr das ganze Gesicht nehmen, zuwenig hätte keine Wirkung auf die Narbe.« Nach fünf Minuten strich Brid eine separate Mischung darauf, um die erste zu neutralisieren, und wusch dann beide mit Wasser ab.

»Die Pasten sind wie zwei Armeen, die eine eine Säure, die andere eine Lauge. Aber wenn der Kampf beendet ist, brauchen wir das neutrale und ausgeglichene Wasser, um das Gleichgewicht zu erhalten. Zuviel von der Lauge wäre ebenso schädlich wie zuviel von der Säure.«

Ceowulf rührte sich fast nicht. Sein Atem ging flach und sein Puls schnell, doch sagte Brid, das sei die normale Wirkung der Arzneien, die das Herz stärkten und das Blut reinigten. »Wenn er diese Wunde überlebt, was der Fall sein wird, droht ihm Gefahr durch Gifte, die ins Blut eindringen«, erklärte Brid.

»Du bist eine große Heilerin, Brid«, beteuerte Caspar, als die hellen Sterne im violetten Licht vor dem Morgengrauen verblaßten.

»Ich bin, wozu die Mutter mich gemacht hat.«

Als die Morgensonne die Farben der caldeanischen Landschaft zum Leben erweckte und in den Tautropfen auf den Spinnweben tanzte, erhob sich Brid und kletterte zur Kuppe des Hügels, fort von den Schwarzdornbüschen. Mit ausgebreiteten Armen wandte sie sich nach Osten und erhob ihre Stimme zu einem Lied voll trauernder Klage. Der Klang war gruselig und geheimnisvoll, vergoldet durch eine Ahnung von Schönheit und Hoffnung. Ein Lied für die Mutter, die sie anflehte, die Seele der Wölfin zu hegen, damit sie zu einem glücklichen Leben wiedergeboren würde. Caspars Wangen waren feucht vor Tränen. Die Priesterin wandte sich nach Westen und bat um eine hoffnungsvolle Zukunft. Als ein ferner Hahn krähte und stolz die Freuden des Morgens verkündete, stieg vom Hafen Ildros ein dünner Rauchschwaden himmelwärts.

Brid erstarrte, als die ersten Sonnenstrahlen ihr Gesicht erhellten und in ihren lebhaft grünen Augen glitzerten. »Kannst du es spüren, Spar?« flüsterte sie, fiel auf die Knie und preßte ihre Handflächen auf den Boden.

Er schüttelte den Kopf.

»Diese böse Frau hat es nicht bis zum Hafen geschafft. Die Kraft des Druidenauges bebt noch immer durch die Erde.«

KAPITEL 14

Eine grell-gelbe Explosion blitzte am Spalt in den Fensterläden vorbei.

May zuckte nicht mehr zusammen, wenn die Schwefelbomben knisterten und dann am Talgrund explodierten, doch sie mußte immer nervös zur schwarzen Nische der Schießscharte blicken. Die Läden waren fest verriegelt, um den Lärm zu dämpfen und den ekelhaften Geruch auszusperren. Wenn der Wind von Norden wehte, trug er einen Gestank mit sich, der schlimmer als Wintervieh war, das man in eine fensterlose Scheune sperrte. Ein stechender, beißender Gestank.

May strich über die dünne Kopfhaut der Greisin, strich das lose Haar beiseite, das wie alte Federn aus einem Vogelnest rieselte. Ihr Atem ging schnell, flach und krächzend, und seit drei Tagen hatte sie nun schon nichts mehr gesagt. May hatte versucht, Brühe mit aufbauenden Kräutern in Morrigwens kraftlosen, sabbernden Mund zu träufeln, doch der alte, hutzelige Leib der Frau schien nicht zu reagieren. Ihre Haut war aschfarben und glich Catrik kurz vor dessen Tod auf besorgniserregende Weise. Ein- oder zweimal schrie sie im Schlaf, rief nach Brid und Keridwen. »Ich bin vergiftet. Die Trinität, die Trinität ist verloren. Brid, antworte mir. Brid, ich brauche dich. Blicke in das Auge. Um der Mutter willen, um der Liebe der Mutter willen: Sieh ins Auge.«

Einmal erwachte sie mit fast lebhafter Klarheit in den tiefliegenden Augen und starrte May offen an. »Kind, dieser Geruch. Leg Wacholder ins Feuer, um ihn zu überdecken.« Freudig sah das Mädchen sie an und war sicher, daß sie wieder bei Verstand war, doch die alte Priesterin sank erneut kraftlos zurück und lag seither in eisiger Stille.

»Alle Mann! Alle Mann! Alle Mann zum Westturm. Feuer! Feuer! Feuer!«

May sprang auf und lief zur Tür. Maud, Rosalind und die anderen Frauen flohen aus dem Turm, Webstühle und Spinnräder lagen am Boden verstreut. Eine Menschenkette bildete sich über den Burghof vom Brunnenraum zum Westturm. Wütend rote Flammen peitschten aus dem obersten Turm zum Himmel auf. Dichter schwarzer Qualm türmte sich zu einer dicken Rauchsäule, verfinsterte den blauen Himmel. Wütender Jubel wehte aus dem Tal herauf, was Mays Herz gefrieren ließ, als sie den schwappenden Eimer nahm und ihn in die ausgestreckte Hand der Frau vor ihr drückte. Weitere Trolle hatten sich im Lauf der letzten Wochen im Tal versammelt und zogen Kriegsmaschinen. Ihre Geschosse flogen wirkungslos an die dicken Burgmauern. Ein glücklicher Treffer jedoch …

»Es muß eine unserer eigenen Schwefelbomben gewesen sein«, erklärte ein Soldat den besorgten Frauen, während er versuchte, eine ordentliche Reihe aufzustellen. »Wir müssen wohl eine über die Straße geschossen haben, wo sie ihre Todesmaschinen stehen haben. Anscheinend ist sie, ohne zu explodieren, direkt vor ihren Füßen gelandet. Wahrscheinlich haben sie sie zurückgeworfen. Nur wie hat das Ding den Turm getroffen …?«

»Nein, das kann nicht sein«, hielt ein Bogenschütze dagegen. »Dieser Turm ist viel zu hoch und weit außerhalb ihrer Reichweite.«

»Aber nichts sonst könnte ihn in Brand setzen. Da oben lebt seit Jahren keiner mehr.«

May konnte sich nicht beherrschen, und ihre Stimme gellte schrill in die qualmerstickte Luft. »Aber, Sir, da war ein merkwürdiger Mann ganz oben im Turm. Pip und ich haben ihn mit Ulf gesehen, einen Tag, bevor der verschwunden ist.«

»Nein, Kind, da war seit Jahren keiner mehr. Das kann nicht sein.«

»Aber wenn sich Ulf die ganze Zeit dort versteckt hätte?« meinte der andere Soldat. »Ein Eselshirn wie der, vielleicht hat er den Turm in Brand gesteckt.«

Die Männer eilten an der Reihe entlang, und bald schon wurden Mays Arme müde, als sie die leckenden Eimer weiterreichte. Die Frauen und Kinder bildeten eine Kette vom Brunnenraum zum Burghof, überließen es den Soldaten, sich der glühenden Hitze näher am Turm und die Wendeltreppe hinauf auszusetzen. Während sie sich abmühten, dachte May an den Tag zurück, an dem sie Ulf durchs Schlüsselloch gesehen hatte. Im nachhinein bekam sie nagende Zweifel, ob die Stimme des Mannes im schwarzen Umhang nicht Pater Gwions gewesen war. Nur schien es ihr so unwahrscheinlich. Sie wagte nicht, es zu erwähnen, weil sie fürchtete, jedermann mit derart abwegigen Beschuldigungen in Aufruhr zu versetzen.

Das Klappern der Eimer und das Platschen von Wasser war beim tosenden Donner der Flammen über ihnen kaum zu hören. Sie konnten die obersten Räume nicht retten, das war klar, und der Baron hatte befohlen, das Feuer aufzuhalten und die weitere Ausbreitung zu verhindern. Wachen wurden in der Burg aufgestellt, die auf Funken achten sollten, welche vom Turm herunterrieselten, doch die landeten nur auf nacktem Stein und verglühten bald.

Hitzedunst schimmerte um den Turm, als May zu dem wütenden Ball aus roten Flammen aufsah, der das Turmzimmer umgab. Sie spürte, wie ihr Gesicht in der Hitze glühte. Die Frauen um sie herum mußten gegen den Lärm der Flammen anschreien. Der Schneematsch unter ihren Füßen weichte ihre löchrigen Lederstiefel auf, was sie wegen der Anstrengung, die schweren Eimer an die Frau vor ihr weiterzugeben, kaum bemerkte. Sie dachte an Pip dort unten im Brunnenraum, klein, aber entschlossen, wie er die Eimer schleppte und sich Mühe gab, mit den älteren Jungen mitzuhalten. Sie blickte voraus an der Reihe entlang, erkannte gleich das hellrote Haar ihrer Mutter in der Reihe dunkelbrauner Köpfe. Elaines sorgenvolle Augen suchten ihre Tochter, und sie nickte, als sie sah, daß diese in Sicherheit war.

Aber die Runen, dachte May. Die Runen des Krieges sollten die Burgmauern doch schützen. Sie sah zum Herzstein hinüber und spürte augenblicklich, wie ihre Seele sich beim Anblick des blutroten Rubins mit dem runden Siegel der Mutter aufrichtete. Sie wußte, daß die Runen verblaßten. Bevor sie an Nesselkraut erkrankt war, hatte Morrigwen es immer und immer wieder erklärt. Die Runen würden Stück für Stück verblassen, Monat für Monat, und nun war bereits Nebelmond. Am letzten Tag des Brachmondes wären die Runen nicht mehr da.

Auf Morrigwens Wunsch hin hatte sie sich die Zeichen genau angesehen, nachdem der Schnee beiseite gefegt war. Die Ränder rundeten sich, und die Rillen waren nicht mehr so deutlich. Doch sie würden, solange sie im Herzstein eingeritzt waren, dennoch die dicken Festungsmauern schützen. Wie konnte es also sein, daß der Turm brannte? Wenn nur Morrigwen aufwachen würde. Die würde es wissen. Warum hatte die Mutter das oberste Türmchen des Westturms im Stich gelassen? May erinnerte sich an jenen schrecklichen Tag, an dem sie mit ihrem Bruder durch das Schlüsselloch die grausamen Opferriten gesehen und den mordlustigen Wahn des geistig zurückgebliebenen Ulf und seines teuflischen Gefährten gehört hatte. Reinigte die Mutter die Burg von diesem Übel? May betete darum, daß es so sein mochte. In diesem Fall ließen die Runen sie nicht im Stich.

Die Frauen zerstreuten sich und wichen vor dem Überhang des Westturmes zurück, als das Türmchen ächzte und knarrte.

Männer stürzten unten aus dem Turm hervor, kurz bevor splitternder Lärm verkündete, daß einer der Böden nachgegeben hatte. Ein hölzerner Pfeiler löste sich außen am Turm und stürzte auf den Burghof, sprühte Funken und zischende Glut in die Menge. Eilig bürsteten die Frauen ihre Röcke ab und sprangen mit ihren Eimern vor, um das Feuer zu löschen. Glimmendes Holz und ein Regen von grauer Asche sickerte in den Schnee.

Als Zwielicht das leuchtende Blau des Winterhimmels zu geheimnisvollem Rot trübte, beruhigten sich die Flammen zu einem Flackern und Glühen. Dann endlich quoll nur noch der dicke, schädliche Rauch in die dunkle Nacht hinaus. Branwolf marschierte die Reihen auf und ab, nickte dem Burgvolk dankend zu und prüfte, ob alles in Ordnung war.

Der junge Soldat, der geholfen hatte, die Frauen in Reihen aufzustellen, trat vor und salutierte dem Baron. »Mylord, ich fürchte, daß sich Ulf, der Küchenbursche, der verschwunden ist, im Turm versteckt haben könnte.«

Branwolf nickte. »Wir stellen einen Suchtrupp zusammen.« Stirnrunzelnd sah er sich um. »Wird noch jemand vermißt?«

»Nun, nein, Sir, nicht daß ich wüßte.«

Branwolf spitzte die Lippen und stieß seine Stiefelspitze in den festen Schnee, der sich zu einer rutschigen Eisschicht auf den Pflastersteinen verhärtet hatte. »Hauptmann«, bellte er. »Ruft Eure Sergeanten zusammen. Ich möchte, daß sie nach jedem Mann in ihrer Kompanie sehen. Und gebt mir umgehend Meldung.« Er trat vor, um den Fuß des Turms zu untersuchen, und wartete, daß der Hauptmann seine Befehle gab und mit der gewünschten Nachricht wiederkam.

»Alle anwesend oder auf ihrem Posten, Sir.«

Branwolf marschierte die Reihen auf und ab, suchte nach Autoritätspersonen. »Köchin, sind alle Eure Frauen da?«

Die stämmige Frau, die ihre Ärmel über die schimmernd rote

Haut gerollt hatte, die von jahrelangem Schrubben und Scheuern poliert war, sah sich um und nickte.

Das Gesicht des Barons legte sich in Falten der Verblüffung. »Ihr alle, seht euch nach euren Familien und Freunden um. Wird irgendwer vermißt?« Ein Murmeln ging durch die Menge. May schlang ihre Hand um die ihrer Mutter, die einen müden und triefnassen Sohn an sich drückte und seine erfrorenen Hände rieb. Blicke suchten die Menge ab, doch man war sich allgemein darüber einig, daß niemand fehlte. Branwolf tippte nervös mit seinem Fuß. »Irgend jemand fehlt. Ich bin mir sicher, daß jemand fehlt.«

Nachdenklich sah der große, stämmige Hauptmann ihn an. »Sir!« rief er mit plötzlicher Erkenntnis. »Pater Gwion, Sir. Den ganzen Tag habe ich ihn noch nicht gesehen, und normalerweise wäre er der erste ...«

Branwolf blickte zu den verkohlten Resten des Turms auf. »Männer, zurück auf eure Posten. Frauen, zurück in den Turm«, befahl er, nahm eine Heugabel und marschierte entschlossen zum Turm. Der Hauptmann hielt ihn an der Schulter fest.

»Die Treppe, Sir, die wird nicht halten. Die verkohlten Stützen könnten jeden Augenblick nachgeben.«

Branwolf stieß ihn zurück. »Er ist der Bruder meiner Frau, verdammt.«

Die Frauen drängten sich um die offene Turmtür und warteten voll Ungeduld. Fackelschein flackerte in den Schießscharten hoch oben in den schwarzen Resten des Westturms, und niemand sagte ein Wort, während sie darauf warteten, daß ihr Lord zurückkam. Nach vielen sorgenvollen Minuten bellte Branwolf im Befehlston um Beistand. Bald trat eine düstere Prozession aus der unteren Bogentür hervor und trug ehrfürchtig eine Bahre. Die Soldaten bildeten einen Kreis darum und drängten die Frauen zurück, doch May konnte ihre Neugier nicht an sich halten. Sie duckte sich unter ausgebreiteten

Armen und starren Schultern hindurch und drängelte sich in die vorderste Reihe der schweigenden Menge.

»Ich kann es nicht vor euch verbergen, Männer«, sagte der Baron gefaßt, obwohl sein Gesicht im Feuerschein ganz weiß war. »Nur sehr wenig war noch in brauchbarem Zustand. Die Hitze des Feuers war sehr intensiv.« May starrte den schwelenden Haufen an, der unter einer Decke lag, und hielt sich den Mund zu, um den beißenden Geruch auszusperren und die aufsteigende Galle in ihrer Kehle niederzuringen. »Die ganze Leiche ist brüchig und schwarz. Ich hätte ihn nicht erkannt, wären da nicht ein Stiefel, ein Stück Seidenkapuze und dieses hier gewesen.« Ein winziges goldenes Ding schimmerte in der Faust des Barons, als er seinen Arm hob. »Das ist Pater Gwions Ring«, sagte er schwerfällig. »Mehr konnte ich nicht finden. Alles andere im Raum war Asche.«

Feierlich schlug die Kirchenglocke das Totengeläut zu Ehren des Schwagers des Barons. May jedoch empfand keine Trauer über den Verlust, da sie nun sicher war, daß sie Pater Gwion mit Ulf gesehen hatte. Doch nun war es nicht mehr von Bedeutung, nach dem Feuer nicht mehr, und ohnehin wollte ihr niemand glauben. Also sagte sie nichts, aber ihre Mutter beugte sich herab und flüsterte ihr ins Ohr: »Vielleicht läutert die Mutter ihre Domäne vom Neuen Glauben.«

»Nein, Ma«, widersprach May, ohne auch nur zu wissen, woher dieser Gedanke kam. »Nein, sie reinigt ihre Domäne vom *Bösen*, läutert ihre Burg mit Feuer.« Sie eilte, um nach Morrigwen zu sehen, und ließ das trauernde Burgvolk zurück.

Allzu lang hatte sie die Greisin schon allein gelassen, und sie sorgte sich. Als sie die Tür zur Kammer aufriß, blieb sie abrupt stehen, als sie Morrigwen bei den offenen Fensterläden stehen sah. Ihre Augen waren matt, und mit benommener Miene starrte sie in die Ferne.

»Brid«, murmelte die Alte. »Brid, hilf mir. Spute dich, Kind, finde den Kessel. Ich brauche deine Kräfte, sonst ist die Trinität verloren.«

May zupfte an ihrer Hand. »Zurück ins Bett mit dir, Morrigwen.« Sie versuchte, respekteinflößend zu klingen, doch ihre Stimme quiekte auf, angestrengt und schneidend. »Wie bist du aus dem Bett gekommen?« Als die Greisin nicht antwortete, merkte das kleine Mädchen, daß sie gar nicht wach war, sondern irgend etwas sie in ihrer Umnachtung ans Fenster gelockt hatte. Unruhig zog sie an der dünnen Hand der Frau, verkniff das Gesicht, als sie ihre Knochen unter der hostiendünnen Haut fühlte. »Du mußt wieder ins Bett.«

Langsam drehte sich Morrigwen um, zwinkerte und sank dann vor ihren Füßen zu einem Haufen in sich zusammen.

»Ma! Ma!« kreischte May.

Mehrere Frauen kamen bei Mays Geschrei aus dem unteren Turm gelaufen. Mühelos hoben sie Morrigwens hinfällige Gestalt wieder auf ihre Liegestatt. Elaine fühlte ihren Puls und lauschte ihrem Atem.

»Sie ist sehr schwach. Was um alles in der Welt hat sie ans Fenster gelockt?«

Maud, die dicke alte Frau mit roten Wangen, die ihnen im Turm Gesellschaft leistete, starrte der Witwe über die Schulter und verkündete gewohnt barsch: »Wie dem auch sei. Sie wird es nicht mehr lange machen.«

»Wag nicht, so etwas zu sagen!«

Die Frau schreckte zurück, als sie die ernste Stimme des Barons hörte. Sein Gesicht war schwarz vor Ruß und seine Hände rot vor Schnitten und Verbrennungen. Er kniete an der Bettstatt der Greisin, und bis auf May und ihre Mutter flohen alle Frauen aus der Kammer. »Ich bin gekommen, um ihr Mut zuzusprechen.«

»Ich glaube nicht, daß sie Euch hören kann«, sagte Elaine traurig. »Ihr Körper ist noch bei uns, doch ihr Geist wandert.«

»Sie muß überleben. Wenn sie stirbt, verliere ich meine Keridwen.« Er kauerte neben der Alten und flüsterte ihr ins Ohr: »Komm schon, alte Frau, halte durch. Du weißt, daß du leben mußt. Um der Mutter und Keridwen willen mußt du leben. Du mußt leben. Wir brauchen dich.«

Ohne etwas zu sehen, stierten Morrigwens fleckig blaue Augen zur Decke auf. »Brid. Sag Brid, sie soll sich sputen«, murmelte sie schwach und schwieg dann.

KAPITEL 15

Blickte man zu den Hespera-Inseln hinüber, war das Meer dort grün und schaumgekrönt. Weiße Pferde stürmten aus den Tiefen und bäumten sich auf, sprühten ihre langen Mähnen zu einem stolzen Kamm auf, bevor sie wieder in die Tiefe tauchten. Im Schutz der Hafenfluten rissen Handelsschiffe mit großem Tiefgang an ihren Ankern, und am Pier zogen stämmige Fischerboote an ihrer Muring. Zwischen zwei flachnasigen Hummerbooten war das schlanke Schiff der Inquisitoren deutlich zu erkennen, dessen Bug dem offenen Meer entgegenstrebte. Das schwarze Schiff, dessen rotgelbes Wappen sich an seinem dunklen Segel blähte, kämpfte sich nordwärts gegen die Wellen und brachte die Inquisitoren des Königs zum Monarchen zurück.

Endlich war es für Caspar sicher, wieder nach Ildros zu reiten. Er legte Feuerschweif sein Zaumzeug an und ritt zu der Taverne, um ihre restlichen Bündel, seinen Sattel und das Zugpferd zu holen. Er entlohnte den Stallknecht fürstlich, was das argwöhnische Murren des Mannes in ein zufriedenes Knurren verwandelte.

»Ihr wart fort, junger Herr«, sagte er. »Ihr habt versäumt, Euch anzusehen, wie die Wolfshexe verbrannt wurde. Ich hatte Zweifel daran, ob Ihr jemals wiederkommen würdet.« Seine Stimme besaß keinerlei Herzlichkeit, und es war deutlich, daß er froh war, wenn er Caspar von hinten sah.

Als er zur Stadt hinausritt, blieb er vor den verkohlten und geschrumpften Resten eines Wolfskopfes stehen. Er steckte auf einem Pfahl mitten auf dem Marktplatz. Ein kleiner Junge warf Steine nach dem Kopf, wahrscheinlich aus purer Langeweile.

»Verschwinde«, schrie Caspar zornig und wendete sein Pferd drohend dem Kind entgegen. Die Mutter unterbrach die Putzarbeiten an ihrer Haustür und eilte heran, um den Jungen in die Arme zu schließen.

»Ich wollte nur sehen, wie die Dämonen rauskommen«, heulte er. »Die Männer in Schwarz haben gesagt, wenn er verbrennt, kommen Teufel aus seinem Maul und fliegen davon. Aber da waren gar keine, oder, Ma?«

Nein, dachte Caspar, da waren keine Dämonen. Rewiks abergläubische Befürchtungen lösten in einem ansonsten guten Land viel Unheil aus.

Caspar erwähnte Brid gegenüber den Wolfskopf nicht, als sie ihn bei seiner Rückkehr begrüßte. Hal war voll bekleidet, das schwarze Roß gesattelt. Ceowulf saß nach wie vor neben dem Lagerfeuer und wurde von Cybillia gepflegt, die ihm geduldig einen Löffel mit Kaninchenbrühe anbot. Brid war sehr geschickt darin, Kaninchen zu fangen, doch Caspar hatte seit den letzten vier Tagen endgültig genug von diesem Fleisch. Er stieg ab und ging zum Ritter hinüber, um zu sehen, ob seine Wunden heilten.

»Und denk daran, Cybillia«, wies Brid sie an, »erneuere den Verband alle zwei Stunden, trag neue Paste auf, und gib ihm soviel Brühe wie möglich.«

Cybillia nickte, denn ihr Gesicht war so sehr angeschwollen, daß sie nicht sprechen konnte.

»Fertig, Spar?« Sie wandte sich dem Jungen zu, dessen rotbraunes Haar von der Morgensonne in Flammen gesetzt wurde.

Auch er nickte. Worte schienen unnötig.

Als die beiden über die Hügel hinausritten, wandte er sich unsicher noch einmal nach dem Dickicht um, in dem sie ihre Gefährten zurückgelassen hatten. Wenigstens waren sie gut versteckt. »Woher weißt du, ob wir in die richtige Richtung reiten?« fragte er Brid, als sie sich entschlossen auf den Weg machte. »Ich verstehe nicht, woher du wissen kannst, wo der Mondstein ist.«

»Manchmal frage ich mich, ob du überhaupt Keridwens Sohn bist.« Brid schien an ihm beinahe zu verzweifeln.

Caspar wußte nicht, ob ihn der Gedanke erleichtern oder erzürnen sollte. Wenn Keridwen nicht seine Mutter war, wäre er zumindest nicht so eng in dieses heidnische Netz verwoben. Andererseits wußte er tief in seinem Herzen, daß er sie liebte und sich nach ihrem mütterlichen Schutz sehnte. In jenem Augenblick, als er sie im Eis gefangen sah, hatte er gewußt, daß sie seine Mutter war. Er atmete tief ein, stählte sich gegen die abergläubischen Ängste seiner Kindheit. Ja, er war stolz, der Sohn einer Hohenpriesterin zu sein. Er war stolz darauf, Keridwens Sohn zu sein.

»Du mußt nur dein Herz öffnen und fühlen, was um dich herum geschieht. Der Mann scheint so sehr in seiner eigenen kleinen Welt gefangen zu sein, daß er das Leben um sich herum gar nicht mehr fühlen kann. Überall in den Felsen und Bächen und Pflanzen und Tieren liegt Magie. Ihr Männer könnt nichts davon mehr fühlen.«

Caspar dachte, daß er zumindest die Magie in Feuerschweifs anmutigen Bewegungen fühlen konnte, doch war das wohl kein wirkliches Argument. »Ich kann mehr fühlen als Hal«, verteidigte er sich lahm.

»Aha, das sagt eine Menge«, gab Brid spröde zurück. »Hal ist so sensibel wie ein Knüppel.«

Caspar grinste innerlich, als Brid über seinen Onkel herzog. »Aber woher weißt du, daß der Mondstein irgendwo im Süden ist? Es kommt mir unwahrscheinlich vor, daß er erst nach Norden ziehen und sich dann wieder südwärts wenden sollte«, meinte Caspar.

»Ich gebe nicht vor, die Einzelheiten zu kennen, Spar. Ich

kann es nur fühlen. Das ist eigentlich alles, was zählt.« Geschickt drängte sie Ceowulfs schlankes, schwarzes Roß zu donnerndem Galopp. Das Pferd sank tief auf seine Sprunggelenke und reckte den stolzen Hals, fügte sich ihrem Willen. Sie strich seine schimmernde Mähne glatt. Als sie zwischen Elster und Ceowulfs schwarzem Schlachtroß wählen sollte, hatte sie sich für letzteres entschieden. Da es etwas kleiner und schwerer war, konnte sie es leichter manövrieren. Außerdem gefiel ihr der Name des Hengstes. Das Tier war so schwarz, daß man es Hexer genannt hatte.

Sie ritten an den Wällen mehrerer Weingärten entlang, bis sie auf weite Dünen und staubiges Grasland stießen, das sie zu einer Landzunge führte, die ins Meer hinausragte. Brid lenkte Hexer westwärts dem Donner der Wellen entgegen, die dort an die Klippen schlugen. Feuerschweif bockte und wehrte sich gegen seine Kandare, wild entschlossen, vor dem schwarzen Hengst zu bleiben, und Caspar verlor beinahe das Gleichgewicht, als die Jungfrau das Pferd hart im engen Kreis wendete. Erde flog von den Hufen des roten Hengstes, als Caspar ihn wendete und scharf zum Halten brachte. Brid war bereits abgestiegen und betastete zögerlich den Boden.

Sie sah zu Caspar auf. »Es ist hier drunter.«

»Du meinst, sie hat es vergraben?«

»Ach, sei nicht dumm, Spar. Wir sind hier gleich bei der Steilwand. Ganz sicher gibt es hier Höhlen, die die Halbinsel untergraben. Ich denke, Puzella ist aus dem Hafen geflohen, als sie all die Inquisitoren gesehen hat, und versteckt sich noch immer vor ihnen. Vielleicht hat sie an der Mündung ein Boot genommen und ist hierher gesegelt, um sich in den Höhlen zu verstecken.«

Caspar sah sich um. »Wir sollten lieber zur Bucht zurück und dann am Fuß der Klippen entlang. Von hier oben kommen wir nicht zum Meer hinunter.«

Brid hörte nicht zu. Sie war schon auf dem Weg zur Bucht, auf die er deutete.

Eine dicke Schicht von Kieselsteinen säumte den Strand. Sie machten ihre Pferde fest und kletterten über die Felsen, hielten sich weit über dem Flutsaum, wo trockener schwarzer Seetang und Garnelentümpel deutlich zeigten, wo das Reich des Meeres endete. Caspar fluchte, als er sich sein Schienbein an einem scharfen Felsen aufschlug. Als er aufblickte, war Brid ein Stück voraus. Sie hatte eine unheimliche Gabe, auf schwierigem Terrain zügig voranzukommen, sprang mit der Präzision einer Bergziege von einem Stein zum anderen. Plötzlich stand sie stocksteif da.

Caspar spürte ihre Unruhe, spannte seinen Bogen und lief schneller, um sie zu beschützen. »Was ist?«

»Hör doch.«

Ganz still stand er da. Möwen verspotteten einen Kormoran, der ins Meer eintauchte. Der Donner der Brecher an den Felsen und das Rauschen der Gischt erfüllten die Luft. Daneben konnte er das seufzende Scharren von Sand hören, der von der Bewegung des Meeres hin- und hergerissen wurde. Doch er hörte nichts Ungewöhnliches.

»Was?«

»Atmen.«

»Es ist das Seufzen des Meeres.«

»Tatsächlich?« sagte sie nur und deutete damit an, daß es das ganz sicher nicht war. »Sieh dir die Höhle da drüben an.« Sie deutete auf den schwarzen Schlund, der die Luft am Fuß der weißen Klippen schluckte. Seeschwalben schrien aus den Spalten im Fels hoch über ihren Köpfen. »Der Lärm kommt von dort, und das Meer ist hinter uns.«

»Das ist ein Echo«, erklärte Caspar.

Brid kroch vorsichtiger weiter, bis sie beide im Halbdunkel am Rand der Höhle standen und auf den schleimigen, moosbewachsenen Steinen ausrutschten. »Glaubst du das immer noch?«

Caspar konnte das flüsternde Seufzen des Spülsands hören, das sich mit einem hohlen Echo mischte, welches wie das Rauschen aus dem Inneren einer Muschel durch die Höhle hallte. Doch war da noch etwas anderes, fast wie ein tiefes Schnarchen. Und der Geruch!

»Das ist wie verwesender Fisch. Die Flut muß irgendwas hineingespült haben. Bist du sicher, daß der Mondstein da drinnen ist?«

Brid nickte. »Ja, ich bin mir sicher.«

Caspar legte eine Hand an seine Brust und tastete nach dem Mandala. Es pulsierte heftig und warnte gleichzeitig mit eisiger Kälte. Er war verwirrt.

Lautlos tat Brid vor, während Caspar gleich hinter ihr über den mit Steinen übersäten Boden knirschte. Schließlich spürte er Sand unter den abgewetzten Stiefeln, und seine Schritte waren gedämpft. Alles Tageslicht wurde in der Tiefe der Höhle verschluckt, und sie kamen voran, indem sie sich an den ausgewaschenen Wänden entlangtasteten.

»Hier durch«, flüsterte Brid.

Caspar konnte sich nicht erklären, wohin sie gegangen war, bis seine Hand einen Spalt im Felsen ertastete. Die Jungfrau war durch einen Riß verschwunden, der tief in den hinteren Teil der Höhle führte. Das tiefe, lange Brüllen der See hallte wie ferner Donner durch die Tunnel. Allmählich wurde der Lärm lauter. Er kam zu dem Schluß, daß sie sich in einem schmalen Spalt befanden, der zwei Höhlen miteinander verband.

Sein Herz tat einen Satz. Plötzlich konnte er sie fühlen: die pulsierende Energie des Mondsteins. Der Schauer der Erregung lief ihm über den Rücken. Trüber Lichtschein drang durch den Spalt vor ihm, warf eckige Schatten über die geborstenen

Felsen. Er fühlte, wie die Kraft des Steins nach ihm rief. Er lief voraus. Seine Mutter brauchte ihn. Fast konnte er hören, wie sie aus ihrem Grab im vaalakischen Gletscher nach ihm rief. Brid hielt ihn beim Arm.

»Vorsichtig. Du weißt nicht, was Puzella vorhat.«

Caspar blieb stehen, dann schlich er weiter.

»O Mutter, hilf uns«, flehte Brid. Die Worte drangen kaum zwischen ihren starren, fahlen Lippen hervor. Sie griff nach Caspar. Ihre Anspannung und das stille Flehen um Schutz ließen den Jungen seine eigene Angst herunterschlucken und seinen ganzen Mut zusammennehmen.

»Was ist?« Er merkte, daß die Worte bebend über seine Lippen kamen, doch als er das Scharren von Schuppen auf den Felsen hörte, brauchte er keine Antwort. Das Stampfen von gigantischen Füßen, die den Boden erbeben ließen, und das unregelmäßige Schlagen eines Schwanzes gegen die Höhlenwände lösten in ihm beklemmende Angst aus. Eine Sekunde lang war er benommen und starrte hilflos auf den Spalt, dann riß er sich entschlossen zusammen.

»Keine Sorge. Hier drinnen kann er uns nicht erreichen.« Er versuchte beruhigend zu klingen, während er seinen Bogen zückte.

Unwillkürlich sprang er zurück, als die knorrige weiße Schnauze in den Tunneleingang drang. Die lange, peitschenähnliche Zunge schnellte hervor, nahm ihre Witterung auf, und die mächtigen Nüstern blähten sich. Die beiden Menschen in der Falle fühlten, wie die Luft von ihnen fortgesogen wurde, als der Drache Unmengen der feuchten Atmosphäre einatmete, um die Hautblase unter seinem Hals anschwellen zu lassen. Die Blase blähte sich, bis sie prall und durchscheinend war und das Netz roter Kapillargefäße durch die weiße Haut sichtbar wurde. Das Ungeheuer atmete einen Sturm heißen, feuchten Atems aus. Hustend und spuckend zogen sich die beiden

Gefährten zurück, um den ekelhaften Gestank aus ihren brennenden Lungen loszuwerden.

Caspar wankte kurz, und dann legte er – mit einer Hand über seiner Nase, um die faulig riechenden Magendämpfe auszusperren – drohend seinen Bogen an. Es war eine sinnlose Geste, da die Echse blind war, wenn auch die Rudimente des einen Augapfels nach wie vor unter einem gräulichen Hautschleier hin und her rollten. Der andere Augapfel war eine breiige Masse, zerdrückt und zerfetzt, wo das ledrige Augenlid herausgehackt war und totenweißes Gewebe darunter preisgab. Einer von Branwolfs Pfeilen steckte noch immer in dem, was vom trüben Augapfel übrig war. Das Tier hätte seinen Kopf heben müssen, damit Caspar die weiche Membrane unter seiner gepanzerten Schnauze erreichen konnte, doch es hielt den Kopf gebeugt und schützte seinen Muskelmagen.

Erleichtert ließ Caspar seinen Atem heraus, als das weißgesichtige Monstrum seine Schnauze aus dem Tunnel zog. »Bleib hinter mir.« Seine Stimme war hoch und gespannt, aber er wich nicht zurück, war entschlossen, das junge Mädchen zu beschützen.

Die Erleichterung war von kurzer Dauer, denn er sah mit offenem Mund, wie die massige Klaue ihnen entgegenkam, wie eine Katze, die ins Mauseloch greift. Felsbrocken gaben unter dem Gewicht des Drachen nach, als er seine Schulter in den schmalen Eingang drückte und sie zu erreichen versuchte.

»Hier!« Brid drückte Caspar eine Sichel in die Hand. »Nimm das. Wir müssen das Druidenauge bekommen.«

Die Hakenkralle öffnete sich und schlug erneut nach ihnen, streckte drei spitze Klauen aus. Statt an die Tunnelwand zurückzuweichen, sprang Caspar vor und schwang die Sichel. Die Spitze hakte sich hinter die Reptilienschuppen, und der Junge riß daran. Sie durchdrang den Panzer des Drachen und bohrte sich ins Fleisch, grub sich in die Sehnen und wurde dann von einem Schwall rötlichen Blutes überschüttet.

Das Ungeheuer stieß erderschütterndes Gebrüll aus und zog seine Klauen zurück. Zornig schlug das hirnlose Untier mit der anderen, unversehrten Kralle zu. Es hieb mit solcher Macht und Wut an die Tunnelwände, daß Felsbrocken herabstürzten und am Boden zerbarsten. Wieder griff Caspar an, stach das Tier in den Spalt zwischen zwei Zehen, hieb die Sichel unter eine Schuppe, um das Fleisch dahinter zu erreichen. Der tapfere Schlachtruf des Jungen erstickte im donnernden Geheul des Monstrums. Der junge Edelmann stemmte sich zurück, riß die gebogene Klinge hervor, und Blut spritzte aus der Wunde, überzog beide mit dicker, warmer Flüssigkeit. Der Drache zog sich zurück, und der Tunnel war von tiefem Stöhnen erfüllt, gefolgt vom Nachhall feuchten Schlürfens.

Der Junge lauschte aufmerksam, versuchte, sich das seltsame Geräusch zu erklären.

»Er leckt seine Wunden«, erklärte Brid. Mit zitternder Hand hielt sie sich an Caspars Arm fest.

»Wie kommen wir an den Mondstein?« fragte Caspar verzweifelt. »Wir müssen ihn bekommen. Meine Mutter …« Er konnte seine Verzweiflung nicht in Worte fassen. In die Höhle zu stürmen, wenn ein aufgebrachter Drache auf ihn wartete, wäre Selbstmord, aber den Mondstein zu verlieren hieße, daß er auch seine Mutter verlieren würde. »Ich werde hineingehen müssen«, verkündete er. Seine unbedachte Tapferkeit entsprang der Angst um seine Mutter, doch seine Stimme klang nicht unbedingt überzeugt. »Vielleicht, wenn ich leise bin und er mit seinen Wunden beschäftigt ist, vielleicht …«

»Sei kein Narr.« Brid zog ihn zurück.

»Aber der Mondstein …«

Die Jungfrau achtete nicht auf ihn, sondern griff in ihre

Kleider. Sie langte in ihr Hemd, um den Salamander herauszuholen, dessen rote Schuppen wie Rubine im schwachen Licht des Mondsteins glitzerten, das aus der Nachbarhöhle herüberdrang. Sie setzte die Echse auf den Boden, und das Tier huschte ruckartig davon, blieb in den dunklen Spalten und Nischen abrupt stehen, dann entfloh es ruckend und zuckend mit kurzen Sprints.

»Er spürt eine Verwandtschaft zu Feuer und dem leuchtenden Herzen des Druidensteins«, murmelte Brid, als sie ihrem Tier nachblickte.

Das tiefe, grollende Stöhnen des weißen Giganten donnerte weiter, unterbrochen von speicheligem Wundenlecken. Der mutierte Drache bewachte die Höhle wie ein riesiger Terrier, der vor einem Kaninchenloch wartet, und pflegte dabei seine Wunden.

»Wird der Salamander nicht gefressen?« Caspar sorgte sich darum, daß das kleine Reptil als leckerer Happen angesehen werden könnte und im stinkenden Maul des Monstrums verschwinden würde.

Das Warten schien endlos. Caspar war der Verzweiflung nahe, als er plötzlich unruhig wurde. Die gemischten Gefühle von Angst und Aufregung überwältigten ihn. Seine Hand zitterte, obwohl seine Faust fest um das Haselnußmandala geschlossen war, so daß sich die Spitzen des fünfzackigen Sterns in sein Fleisch bohrten. Erst als die Wände ihres engen Spaltes gänzlich vom Strahlen des Mondsteins erfüllt waren, entspannte er sich, weil er wußte, daß es die Kraft der Kugel gewesen war, die seine Sinne verstört hatte.

»Gut gemacht, mein kleiner Drache«, murmelte Brid, als der Salamander wiederkam, mit seltsamem Watscheln rückwärts durch den Tunnel schlich und eine Kugel aus weißen Flammen mit sich zog. Der Mondstein war noch von seinem Ledernetz umgeben, und das Tier hielt die Stränge fest zwischen den

Zähnen. »Ich wußte, daß du es finden würdest. Ich wußte, daß du den Stein aus weißem Feuer finden würdest.«

Der Boden bebte, als ihnen herabstürzende Felsen um die Ohren flogen. Ein Sprühregen aus ätzendem Schleim kam aus dem klaffenden Maul des Drachen, als seine Zunge nach ihnen peitschte. Seine Schultern zwängten sich zwischen die Mauern des Spalts, die unter dem Druck nachgaben. Der wütende Schrei hämmerte Caspar in den Ohren, daß ihm ganz schwindlig wurde.

Er riß einen Pfeil aus seinem Köcher und versuchte, ihn auf die Sehne zu bringen. Die Vaalaker hatten dieses Tier schon einmal fast erlegt, indem sie das weiche Gewebe unter seiner Kehle durchbohrten. Er brauchte nur die richtige Gelegenheit und einen Glückstreffer. Brid schützte ihren Kopf vor herabstürzenden Trümmern, Staub und Felsbrocken, die von der Höhlendecke regneten. Sie rief ihm zu, daß er aus der Höhle fliehen sollte, doch Caspar wollte nicht. Er hatte die Gelegenheit, das Untier endgültig zu erlegen.

Der Drache heulte auf, schlug wild den Kopf hin und her, wobei sich immer mehr weiße Schuppen am Stein ablösten. Seine Sichelklaue schoß durch die gezackte Öffnung und traf Brid, schlug einen Riß in ihre Lederhosen, dann bohrte sie sich in ihren Stiefel und nagelte ihr Bein an den felsigen Boden. Caspar hob seinen Bogen, als das Monstrum die Schnauze zurückriß und sich bereitmachte, seine Warzennase als Hammer gegen den Stein einzusetzen.

»Nein!« schrie Brid plötzlich. »Nein, tu es nicht, Spar.« Sie warf ihm die Hände entgegen, und er packte sie fest. Ihr Körper hing zwischen ihm und der Drachenklaue. »Töte ihn nicht, Spar. Er hat Keridwen die ganze Zeit mit seiner Hitze am Leben erhalten. Er hat das Auge von dieser bösen Frau genommen und Keridwen am Leben gehalten. Wir dürfen ihn nicht töten.« Sie tastete nach ihrem Beutel, griff nach dem kleineren Mondstein, den Ulf bei sich getragen hatte, und warf ihn dem Monstrum an die Augen. Er traf die schuppige Schnauze. Scharf wich das Tier zurück und richtete die zuckenden Nüstern auf den kleinen Mondstein, der dort zu seinen Füßen lag. Zärtlich legte er die Zunge darum und wich zurück, hielt ihn sorgsam zwischen seinen mächtigen Sägezähnen. Sanftes Schnurren drang aus seiner Kehle. Einen Moment später brüllte er vor Zorn, spuckte die Kugel aus und zerstampfte sie enttäuscht mit seinen Füßen, doch Brid hatte sich längst weit genug zurückgezogen.

»Schnell, er hat gemerkt, daß es nicht das richtige Druidenauge ist«, warnte Caspar.

Eilig bückte sich Brid, um nach dem größeren Mondstein zu greifen, doch sie schreckte vor dem knurrenden Zischen des Salamanders zurück. Überrascht riß sie ihre Hand an sich.

»Gib ihn mir!« forderte sie, als spräche sie mit einem kleinen Hund. »Laß ihn fallen! Sofort!« Die knochige Krause um den Hals der Echse stellte sich drohend auf, und ihre grimmig rote Schnauze biß in die Leine um den Mondstein. Trotzig starrte der Salamander sie an.

»Er liebt das Feuer.« Achselzuckend sah Brid den ungeduldigen Jungen an. »Und das reine, weiße Feuer der Kugel ist sein größter Preis.«

»Nun, wir können nicht auf eine übergroße Kröte warten«, wandte Caspar ein, schrie gegen das Gebrüll des Drachen an und warf einen sorgenvollen Blick auf den einstürzenden Felsspalt. Warum ließ sie ihn das Monstrum nur nicht töten? Er hätte ihn ein für allemal erlegen können.

Brid stürzte sich auf den Feuerdrachen, doch diesmal wich der Salamander eilig zurück, nahm seine Beute mit sich. Wenigstens huschte er weiter vom wilden Gebrüll der Riesenechse fort. »Komm schon, kleiner Bursche.« Ihre Stimme war süß und lockend, wenn sie auch mit starren Lippen, ohne ein Lächeln, sprach. »Komm schon, gib ihn mir.« Das Tier wich zurück.

Caspar löste das Problem, indem er sich im Hechtsprung auf das Tier stürzte und es schaffte, den zappelnden Schwanz in die Hand zu bekommen. Er brauchte beide Hände, um zu verhindern, daß der Salamander sich befreite. Er hob das Tier hoch in die Luft, und der rote Leib wurde vom Gewicht des Mondsteins langgezogen, den es starrsinnigerweise nicht loslassen wollte. Mit dem Tier in einer Hand und der leuchtenden Kugel in der anderen lief Caspar Brid nach, als sie aus dem Spalt flohen und ins grelle, sichere Tageslicht traten.

»Da, kleiner Bursche. Ich nehm' ihn dir nicht weg«, tröstete Brid, als sie den Mondstein von Caspar nahm und ihn um ihren Hals hängte. Der Salamander kroch in die Falten ihres Hemdes und legte sich um die Kugel.

Als sie zu den Pferden kamen, keuchte Caspar atemlos, und seine Lungen schmerzten von der Anstrengung. Er sprang auf Feuerschweifs Sattel und führte das andere Pferd die wenigen Schritte zu Brid. Sekunden später waren sie im hellen Tageslicht, wohin, wie sie wußten, der Drache mit seinen kränklich weißen Schuppen ihnen nicht folgen konnte. Sie stürmten über das Hügelland über den Klippen, daß Erde von den Hufen der Pferde flog. Ein markerschütterndes Brüllen und dann ein schweres Klatschen weit unten ließen Caspar seinen Hengst im engen Kreise wenden. Er wandte sich um und sah die weißen Buckel am Rücken des Drachen durch die Wellen gleiten, dann ein letztes Zucken des gezackten Schwanzes, bevor er in die Tiefe des Meeres sank und verschwand.

»Ich hatte die Gelegenheit. Ich hatte die Gelegenheit, ihn ein für allemal zu töten.« Wütend wandte er sich der Jungfrau zu, als sie schwer keuchend neben ihm zum Stehen kam. »Warum zum Teufel hast du mich aufgehalten?«

Sein Zorn konnte sie nicht erreichen. »Ich fand es nicht richtig.«

»Du fandest es nicht richtig! Dieses böse Ungeheuer hat uns den ganzen Weg von Vaalaka hierher verfolgt, um an den Mondstein zu gelangen. Wie es daran gekommen ist, ist mir unerklärlich.«

»Ich vermute, daß Puzella teilweise irgendwo in seinem Magen ist«, bemerkte das Mädchen leichthin.

»Wie kann es sein, daß du dir um dieses Untier keine Sorgen machst? Ich hätte es töten sollen.«

Plötzlich schrie Brid ihn an. »Ich fand es einfach nicht richtig. Tut mir leid, Spar, es schien mir nur, als hätte er den Mondstein für uns gerettet. Er hat das Auge behütet, seine Wärme an Keridwen gegeben, sie am Leben erhalten. Ich konnte es ihm nicht mit dem Tod vergelten.«

Erschrocken schwieg Caspar. Nie zuvor hatte Brid ihn angeschrien, und es gab ihm das Gefühl, klein und unbedeutend zu sein. Schmollend wandte er sich ab und ritt nach Norden.

Hals olivfarbene Augen sahen ihn an, quollen vor Fragen über. Mit einer Hand an seiner verwundeten Seite richtete sich der Junge mit dem rabenschwarzen Haar auf und zuckte kurz zusammen. »Nun, habt ihr ihn?«

Caspar knurrte und sprang von Feuerschweifs Rücken. »Ja«, keuchte er und erklärte kurz die Sache mit dem Drachen.

»Er ist weg, oder nicht?« fügte Brid erleichtert hinzu. »Er hat sich ins Meer gestürzt.« Sie sank zu Boden, um sich mit gekreuzten Beinen und dem Mondstein auf dem Schoß hinzusetzen.

Plötzlich waren alle Gedanken an den Drachen aus Caspars Gedanken fortgewaschen. Die ganze Reise über war der Mondstein von kühlendem Tuch gedämpft oder von Rauch verhüllt gewesen, die Energie gebremst, doch nun erreichten und berührten ihn die pulsierenden Strahlen.

»Willst du hineinsehen?« flüsterte er, als er neben Brid saß.

Brid spitzte die dunkelroten Lippen. »Wir warten auf die Nacht und den magischen Schutz des Mondes, um ganz sicherzugehen.«

Die Jungfrau erhob sich und ging direkt auf Ceowulf zu, um nach ihm zu sehen. Mit seinem rechten Arm in der Schlinge konnte der Ritter nun zumindest aufrecht sitzen. Ohne Widerspruch nahm Ceowulf hin, daß Brids Kräuterkunde die Fähigkeiten eines Arztes, wie sie ihn in Caldea finden mochten, weit überstieg, und sie alle waren sich darin einig, daß es sicherer wäre, im Dickicht versteckt zu bleiben.

»Und ich werde nicht schwach, verkrüppelt und mittellos vor meinen Vater treten«, erklärte der Ritter trotzig. Er stieß Cybillias Hand und den Löffel mit Kaninchenbrühe von sich, den sie ihm in den Mund schieben wollte. Die von Brombeeren überwucherten Täler waren von Kaninchenbauten durchzogen, und mit ihrer Bergerfahrung und ihrer natürlichen List hatte sich Brid in der Kaninchenjagd als weit besser als Caspar entpuppt. Die Priesterin würzte das Fleisch mit ihren Heilkräutern, doch überließ sie die Geduldsaufgabe, den verletzten Ritter zu füttern, der goldhaarigen Cybillia.

Caspar blickte vom schwarzen Schlachtroß zum rot-weiß karierten Tuch, das zu einem Kissen gerollt unter dem Kopf des Ritters lag. »Aber ich hatte gedacht, du seist schon bei deinem Vater …«

Ceowulf schüttelte den Kopf. »Ohne nach all den Jahren irgend etwas vorweisen zu können? Niemals! Nein, ich war bei einem alten Freund, einem alten Faktotum in den Sümpfen. Er ist für mich nach Tartra geschlichen. Dort habe ich noch immer Freunde, aber meinem Vater konnte ich nicht gegenübertreten, nicht mehr.«

»Nein«, murmelte Cybillia verständnisvoll.

Caspar saß gegen einen Baumstamm gelehnt und kaute auf einem trockenen Grashalm, verbrachte so die Stunden bis zur Abenddämmerung. »Und wie hast du uns aufgespürt und bist uns nach Caldea gefolgt? Ich meine, woher wußtest du, daß wir Hilfe brauchten?« fragte er. Ceowulf war wieder soweit hergestellt, daß er Fragen beantworten konnte.

Der Ritter lächelte und fing an zu lachen, doch die Bewegung stach in seiner Wunde, und er hustete einen Moment, bis er seine Fassung wiedergefunden hatte. »Zwei verrückte, leichtsinnige Burschen wie du und Hal, ihr mußtet doch Ärger bekommen. Ich hätte allerdings erwartet, daß ihr euch mit euren Dickköpfen zuerst gegenseitig umbringt, bevor Gatto und die Vaalaker die Gelegenheit dazu bekämen.«

»Im Ernst, Ceowulf«, beharrte Caspar.

»Nun, plötzlich verschwand Cybillia, und der König hat Gatto nie gefunden, und so dachte ich mir, daß er euch auf den Fersen war.« Ceowulf fummelte an der Bandage herum, die oben um seinen Brustkorb lag, und schob sie herum, damit er auf der anderen Hüfte liegen und einen Krampf verhindern konnte. »Ich wußte, daß Hals Mutter in Farona war, also habe ich sie aufgespürt, und ich sage dir, ich habe Jahre gebraucht, bis ich sie soweit hatte, daß sie mir sagen wollte, wohin ihr unterwegs wart. Sie hat ein schützendes Auge auf dich, Hal.«

»Mich überrascht, daß du es überhaupt geschafft hast«, lachte der dunkelhaarige Junge.

»Vielleicht bin ich charmanter, als ich aussehe. Ich mußte ihr versprechen, daß ich deine Zuneigung zu einer gewissen Dame im Auge behalte«, sagte Ceowulf mit leiser Stimme und nickte zu Brid hinüber. Hal errötete. Caspar schluckte trocken, versuchte, seine Eifersucht zu verbergen, als sein Blick den seines Onkels traf.

Das tanzende Spiegelbild des Mondes schimmerte auf den sich kräuselnden Wellen. Brid murmelte ein Gebet zum Licht hin, und ihr Gesicht war wie Elfenbein, von Silberschein gebadet. Ehrfürchtig hob sie das durchscheinende Druidenauge an ihren Mund und sprach in dessen Herz hinein. »Morrigwen!«

Jedesmal, wenn Caspar die glatte Oberfläche des Steins berührt hatte, war ihm ein blendender Blitz ins Hirn gefahren und hatte ihn mit erschütterndem Schmerz durchbohrt. Doch Brid zeigte nicht die leisesten Anzeichen von Unwohlsein, und es überraschte ihn, wie unbehelligt sie die magische Kugel handhabte. Silberstrahlen des Mondes über ihnen streckten sich herab und segneten die Oberfläche des Steins. Langsam kräuselte sich die milchige Fläche, schmolz beiseite und gab einen klaren, wäßrigen Anblick preis. Anfangs glaubte Caspar, er sähe das Spiegelbild des caldeanischen Mondes auf der durchscheinenden Fläche, doch allmählich bildeten sich die Umrisse zerklüfteter Gipfel und die aufragenden Türme einer Festung im Bild heraus. Er sah den Mond des Nordens über den Türmen von Torra Alta.

In der schwarzen Nacht leckten die gelblich roten Flammen an den Pfeilern, welche die Burg auf dem Gipfel des Felsenturms hielten. Rauchschwaden trieben auf und verhüllten das Antlitz des Mondes. Der Westturm war wie eine gigantische Fackel.

Klauen der Angst griffen nach Caspars Herz.

»Morrigwen, erhöre mich.« Als Brid die Greisin rief, schwenkte das Bild im Mondstein durch die Schlucht. Der Junge merkte, wie seine Augen auf den Schwingen eines Falken ruhten, während sie durch die Lüfte einer flachen Schießscharte im Hauptturm entgegenschwebten. Das Bild glitt durch das schmale Fenster und zeigte das ausgezehrte Gesicht der Greisin, das vom Widerschein des Feuers glühte und flackerte. Ihre blaugefleckten Augen wirkten riesig, wie sie dort aus ihrem verwitterten Gesicht aufblickten. Pergamenthaut spannte sich über die hervortretenden Wangenknochen, und tiefe Höhlungen hatten sich unter der dünnen Haut an ihren Schläfen gebildet. Erschrocken dachte Caspar, daß sie um hundert Jahre älter aussah als damals, als er sie zuletzt gesehen hatte. Tränen traten in Brids Augen.

Hast du ihn gefunden? Der Mund der Greisin bewegte sich, doch hörte Caspar die Worte nur in seinen Gedanken.

Brid schüttelte den Kopf.

Es gab ein Feuer. Ich bin schwach, zu schwach. Du mußt den Kessel bald finden. Ich halte nicht viel länger stand. Ich brauche deine Kraft, Brid. Ich brauche deine Heilkunst. Vaalakisches Nesselkraut. Ich fürchte, ich bin vergiftet.

»Nesselkraut! Bist du sicher?« Die Jungfrau klang erschrokken, als sie zum Abbild der Greisin im Mondstein sprach.

Morrigwen nickte nur schwer.

»Dann nimm etwas Blasenampfer und Fuchsblatt«, riet Brid dringend.

Das habe ich, Kind, aber ich brauche mehr, viel mehr, und wir haben kein Fuchsblatt mehr. Das Gift sitzt tief in meinen Adern. Eile dich, Kind, eile dich. Such den Kessel und kehre mit seinem Geheimnis heim, bevor es zu spät ist.

Als Brid nickte, schimmerte die Vision im Mondstein und verging. Um den Anblick seiner Heimat nicht zu verlieren, riß Caspar Brid den Stein aus der Hand. Ein sengend weißer Lichtblitz zerstob seine Gedanken. Alle Muskeln im Leib verkrampften sich, beugten seinen Rücken vor Schmerz, doch er wehrte sich dagegen.

Brid nahm seinen Arm, und die grellweiße Pein zerstreute sich wie ein Blitz, der von der Erde aufgenommen wird. »Spar, sei vorsichtig. Du weißt nicht, wie man die Macht des Mondsteins nutzt.«

»Mutter«, flehte er und blickte tief ins Herz der Kugel. »Mutter, wo bist du?«

Die feinen Züge einer schönen Frau mit violetten Augen und einem Wust von kastanienbraunem Haar, der ihr in Locken auf die Schultern fiel, lächelte aus dem Stein hervor. *Spar,* flüsterte sie in ihm. *Spar, mein Kind.* Ihre lautlosen Worte waren voller Liebe. *Such den Kessel, enthülle die Runen, Spar.* Das klare Bild blieb nur eine Sekunde, dann vereiste es allmählich. Als die Farbe von ihren Wangen wich, trübten sich die Augen zu tödlichem Grau. Ihre Hände verkrampften sich zu Klauen, und ihr Mund klaffte auf vom stillen Schrei. Das quälende Echo kreischte durch Caspars Hirn und schnitt ihm ins Herz.

Das Bild verblaßte, als weißes Wellenkräuseln die Oberfläche des Steins glättete.

Caspar schluckte die Tränen herunter, die in seinen Augenwinkeln brannten, während Brid den Mondstein wieder in seinen Beutel schob und sich die kostbare Kugel um den Hals hängte. Sie stieß ein tiefes Seufzen aus, als wollte sie das Entsetzen von sich weisen, dann fingerte sie an den Bändern ihres Kräuterbeutels herum. Sie schüttete den Inhalt aus, suchte in ihrem Vorrat an Nesselkraut, Bilsenkraut, Schwarzwurz, Fenchel, Mutterkraut und Gartenraute herum, neben vielen anderen Pflanzen und Wurzeln, die Caspar nicht erkannte. »Blasenampfer, aber kein Fuchsblatt«, erklärte sie mit angestrengter Ruhe. »Ich werde im Mondlicht danach suchen.« Sie hustete, um das Schluchzen zu vertreiben, das nach ihrer Kehle zu greifen drohte. »Beim ersten Licht des Tages müssen wir weiter. Morrigwen liegt im Sterben.«

KAPITEL 16

Das Leuchten war falsch. Es roch falsch.

Der kleine, trübe leuchtende Kiesel hatte ihn nur einen kurzen Moment verwirrt. Er dachte, es sei das Leuchten, doch das war es nicht. Das Ding hatte nicht dieselbe Kraft. Es war keine Frau darin, die zu ihm sprach. Es war leer und leblos. Er schnüffelte an den Resten der Kugel herum, die er unter seinem mächtigen Gewicht zu Staub zertreten hatte. Sein Leuchten war fort. Die nackten Bären hatten es mitgenommen, hinaus in die sengende Hitze, die aus der großen Leere über ihm herabfiel.

Er hob seine Schnauze und brüllte, bis die Erde um ihn zitterte. Die Höhle war kühl, aber eng, und ihr fehlte es an der Freiheit des großen, weiten Wassers. Er schnüffelte die Luft und schmeckte das Salz. Das Meer rief nach ihm.

Er konnte den kleinen Bären folgen, doch das bedeutete, daß er sich auf ewig in den Höhlen verstecken und hinausschleichen mußte, um sich das bißchen Futter zu beschaffen, das es dort gab. In den Wellen wimmelte es zumindest nur so vor Leben. In der kühlen Freiheit der endlosen Fluten brauchte er das Leuchten nicht. Und im Wasser konnte er fast fliegen.

Plötzlich sehnte er sich nach den Wellen und der Freiheit der Tiefe.

Er wußte, daß die anderen Tiere dort draußen waren, irgendwo fern der Küste in tiefen Gewässern. Die großen Tiere riefen ihn. Er hörte, wie ihre klagenden Gesänge durch das Meer rauschten. Zumindest wäre er da draußen, wohin die nackten Bären nicht kommen konnten, frei. Er verdrängte den Gedanken an das Leuchten. Er konnte es nicht erreichen. Das

Brennen in der Leere über ihm machte es unmöglich. Nun riefen ihn die kühlen Wogen. Die großen Tiere waren irgendwo da draußen, vielleicht keine Feuerwesen, doch sie waren große Tiere, wie er selbst eines war.

Er ließ sich ins Wasser gleiten und machte sich auf den Weg zu den westlichen Meeren.

KAPITEL 17

Aus der Ferne hatte das undurchdringliche Grün der winterlichen Eiben unberührbar gewirkt, unerreichbar, als hätten die Nebelschwaden, die den uralten Wald umfingen, den Grund darunter entwendet. An dessen Stelle schwebte dort der körperlose Stoff, aus dem die Träume sind. Weiter oben floh der Nebel vor der warmen Morgensonne, um sich dann von der salzigen Meeresbrise zerstreuen zu lassen. Es blieben nur gelegentliche Schwaden gespenstischen Nebels, die sich in Tälern und auf den Pfaden durch den Wald verfangen hatten. Wo der Wind die Wolken am Boden erreichte, wirbelte er sie zu Federbüschen auf, die aussahen wie die Mähnen und Schwänze elfenbeinerner Pferde, die in den Wind galoppierten. Für Caspar war es eine Welt aus Phantomen und Irrlichtern.

Trund und die drei Torra Altaner hatten Ceowulf in Cybillias Obhut zurückgelassen und ritten über die Hügel zum Wald hin. Anfangs war Hal vorausgeritten, als sie sich durch die Weingärten schlängelten, doch als sie an den Rand der dunklen Eiben kamen, hatte er die Initiative Brid überlassen. Sie wirkte nachdenklich, trat ungeduldig mit den Fersen, war von ihren Gedanken abgelenkt. Für gewöhnlich ritt sie anmutig, störte das Pferd kaum in seinem natürlichen Gang, doch nun zappelte sie verdrießlich auf dem Rücken von Ceowulfs schwarzem Streitroß herum.

Als sie an die Stelle kamen, wo die Gipfel der Hespera-Inseln mit den weiten Ästen der Eiben auf eine Linie kamen, stieg Brid ab. Sie kniete am Boden und schloß ihre Faust um den Pferdeknochen, den sie einige Tage zuvor in die Erde gedrückt hatte. Sie hielt inne, lauschte, dann preßte sie ihre Hände auf den Boden. Wie ein Arzt, der nach dem Puls seines Patienten tastet, wandte sie ihren Kopf konzentriert zur Seite, lauschte, ob mystische Schwingungen durch die Kraftlinie in der Erdkruste gingen. Unzufrieden verzog sie das Gesicht, riß den Unterkieferknochen aus dem Boden und schob das zahnbesetzte Ding wie einen Dolch in ihren Gürtel.

»Da ist niemand«, sagte sie nur und versuchte, ihre Enttäuschung hinter dem losen Haar zu verbergen, das sich um ihr Gesicht ringelte. »Keine Menschenseele.« Wieder stieg sie auf, dann lenkte sie Hexer zwischen die dunkelgrünen Äste und führte die beiden Jungen in die Finsternis des Waldes.

Sorgenvoll sah sich Caspar um und nahm urplötzlich die Stille im gespenstisch nebelverhangenen Wald wahr. Er fühlte sich wie ein Eindringling, der laut an die Tore eines Tempels der stillen Verehrung klopfte.

»Was meinst du damit, daß niemand da ist? Willst du damit sagen, es wäre schon wieder vergebens?« fragte Hal ärgerlich, womit er die Stille erschütterte.

»Ich weiß nicht. Wir müssen nachsehen. Aber wenn irgend jemand mit mystischem Wissen, die Runen zu lesen, hier wäre, hätte er sicher die Kraft in diesem Pferdeknochen gespürt. Entweder sind sie geflohen, oder die Inquisitoren haben sie gefunden.«

»Oder noch wahrscheinlicher ist, daß sie von vornherein gar nicht hier waren«, bemerkte Hal skeptisch.

»Deine Verwundung macht dich bitter, Hal«, wies Caspar seinen Onkel zurück. »Wir müssen nachsehen.«

»Du hast keinen Finger verloren. Du hast kein Recht, über meine Wunden zu urteilen.«

»Wenigstens hast du den niederträchtigen Ulf erschlagen. Das müßte den Verlust eines Fingers doch wert sein.«

Hal grinste. »Ich hätte meine ganze Hand dafür gegeben, ihn zu töten.« Sein Lächeln erstarb. »Aber ich hätte meinen ganzen *Arm* gegeben, um den Mann, der hinter ihm steht, zu töten. Ulf hatte nie genug Verstand, daß er sich auf eigene Initiative mit den Vaalakern hätte zusammentun können. Jemand anderes hat ihn gelenkt.«

»Dunnock?« Caspar mußte nicht darauf warten, daß Hal diese Idee verwarf. Er wußte, daß der Kurat zu solcher Niedertracht nicht in der Lage gewesen wäre.

»Zuviel ist geschehen, seit er gestorben ist. Zu vieles läßt sich nicht erklären. Es muß ein anderer dahinterstehen.«

Schweigen war im Wald. Die drückende Stille dämpfte sogar das Trampeln der Pferdehufe auf dem weichen Laub. Auch Brid schwieg. Im Dunkel des Waldes war der Pfad voraus von verdrehten Ästen blockiert, die sich aus drahtigen Stämmen wanden. Die Wurzeln der ältesten Eiben waren gespalten, öffneten ihren hohlen, sterbenden Kern, und sie ließen ihre Äste auf dem Boden ruhen, wie müde alte Männer, die sich auf ihre Ellenbogen stützten.

»Alte, alte Bäume«, seufzte Brid, »Tausende von Jahren alt. Sie erinnern sich, wie die Welt einst war.«

Sie kamen nur langsam voran, da sie durch die Bäume streifen mußten, sich zwischen verschlungenen Ästen hindurchschlängeln, drehen und wenden, hin und her, vor und zurück, immer tiefer durch das dunkelnde Braun. Die Stille prickelte Caspar im Nacken. Er wünschte, sie würden über einen Pfad stolpern, der ihnen zumindest eine Ahnung von einer Richtung geben konnte, statt hilflos den Launen der geheimen Wege dieses Waldes ausgesetzt zu sein. Dennoch traute er Brid soweit, daß er ihr folgte, da sie jeden Richtungswechsel mit Entschlossenheit anging. Trund trabte fügsam neben den Hufen ihres Pferdes.

»Bist du sicher, daß du weißt, wohin du gehst, Brid?« fragte Hal nun schon zum dritten Mal mit etwas schneidenderer Stimme. »Ich bin mir sicher, daß wir an diesem Baum schon mal gewesen sind.«

»Sind wir?« fragte Brid und wandte sich Caspar zu. »Oder reiten wir noch immer ostwärts?«

»Wir reiten ostwärts«, bestätigte Caspar, der sich nur widerwillig als Vermittler einspannen ließ.

»Immer stellst du dich auf ihre Seite, und du sagst es nur, weil du ihr gefallen willst. Keiner von uns kann die Sonne sehen, also kannst du es nicht wissen. Ich glaube, wir haben uns verirrt.«

»Nun, da täuschst du dich«, widersprach der sommersprossige Junge.

»Brid könnte sich täuschen. Sie hat nicht immer recht, ehrenwerter Neffe.«

»Sie hat eher recht als du.«

»Jeder weiß, daß Männer einen besseren Orientierungssinn als Mädchen haben«, erwiderte der dunkelhaarige Junge.

»Nun, wenn du zum Mann geworden bist, werden wir dich auf die Probe stellen«, sagte Brid leichthin.

»Na, ich werde wenigstens zum Mann, aber du wirst immer eine Jungfrau bleiben. Kein Mann wird deine spitze Zunge und deinen Starrsinn hinnehmen.«

Brid lachte nur freudig über den erniedrigenden Spott des Jungen. Ihr Lachen schien sich unter dem Dach der dunklen, eng verzweigten Blätter zu verfangen. Die Äste waren ineinander verwoben, als schützten sie die Reisenden in ihrer Obhut, wie Küken unter den Schwingen eines großen Vogels, der sie vor der großen, rauhen Welt abschirmte.

Modriger Geruch ließ Caspar kürzer atmen. Ganz benommen war er in der Stille des Waldes, als wäre gar nichts wichtig, als bestünde keine Not. Er fühlte sich zu dem Gedanken verleitet, daß sie für immer und ewig zwischen den Bäumen wandern konnten, daß es schlicht keinen Unterschied machte ... daß sie ohnehin nie etwas ändern würden.

»Ich weiß«, sagte Brid und ging damit auf seine Gedanken

ein. »Es ist hypnotisch. Der Duft der Eiben raubt einem den Atem. Er kann einen einschläfern. Man muß nicht einmal ihre Beeren essen, um sich auf den direkten Weg in den Annwyn zu begeben. Die Eibe ist der Baum der Ewigkeit, der ewige Baum, der uns durch den vollen Kreis des Lebens führt, bis wir wiedergeboren werden ... und immer so weiter, für alle Zeiten. Hier schreitet die Zeit nur langsam voran. Eiben verstehen nicht, daß Zeit verstreicht, daß es ein Heute und ein Morgen gibt, denn wenn Morgen kommt, ist das nicht die Zukunft, sondern die erneut durchlebte Gegenwart. Morgen ist nur wieder heute.«

Allmählich fiel der Boden ab, doch der Hang war so flach, daß Caspar ihn kaum bemerkte. Als es dann steiler wurde, hob Feuerschweif seine Hufe an, um den freiliegenden Wurzeln auszuweichen, wo das Regenwasser die Erde fortgespült hatte. Caspar hatte das sichere Gefühl, daß sie in ein Tal abstiegen, obwohl die eng stehenden Bäume die Orientierung erschwerten. Je weiter sie in das Tal kamen, desto mehr fühlte sich Caspar gefangen. Da er auf Torra Alta geboren und aufgewachsen war, hatte er eine natürliche Neigung zu hohen Orten in der freien Luft, und sein Instinkt sagte ihm, daß er diesem abgeschlossenen Tal mißtrauen sollte.

Die Bäume schienen immer älter zu werden. Ihre staubig braune Borke löste sich in langen Streifen, und wo ihre Äste auf den Boden hingen, hatten sie wieder Wurzeln geschlagen und frische Äste gebildet. Caspar spürte, wie der Lebenssaft der Bäume in den Wald ausdünstete, mit sehr langsamem, tiefem, dröhnendem Puls, der durch seinen ganzen Leib zu vibrieren schien. Die Luft wurde allmählich dicker, als Wolkenfetzen über dem Pfad hingen. Abrupt machten sie halt. Eine Nebelwand versperrte ihnen den Weg.

Ohne zu zögern glitt Brid in den Nebel hinein, als schöbe sie sich durch einen verhüllten, geheimen Gang. Sekunden später war sie vom Herz des uralten Waldes verschluckt. Vertrauensvoll stürzte der weiße Terrier ihr nach, doch Caspar zögerte. Er sah den Nebel als undurchdringlichen Schild. Die Luft um diese weiße Wolke war kalt und irgendwie unnatürlich. Sie lauerte wie der Atem eines gespenstischen Drachen, benebelte und lockte sie voran, damit sie sich verschlingen ließen und auf ewig in seiner zeitlosen Finsternis verschwanden.

»Der Geruch hier gefällt mir nicht«, flüsterte Hal. Sein Atem wehte in der kühlen Luft und mischte sich mit dem weißen Nebel vor ihnen. »Die Luft schmeckt abgestanden, und mir scheint, der Nebel verbirgt etwas.«

»Etwas Großes und Wildes und Schlafendes. Und der Nebel warnt uns, daß wir uns davon fernhalten, damit wir das Ding nicht wecken«, meinte Caspar und zog Feuerschweifs Zügel fester.

»Das habe ich nicht gesagt«, hielt Hal halb lachend dagegen. »Es riecht nur nach Tod.«

»Als würde man in einen Nebel spazieren und in der Geisterwelt zwischen Leben und Tod gefangen sein, in alle Ewigkeit in diesem zeitlosen Wald gefangen und verirrt. So fühlt es sich für mich an.«

»Nun, Neffe, du hattest von jeher eine ausschweifende Phantasie. Ich persönlich möchte nicht in eine Falle tappen. Ich kann da nichts erkennen.« Der dunkelhaarige Junge winkte mit seiner Hand zum dichten Nebel hin. »Dahinter könnte sich ohne weiteres ein ganzer Trupp Vaalaker verstecken.«

Von irgendwo aus weiter Ferne rief Brids Stimme wie das Lied einer Lerche, die hoch oben am Himmel sang, und die klaren Töne schwebten über den weiten Himmel. Ihre Stimme war klar und schön und doch auf geheimnisvolle Weise fern. Hal und Caspar sahen sich an und drangen dann zögerlich in den Nebel ein, wenn auch erst, als Hal sein Runenschwert gezogen hatte.

Der Nebel dämpfte alle Geräusche, so daß nur Caspars unmittelbare Umgebung zu hören war. Feuerschweifs Hufgetrappel klang feucht und fern, wie langsames Trommeln von jenseits des Horizonts. Doch verglichen damit atmete das Pferd laut. Es verstopfte seine Ohren, als könnte das Geräusch im dichten Nebel nicht entkommen und würde an ihm kleben, als sie durch die feuchte Wolke schwebten. Der Junge wandte seinen Kopf, um sich der Anwesenheit seines Onkels zu versichern, doch er konnte nur einen schwach leuchtenden Strich ausmachen. Das Runenschwert, dachte er. Der Nebel schien endlos weiterzugehen. Ohne eine Ahnung von Zeit oder Entfernung fühlte er sich, als sei er schon stundenlang darin herumgeschwommen, doch gleichzeitig hätten es auch nicht mehr als einige Augenblicke sein können, da jeder Schritt über das gleiche Stück Boden zu führen schien.

Wurde der Nebel dichter, fragte er sich, und langsam beschlich ihn das unangenehme Gefühl, daß er nicht durch den Nebel zog, sondern der Nebel durch ihn. Der Dunst schien seinen Mund auszufüllen, in seine Nase zu dringen und sich in seine Tränenkanäle zu schleichen. Er kroch hinter seine Augen, wanderte durch seinen Verstand, erkundete die Möglichkeiten, die Gedanken, die Bedeutungen.

Plötzlich war Caspar von unheimlichen Gefühlen und seltsamen Empfindungen ergriffen, und er rang darum, diese irrationalen Gedanken unter Kontrolle zu bekommen. Er fühlte sich, als sei er eingeschlafen, und ein seltsamer Alptraum überflutete seine Wahrnehmung. Wütend schüttelte er den Kopf, um diese Bilder loszuwerden, doch sie blieben ihm erhalten. Plötzlich merkte er, daß es gar nicht die seinen waren. Die Gedanken eines anderen drangen in seinen Kopf, als kröchen sie aus dem Nebel, schöben sich in sein Gehirn und tanzten unaufgefordert mit seinen eigenen Gedanken, um ihn zu verwirren. Er konnte das Muster nicht erkennen, verstand die Worte nicht, bis er plötzlich merkte, daß es sich keineswegs um Worte handelte, sondern um Gefühle, grob zerbrochene Gedankenbrocken, die sich zu einer Idee zusammenschlossen. Die Gedanken waren allzu grundlegend, als daß sie sich in Worte fassen ließen, doch verstand er, daß sie so etwas wie Panik, Hunger oder Lust bedeuteten. Alle diese Ideen hatten etwas Treibendes und Suchendes: eine Dringlichkeit, Entschlossenheit, eine Wildheit im Geiste. Die Sehnsucht, frei wie das Wasser zu sein, das von einer Klippe stürzt, oder wie der Wind, der über die Steppe fegt. Die Gedanken waren grob und roh. Ihre wilde Intensität besaß die gleiche tiefe Emotionalität wie Zorn oder Haß, doch diese Wünsche und Hoffnungen betrafen nur den Willen, frei zu sein.

Caspar konnte die Schlichtheit kaum begreifen, die Reinheit des Gedankens, bis ihm allmählich in den Sinn kam, daß die Gedanken nicht von Hal oder Brid stammten, sondern von Feuerschweif. Er strich dem Pferd über die Mähne. Einen sehr flüchtigen Augenblick lang spürte er ein Aufflackern von Kommunikation, als der Verstand des Pferdes etwas Schwaches und Lästiges zur Kenntnis nahm, etwas, was das Tier nicht begriff. Weder Abneigung noch Liebe waren zu vermerken. Nichts derart Kompliziertes ließ sich von diesen flüchtigen Gedanken umfassen. Sie waren zu simpel, zu schlicht, nur eine einfache Wahrnehmung, mehr nicht.

Einen Augenblick später waren die Gedanken verflogen. Der Geist des Tiers war fort, kämpfte mit der Enge von Wald und Nebel, sehnte sich nach weiten, heißen Steppen, die sich von einem Horizont zum anderen erstreckten. Staunend wurde sich Caspar darüber klar, daß dieses Bild nicht aus der Erinnerung des Pferdes stammen konnte, sondern etwas noch Älteres war, das es in seinem Instinkt aus der fernen Heimat seiner Vorväter noch in sich trug.

Ein Schwall eiliger Ideen, von denen sich eine auf die andere stapelte, brachte die Schlichtheit der nebulösen Vorstellungen des Pferdes durcheinander. Diese waren komplex, stellten Fragen und beantworteten sie im selben Nebelfetzen. Wo? Wann? Warum? Wie? Immer und immer wieder, verwirrend und erklärend, als das Durcheinander vollständige und strukturierte Muster formulierte. Da war Angst, wie auch bei dem Pferd, doch Angst vor vielen Dingen, die durch die Wahrnehmung von Zeit noch komplizierter wurden ... Ängste vor dem Gestern, Ängste vor dem Heute und viele, sehr viele Ängste vor dem Morgen. Was wird geschehen, wenn wir scheitern? Was wird geschehen, wenn es gelingt? Lauert Gefahr? Warum ist hier Nebel? Warum sind diese fremden Gedanken in meinem Kopf? Dann gab es ein Erkennen, ein Verstehen, als hätte Hals Verstand gesagt: »Ach, du bist es.«

Caspar verstand diese Gedanken. Augenblicklich wußte er, daß es Hal war. Die kalte Eifersucht konnte ihn nicht erschrecken, der harte Antrieb, die Geschwindigkeit, mit welcher eine Empfindung in Hals Verstand herumrollte und zu einer anderen wurde. Er verstand die schillernde, sich stetig wandelnde Form der Gefühle seines Onkels. Es waren Gefühle von Abneigung und Dankbarkeit, Eifersucht und Liebe, ein überwältigender Beschützerinstinkt, in dessen Griff er sich befand. Dennoch war da Bitterkeit, ungebremst und unschlüssig, die am Rande seines Willens brannte und ätzte. Ihre Gedanken berührten einander in schlichtem Erkennen – hallo, Freund – mit Wärme im Erkennen und Trost im Altbekannten.

Eine andere Art des Gedankenmusters drängte sich in Caspars Wahrnehmung. Es war von einer gewissen Komplexität, ein strudelnder Sog von Gedanken, ganz ähnlich wie Hals, bei dem jeder Gedanke über den anderen stolperte ... nur stellten diese keine Fragen. Für sie bestand keine Veranlassung, Fragen zu stellen, als wären sämtliche Antworten auf der Welt bereits bekannt. Doch wie Feuerschweifs Gedanken ließen sich auch diese unmöglich in Worte fassen, schienen unermeßlich und unbändig. Sie waren wild wie ein Raubtier, das gegen Winterende hungrig an der Grenze zum Ödland lebte: eine grausam erschreckende Wildheit, die von Verzweiflung geschärft war. Die Kraft derart natürlicher, niederer Instinkte war nicht aus Furcht oder dem Wunsch nach Freiheit geboren, wie die Instinkte des Pferdes, sondern aus Liebe. Diese Liebe war so rein, so kompromißlos und erfüllend, eine Liebe, die alle anderen Gedanken, welche in Caspar taumelten, überwältigte. Sie war so unermeßlich, so hell und – für ihn – so unvorstellbar, daß der Schock ihrer Kraft seine Gedanken zu verbrennen schien. Er wich zurück, war dem Umfang und der Kraft im Denken des Mädchens nicht gewachsen.

Das intensive, sengende Weiß verblaßte und wich einem Gelächter, das froh und sorgenfrei wie ein Bach auf einer Wiese war, der freudig den Fluten des Meeres entgegenstrebt. Es vermittelte das Gefühl, es gäbe für sie, wie für den Bach, keine Zweifel an der Zukunft. Ob nun ein Wasserfall oder ein Wehr kommen mochten, Mühle oder Mahlstrom, so würde der Bach doch ins Meer heimkehren, ganz wie sie in den Schoß der Mutter heimkehren würde. Die Vorstellungen lachten, formten sich plötzlich zu verständlichen Gedanken, und tröstend flüsterte Brid in seinem Kopf: »Tut mir leid, ich wollte dich nicht verletzen. Ich will dich nie verletzen. Komm schon, eile, eile durch den Wald. Morrigwen braucht uns, und wir müssen den Kessel finden, bevor es zu spät ist. Eile dich, um Morrigwens willen, eile dich.«

Wieder spürte er die Liebe von Schutz und Zusammengehörigkeit, doch nichts Wilderes, nichts Heißeres. Ihre Liebe war sanft und warm, tief und tröstend, doch nicht die Liebe zwischen Mann und Frau. Wieder flüsterte sie: »Es tut mir leid, Spar. Ich wollte dir niemals weh tun.« Und dann tanzten die Gedanken fort in ihre weite Wildnis, der Natur und den Elementen zu nah, als daß der Junge sie verstehen konnte.

Abrupt blieb Feuerschweif stehen, was Caspar beinahe nach vorn kippen ließ. Der Hengst biß auf die Kandare und warf den Kopf, legte die Ohren an, als schreckte ihn etwas im Nebel auf. Die Panik des Pferdes flammte auch im Jungen auf, und durch Feuerschweifs nebulöse Bilder berührte er den Hauch eines wilden Gedankens, der aus dem Nebel kam. Die ungezähmte Wildheit dieses Gedankens war zu bestialisch, um sie verstehen zu können, doch er spürte, wie sein gezähmtes Pferd vor der barbarischen Brutalität der Bedrohung zurückwich.

Klauen und Zähne blitzten auf, donnernde Hufe, mächtige Schwingen und spitze Hörner drangen in Feuerschweifs Denken. Der aufgeschreckte Hengst warf seinen Kopf und schrie mit bebenden Muskeln, als hätte er hungernde Löwen gewittert. Caspar hatte das Gefühl, daß man ihnen auflauerte. Schon einmal war ihm dieses unheimliche Gefühl über die Knochen gekrochen, als ihn die schreiende Elster im Hirschwald aufgeschreckt hatte. Wiederum ahnte er, daß man ihnen folgte, doch er sagte sich, das Gefühl sei allzu fern, allzu schwer greifbar, als daß es mehr als die Angst im Kopf des Pferdes sein konnte.

»Wahrscheinlich ist es nur ein Ast oder so etwas, Feuerschweif. Oft genug verwechselst du sie mit Ungeheuern«, erklärte er dem Pferd und gab sich dabei alle Mühe, das drohende Gefühl abzuschütteln, daß irgend etwas gleich hinter ihm lauerte.

Die unheimliche Ahnung wurde von einer Horde verspielter Gedanken zerstreut, die durch seinen Kopf tanzten, diesen durchforsteten und den Trost enger Gefährtenschaft ausstrahlten. »Trund?« murmelte Caspar in seinem Kopf, und die Gedanken rasten vor Aufregung. Verglichen mit dem ungezähmten Herzen seines Pferdes, erfreuten sich diese Gedanken am menschlichen Kontakt. Zwar konnte der Junge die Gedanken nicht in Worte fassen, doch begriff er die Empfindungen des Tieres und spürte das gegenseitige Verständnis. Eine gekrümmte Baumwurzel blitzte vor seinem inneren Auge auf, und die Gedanken des Hundes stürzten sich argwöhnisch auf das schlangenähnliche Objekt. Enttäuscht zog sich Trund wieder in seine eigenen Gedanken zurück und machte es sich neben den warmen Gefühlen des Jungen bequem.

Die Bilder trieben davon wie ein Traum im Hinterkopf, verschwanden in den tieferen, unteren Schichten, um zu schlafen, während der Rest seines Verstandes aus dem Schlummer erwachte. Der Nebel voraus klärte sich. Dunstige Schwaden und kräuselnde Farne bildeten schwankende Schleier, die sich in der kühlen, frischen Luft zerstreuten, und plötzlich trat er aus der Wolke und auf eine große Lichtung hinaus. Der geheimnisvolle Nebel umgab sie nach wie vor, doch hier auf der Lichtung war die Luft klar. Caspar fuhr sich mit seinem Ärmel über sein Gesicht, um den nebligen Tau wegzuwischen, der sich auf seiner Haut gesammelt hatte und sein Haar durchnäßte, bevor er sich umsah.

In aller Heimlichkeit, mitten im Herzen des uralten Eibenwaldes, fand sich in der Mitte der Lichtung eine wunderbare Ansammlung unterschiedlichster Bäume. Der runde Hain setzte sich aus verschiedensten Bäumen von Macht und Magie zusammen, in der ganzen Pracht ihrer spätherbstlichen Roben kurz vor der nackten Not des Winters: Stechpalme, Haselnuß, Erle, Esche, Hagedorn, Eiche, Geißblatt, Weide, Stechginster, Vogelbeere, Schwarzdorn, Birke und Buche. Schlichte Bäume, denen Caspar in seiner Kindheit kaum je Beachtung geschenkt hatte, doch nun erstaunten ihn Symmetrie und Proportionen jeder einzelnen Art, als sich seine Sinne ihren natürlichen Kräften gegenüber öffneten.

Innerhalb des Kreises aus dreizehn Bäumen und in allen

Himmelsrichtungen plaziert qualmten vier Kessel. Jeder gab eine dicke Wolke von sich, die sich zu dem Nebel mischten, der die Lichtung umgab, was die Luft mit dem schweren Rausch von Haselnuß und Vogelbeere erfüllte. Er wußte, daß die Vogelbeere Schutz gegen bösen Zauber gewähren sollte, doch ihm wollte nicht einfallen, welche Kraft im Haselstrauch gefangen war. Brid hatte es ihm einst erklärt. Genau: Intuition, zur Verstärkung der inneren Geisteskraft. Vielleicht war es das, was die mysteriöse Vermischung von Gedanken im Nebel auslöste.

In der Mitte der Lichtung hing an den alten Ästen einer Eiche ein mächtig großer Kessel. Es war kein Küchenkessel, auch nicht der Kessel eines Naturheilkundigen, sondern ein Riesentopf von einem solchen Umfang, daß sie ihn, wenn sie sich alle drei bei den Händen nahmen, kaum umfassen konnten. Die stützende Eiche bog sich unter dem Gewicht, knarrte und stöhnte, als der große Kessel an seinem Henkel schaukelte. Ein einzelner Mistelzweig baumelte darüber, und in die Rinde der Eiche waren häßliche Bilder geritzt, Gesichter von Trollen und Kobolden, die Caspar vorwurfsvoll anstarrten.

Der Kessel war mit einem Fries verziert, den man ins schwarze Metall geätzt und gedengelt hatte. Der Rand stellte eine Jagd dar: Ein wilder Hirsch hetzte mit gesenktem Geweih Hunde, die vor ihm um den Topf herum flohen. Doch als Caspar um den Kessel schritt, wurden die Gejagten zu Jägern, und die Hunde schnappten im unendlichen Kreislauf von Leben und Tod nach den Beinen des Hirsches. Unter Hirsch und Hunden fanden sich die Symbole der Sonne und des Mondes in seinen vielen Phasen, und um die Sonne und die beiden Vollmonde sah man eine Reihe von Runen.

Unter den himmlischen Göttern umgab ein schlichter Ring aus Wellen den Topf. Die Wogen zerquetschten unter sich beinahe einen weiteren Fries, diesmal Tierfiguren. Sie alle waren Sagengeschöpfe: Drachen, Greife, Seeschlangen, Trolle, geflügelte Pferde, Einhörner, und sie alle bekriegten einander.

Unter den Ungeheuern war ein Monster aus Flammen eingraviert, die vom Grund des Topfes loderten, so daß die Tiere zwischen den beiden gegensätzlichen Elementen eingeschlossen waren. Der Boden des Topfes war von einer dicken Rußschicht überzogen. Diese verschmierte und überdeckte die Gravuren im Metall, wo die Flammen vom Feuer aufgelodert waren und an der Unterseite des Kessels geleckt hatten.

Unter den Wurzeln der Weide trat ein flacher Bach aus dem Nebel auf die abgeschlossene Lichtung. Er erkundete den Fuß der Eiche, wand sich dann der Buche zu und floß anmutig in den Nebel zurück. Neben dem Bach lag ein hölzerner Löffel von der Größe eines Knüttels am Boden. Sein Griff war von Runenzauber verziert, den man in das Holz geschnitzt hatte, und die eingefärbte Kelle zeigte, wo er tief in eine dunkle Brühe getunkt worden war. Unter dem versengten Kessel lag ein Nest aus grauer Asche auf schwarzer Kohle. Brid kniete nieder, um ihre Hand in die Asche zu legen.

»Sie ist kalt«, sagte sie nur. »Ich wußte, daß sie nicht mehr da sind.« Als sie sich das komplexe Muster auf dem Kessel ansah, zeigte sie die ersten Anzeichen von Beklommenheit. »Wie konnten sie ihre heilige Pflicht vernachlässigen? Selbst im Angesicht der Inquisitoren hätten sie bis zuletzt bleiben sollen, um den Kessel zu beschützen. Ich brauche sie, damit sie mir helfen, die Runen zu verstehen.«

Alle drei traten langsam darum herum und suchten mit enttäuschten Blicken vergeblich nach Anzeichen der Hüterinnen auf der leeren Lichtung.

»Sie können nicht lange fort sein. Die anderen Kessel qualmen noch«, sagte Hal mit logischem Verstand.

»Diese Feuer brennen tagelang«, korrigierte Brid. »Sie sind

mit Moos bedeckt, was bedeutet, daß sie viel Rauch und wenig Feuer machen.«

»Warum um alles in der Welt sollte jemand Holz in einen Kessel geben, statt es darunter zu verbrennen?« fragte Caspar, während er versuchte, seiner Enttäuschung Herr zu werden.

»Warum?« wiederholte Brid ungläubig. Sie schien zu sehr abgelenkt, um sich mit derart ungebildeten Fragen beschäftigen zu wollen. »Natürlich um Rauch zu machen. Aber nun werden wir die Symbole wohl selbst entziffern müssen. Ich muß mich um Morrigwen kümmern, bevor wir uns an die Runen machen. Hol mir doch einer von euch ein Stück Holz, auf das ich mich stellen kann, um in den Kessel zu sehen.«

Auf Zehenspitzen stand sie dann auf einem Eibenscheit und spähte in die Tiefen des schwarzen Topfes. »Morrigwen«, flüsterte sie. Ihre Stimme klang fern und hohl, als sie aus dem mächtigen Bauch des Kessels hallte. Sie rang mit dem Salamander und schaffte es schließlich, dessen Griff um das Ledernetz am Mondstein zu lösen. Sie nahm den Stein daraus hervor. »Hier, Hal, ich komm' nicht daran. Leg das hier für mich auf den Kesselboden.« Der Junge beugte sich in den Topf und legte den Mondstein auf den glatten, gerundeten Grund. Er rollte einen Moment lang hin und her, wobei sein weißes Licht die Miene des Mädchens erhellte. Caspar suchte sich selbst ein Scheit und starrte erwartungsvoll in die Tiefe.

Obwohl niemand ihn berührte, drängten sich schon jetzt die Bilder auf dem Mondstein.

»Es ist die Macht des Kessels«, flüsterte Brid ehrfurchtsvoll. »Sie erstreckt sich entlang der Kraftlinien, die durch die Erde laufen.«

»Das ist der Gletscher«, rief Caspar. »Der Gletscher in Vaalaka, wo … wo …« Seine Stimme erstarb. Wo meine Mutter begraben ist, dachte er bitter.

»Natürlich. Keridwen ist gleich bei diesem Hügelgrab gefangen, das einen Zusammenfluß von Energielinien kennzeichnet.«

»Und Torra Alta«, murmelte Hal, als das Bild vom eisbedeckten Norden fortschwenkte, südwärts zu den schneebedeckten Gelben Bergen hin.

»Mmmh, Torra Alta liegt natürlich auf einem der Hauptwege. Alle Orte von Bedeutung liegen auf Kraftlinien. Genau wie diese Stelle hier. Das ist einer der Gründe, aus denen die Hüterinnen ihn gewählt haben.«

Als das Bild über dem rauchenden Turm der Festung schwebte, wurden Brids Augen vor Konzentration ganz schmal. »Morrigwen, höre mich an.«

Caspar merkte, wie sein Blick von der wogenden Masse der Krieger angezogen wurde, die um den Fuß des Felsenturms johlten. Paarweise zerrten Trolle an ihren Geschirren, während sie mächtige hölzerne Kriegsmaschinen, Schleudern und Katapulte zu den äußeren Wehranlagen zogen. Es mangelte ihnen nicht an Munition. Behauene Steine, die man von den Fundamenten der Kathedrale heranschleppte, schienen für ihre Zwecke wie geschaffen.

Caspar überkam das unangenehme Gefühl, daß sich der Einzig Wahre Gott mit den Vaalakern gegen die Festung der Mutter verschwor. Zwar regneten Staubwolken von Mörtel herab, doch es löste sich kein Stein aus Torra Altas geschütztem Mauerwerk. Die Runen des Krieges hielten stand. Gelbe Schwefelbomben und ein Hagel von Pfeilen hielten Trolle und Belagerungsmaschinen außerhalb ihres Wirkungsbereiches.

Caspar seufzte erleichtert. Er blickte auf und sah in Brids Gesicht, ob sie sein Siegesgefühl teilte, doch das Mädchen war zutiefst perplex. »Sie will mir nicht antworten. Morrigwen!« schrie sie. Ihre Stimme schlug wie ein Eisenklöppel an die Kesselwände. »Morrigwen, hör mich an.«

Das Bild schwenkte zur unteren Schießscharte in den dicken

Mauern der Festung. Plötzlich barst der verriegelte Fensterladen. Sie blickten in eine trüb beleuchtete Kammer, in der ein Mädchen auf dem Rand einer fellbezogenen Liege saß. Sie riß ihren Kopf hoch, so daß braune Locken um ihre Schultern tanzten, und sah sich wild im Raum um, hielt ängstlich einen Schal um ihren Hals. »Wer ist da? Was willst du?« Ihre großen, durchdringenden Augen wirkten erschrocken.

»May. Es ist Wystans Tochter May«, rief Caspar. Das Mädchen sah sich in der Kammer um, als spürte sie die Beobachter.

Nachdenklich spitzte Brid die Lippen. »Silbermond, kannst du mich hören?«

Plötzlich blickte ihnen May direkt aus dem Mondstein in die Augen, als hätte sie sie endlich entdeckt. Ihr Mund bewegte sich, und Caspar hörte die Worte in seinem Kopf. *Woher weißt du meinen Namen? Brid? Brid, bist du das, oder träume ich? Brid, hilf uns: Morrigwen stirbt.*

»Halt ihre Hand, Silbermond, und wende ihr Gesicht zu mir.«

Entsetzt starrte Caspar das eingefallene Skelett an. Die Greisin lag derart leicht auf den Kissen, daß sie sich darauf kaum abzeichnete. Dunkelblaue Flecken lagen auf ihren Augenlidern, und alle Knochen an Unterkiefer und Wangen drängten durch die hauchdünne Haut, wie bei einer verwesenden Leiche. Ihr dichtes, silbriges Haar war nun wie dünnes, buschiges Stroh, und die aschweiße Kopfhaut leuchtete durch das, was von ihren zottigen Strähnen noch übrig war. Ihre Haut hatte keine Farbe, und ihre Stirn war von kaltem Schweiß bedeckt.

»Morrigwen«, rief Brid sanft. »Morrigwen, hör mich an.« Ihre Stimme erstarb ihr in der Kehle, und Tränen glitzerten in ihren Augen.

Sie hat seit Tagen nichts gesagt. Ernst sah May sie an. *Blasenampfer und Fuchsblatt haben nichts bewirkt. Auch Catrik haben sie nicht retten können.*

»Catrik?« fragte Hal.

May nickte. *Er ist tot.*

Tot. Das Wort lag wie eine bleierne Kette um Caspars Hals, zog ihn immer weiter in die Tiefen der Verzweiflung.

Brid griff nach ihrem Kräuterbeutel und fummelte an den Bändern herum. Mit zitternder Hand nahm sie die breiten, hellgrünen Blätter des Blasenampfers und das Fuchsblatt mit den weichen Stengeln und der deutlich rötlichen Behaarung auf seinen Blättern hervor, die sie in der Nacht zuvor gesammelt hatte. Caspar spürte, daß es ihr dringlich war: Catrik war bereits tot.

»Hal, nimm für mich das Auge in die Hand. Spar, stell dich mir direkt gegenüber.« Sie band die Kräuter zu einer Kette und krönte die Kugel damit. »Spar, hilf mir, das Auge hier in den Kessel zu halten, und ruf deine Mutter.«

Caspar zögerte, fürchtete sich davor, das halbtote Antlitz seiner Mutter in der gespenstischen Kugel wachzurufen. Nur allzu gut erinnerte er sich an den Schmerz, den es in ihm hervorgerufen hatte.

Brid hielt die Kugel in einer Hand. Die weiße Oberfläche schimmerte vor roher Energie, als die Jungfrau das Druidenauge leicht mit den Fingerspitzen berührte.

»Keridwen, Keridwen, hör mich an!« forderte sie ungeduldig, wartete nicht auf Caspars Hilfe. Wütend huschten die weißen Wolken über die Oberfläche des Steines, wie vom Sturm getrieben, doch blieb die magische Kugel unter ihrer totenweißen Wolke verborgen. »Schnell, Spar. Morrigwen stirbt!«

Da seine Finger Brids Hand umfaßten, wurde der Schmerz der glühend heißen Energie, die sein Hirn versengt hätte, durch Brid abgelenkt, was es ihm ermöglichte, in die Tiefen des Kristalls hinabzutauchen. Augenblicklich kam Leben in das Abbild seiner Mutter, und ihr erstarrtes Gesicht sprang ihnen entgegen, wobei ihr schreiender Mund das Bild ausfüllte. Ihr Schrei kreischte wie der einer gepeinigten Füchsin aus den Tiefen des Kristalls heraus, und Caspar schreckte vor dem Schmerz zurück.

»Bleib ruhig, Spar«, drängte Brid. »Bleib ruhig. Es liegt an der Kraft des Kessels, der das Bild intensiviert.«

»Mutter, Mutter«, weinte er. Tränen rannen an seiner Nase herab und zischten auf dem Stein.

Plötzlich zuckte ihr Gesicht, und das Bild schimmerte und wurde weicher. Ihr gefrorenes Haar schmolz zu strahlenden Locken von feurigem Rot, das ihre Schultern umfing. Ihre grellblauen Augen sahen sie an. Caspar schien es, als blickte er in die Seele seiner Mutter, der echten Frau unter der äußeren Hülle ihres begrabenen Körpers.

Spar, Spar. Ihre Stimme erfüllte ihn mit Staunen und Liebe.

»Keridwen.« Brid drang in das Band zwischen Mutter und Sohn ein. »Keridwen, wir brauchen dich. Wir brauchen deine Kraft, denn Morrigwen liegt im Sterben.«

Mir ist nur sehr wenig Kraft geblieben, flüsterte sie. Das Bild wechselte flackernd zwischen der lebendigen Frau und einer erfrorenen Leiche. Caspar streckte ihr seinen Willen entgegen, drängte sie, nach ihm zu greifen.

»Morrigwen liegt im Sterben«, sagte Brid noch drängender. »Du mußt uns helfen.«

Keridwens Blick klammerte sich an ihren Sohn, und sie nickte.

»Morrigwen«, flüsterte Brid erneut, und ein Hauch von Erleichterung lag in ihrer Stimme. Das Bild im Auge schnellte vom Gletscher fort und raste durch die kalte Luft. Caspar konnte seine Mutter dort neben sich spüren, als sie durch das Fenster in der Kammer der Greisin platzten. Die singende Stimme seiner Mutter erhob sich, süß wie Sommerblumen, reich und seidig wie warmer Honig. *Morrigwen, meine Mor-*

rigwen, hör mich an. Ich bin es, Keridwen. Wehre dich gegen den vergifteten Schlaf.

Die schweren Augenlider der Greisin schleppten sich über die trüben Augen, legten einen umnebelten, matten Glanz frei. So leer wie die Augen eines ausgestopften Hirsches, der eine Burgwand ziert, dachte Caspar entsetzt.

Keridwen? Keridwen, mein Kind? Eine zuckende Ahnung des Erkennens wurde deutlich und eine kurze, intensive Freude, bis die Seele der alten Frau wieder ins schwarze Vergessen sank.

Morrigwen, streck dich nach mir. Wir drei sind eins. Die Trinität kann dich hier im alten Zauber des Mutterkessels heilen. Blasenampfer und Fuchsblatt vertreiben die bösen Gifte. Du wirst gesund. Die Mutter wird dich heilen ... die Mutter ... die Mutter ... Keridwens Stimme entglitt weit in die hallenden Tiefen des Kessels, verklang bald, da die Kraft sie verließ. Als sie wieder in die Qualen ihres Grabes zurückkehrte, wurde das dünne, verklingende Echo zu einem gequälten Schrei. Das grauenvolle Geräusch wurde zu hohler Stille, als der Deckel eines bleibeschlagenen Sarges plötzlich darüber zugenagelt wurde.

Unendliche, leere Verzweiflung überschwemmte Caspars Gedanken bei diesem plötzlichen, schmerzlichen Verlust seiner Mutter. Seine Hände glitten von der Kugel und hielten sich schwach am Rand des Kessels fest. »Mutter, laß mich nicht allein. Mutter ... Mutter ...«

Brid starrte tiefer in die Kugel. Um den Rand der Bilder funkelten Runen wie Silbersplitter. Sie taumelten herab, fielen auf May, die aus dem Herzen des Mondsteins aufblickte. Sie sanken in ihre Hände, und staunend starrte sie sie an. Ihre Stirn legte sich in Falten, und verwirrt sah sie zu Brid auf.

»Du siehst sie durch mich, Silbermond. Es sind die Runen der Heilung. Male sie auf Morrigwens Haut, und sie wird gesund.« Die Priesterin starrte die Kräuter um die Krone der Kugel an, und Caspar sah, wie ihr gespenstisches Abbild in den Tiefen des Mondsteins versank. »Blasenampfer und Fuchsblatt, um das Nesselkraut zu vertreiben. Heile, Morrigwen, heile.« Brid hielt den Mondstein fest, taumelte rückwärts und sank zu Boden. Caspar rannte um den Kessel zu ihr, doch Hal hielt sie bereits in den Armen.

KAPITEL 18

May fühlte sich auf überwältigende Weise allein. Sie starrte ihre Hände an, erwartete, die merkwürdigen Silbersplitter zu sehen, die ihr in den Schoß gefallen waren, aber da war nichts. Sie blinzelte unsicher, fragte sich, woher ein derart seltsamer Traum gekommen war, doch in ihrem Herzen wußte sie, daß es kein Traum war. Es war viel zu lebendig, vielleicht lebendiger und wirklicher als das Leben selbst, was für sie keinen Sinn machte. Sie hatte sich der echten Wahrheit, der wahren, pulsierenden Energie des Lebens um so vieles näher gefühlt, als ob … als ob sie der Macht der Großen Göttin teilhaftig geworden war. Das geschah also, wenn die drei Priesterinnen vereint waren? Hatte Morrigwen es nicht so erklärt? Und waren sie nicht eben bei ihr in der Kammer gewesen?

Sie versuchte, sich an das Bild der Runen zu erinnern, die Brid ihr in ihren Gedanken dargelegt hatte. Doch je mehr sie sich bemühte, desto weiter entflohen sie ihr, tauchten in die ausgefransten Ränder ihres Unterbewußten. Tief atmete sie aus, vertrieb ihre Gedanken und versuchte, sich nur noch die Frau mit dem feuerroten Haar vorzustellen, die ihrer Mutter so ähnlich war, und die lebhaft grünen Augen der beklemmend scharfsinnigen Brid. Sie alle waren hier in diesem Raum gewesen, dessen war sie sicher. Ein Blinzeln stahl sich an den Rand ihrer Gedanken, glänzte im Licht und bildete sich allmählich heraus. Die Runen tanzten in ihren Gedanken herum, eine Prozession seltsamer Zeichen, von denen jedes mit einem eigenen Leben beseelt war.

Sie nahm die Feder, tippte sie in den Waid, der nach wie vor neben Morrigwens Bett stand. Sorgsam begann sie, die geheimnisvollen, eckigen Formen an den Hals der Frau zu malen. Dann zog sie das Nachthemd auseinander, um die knochige Brust mit den Zauberzeichen zu versehen. Anfangs waren ihre Buchstaben zittrig und unsicher, doch je mehr Zutrauen sie fand, desto mehr verwandelte sich die Schrift in fließende Linien.

»Dieses sind die Runen der Heilung«, murmelte sie und erinnerte sich daran, was Brid ihr zugeflüstert hatte. »Große Mutter, heile deine Tochter Morrigwen.« Das Gebet kam ihr von selbst über die Lippen, was sie auf unangenehme Weise überraschte. Die Worte schienen ihr so selbstverständlich wie das Atmen.

Die Greisin lag mit geschlossenen Augen da, die knorrigen Hände offen an ihren Seiten. Doch ihr Atem hatte sich erkennbar verändert. May hielt die Luft an und lauschte aufmerksam. Sie wagte nicht zu hoffen … doch, ja, ganz sicher atmete sie tiefer. Das kleine Mädchen saß die langen Stunden des Tages über bei der alten Frau und murmelte das Gebet immer wieder. Niemals ließ ihr Blick vom Gesicht der Priesterin ab, und sie wachte, hoffte, betete. Selbst der Hunger, der an ihrem Magen nagte, war bei dieser Wacht vergessen. Allmählich wurde Morrigwens Atem kräftiger und gleichmäßiger, und schließlich trat eine gesunde Rötung in ihr Gesicht.

Blinzelnd schlug sie die Augen auf. Sie lächelte schwach.

»Silbermond, mein Kind.«

Mays Herz tat einen Satz. Endlich erkennt sie mich, dachte sie mit tiefer Dankbarkeit.

Die Hand der Greisin nahm sie mit fester Wärme beim Handgelenk. »Keridwen war hier. Ich erinnere mich daran, daß sie hier war. Hast du sie gesehen?«

May glaubte nicht, daß sie sie tatsächlich gesehen hatte, doch sie hatte ihre Anwesenheit wahrgenommen. Um komplizierte Erklärungen zu vermeiden, nickte sie nur. »Und Master

Spar und Brid. Sie waren alle hier.« Sie bekam ein seltsames Gefühl, als sie sich an die Gegenwart des Baronensohns erinnerte. Seine Gedanken hatten sich mit der aufgeladenen Atmosphäre vermischt. Das war ganz und gar nicht, was sie erwartet hatte, so voller Leidenschaft und Feingefühl. Nichts von der Arroganz und kalten Überheblichkeit, die sie vermutet hatte. Es schien ihr, als hätte sie ihm mit ihrem Urteil unrecht getan.

»Keridwen«, lächelte Morrigwen. »Ich weiß, daß sie hier war. Aber ich fühle mich so schwach. Habe ich lange hier gelegen?«

Wieder nickte May. »Es müssen Wochen gewesen sein. Es war das Nesselkraut. Leider ist Catrik daran gestorben.«

»Wurde noch jemand vergiftet?« fragte Morrigwen, als sie auf ihr Lager sank und die Augen schloß.

»Nein, nur ihr beiden.«

Nachdenklich nickte Morrigwen. »Jemand könnte meine Macht gefürchtet haben, aber Catrik? Es könnte mit dem Brunnen zu tun haben, oder vielleicht wußte er etwas … etwas, von dem jemand will, daß es nicht herauskommt.« Sie seufzte, holte tief Luft, um wieder zu Kräften zu kommen. »Aber Vaalakisches Nesselkraut. Wirkt langsam, ist in diesem fauligen Brunnenwasser praktisch ohne Geschmack und läßt das Opfer nur aussehen, als würde es von Alter und Schwäche dahingerafft. Keine dramatischen Krämpfe, die Mißtrauen wecken könnten. Sehr klug. Nur ist es ein seltenes Kraut, nicht etwas, von dem Anhänger des Neuen Glaubens viel verstehen … bis auf …« Sie sank zurück und schloß die Augen, erschöpft von der Last ihrer Gedanken.

»Bis auf?« May war zu neugierig, um den Satz unbeendet zu lassen.

»Nun, davon kann man nichts wissen, es sei denn, man wäre Vaalaker oder käme aus dem Keilerwald wie du und ich oder deine Mutter, wohin die Samen des Krautes aus der Drachenwüste geweht sein mögen. Und um es einsetzen zu können, müßte man ein ausgeprägtes Wissen um die Kräuterkunst besitzen, wie ich es meinen Pflegekindern habe angedeihen lassen.« Argwöhnisch legte Morrigwen die Stirn in Falten. »Gwion verstand von diesen Dingen fast soviel wie Keridwen.«

May streichelte ihre knorrigen Hände, überlegte, wie sie ihr die Nachricht vom Tod des Priesters am besten beibringen konnte. Die schlichte Wahrheit schien ihr die einzige Möglichkeit. »Pater Gwion ist tot. Der Westturm hat gebrannt, und sie haben nur seinen Ring gefunden, an dem sie ihn erkennen konnten. Es … es tut mir leid, Morrigwen. Ich weiß …«

»Er war mir einst wie ein Sohn«, sagte Morrigwen eher resignierend als traurig. »Doch der Neue Glaube hat ihn fortgelockt, als Keridwen verschwand …« Ihre Stimme erstarb, und die Augenlider sanken schwer auf die brüchige Haut ihrer hohlen Wangen. »Nesselkraut … Gwion … und er ist tot.«

May erschrak. Fast lag ein Hauch von Erleichterung in der krächzenden Stimme der Alten.

Morrigwens Augen klappten auf. »Und nun verschone mich mit deinem Geplapper, Kind. Ich muß nachdenken und mich ausruhen. Geh und hol mir etwas zu essen. Ich fühle mich, als hätte ich ein Jahr lang nichts gegessen.«

May lief auf den Burghof hinaus, nahm die Hammerschläge gar nicht wahr, welche die Burgmauern erschütterten, auch nicht die gurgelnden Schreie von jenseits der Wehranlagen, wenn die Bogenschützen die Zahlen der Vaalaker dezimierten, die johlend um den Felsenturm standen. Sie schreckte nicht mehr vor den großen Katapulten zurück, die sich gegen ihre Taue stemmten und an die Querbalken schlugen, um Nägel und Schrot auf die Barbaren regnen zu lassen. Sie lief direkt zum Herzstein, und Tränen der Dankbarkeit standen in ihren Augen. Morrigwen würde leben, Morrigwen würde leben, und sie hatte der Großen Mutter dafür zu danken. Der Herzstein wäre genau der rechte Ort, zu Ihr zu beten.

Man hatte den Schnee davongefegt und den Kreis aus Runen freigelegt, der den Stein umgab. Die Abendschatten beschrieben nicht mehr diese tiefen, geraden Linien, wenn sie auf die Zeichen fielen, und die Ränder der einzelnen Runen waren nun etwas abgerundet. Sie sank auf die Knie und starrte den Herzstein sprachlos an.

Der Rubin war nicht mehr da.

KAPITEL 19

Brid saß mit dem Kopf in ihren Händen da und sah benommen und erschöpft aus.

»Das war alles?« wollte Hal wissen. »Wird Morrigwen leben?«

Brid hob müde ihren Kopf und schob das Haar aus ihrem Gesicht. »Ja, das war's.« Ihre Augen blinzelten zum geheimnisvollen Muster des Kessels hinüber, und sie holte tief Luft, als sammelte sie ihre Kräfte. »Nun zum Geheimnis des Kessels.« Langsam drehte sie sich um, sah ihre Umgebung an. Vom Rauch der kleineren, qualmenden Kessel gespeist, umgab noch immer eine Nebelwand die Lichtung.

»Die vier Kessel«, erklärte sie, als spreche sie zu sich selbst und ginge alles in Gedanken durch, »könnten die vier magischen Städte der Welt repräsentieren, jede davon an den gegenüberliegenden Punkten der Windrose. Noch immer brennt Leben in ihnen. Der mittlere Kessel könnte die himmlische Stadt sein, die Stadt der Geister, die Stadt der Feen, der Ort, den niemand kennt, der auf dieser Welt nicht festzuschreiben ist, von dem jedoch alle Magie ausgeht. Und dieser Kessel ist leblos, leer und tot. Dort gibt es keine Magie mehr.« Niedergeschlagen ließ sie den Kopf sinken. »Die Hüterinnen sind fort – haben uns verlassen –, und die Geheimnisse seiner Runen haben sie mitgenommen.«

»Und was jetzt?« fragte Hal, scharrte mürrisch mit den Stiefeln am Boden und trat staubige Blätterreste auf. »Kehren wir mit leeren Händen nach Torra Alta zurück?«

»Nein«, sagte Brid. »Nein, aber …«

»Aber was?«

Mit leerem Blick betrachtete Brid das kryptische Muster

des Kessels. »Aber ohne die Hüterinnen wird es schwierig werden.«

»Kannst du Keridwen und Morrigwen nicht noch einmal rufen? Zweifellos verstehen sie mehr davon als du.« Es lag eine Schärfe in seiner Stimme, die seine Mutlosigkeit verriet.

Die Jungfrau schüttelte den Kopf. »Ich hege keinen Zweifel daran, daß du recht hast«, erwiderte sie demütig, »aber ich weiß, wie sehr diese Zauberkünste meine Kräfte schwächen. Die anderen beiden dürften noch mehr geschwächt sein, denn beide waren von vornherein nicht stark. Ich darf sie nicht noch weiter schwächen, ohne vorher alles andere versucht zu haben.«

Hal betrachtete ihre unentschlossene Miene. »Sag nicht, bitte sag mir nicht, wir wären den ganzen Weg hierhergekommen, um uns von einem Kessel besiegen zu lassen.«

»Nein!« Brid sah aus, als machte sie sich Vorwürfe, und ihr Mund spannte sich vor Entschlossenheit. »Nein. Wir werden das Feuer neu entfachen und die Magie im großen Topf wecken. Ich bin mir sicher, daß hier genügend Kräfte schlummern müssen, daß sich die Erinnerungen im Kessel wecken lassen. Ich will nur totes Holz für dieses Feuer, sauberes, totes Holz ohne grüne Triebe oder Blätter.«

»Etwas anderes gibt es hier auch nicht: alles nur totes Holz«, klagte Hal. Dennoch schlurfte er davon, um der Priesterin zu Diensten zu sein.

Caspar sprang ihm nach, um Feuerholz zu sammeln. Leise murmelte sein Onkel: »Glaubst du wirklich, daß sie das alles versteht und weiß, was sie tut?«

»Ja, das glaube ich«, erwiderte der kleinere Junge.

»Sie ist wild!« sagte Hal. »Wild und frei.«

»Also hast du ihre Gedanken auch gespürt«, erwiderte Caspar.

»Sie mag schwierig sein und glauben, sie hätte das Kommando, aber dennoch hat sie etwas Wunderbares an sich.«

»Und du mußtest durch den Nebel reiten, um das herauszufinden? Wenn du es nicht schon wüßtest, würdest du es bald wieder vergessen.« Der Junge empfand bittere Verachtung für seinen Onkel. Er vertrieb den Gedanken, weil das hier weder der rechte Ort noch die rechte Zeit dafür waren. Insgeheim hatte Caspar auch etwas Neues über Brid erfahren: Sie besaß fürchterliche Macht, eine Kraft, welche die Energien der Elemente in ihr bündelte. Er warf einen Blick zur Jungfrau hinüber, sah, wie sie mit den Fingern über die Muster am Rand des Kessels strich. Auch Hal legte eine kurze Pause ein und bewunderte Brid unverhohlen.

Warum, Hal, warum mußt du mich nur immer herabsetzen und kleinmachen? Augenblicklich versuchte er, diesen Gedanken abzuschütteln und sich auf wichtigere, größere Dinge zu konzentrieren. Mit Holz beladen, stolperte er über die Lichtung zum Kessel und zeigte seine Ausbeute Brid, die das Holz sortierte und die Scheite, die ihr nicht gefielen, wegwarf.

»Die Wasserflaschen«, orderte sie. »Nimm sie aus den Packen und füll sie am Bach.« Brid blickte nicht mal auf, sondern umkreiste den Kessel und strich mit den Fingerspitzen über die Muster im Metall. Ihre Stirn zog sich vor Konzentration zusammen. Er reichte ihr die ersten Behälter, und sie schüttete das klare Naß auf den Grund des rußigen Topfes. Auf Zehenspitzen stand sie da und spähte in die schwarzen Tiefen. Ihre Stimme war tief und hallte, als sie das Innere des Topfes untersuchte.

Den Kessel zu füllen war eine ermüdende Arbeit, und viele Wege zum Bach und wieder zurück waren nötig. Hal schien sich an dieser Arbeit nicht beteiligen zu wollen, sondern zog es vor, Brid zu beobachten, während sie das Wasser in den

Kessel schüttete. Endlich war sie mit der Menge zufrieden. Die Äste der tragenden Eiche hingen jetzt tiefer.

»Das genügt. Der Kreis ist schon gezogen. Die Wiege der Zauberkunst steht bereit.«

Caspar starrte in den schwarzen Brunnen und sah, wie ihn sein eigenes Gesicht neugierig betrachtete. Schweiß rann von seiner Stirn und tropfte auf die dunkle Oberfläche unter ihm. Er trat vom großen Topf zurück, staunte über die kunstvollen Reliefs und die faszinierenden Muster, die er nicht verstehen konnte. Brid hatte minutenlang geschwiegen und stand nun wieder auf, um die Schrift am Topf genau zu untersuchen. Entmutigt seufzte sie angesichts der Komplexität der Zeichen.

Sie fuhr mit ihrer Hand über das Metall. »Ich kann die Glyphen lesen und ihre Bedeutung verstehen, aber ich bin mir sicher, daß das Bild unvollständig ist. Es erzählt nur Teile einer Geschichte.«

Caspar wartete geduldig und bändigte seine Neugier mit großer Mühe, um die Konzentration des Mädchens nicht zu stören. Er fühlte sich wie Feuerschweif, wenn der gegen seine klirrenden Kandarenketten kämpfte.

»Nun«, meinte Hal barsch. »Was hat das alles zu bedeuten? Sagt es uns etwas über das Druiden-Ei?«

Caspar drückte an der Seite seiner krummen Nase herum und warf seinem Onkel einen mißbilligenden Blick zu, weil er Brids Gedankenfluß unterbrochen hatte. Das Mädchen dagegen schien unbeeindruckt. »Nun, ich weiß nicht«, räumte sie ein. »Ich wußte schon immer um die Existenz des Mutterkessels, doch nichts von der Bedeutung seines Zierats.«

»Warum nennt man ihn Mutterkessel, wenn die Erde darauf nicht vertreten ist?« fragte der kleinere Junge. »Ich meine, da sind Sonnen und Monde, aber keine Erde.«

Brid lächelte nachsichtig. »Nein, natürlich nicht, Spar. Der ganze Kessel stellt die Erde dar. Sieh doch, diese Eiche hier ist der König der Bäume, und er stützt die Große Mutter im Universum.« Sie preßte ihre Hand an die geschnitzte Baumrinde, wich sorgsam einem grotesken Kobold aus, der sie höhnisch ansah. »Hier oben am Kessel ist die wilde Jagd, die das Rad des Lebens am Laufen hält. Hier sind Sonne und Mond und darunter die Elemente. Und zwischen Feuer und Wasser gefangen sind die uralten Tiere der Macht, verstrickt und unterdrückt, da ihre Zeit nicht reif ist, frei über diese Welt zu wandeln. Und hier ist natürlich das Feuer des Lebens, das vom Grund heraufleckt.« Sie deutete auf die Flammenzungen, die an der Unterseite des Topfes nach oben schlugen.

»Na und?« sagte Hal harsch. »Darin liegt keine Magie. Es ist nur eine Darstellung der Welt, wie du sie siehst.«

»Glaubst du, das wüßte ich nicht?« fuhr Brid ihn an, was die ersten Anzeichen unterdrückten Zorns verriet. »Glaubst du, ich wüßte diese Dinge nicht besser als ihr beiden zusammen? Diese Dinge sind mir wichtiger als euch. Ihr mögt euer kostbares Torra Alta oder euer Land verlieren, aber ich verliere meine Welt, meinen Glauben.« Sie legte die Arme um sich, packte wütend ihre Unterarme. Ihre Fingernägel hinterließen tiefe Abdrücke im Fleisch. »Ich weiß nicht, was das hier bedeutet, aber es ist ein machtvoller Kessel, und er wird seine Geheimnisse nicht preisgeben, nur weil wir es so wollen. Niemand hat gesagt, daß es einfach werden würde.«

»Nun, könnte es in den Runen um Sonne und Mond stehen?« Caspar fuhr mit gespreizten Fingerspitzen über das rußige Metall, fühlte die Grate und Rillen. Er versuchte, eine Aura der Magie zu spüren, suchte nach einer Offenbarung von Einsicht und Verstehen. Doch er spürte gar nichts.

»Wenn man ein Zauberrätsel vor sich hat, muß man sich der Frage vom richtigen Blickwinkel aus nähern, mit dem richtigen Bewußtsein«, seufzte Brid. »Und ich betrachte es nicht richtig. Wir entfachen das Feuer und warten, ob im Wasser in diesem Topf ein Bild entsteht und uns zu den Antworten führt.« Sie rührte in der Glut herum, und zu ihrem Erstaunen sprang ein Funke auf. Er traf die Spitze des trockenen Holzes, und nach einem kurzen Augenblick des Wedelns sprangen Flammen auf. Das Feuer loderte und kitzelte den Grund des Kessels. Die Flammen schlugen um die Unterseite und sandten lange Zungen über die Feuergravuren des Mutterkessels.

»Was sagen die Runen?« wollte Caspar wissen, weil er spürte, daß Brid etwas zurückhielt. Wenn sie ihre Gedanken in Worte faßte, könnte eine nebulöse Idee vielleicht klarer werden, die sie ansonsten bewußt nicht formulieren konnte.

»Sie berichten von allen Kreaturen dieser Erde, von den neuen Lebewesen wie dir, mir, Trund und den Pferden. Und von den alten Tieren, den mythischen Tieren, die mit dem sterbenden Verständnis für die Natur immer weiter unterdrückt wurden. Doch hier, um den Vollmond herum, wird berichtet, wie wir von einem Zeitalter ins nächste getreten sind.«

»Vor tausend Jahren?« fragte Hal.

»Nein, vor tausend tausend Jahren. Es ist länger her, als man sich in Geschichten erinnern oder von Mutter zu Tochter weitergeben kann. Die Bilder berichten von einer Zeit, in welcher der Geist der Tiere in einer einzigen mikrokosmischen Welt gefangen war, die den Stoff für ihre gesamte Existenz beinhaltete, und deren Geheimnis wurde vor dem neuen Zeitalter verborgen. Warum es um den Mond geschrieben wurde, da bin ich mir nicht sicher.« Wieder und wieder umkreiste sie den Kessel, folgte dem Gang der Monde, als diese sich von einer schmalen Sichel zum Vollmond wandelten. Plötzlich rief sie aus: »Es ist nicht der Mond, ganz und gar nicht der Mond. Sie würden nicht zwei Vollmonde darstellen. Eine davon ist das Druiden-Ei. Die Runen berichten uns von der Saat, die darin enthalten ist.« Ihre Augen leuchteten auf geheimnisvolle Weise hell wie das Herz eines Smaragdes, welches das Sternenlicht berührt. »Doch wo um alles auf der Welt ist dieses Druiden-Ei? Es muß noch einen Hinweis geben.« Brid betrachtete den Kessel, trommelte mit ihren geballten Fäusten an den Rand. Dann sah sie zu den vier kleineren Kesseln am Rand der Lichtung. »Vielleicht ist es noch einfacher. Vielleicht steht das Druiden-Ei hier auf dem Metall in Beziehung zu den anderen Kesseln. Dort, der Kessel im Norden repräsentiert die nördlichste der vier heiligen Städte: Farona. Die im Süden Salixa, die im Westen Waerloga und die im Osten Oriaxia. Damit läge das Druiden-Ei in der Mitte zwischen diesen vier Städten. Es wäre damit in der himmlischen Stadt.«

»Du meinst, es wäre an einem Ort, den es nicht gibt, der nur in der Phantasie existiert? Ach, komm schon, Brid, das ist verrückt.« Mitfühlend legte er ihr eine Hand auf die Schulter. »Denk noch mal nach. Nichts von alledem macht viel Sinn, aber das macht nun überhaupt keinen Sinn.«

»Nein, ich meinte, es zeigt den realen Standort. Hier, Spar, wo ist deine Karte?«

Caspar fragte sich, woher Brid von der Karte wußte, die er versteckt hielt. Er suchte nacheinander alle seine Taschen ab, klopfte außen und machte die Runde erneut. Endlich legte er Hand an das gefaltete Stück Pergament, das er in seine Jacke geschoben hatte, als sie Legros' Bibliothek verließen. »Hier«, sagte er aufgeregt, »hier ist sie.«

Brid entfaltete die Karte vorsichtig auf dem Boden, stieß Trund mit dem Ellenbogen an die Brust, damit er nicht darüberlief. Der Terrier schaffte es, einmal kurz über Hals Nase zu schlecken, dann bekam er einen Schlag verpaßt und mußte Abstand halten. Die vier Städte waren deutlich mit illustrierten Großbuchstaben eingezeichnet, jede davon mit dem Symbol einer Kathedrale neben dem Namen.

»Nicht mehr die vier heiligen Städte«, sagte Brid bitter, »sondern die vier Kathedralenstädte.«

Hal schob sich zwischen ihnen hindurch, so daß die Karte direkt vor ihm lag, und schob die anderen beiseite. Mit einer Hand maß er die Abstände zwischen den Städten und suchte ihren Mittelpunkt. »Nun, Brid, irgendwie glaube ich nicht, daß es uns weiterhelfen wird.« Mit dem Zeigefinger deutete er auf die Karte. »Hier, mittendrin. Mitten im Meer.«

»Na ja, es war nur so ein Gedanke«, gab sie zurück, »nur eine Idee. Ich habe nicht gesagt, daß der Stein da wäre. Ich sagte nur, es wäre möglich. Aber es ist zu glatt, zu einfach. Es wäre nicht sicher, einen derart offensichtlichen Hinweis zu hinterlassen. Die Antwort ist hier, ich weiß, daß sie hier ist. Die Göttin wird mich zum Druiden-Ei führen. Wir müssen den Zauber der Entbindung weben, den Zauber der Einsicht, den Zauber der Klarheit. Aber wir beginnen mit dem Zauber der Intuition, einem ganz einfachen Spruch. Und wenn der nicht wirkt, nun, dann müssen wir weitersehen.«

Sie zog ihre kleine goldene Sichel aus ihrem Gürtel. Die Klinge war nicht größer als ihre Handfläche. Gefolgt vom treuen weißen Terrier trat sie zuerst an den Schwarzdorn und ging, ohne die Pflanze zu berühren, dem Gang der Sonne nach, zum nächsten Baum. Sie strich über die weiche Rinde der Buche. Dann murmelte sie ein freundliches Wort an Phagos, den Baum des Wissens und der Lehre, bevor sie einen Zweig von seinen Ästen schnitt und an den nächsten Baum trat. Sie umrundete den ganzen Hain, bis sie wieder am Schwarzdorn war, dann kehrte sie, wiederum ohne von diesem Baum einen Zweig zu nehmen, zum Kessel zurück. »Straif, der Schwarzdorn, ist der Baum des Schicksals. Er gibt sich alle Mühe, uns die Wahl oder die Kontrolle über unsere Zukunft zu verweigern. Er verhindert die Magie, wehrt vorherige Kenntnisse ab und fordert die Menschen auf, zurückzutreten, vor den Mächten der Natur zu weichen«, erklärte die Jungfrau. Sie warf die Zweige ins Wasser und rührte mit dem Löffel, wartete, bis das

Wasser aufgekocht war und im Kessel schäumte. Sie trat zurück und marschierte kritisch wieder um den Topf, untersuchte ihn im Detail. Trund rollte sich am Feuer zusammen, knapp außer Reichweite des Feuers.

»Und, hat sich irgendwas verändert?« fragte Caspar.

Brid schüttelte den Kopf. »Ich hatte gehofft, daß die Hitze und die Eigenschaften der Bäume das Metall verändern würden – seine Fähigkeiten verstärken – und daß ein paar neue Runen erscheinen.« Sie richtete sich auf und spähte in den Topf. Hal und Caspar taten es ihr nach. Nun starrte der Junge nicht mehr sein eigenes Spiegelbild an, sondern eine kochende, brodelnde See. Er fühlte sich vom Dampf benebelt, das Bild schien vor seinen Augen zu tanzen und sich zu verändern, und plötzlich sah er Torra Alta. Der Rest des Bildes war unklar, deutete nur die Ahnung eines tobenden Chaos am Fuße des Felsenturms an. Die brodelnde Brühe schlug an der Felsennadel auf und umfing die Burg, sog sie in ihren Schleim. Caspar spürte, wie Tränen über seine Wangen rannen, und sah sie in den Kessel tropfen. Augenblicklich löste sich das Bild auf.

»Du Narr, Caspar.« Brid durchbohrte ihn mit einem kalten Blick. »Alles, auch die kleinste Winzigkeit, verändert den Zauber.«

Unterwürfig und entschuldigend sah er sie an.

»Wieso mußt du heulen?« spottete Hal im Flüsterton.

»Aber Torra Alta, Vater, Morrigwen … sie alle ertrinken im Chaos der Vaalaker …«

»Was plapperst du da?« fuhr der ältere Junge ihn an.

»Im Topf! Das Bild im Topf!«

»Es ist nur kochendes Wasser mit ein paar Baumstücken darin, Spar.« Hal zuckte mit den Achseln und verwarf die Albernheiten seines Neffen.

»Wir brauchen einen stärkeren Zauber«, beschloß Brid.

»Dieser Spruch hat ohnehin nicht gewirkt, also ist es auch nicht deine Schuld.« Sie nahm die Sichel, ging um die Pferde herum und schnitt je ein Haar von ihren Schwänzen und je ein Haar von ihren Mähnen. Dann, nachdem Caspar sie vor den Hufen seines Pferdes gewarnt hatte, kniff sie Feuerschweif in den Hals und stach mit der Sichelspitze in die Haut, preßte die Wunde zusammen, um das Blut des Hengstes herauszudrücken. Sorgsam sammelte sie genau drei Tropfen vom dicken Blut auf der flachen Sichelklinge. Zielstrebig wich sie Trund aus, der ihr um die Beine lief, trat ans Feuer und gab das Blutopfer in den brodelnden Kessel. Das kochende Wasser sprudelte, schäumte zum Rand des Topfes, dann sank es wieder in sich zusammen. Trund floh vor der spritzenden Flüssigkeit und rollte sich zwischen den Wurzeln des Haselnußstrauches zusammen. Wiederum schritt Brid um den Kessel und betrachtete die Runen.

»Irgendwas zu sehen?« erkundigte sich Hal.

Sie schüttelte den Kopf und begann, ihr Haar zu flechten und zu entflechten, als wollte sie damit den Rhythmus ihrer Gedanken beruhigen.

»Wir werfen alles hinein, was Kräfte besitzt, alles, was Magie besitzt.« Sie schnitt jedem von ihnen eine Haarsträhne ab, und nach kurzem Zögern nahm sie auch drei derbe Strähnen vom schlummernden Hund, der ein schweres Augenlid hob und aus Freude über ihre Aufmerksamkeit mit dem Schwanz wedelte. »Ich habe noch nie gehört, daß Hunde so etwas wie Magie besäßen, aber nur weil ich noch nie davon gehört habe, muß das nicht heißen, daß sie nicht existiert.« Sie leerte ihren Beutel und nahm die Zunge, die um die Ränder etwas grün aussah, und dreizehn der Jungfrauenknöchel. Sie grub tiefer im Kräuterbeutel und nahm ein Stückchen Tollkirsche, den Kern einer Muskatnuß und einige Mohnsamen, die allesamt, wie sie erklärte, bewußtseinserweiternd seien und ein Bild im Kessel wachrufen konnten. Feierlich ließ sie die Kräuter durch ihre Finger in den Topf rieseln, der von den Ästen der krummen Eiche hing. Der Boden des Kessels begann in bitterem Orange zu glühen, was das Flammenrelief hervorhob, das sich über dem schwarzen Qualm wand und von den Feuerzungen zum Leben erweckt wurde.

Die Runen jedoch blieben unverändert.

Brids Wangen leuchteten von Hitze und zornigem Ärger rot auf. Sie sank auf die Knie und schlug mit den Fäusten auf die Erde. »Mutter, Mutter, meine Kräfte genügen nicht mehr, um deine Geheimnisse zu lüften. Strafe mich nicht weiter für meine Untaten in der Kathedrale von Farona. Gib mir meine ganze Kraft zurück. Wir tun das hier auf dein Geheiß hin. Mutter, hilf uns bei unserer Suche.« Als Antwort kam nur das Knistern und Zischen des Feuers, als der brodelnde Kessel Tropfen seines Inhalts in die Flammen spritzte. Hal hustete, um den dicken, beißenden Qualm loszuwerden, der in seine Richtung wehte. »Es muß noch mehr geben, was ich hineingeben könnte.« Sie betastete ihren Hals und riß den symbolischen Glücksbringer, der unter ihrem Hemd verborgen war, von seinem Band. Sie streckte ihre Hand aus, um auch Caspars Mandala zu nehmen.

Schützend bedeckte er seinen Anhänger aus Haselnuß mit einer Hand. »Aber Morrigwen hat es mir geschenkt.« Er empfand bei dem Gedanken, seinen Glücksbringer zu verlieren, eine gewisse Panik. »Je größer der Verlust, je größer das Opfer, desto größer die Kraft der Magie!« Sie griff danach, und mit heftigem Ruck zerriß sie das Band und warf das Mandala in den Kessel. Caspar lief zum Rand des Topfes und sah hinein. Siedendes Wasser spritzte auf und verbrühte seine Wangen, doch das Bild, das dort in den quellenden, duftenden, benebelnden Dämpfen vor seinen Augen erschien, war schmerzlicher. Er blickte in die tränenfeuchten Augen seiner Mutter,

Augen von dunklem Blau, fast dem Violett mittsommerlichen Zwielichts. Ihre Hand streckte sich ihm entgegen, griff aus dem Dampf hervor und berührte ihn fast, doch sie wurde wieder fortgerissen. Die Klinge einer Axt schlug in ihre Schulter und zog sie mit sich in das üble Gebräu.

»Spar, atme die Dämpfe nicht ein.« Brids Hand lag an seiner Schulter, zog ihn vom Topf weg. »Hast du nicht gehört, was ich gesagt habe? Vieles von dem, was ich hineingeworfen habe, ist absolut tödlich!«

Heiße Tränen schossen Caspar in die Augen. Sein Hals war eng, und er bekam keine Luft, als krampften sich seine Lungen zusammen und drückten die Luft aus seinem Körper.

»Hal, halte ihn vom Topf weg und steck seinen Kopf in den Bach, um seine Augen auszuspülen.«

Eilig steuerte der ältere Junge seinen Neffen zum Bach. »Versuch, die Ruhe zu bewahren, Spar. Ich glaube kaum, daß deine Aufregung Brid eine große Hilfe ist.« Das kühle Wasser linderte das Brennen, und als Hal ihn beim Kragen herauszog, hustete Caspar, spuckte sich die Kehle aus dem Leib. Er atmete harsch und schnell, bis er schließlich spürte, daß ihn der Würgegriff der Dämpfe losließ. Noch immer lief Brid auf und ab, wobei der Hund ihr auf Schritt und Tritt folgte.

Der Kessel blieb trotzig unverändert.

Brid blickte zum Himmel auf. »Wir werden warten«, verkündete sie entschlossen. »Der Zauber wird stärker sein, wenn der Mond aufgeht. Dann versuchen wir es noch einmal.« Sie setzte sich neben die Wurzeln des Eichenbaumes und legte die Arme um ihre Knie, doch als sich Trunds Schnauze unter ihren Arm schob, lehnte sie sich zurück und drückte den Hund. Er war zu groß, um auf ihrem Schoß zu sitzen, und er gab sich damit zufrieden, auf den modernden Blättern zu liegen und seinen Kopf auf ihr Knie zu stützen. Tiefes, kehliges Atmen, fast wie das zufriedene Schnurren einer Katze, drang aus seiner Kehle.

Brid schloß die Augen, sah zerbrechlich und erschöpft aus und schien augenblicklich einzuschlafen.

»Die Zauberei kostet sie viel Kraft«, flüsterte Caspar. »Meinst du, dieser Bannspruch ist zu groß für sie? Vielleicht braucht sie die Drei. Vielleicht kann sie es ohne Keridwen und Morrigwen nicht schaffen.«

Hal zuckte mit den Achseln. »Ich weiß nicht. Vielleicht.« Er war abgelenkt und sah das Mädchen wehmütig an. »Wie kommt es, daß an diesem Ort nichts Bedeutung zu haben scheint?«

»Wahrscheinlich ist es das Gift der Eiben, das in der Luft liegt und uns benebelt«, meinte Caspar, der selbst erschöpft war. Müde kümmerte er sich um die Pferde. Als er damit fertig war, sie abzusatteln, rollte er Feuerschweifs Decke zu einem Polster und schob es der Jungfrau vorsichtig als Kissen unter den Kopf. »Brid, wenn das alles vorbei ist«, versprach er sich selbst mit kaum hörbarem Flüstern, »wirst du mich mit anderen Augen sehen.«

Er spürte einen leisen Druck an seinem Unterarm.

»Nein, das werde ich nicht, Spar. Tausend Jahre liegen zwischen dir und mir – eine zu große Kluft. In einem anderen Leben vielleicht … aber nicht in diesem.« Ihre Stimme war benommen und undeutlich. Beschämt zog Caspar sich zurück und machte sich schmollend daran, den Kessel zu betrachten.

»Wenn sie die Bedeutung schon nicht erkennen kann, wieso meinst du, daß du es könntest, Spar?« merkte Hal spöttisch an.

»Warum mußt du so grob sein?«

Der Junge mit dem rabenschwarzen Haar seufzte. »Weil ich von dieser ganzen Zauberei genug habe. Ich will heimkehren und kämpfen. Vielleicht sterbe ich in der Schlacht, aber wenigstens tue ich etwas. Hier fühle ich mich so nutzlos wie Cybillia.« Wehmütig schaute er zu dem ruhigen Gesicht der schlafenden Maid hinüber, die dort bei den Wurzeln des Haselnußstrauches lag. »Bei allem, was Wahrheit und Ehre ist: Sie ist wunderschön!«

»Wer? Cybillia?«

»Nein! Nun, sie war es natürlich. Sehr sogar. Nein, ich meinte Brid. Sie ist so anders, wenn sie schläft. Sanfter und gefügiger sieht sie aus, nicht so böse auf die Welt und ganz sicher nicht so herrisch.«

Caspar seufzte und wandte sich wieder dem Kessel zu. »Was glaubst du, wofür die Tiere stehen?«

Wieder zuckte Hal mit den Achseln und betrachtete seine Hand. »Stell mir nicht so dumme Fragen. Ich weiß es nicht. Ich habe vor kurzem meinen Finger und mein halbes Ohr verloren, und es tut weh. Also halt den Mund.«

Über der Lichtung, wo kein Nebel war, wandelte sich das Blau des Tages zu Violett und Indigo der Dämmerung. Das erste Mondlicht drang durch die Äste der blattlosen Eiche und küßte das Gesicht der Jungfrau. Flatternd gingen ihre Augen auf, und mit neuerlicher Kraft und Begeisterung kehrte sie zum Kessel zurück.

»Die Antwort ist hier. Ich weiß, daß sie hier ist. Ich habe sie geträumt. Wir geben uns einfach nicht genug Mühe, opfern nicht genug.« Sie wandte sich Hal zu. »Und du bist zu negativ. Du glaubst nicht genug. Um der Liebe zu Torra Alta willen, wenn schon nicht für alles andere, widme deinen Willen der Magie.« Hal holte tief Luft, als machte er sich für die nächste sarkastische Anmerkung bereit, doch Brid nahm seine Hand und flüsterte leise: »Bitte, Hal, für mich, bitte.«

»Du hast noch nie bitte gesagt«, meinte er grinsend. »Na gut, dann also los. Was jetzt? Was wird der nächste Versuch?«

»Wir geben mehr Wasser hinzu und … Oh, es dauert zu lange, es zu erklären. Hol mir nur etwas frisches Wasser.«

In der Nacht war der Bach schwarz, düster und geheimnisvoll. Mondlicht fiel darauf, und das Wasser war von blendendem Silber durchzogen.

Brid schöpfte etwas von der silbrigen Flüssigkeit. »Das Mondlicht im Wasser ist ein vielversprechendes Omen«, murmelte sie und gab es tropfenweise in den Kessel. »Nun, Hal, du achtest auf deine Seite, und Spar, du achtest auf die andere. Gebt mir sofort Bescheid, wenn ihr irgendeine Veränderung auf dem Metall erkennt.«

Caspar blickte starr auf das Bild des Druiden-Eis, das sie ursprünglich für einen Vollmond gehalten hatten. Er sah sich die Glyphen genau an, versuchte, sich das Muster einzuprägen, damit er es merkte, wenn sich etwas veränderte.

»Erst Wasser, dann Erde.« Sie kratzte eine Handvoll Erde in ihre Hand und sprenkelte sie über die Flüssigkeit. »Dann Feuer.« Sie suchte einen Ast der alten Eiche aus und hielt dessen Ende ins Feuer. Er nahm das Leben aus der Glut, tanzte zu einer Flamme auf, die vom Saft des feuchten Holzes knisterte und spuckte. Trund wich vor den zischenden Rußflocken zurück. »Nun Feuer.« Sie gab ein Fläschchen mit Winterborkenöl hinein und hielt den brennenden Stock in die Flüssigkeit. Das Mittel wallte und schäumte, bis es sich aufbäumte, den Inhalt der Brühe durchrührte und an die Oberfläche spülte. Knöchelknochen und Zunge mischten sich mit dem, was die Bäume zu bieten hatten.

»Ist irgendwas zu sehen?« fragte Brid. »Irgendwas?« Ihre Stimme klang hohl und fern, dröhnte im Inneren des Kessels.

»Nichts.« Caspar war tief enttäuscht. Sie durften nicht scheitern. Es konnte nicht sein. Keridwen – Mutter – hilf uns, dachte er in seiner Verzweiflung. Mutter, es muß gelingen. Wir müssen das Druiden-Ei finden. Tränen der Mutlosigkeit traten in seine Augenwinkel. Er wischte sie mit seinem Ärmel fort, damit sie seine Wacht über die Runen nicht stören konnten.

»Mehr Hitze«, rief Brid, deren Kräfte wuchsen. »Mehr Hitze.

Die Runen könnten in ein besonderes Metall eingearbeitet sein, das erst bei extremer Hitze reagiert, wie die Baumrunen in den Kaminen von Jotunn.«

Wieder streunten Hal und Caspar durch das Unterholz, achteten darauf, daß sie nicht allzu weit in den Nebel kamen, der die Lichtung umgab. Sie kehrten mit Bündeln von Feuerholz zurück, das Brid in die Flammen warf, wobei sie ihre Anrufungen der Mutter Göttin murmelte. Die Flammen umfingen das untere Drittel des riesigen Topfes, und das Metall glühte in hellem Orange. Das Wasser brodelte wild, trommelte seinen Inhalt gegen die Wände des Kessels.

»Es glüht«, sagte Hal unsicher, »glüht, aber verändert sich nicht.

Brid schürte das Feuer, reizte es mit dem Stock des Löffels, bis es donnerte und zischte. Luft, die im Holz gefangen war, jaulte, bevor sie zu einem Funkenregen explodierte. Die Flammen schlugen höher.

Die Bäume werden Feuer fangen, und dann geht der ganze Wald in Flammen auf, und wir werden allesamt bei lebendigem Leib verbrennen, dachte Caspar ängstlich. Seine Wangen waren gerötet und von der Hitze versengt, und er hielt seinen Mund mit dem Ärmel zu, um den beißenden Gestank des Rauches zu filtern. Die hellen Flammen, die von den Nebelwänden um den Rand des Haines reflektierten, nahmen unnatürliche, orangefarbene Formen an, die auf dem Dunstschleier tanzten. Caspar versuchte, die beunruhigenden Bilder aus seinen Gedanken zu vertreiben, und richtete seine brennenden Augen auf die Runen. Unten am Grund war der Topf weißglühend, ging dann in goldenes Orange über, in poliertes Rot, rauchiges Graubraun und endlich in mattes Rußschwarz, wo das Metall oben am Rand kühler war.

»Es muß sich etwas verändert haben«, flehte Brid beinahe. »Es muß einfach so sein.« Sie umkreiste den Topf und warf den

Holzlöffel frustriert auf den Grund. »Mehr Zauber. Ich brauche mächtigeren Zauber.«

Die Priesterin suchte in ihrem Lederbeutel herum und nahm Hals abgeschlagenen Finger hervor, der schon verweste. Sie warf ihn in den Kessel, und das Wasser schäumte und toste an den Rand und ließ dann wieder nach. »Dein Schwert«, forderte sie. »Ich will mit deinem Schwert umrühren.« Das weiße Metall zischte, als er es in die siedende Flüssigkeit gab. Als sie die Klinge herausnahm, färbten blutrote Flecken die Runen ein, die in der mittleren Rinne des Schwertes eingearbeitet waren.

»Mein Schwert!« protestierte Hal.

Brid sprang auf, um sich die Runen an der Rinne anzusehen. Ihr Mund ging auf, und ihre Hände entkrampften sich. Lahm sah sie Hal an.

»Was hast du mit meinem Schwert gemacht?« tobte er und riß es ihr aus der Hand.

»Die Runen haben sich verändert.«

»Du meinst, du hast die Runen des Krieges zerstört?« Hal starrte die unlesbaren, blutroten Zeichen an. »Nein«, sagte Brid unsicher. »Die sind noch da.«

Caspars Augen strahlten. »Dann hast du sie also gefunden. Du hast die verlorenen Runen gefunden.«

Wiederum schüttelte Brid den Kopf. »Nein, es ist eine Warnung. Die Runen des Krieges wurden in das Schwert geätzt. Deren machtvoller Zauber hat tiefe Magie aus dem Herzen des Kessels aufgerührt. Ich habe einen Fehler begangen.«

»Brid!« Grob schrie Hal sie an. »Du schwatzt herum. Was du sagst, macht keinen Sinn!«

Sie holte tief Luft. »Die Mutter straft mich noch immer. Sie läßt mich durchs Dunkel tappen, und nun habe ich unabsichtlich einen neuen Bann geweckt.«

Besorgt sahen die beiden Jungen sie an, und selbst Trund

stellte seine Ohren auf und neigte den Kopf, aufgeschreckt von der sorgenvollen Stimme seiner Herrin.

»Welchen Bann, Brid?« fragte Hal kalt.

»Die alten Runen der Zauberei. Denn sie wecken die alten Mächte.«

»Nun, werden sie uns helfen, das Druiden-Ei zu finden?« fragte der Junge pragmatisch.

Die Jungfrau schüttelte den Kopf und starrte den Topf mit neuerwachter Entschlossenheit an. »Nein, das werden sie nicht. Mutter!« rief sie. »Mutter, wir brauchen die verborgenen Runen des Kessels. Mutter, wir bitten dich! Wir brauchen die verlorenen Runen.«

Die heidnische Hohepriesterin riß vor Zorn an ihrem Haar und ihren Kleidern, bevor sie wiederum in ihren Beutel griff. Von der Suche in der Dunkelheit verärgert, verschüttete sie den Inhalt auf dem Boden und wühlte darin herum. Ohne etwas auszuwählen, stand sie auf und trat angewidert zwischen die kostbaren Opferkräuter. »Nichts! Ich muß mich selbst hingeben! Ich muß einen höheren Zauber erschaffen, einen Augenblick großer Macht. Der Mond steht richtig. Ich bin die Jungfrau. Eine der Drei Ergebenen Dienerinnen. Mutter, ich gebe meine Kräfte auf. Ich verzichte auf mein Amt. Ich opfere mich als Jungfrau – im Tausch gegen die Runen.«

Sie riß sich das Hemd von der Brust, und der Mondschein beleuchtete die rosigen Spitzen ihrer Brüste. Die bronzene Haut war mit weißen Symbolen bemalt. Im Licht der Sterne und dem Feuerschein sah man Abbildungen von Mondsicheln, welche die ovale Wölbung ihres weichen Bauches hervorhoben. Sie schob die Hosen über ihre schlanken Schenkel und stand splitterfasernackt mitten auf der Lichtung. Sie schnitt einen Mistelzweig vom Eichenbaum und formte ihn zu einem Ring, der ihr wallendes Haar krönte, und die weißen Beeren glitzerten im Mondlicht. Wie besessen wirbelte sie im Kreis herum, so daß ihr langes Haar im weiten Bogen flog. Caspar merkte, wie ihm das Kinn auf die Brust sank und sich etwas in ihm rührte.

»Ich bin die Jungfrau«, kreischte sie. »Ich bin die Jungfrau. Ich kann diesen Zauber nur einmal einsetzen. Ich verpfände den Zauber der ersten Konjunktion.«

Eifrig trat Hal vor und fing sie in seinen Armen.

»Wir geben diesen Zauber nur einmal. Mutter, bring uns die Runen«, forderte Brid mit wildem Kreischen.

Caspar verfluchte sich dafür, daß er so langsam war, als er staunend und mit ungebremster Eifersucht zusah. Ein tiefer, tobender Schmerz, ein wucherndes Geschwür, nagte und zerrte an seinem Innersten, als Hal, nachdem er einen Moment staunend gegafft hatte, seine Gelegenheit nutzte und sich von seiner Jacke befreite.

»Nein!« schrie Caspar über das Tosen des Feuers und Brids hysterischen Singsang hinweg. »Nein!« Er schlug mit dem Stock auf den Kessel ein und trat in seiner Wut und Eifersucht nach den Flammen. Er riß am Rand des Kessels herum, so daß dieser an seinem Henkel schwang. Die Äste der geneigten Eiche knarrten und stöhnten. »Nein!«

Zorn kochte in seinen Augen hoch, während er sah, wie Brid die Schabracke ausrollte. Feuerschweifs Pferdedecke, das Tuch, das Branwolf ihm, Caspar, geschenkt hatte. Nun würde sie sich mit Hal darauflegen. Hal! Es mußte Hal sein! »Nein!« schrie er, und im Zorn drehten sich seine häßlichen Gefühle wie die brodelnde Flüssigkeit im Kessel immer wieder um sich selbst. Der Kessel taumelte gefährlich.

Brid lag auf dem blaugoldenen Tuch. Ihr langes Haar umspielte ihre Brüste, während Hal mit einem Stiefel kämpfte, der sich vom Fuß nicht lösen wollte.

Caspar trat gegen den Kessel, nahm den Schmerz durch die Hitze gar nicht wahr: »Runen! Gib mir sofort die Runen! Gib sie mir sofort, damit ich dem ein Ende machen kann.« Er riß am glühend heißen Griff herum, tobte und schrie vor eifersüchtigem Zorn. Der Baum knarrte und ächzte protestierend. »Hal kann nicht helfen, die Runen zu finden. Die Schamanin im Hirschwald hat gesagt, ich sei der Suchende, nicht Hal. Nicht Hal!«

Plötzlich hörte man ein splitterndes Knacken, als die Äste des alten Eichenbaumes brachen. Krachend fiel der Kessel zu Boden, ergoß seinen Inhalt über die Flammen und löschte das Feuer zu qualmender Asche. Der Topf rollte Brid entgegen, die nackt und hilflos in seinem Weg lag. Erschrocken und bestürzt sah Caspar zu. Sein Zorn, seine Eifersucht hatten dem großen Kessel seinen Schwung verliehen. Und nun wollte er seine schöne Brid zermalmen.

Halb bekleidet stürzte sich Hal auf den Topf, hielt ihn am Henkel und grub seine Zehen in die Erde. Er verfluchte die sengende Hitze des Metalls, doch er ballte seine Fäuste trotzdem entschlossen darum. Kratzspuren zeigten, wo seine Füße über den Boden gescharrt waren, als er versucht hatte, den Kessel in seiner donnernden Fahrt aufzuhalten.

Brid war auf den Beinen, hielt die Pferdedecke um sich, schwankte unsicher, als hätte sie ihre Sinne nicht recht unter Kontrolle. Der Boden des Kessels rollte zu ihr herum und kam ruckend zum Stehen, während sich die Muskeln an Hals und Rücken spannten. Triumphierend deutete die Jungfrau auf den Kesselboden. »Seht doch!«

Die beiden Jungen liefen zu ihr und starrten den Boden des Kessels an. »Es sind gar keine Flammen!« rief Caspar verwundert aus.

»Schlangenschwänze«, sagte Hal nur, während er an seine versengten Handflächen blies. Er gab sich keine Mühe, den finsteren, angewiderten Blick zu verbergen, den er seinem Neffen zuwarf, um seinen Ärger darüber kundzutun, daß man ihn um sein Vergnügen gebracht hatte. Die Muskeln an seinem Unterkiefer zuckten, als er auf seine Lippe biß und mit unzufriedenem Knurren seinen Gürtel spannte.

Caspars Blick fuhr über die Schlangenschwänze zum Grund des Kessels, der mit einundzwanzig rechteckigen Tafeln verziert war. Die Schlangen wanden sich durch die Lücken zwischen den Tafeln, und der Junge verfolgte ihre Leiber der Länge nach zu ihren zahnbewehrten Köpfen und zuckenden Zungen. Die Gabeln der Zungen deuteten jeweils direkt zur Mitte auf ein einzelnes Ei. Dieses zentrale Ei war keineswegs mit einer Nachricht versehen, doch die umliegenden Tafeln zeigten zerbrochene, unzusammenhängende Muster. Caspar war sicher, daß es sich weder um Zauberrunen noch um Baumrunen handelte, und er merkte, wie sein Kinn vor Enttäuschung herabsank.

Brid dagegen strahlte vor Begeisterung. Sie hob den Mondstein auf und legte ihn der Reihe nach auf die einzelnen magischen Zeichen. Sie hielt die Kugel fest und lächelte liebevoll hinein. »Morrigwen, Keridwen, ich brauche euch jetzt. Ich brauche die Kraft der Drei Erhabenen Dienerinnen.« Sie wandte sich Caspar zu. »Berühre die Kugel. Hilf mir, sie zu rufen.«

Die weißen Muster des Mondsteins huschten beiseite, als hätte eine frische Sommerbrise den staubig müden Dunst des frühen Morgens verweht, und gaben zwei Gesichter frei. Die Greisin sah nun kräftiger aus. Zwar waren ihr Haar dünn und struppig und ihre Augen noch immer düster, doch war ihre Haut von gesünderer Färbung. Sie umarmte das brüchige, frostweiße Bild von Keridwen, strich die gefrorenen Strähnen ihres Haars beiseite und atmete Wärme in ihr tödlich blaues Gesicht. Caspar fühlte, wie das Herz in seiner Kehle schlug.

»Wir sind die Drei Ergebenen Dienerinnen, hier im Kern der Macht vereint«, erklärte Brid. »Mutter, gib uns die Runen.«

Ein Gefühl von grell blendender Energie, bei dem er sich augenblicklich furchtbar ängstigte und dennoch vor Freude überwältigt war, überflutete Caspars Seele. Er fühlte sich frei und wild, unbesiegbar und getröstet. Eine alles umfassende Liebe umarmte die drei.

»Mutter, große Mutter«, murmelte Brid ehrfürchtig.

Das Bild von Morrigwen und Keridwen verzerrte und schob sich seitwärts, legte sich um den Rand des Kristalls, wo sie dünn und durchscheinend wie Nebelgeister wurden. Der Mondstein wurde klar, und nur eine dünne Quecksilberschicht lag direkt unter der Oberfläche. Caspar blinzelte die Kugel an. Es war, als blickte man durch ein Prisma. Als die Hohepriesterin den Mondstein über die einzelnen Tafeln führte, verzerrte seine flüssige Rundung das Bild. Die fragmentarischen Linien schlossen sich zusammen und bildeten klare, eckige Zauberrunen.

Brids Augen funkelten im Triumph. »Wir haben sie. Wir haben die verlorenen Runen gefunden.«

ANHANG

MONATE DES JAHRES

Dezember	*Wolfsmond*
Januar	*Schneemond*
Februar	*Hornmond*
März	*Fastenmond*
April	*Ostara*
Mai	*Silbermond*
Juni	*Brachmond*
Juli	*Reifmond*
August	*Ernte*
September	*Laubfall*
Oktober	*Jagd*
November	*Nebelmond*

DAS RUNENALPHABET

A	ᚨ	P	ᛈ
B	ᛒ	Q	
C	ᚳ	R	ᚱ
D	ᛞ	S	ᛊ
E	ᛖ	T	ᛏ
F	ᚠ	U	ᚢ
G	ᚷ	V	ᚢ
H	ᚺ	W	ᚹ
I	ᛁ	X	ᛉ
J	ᛁ	Y	ᚣ
K	ᚳ	Z	ᛦ
L	ᛚ	Th	ᚦ
M	ᛗ	Ea	ᛠ
N	ᚾ	Ng	ᛝ
O	ᚩ	St	ᛥ